万里

Sky and White Clouds
Wanli Yuntian

詹东新 ——— 著
Zhan Dongxin

云天

上海文艺出版社

目 录

第一章　雄关漫漫

运 10 的悲歌已化作泥土。"阿娇"成人，C919 振翅长空，成为吴光辉、陈勇等新时代航空人祭奠马凤山在天之灵的最好祀礼。为此，国人等了四十年，久等了。

一、"阿娇"成人 ＿＿2

二、四十不惑年 ＿＿17

三、锻造"筋骨皮" ＿＿30

四、沉重的翅膀 ＿＿40

第二章　匠心恒久

"一生都累"，是他易水壮士般低沉雄浑的喉歌。来商飞后，他只知八点半上班，竟不知几点下班。在他的时钟里，一天 24 小时肯定不够，不知 48 小时够不够？

一、现代中的原始 ＿＿50

二、"一生都累" ＿＿59

三、王牌试飞员 ＿＿69

四、"千里眼"突围 ＿＿82

第三章　白云悠悠

黛色的天幕下，不仅有白云，也有黑云。时事沧桑，在并不宽敞的驾驶舱里，五零后的气息尚存，而不断掺进的八零、九零后，更期期成为十几。

一、几代人的飞行 ＿＿92

二、北极试航人 ＿＿102

三、驾驶 A350 的 80 后与 90 后 ____110

第四章　天路天使

人的一生，惊人出彩之事不可多得，有一二桩足为美谈。特别的地方，定有特别的事发生。今年除夕，长虹班组的姑娘们连续第五年在航空塔台值夜，胸前的耳麦将陪伴她们迎接新年的第一缕曙光。

一、高塔上下 ____122

二、百里之内 ____132

三、云巅之上 ____141

四、塔台上的姑娘们 ____150

五、"飞管"三行情书 ____161

第五章　永不消逝

看见的是表象，看不见的才是核心。"永不消逝的电波"是他们工作的日常。空中的飞机离不开电波，地面的指挥也离不开电波。电波对航空是水，是阳光。

一、不能消逝的电波 ____170

二、无人值守的江湖 ____179

第六章　气象万千

洞察天机，引人入胜。航空气象人不断将神话化为现实。但南美蝴蝶振翅引发欧洲风暴的混沌效应，注定人类在神机妙算时常有失误。气象与飞行天生有难以割舍的夤缘。

一、万里长天 ____188

二、"算"出来的云雨 ____196

第七章　于无声处

为了机场灯光的明与晦，他几十年没睡过个饱觉。小青葱的她画了几万幅画，每天画，成了画痴，但她无论多么用功，成为画家的可能性为零，因为她画的是 X 光的影像图。

一、"绿色"驱鸟人 ____208

二、安检处的绝活 ____216

三、灯光师的梦影 ____225

四、公务机公司的年轻人 ____235

第八章　比翼难飞

当下的通航，就像一堆人在冬天的江河里摸鱼，鱼没摸着，下半身快冻僵了，可是谁也不想上岸，脸上还是笑盈盈。结果又有新的投资人跳进来继续掏摸。

一、用来"玩"的小飞机 ____246

二、国产通航机 ____261

三、卓尔螺旋桨 ____270

四、金山华东无人机基地 ____277

第九章　孔雀东来

两百年前……与当年八国联军侵华不同，这是中国航司主动敞开胸怀引进的外来凤、外来鹰。如果说他们离开母国多少带点悲剧色彩，那么来到中国无疑是一幕幕喜剧的开启。

一、艾瑞克机长 ____286

二、怡雅尔带老外的中国缘 ____294

三、丸山由美子和马夏 ____302

四、欧亚姑娘在上海 ____313

第一章　雄关漫漫

运 10 的悲歌已化作泥土。"阿娇"成人、C919 振翅长空，成为吴光辉、陈勇等新时代航空人祭奠马凤山在天之灵的最好祀礼。为此，国人等了四十年，久等了。

一、"阿娇"成人

夏雨新过,溽热退去,白云悠悠下的天空,美轮美奂。

2020年6月28日中午11点半,三架ARJ21型喷气客机溅着浦东机场四跑道的水花,先后升空,刺向灰蒙蒙的天际。这是国产支线客机首次交付中国三大航——国航、东航、南航投入航线,标志着国产喷气式客机批量进入航空市场。

如果说我国重启艰难的大飞机之旅急需一块前进的跳板,那么ARJ21无疑是那座坚固的桥头堡。

世上没有一只鸿鹄不从地表展翅起飞。

翔凤

国产支线喷气机最初起名"翔凤",经网络公开投票、专家评审得名,科研代号ARJ21,意为21世纪新一代支线喷气机,于2002年4月立项,2008年11月在上海首飞。为了和同类的支线客机——加拿大的CRJ、巴西的ERJ区分并接轨,后惯用ARJ称谓。2015年11月,首架ARJ21客机飞抵成都,交付成都航空,正式开始商业运行。2019年10月26日,一架身披成都航徽"太阳神鸟"涂装的ARJ21从哈尔滨机场起飞,经过一个多小时的航行,平稳降落在俄罗斯符拉迪沃斯托克(海参崴)国际机场,首开国际航线。这是中国第一次按国际标准研制的新型涡扇支线飞机，也是中国商飞完全独立设计并制造的具有自主知识产权的客机。

2017年5月5日，同样在浦东机场四跑道，同样由中国商飞自主研发的大飞机C919首秀成功。我国工程院院士、第二任"翔凤"总设计师，现任C919总设计师吴光辉说："支线机如一张小板凳，先让人坐一坐，为的是给大飞机蹚路。"吴院士忙极了，约了半年才见面。采访也像打仗，他的秘书就在一旁，暗示我们，吴总前面有会，后面也有工作垒着，巴不得谈几句就完事。现在，还是先让我们将话题回到"翔凤"上来吧。

采访ARJ21现任总设计师陈勇，提前两周就约定了，也是大费周章。据负责联络的商飞宣传处何椿姑娘说：陈总着实太忙了，各种事体壅塞交叠，忙得跟陀螺似的，日程安排以小时甚至半小时计，有时他自己会忘了下一小时干什么，都是钟助理提醒。这几天钟助理外出，我才可直接和陈勇总师敲定日子。

何椿是位很文静的河南姑娘，南京大学传媒系硕士毕业后来商飞党群部，负责宣传，工作安排极为周密，我去采访的事宜张正国处长全权委托其张罗。来回几次，敲定（2020年）6月15日上午在张江飞机设计研究院陈总办公室见面。到了周末，她来电说陈总临时去阎良试飞基地，访谈时间改在下周二下午2点。

6月16日下午，黑沉沉的雨，淅淅沥沥的雨。商飞接人的商务车准时来到空港一路171号门口。我谢过驾车的陆师傅，刚扣下保险带，何椿发信息来：陈总下午4点在商飞总部有个会，你们不必去张江，直接来世博大道的总部吧。陆师傅调整了导航，将车往上中路隧道方向行进。上了中环，开了不到5分钟，何椿又来信息：陈总想跟您多聊会儿，下午的会请假了，还是来张江吧。陆师傅赶紧又调整目的地，好在去张江也要走中环，过隧道。车进隧道，何椿的电话进来，说真是万分抱歉，陈总临时有急事，关于 ARJ 交付前试飞的事，已经出办公室了，改约明天上午 9 点半在办公室见面，这回不会变卦了，现在请陆师傅将您原路送回去。当晚 10 点，何椿的电话又响起。我心里咯噔一下，快速接起。何椿说："真的很无奈，不知该怎么解释，总是爽约，又狗血了！这些天他为三大航交机的事焦头烂额，连晚上在食堂吃饭时聊几句的时间都难定，我也快崩溃了！"我只得反过来安慰她："别焦虑，实在采不到也没关系，以后再说。上次约吴光辉总不也是约了四五个月么？"我心下已在做放弃的打算，网络上报道 ARJ 的消息铺天盖地，搜搜改改也能成文。

就在我准备再等三个月时，6 月 18 日晚，细致的何椿终于说："陈总明天上午在办公室等您，11 点以后他还有个拍视频的节目，两件事就这么联缀上了。"我提心吊胆了一夜，晚上 12 点还在翻手机，怕对方又更改，天没亮又变了。我自己手上工作一大堆，也是忙里偷闲出去采个访。

这回没变，第二天上午 9 点多，陈总和钟秘书已在办公室等候踩着风火轮赶来的我。面前的陈勇不胖不瘦，不高不矮，满脸的笑意，操着并不明显的陕西口音说："让我说啥呢？别说采访，我们随便聊聊吧。"

在他办公室的沙发上坐定，彼此摘下口罩。

"天下可无北大清华，不可无西工大。"我开口就说，"陈总西北工业大学的本、硕，今年他国抡起的大棒正砸向西北工大等十三所高校呢。"陈勇摆了摆头说："真莫名其妙，打贸易战竟打到大学身上！"他指了指桌上的茶杯说，"明前茶，喝一口。"

谁也没时间兜圈子。我翻开本子说："飞机的情况基本了解,今天就想当面讨教几个问题。"我趁机提出了该机的现状、质量指标、市场前景、国产化程度、与C919的关系、喷气客机国产化之路的难点痛点等七八个事先准备的题目。

陈总略一沉吟,微笑着说:"谈不上正式访谈,随便聊会吧。我将一些情况说下来,可能就回答了你的几个问题。"说着,陈勇总师端杯抿了口茶,当着我们三人的面,不徐不疾地谝了起来。

"阿娇"

"ARJ21客机自2008年首飞以来,花了六年时间取证(适航证),人家一般两三年,咱们整整用了六年。飞机造出来了,但在取证方面完全空白,没啥经验可鉴,嶙嶙峋峋,全靠自己掂着脚摸索,许多不符合适航要求的,逐项改,又在细节方面反复进行了升级优化。可以这么说,六年的取证过程等于将飞机重新设计了一遍。ARJ取证成功,国家民航局的审定能力也上去了。当然,这是后话。

"'天地不能顿为寒暑,必渐于春秋'。好飞机是'摔'出来的,是一个起落一个起落垒起来的。一款飞机的成熟是一个渐进的过程,优化的过程,需要一次一次的验证飞行,一个一个发现问题,突击是突击不出来的。"陈勇扳着手指说,"飞机交付客户以来,大大小小改进了500多项技术。交付时,已对转机型培训、卫星通话、飞行指标等方面进行了全面改造。投入航线运行至2018年,为第二次大改,取消了大侧风、大积冰对飞行的限制。民航适航要求大侧风26节,我们去冰岛飞到了35节,瞬时风速近50节,相当于10级狂风,远超设计标准。"

陈勇头圆顶天,足方履地,一旦触及心爱的国产机话题,双目随即迸出五彩的火花。

谈到改进的过程,他认为写文章要改,飞机也需要改,边飞边改。他举例道:"雨中落跑道,有时跑道积水 1 厘米,第一架样机飞下来,溅起的大水花渗进发动机,我们采取了新技术,最终消除了积水污染。落地时,飞行员发觉着陆灯不够亮,也调亮了。中国的飞行员都是从 A320、B737 上下来的,刚开始,说 ARJ 的自动化程度跟空客波音差别不小,飞行员操纵有负担,另外,飞机降落尤其是遇情况复飞时,需要研读众多的仪表信息,各种指示灯颜色混乱,令人眼花缭乱。我们大动'干戈',将整个驾驶舱修理了一遍。B737、A320 飞机数量多,对有些问题不愿改、改不起,咱们是新飞机,刚起步,头上并没有枷锁,一切都能推倒重来,目前我们的'静暗'驾驶舱已经超过同类 CRJ(加拿大)和 ERJ(巴西)。"

张放,民航局方飞行员,开始飞这款机时,发现诸多毛病。他像许多人那样称"翔凤"为"阿娇",那是娇气的意思——怕风怕雨怕黑,动不动就给人甩脸子。他在接受媒体采访时,说过它的许多"坏话"。商飞人发誓,一定要让它变成"骄傲"。去年,张放在接受采访时由衷地说,原来的"阿娇"忒娇气,现在真的不娇气了,商飞人胼手胝足至今,多项指标超预期,连噪音都降了下来。现在的"阿娇"不是娇气的娇,含有骄傲的隐喻,成了商飞人心中的昵称。现在更多的商飞人愿称它为"阿娇"。

"阿娇"有一个安全指标,称为重大事故小于 10^{-9},也就是说,每天飞 10 小时,飞行 20 年,6 万个起落,发动机、起落架、机体结构等不能发生一次重大质量事故;换句话说,一千架飞机,同时飞一万小时,不出现重大事故,质量稳居前三。为什么试航六年,探路这么久?因为商飞人将飞机重新量身打造了一遍。无数渺小的组合,成就了伟大气象。

"'阿娇'是支线机，中国到底有没有支线机市场？目前的状况又如何？"陈勇像自问自答，"中国民用客机机队 3800 多架，机场 200 多个，有机场有航线，但支线机总共才几十架，大多数航线是干线机在飞支线机市场。'割鸡焉用牛刀'？我不喜欢拿中美做比较，因为国情不同，但有人喜欢，这里不妨做个参考。美国将干线、支线市场强硬区分，共有支线机场 1600 个，几乎每个县都有 CRJ、ERJ 等支线机在飞。我国以后也可能严格区分支线和干线市场，所以无论从国内还是国际看，支线客机的市场潜力是不用置疑的。"

一厢情愿的事并不存在，"阿娇"远方的路也不会平坦。商飞人长着眼睛，更长着脑袋。目前支线机制造领域很热闹，有加拿大的 CRJ-900，巴西的 ERJ-190，都是 100 座上下。俄罗斯有个 SSJ-100，但名声不好，在印尼演示飞行时发生事故，将客户和民航局的官员都摔了。日本也在搞支线机，称 MRJ，90 座级的。为了发展自己的支线机，日本将加拿大庞巴迪 CRJ 支线客机产权买下，宣布以后不生产 CRJ 了，等于灭掉了一个对手。

陈勇话音刚落下七个月，2021 年 2 月 28 日，庞巴迪公司下线了最后一架 CRJ900 客机，宣布从此和这个行业永别。

从 ARJ 的现状看，尽管排世界支线机的前三强没有悬念，但由于起步晚，机队规模不大，航材价比人家高，维养成本也比人家昂贵，在价格上并不占优势，估计到 2022 年才能和人家持平。

然而，事情正在起变化，"阿娇"已有 600 架订单，其中成都航空 28 架。三大航 105 架的列装是大事，华夏航空买"阿娇"也是大事。华夏航空是疫情期间唯一赢利的上市公司，他们准备将飞机布置到云南，因为"阿娇"的高原性能良好，能和高原的山水融注在一起。国际市场方面，产品卖到哪儿就取对方的适航证。非洲的适航证有了，亚洲印尼的取了，泰国、柬埔寨也开了单。陈总话锋一转："我们和客户为双向选择，他们挑飞机，我们也挑客户，有些国家对航空安全监管不到位，航司的安全业绩不佳，人家想买咱还不卖呢。中国民航的安全纪录名列前茅，SMS管理手段很厉害，我们在输出产品的同时，也输出监管能力，提供安全运行的技术支持。"

谈到"阿娇"与C919大飞机的关系时，陈勇铿锵有力地说："为大飞机蹚路！倘若将'阿娇'比作护卫舰，C919就是驱逐舰；再说小一点，假定'阿娇'是把小梯子，从梯子爬上去就是C919那所大屋子了。"

陈勇咂了咂嘴说："天下难事始于易，而商飞搞支线机半点也不易。'阿娇'从设计、制造、验证飞行，加入航线的全过程都在为大飞机建体系，积经验。'阿娇'是'小九'，是'大九'（C919）的前夜，为了'大九'，舍身忘我，每一个环节，整个过程，所有该得的'病'、可能得的'病'都得一遍，该吃和不该吃的'药'统统吃一遍，一切疑难杂症先体会一遭。只有让问题暴露出来，才能优化。想当年第一架'阿娇'交付成都航空时，航空公司和商飞需要安排100人保障。交付天骄航空时，保障人数降到了30人，而现在交机，公司只需出3人。模型建立了，队伍也立起来了。噢，波音B737成功试飞时也才100座，跟咱们的'阿娇'差不多，逐步扩张到了150座，现在最大的型号到了200座左右。空客A320推市场时阻扰重重，几乎是半卖半送。A320豪赌三千，进美国市场时，差不多是跪着上门的。"

每人心里都有一座"鹊桥"，通往遥远的彼岸。"阿娇"就是陈勇心底鹊桥的另一端。出于对国产机的深情，越往后，陈勇不自觉地将 ARJ 的称呼改为昵称"阿娇"。关于国产化问题，陈勇说："'阿娇'拥有全自主产权，100% 的中国设计、中国制造。除了军机，为使投入产出比最优，所有民机的零部件都采用全球招标的形式获取，这是国际惯例。比如最酷炫的 B787 梦想飞机，波音只负责 10% 的总装合成，其余 90% 的构件都分包外采。'阿娇'也不例外，发动机、航电、飞控全球招标，整个机体和总装是国内的。

"我们直面问题，也不怕弱点，只有暴露出来，才能持续优化。成功的飞机，必定是在空气动力中'摔打'出来的。"上海交大气动专业博士生陈勇，多次重复着这样的观点，"试飞的意义是从理论的天国走向现实世界。载客飞行是往安全边际以里飞，越安全越妥；试飞则相反，往安全的红线方向踩去，边试边改进。"

科学家应该和成果连在一起。回忆两次万里之外的"追冰""追风"记，丝丝缕缕在心头，陈勇至今仍在咂舌与叹息。

结冰

叹声似已远去，而欢声却迟迟未起。

自然条件下的结冰和大侧风飞行，是验证飞机性能的极重要环节。此前，曾去内蒙、新疆试飞，希望找到相应的气象环境和等到机会。按理说，天山有结冰的天然条件，从 2010 年开始，每年 2 到 3 月，试飞团队都要赴疆开展自然结冰试飞，前后 4 年。但希望始终被失望笼罩，那 8 毫米厚的冰层标准杳无可寻。多年追云逐冰不得，试飞团队只得将目光朝外，投向五大湖区的加拿大温莎机场附近，那里的自然结冰是全世界出了名的。

客机自然结冰试飞，是公认的旷世难题，也是"阿娇"适航取证上的"拦路虎"。长航线飞行时,最好别碰上结冰,但试飞不同,试飞就是要以身犯险,拖着带冰的机身完成各项试验数据的测试。2014年3月15日,"阿娇"104号机从阎良起飞,经停哈尔滨,开始向东穿越整个北半球。转进过程,在俄罗斯境内白令海峡西侧,遭遇了严重的暴风雪,不得已在原地耽搁7天,飞机"顺便"在俄远东的阿纳德尔经受了大风、低温、暴风雪的多重考验。3月28日,经历了9天的飞行(前有7天等待),红色涂装的"阿娇"抵达加拿大温莎机场。

温莎机场上空2000公里范围,虽然名声在外,有许多地方符合自然结冰条件,但要达到设计需要的冰层厚度,也是需要"额角头"的。在当地气象人员指导下,试飞团队苦苦寻觅一个多星期,还是找不到符合要求的冰区。

4月8日,"阿娇"在经历了几次试飞后,继续在机场上空2000公里广阔的空域内进行自然结冰验飞。天气预报说,今天寻到理想结冰点的概率约为30%。但试飞机机组赵志强等人心态和往常一样,哪怕有1%的概率也不愿放弃,依然决定空中追云。在前后飞了两个多小时后,寻冰无果的团队准备返航。这时,天气向有利于结冰的方向发展,机组又在空中晃悠了两个小时,此时的飞机离机场区600海里,机上油量也不太充足。机组们忽然发现前方有形成结冰条件的云层。他们立马驾机进入。但冰层厚度不提气,至多达到1.8英寸,始终到不了2英寸以上的标准。当时油量已经到达临界状态,按理应该返航。但赵志强等试飞组成员不想放弃这个可能达标的机会——天气条件可遇不可求,万一符合条件呢?经过短暂而紧张的磋商,他们认为有几分钟的油量可支撑再做一次尝试。说时迟那时快,他们驾机在原地做了个180度掉头回飞,进入朦胧中的云区。

飞机一进入预估区,机组发现在风挡玻璃的未保护区迅速凝结了冰点。赵志强机组立即向空管申请原地盘旋，并提出在 4000 英尺至 5000 英尺的高度区机动。在几分钟的短暂时间内，赵志强等机组成员在确定冰层满足条件的前提下，迅捷连贯地完成了未放起落架构型下的爬坡度盘旋、大坡度转弯盘旋、光洁条件下的失速特性飞行，以及带起落架状态下的大幅度盘旋等多项高风险试验。就在油量有限、准备返航时，发现机身脱冰困难。为尽快脱冰，机组尝试提高速度，通过气动增温来加速脱冰，但效果不明显。飞机只能带冰冒险飞行。当飞机临近温莎机场，下降到一定高度时，冰层陆续脱落。当晚 6 点半，"阿娇"通过结冰试飞，安全降落在温莎机场，落地时剩余油量为 1.6 吨。机组们悬着的心始放下。至此，万里追冰告一段落。

陈勇引用了一句"阿娇"项目总指挥罗荣怀的感言："四年追云逐雪事，一朝圆梦报国家。"

大侧风

陈勇团队去冰岛试飞大侧风的过程，似乎有点北欧童话的色彩了。

2018 年 3 月 5 日，同样是"阿娇"第 104 架验证机，按计划航线，从陕西阎良基地出发，经敦煌、乌鲁木齐、哈萨克斯坦、芬兰、挪威，苦历山川，抵达终点站冰岛。三月的北国，从乌鲁木齐出境，往西往北，都是冰天雪地，基本是飞一站歇一站，一共飞了五天。哈萨克斯坦为独联体国家，飞机加油的地方竟然没人懂英语，说话对不上，加什么油？陈勇坐在飞机上本不想动，被人叫将下去，说加油工讲俄语，真不会英语，咋办？他说不会比划吗？用肢体语言！还有一法：英俄对照翻字典，上网查，终于把加油的事搞定。

忽然，哈国的海关又来一帮人，倒有会英语的，问：有没有走私？咱们试飞机组，来你这地方走私？难道是走私石油？当地人要他们出海关再进关。他们没哈国的签证，怕出去了进不来，坚持拧着不出去。不就经停加个油，有必要那么复杂？海关人员是不是有问题？还好，遇见了中国公务机公司的人员，出面帮事情解释透了。

落挪威时，天上大雪，地面高度积雪。飞机落地，跑道扫了，滑行道、停机坪上的雪堆积如山，只能停下等候，等机场的扫雪车过来将道路清出，才慢慢滑过去。

到了冰岛才发觉，这儿的地形地貌似乎不是地球上的，而是来自月球，或者是造物主使着性子刻意镂雕出来的。但他们来试飞，不必关心风景之类。上这儿试飞，和四年前去加拿大结冰飞行不同，冰岛凯夫拉维克是一座国际机场，每天6至9点，有一大波的航班需要出港，下午13点至18点，进港航班集中，另有飞行学校一座，就在机场边，学校训练也要占用跑道，'阿娇'的试飞被限制在9点半至12点前。

开始，冰岛民航并不欢迎"阿娇"去那儿，处处掣肘。因为在此前，俄罗斯一架SSJ100的支线机在那试飞时发生重着陆，一名老飞行员受伤。自那以后，机场拒绝飞机去验证飞行，忌惮再出事，坏了机场名声。机场当局还计划通过法案，禁止外国飞机在凯夫拉维克试飞。"阿娇"之所以选择北极附近的冰岛做大侧风试验，是因为当地的条件实在太诱人，那儿的跑道呈"米"字型，二战时由美军所建，战后机场划归民用，将"米"字跑道拆了几条，仅留下"十"字形的两条。但"十"字形两条已足够，不管什么方向，总有一条会遇见大侧风。况且冰岛的气象条件得天独厚，常年大风，七八级风如儿戏。

陈勇他们通过中介公司游说当地政府和机场，总算勉强同意"阿娇"过去。到了那儿才知道机场方面也是摆足"臭架子"，甚至倨傲刁难,专门请了位加拿大籍宇航员来审查飞机的安全措施。试飞团队将工作再次落细,觉得没问题了,机场方还说不行,万一出问题,应急方案在哪?我们有应急方案,再细化还不行吗?他们又说飞行员英语怎么样?没问题啊,都能讲国际民航通用英语。他们不信,挨个聊天,有人日常英语稍逊,他们又说这不行,万一出了紧急状况,需要日常英语也呱呱叫。为了契合对方,陈勇决定花钱请了位冰岛当地的飞行员陪坐在飞机上,他可会各种口音的冰岛英语。

陈勇团队降贵纡尊,完全迁就了机场方的要求。他们又说,不能用"十"字跑道的两条,只能用其中的一条,因为有一条的延长线下有居民区。啥,居民区咋啦?是怕咱"阿娇"有啥事?如果只用一条,风不从那方面来怎么办?他们说冰岛产风,慢慢飞,风总会从那头来。话虽诛心,也只能忍,说到底,就是对中国的试飞员和飞机不信任。陈勇一行找当地媒体做宣传,打躬作揖和当地政府搞好关系,甚至将交通部长堵在家门口,一步一步将关系贴上去,总算"捂热"了。

按当地人说的,冰岛常年刮风,冬春季节更是狂风怒吼。但这回上天仿佛跟他们作对,少风,即便暴雪在前,也没大风随后。连大使馆的人都说,今年奇了葩了,你们没来,天天大风;你们飞来,大风歇了。

大侧风,在国内不是没试过,2010年在鼎新机场就进行过大侧风验飞,但风速不达标。以后的四年,"阿娇"飘了不少机场,有时等一个月,天天怀有热望,天天又空幻,没挨到过一次风速超过30节的,不得不将最后的赌注押在冰岛身上。然而,他们在冰岛的冰天雪地中耗了20天,也没有等来像样的风,个个气得灰头土脸。

在天天盼风口的这一拨人当中,有一个人压力最大,那就是随团气象预报员蒋喻,无论在酒店还是办公室,脸上从不见笑容,天天瞪着气象数据发呆。3月24日,蒋喻神奇地认为26日左右应该会出现符合条件的大侧风。大家屏住了呼吸,不敢接腔。到了26日晚,经过漫长等待、憋红了双眼的蒋喻忽然尖叫道:"明天大风——那个吹呀!"大家以为她得了神经病,走火入魔了。但她说:"大风,真的会来了。"前一晚,头上突然冒出了满天的极光,飘飘忽忽,魔幻梦幻,不是极深的绿,却的确是极光,大面积的幽光,而且一直在变幻,像云系一样飘动。这是吉兆。

3月27日8点,试飞机长赵志强等人按蒋喻的提示,早早登上飞机。8点50分,赵志强向塔台申请了三次"开车",没有批准,因为那是民航机离港的集中时段,管制员没空来答理外国的试飞机。9点整,赵志强第四次申请时,得到了同意。赵志强立马滑出,冲上跑道,由北向南升空,转弯,瞬间消失在白云中。这时,显示器显示:2分钟平均侧风速度35节!机组全体异常兴奋,着手做各种科目的动作。10分钟后,飞机从远处向跑道接近,在大风中缓缓降落。此刻,机头的远方闪出一道绚丽彩虹,祥云煌煌,瑞气纷纷,迎接他们的落地。

接着,"阿娇"又连续飞了五个起落。随着民航局高级试飞员赵志强和中航工业试飞员陈明驾着"阿娇"以潇洒的"蟹形"身姿进场,ARJ21第104号机在大侧风中完成了六个完整起落。综合数据显示:起飞侧风达29.7节至38.7节,最大瞬时风速47.7节(9级烈风);着陆侧风29.7节至37.7节,最大瞬时风速48.7节(相当于10级狂风)。

试飞人的双眼被泪水浸漫。今天的泪水源于数十年来的期待。

为了这86分钟的飞行,机组和其他工作人员在此耗了20

多天,并为此熬煎了四年。试飞结束时,凯夫拉维克国际机场上空奇幻地落下一阵冰雹,不知道是祝贺还是欢送,如果欢送,方式也太豪华了。

主流航

陈勇总师的音量高亢起来,似乎从遥远的记忆中回到现实,回到我们坐着的办公室。

他说,我经历了太多的第一次。首先,飞机是制造业上的皇冠,体现了国家的雷霆意志。中国飞机和外国飞机走的路大道相通,外国比我们多的是经验,波音史超百年,喷气机至少干了六七十年,我们才几年?搞飞机、搞大飞机是国家行为,国家意志是最强大的濡养,而且这种意志要持续。运10由于意志变了,精神稀薄,结局也从本该去的"天府"沦落至不该去的"地狱"。

"'殷鉴不远,在夏后之世'。造飞机需要'四个长期':长期吃苦、长期攻关、长期奋斗、长期奉献。事实证明,一款飞机不可能一出生就完美,是从孩子一年年长成大人的,它的好与强是在不断的折磨中优化的。B737改进了几十年还有问题。优化和积累既是技术,更是人才。"陈勇说。

"现在,你们正站在国产机历史的台阶上。"我感慨地说。

"民航和军机不同。民机是专业交通运载工具,公司、乘客都是用户,分客运、货运等不同用途,一定要以市场和需求为导向。中国民航在改革开放前没经验,现在在反思中回归,发现问题就要及时改。"陈勇强调,"安全性是绝对底线,没有安全,一切白搭;但有了安全不等于有了一切,民机是安全性能和经济性的统一,安全的前提下,需要充分的经济性。"

"阿娇"拉开了国产喷气机重生的帷幕。商飞人每跨出一步，都在缩短和别人的差距。过去的泪水不能战胜运 10 的不幸，今天的汗水却能浇灌他们崭新的事业。

　　说到"阿娇"的交付情况，陈勇颇有底气地说："这次交付国航、东航、南航等三大航，标志着'阿娇'终于走进主流航空公司。我们正在改进生产线，加快生产，在 2021 年上半年前交付 100 架 ARJ21-700 型机。"

二、四十不惑年

历史从不给落伍者地位与尊严，也从不对犯错者给予怜悯。"俯仰之间，已为陈迹"。倘若中国高铁的异军突起是一项奇迹，那么，由于运10的陨落，国产大飞机历尽劫波，姗姗来迟了四十年。

苦约

毫无疑问，C919总设计师吴光辉院士太难约。为了做次访谈，前后约了半年，从2019年初夏约到了冬天。当年，世界贸易大战、华为事件烽烟滚滚，大飞机进入密集试飞期，第103至105号样机接连升空，至年底所有六架样机全部上天亮相。何椿姑娘联系了几次，说吴总这阵连影都没见着，还是等秋凉了再说吧，不过呢，吴总的秘书已经回话，等稍空一些，就接受访谈。但这句回话如沉入江底的石头，再也没有浮上来。我想，吴总师媒体见多了，中央级的、地方级的、业内的、业外的，传统媒体、新媒体，接受了N次采访，烦死了，不想见；另一种可能就是大飞机视频、图文泛滥，吴院士低调，只想做不想说了。

吴光辉1960年出生于武汉，南京航空航天大学飞机设计专业毕业，北京航空航天大学博士，工程院院士，是我国本土培养的科学家。

他长期从事飞机设计工作，涉猎军、民多种机型。2001年，任空警2000预警指挥机总设计师，主持气动布局、航向增稳、结构强度、大型天线罩体等多项技术攻关，打破了别国的封锁和禁运，实现了我军该型装备从无到有、抵达世界先进水平的突破。2005年至2008年，任ARJ21飞机总设计师，领导团队完成了自主知识产权的喷气支线客机的设计。2008年至今，任C919总设计师。随着三年前C919的冲天一飞，吴光辉也渐渐从幕后走向台前。十多年来，他凭自身才华和团队合作，斩获诸多殊荣，先后荣获国家科技进步特等奖、全国五一劳动奖章，获党中央、国务院、中央军委"高新工程重大贡献奖"，是航空界实至名归的"风云人物"。

原本没想采访，原因是C919宣传有些过。一架尚在验证试飞、没投入航线的飞机，电视画面铺天盖地，国家成就、改开成就，地面必提高铁，天上必提大飞机，但大飞机跟高铁显然不在一个平台，前者尚在试飞，后者早已驶出国门。对一个制造业大国和未来的航空市场，大飞机是交给炎黄子孙的又一道大题，不想采访也得去。况且，以前的采访集中在2017年5月5日首飞前后，各种报道高潮迭起。而今两年多过去，试验机由一架变成了六架，情况大不同，也就一再地盯何椿，她一再地盯吴总秘书。见我催得急了，她噘起了嘴，无奈地说，吴总是集团的副总兼C919总师，班子成员，时间细得难插锥，咱不能强求领导的呀。想想也对，她是助理，怎么能左右大领导的时间？这样看来，吴总不能采访的理由只有一个：忙，太忙了，忙得晕头转向，忙得山月昏蒙。

好不容易熬过了立秋，天气渐渐开凉，看上去有点盼头了。突然又传来吴总师去中央党校学习的消息，而且是封闭式的，中间出不来。两个月后回沪，赶紧去催，而且还附了个小小说明：在下不是记者，也是业内人士，以前写过几部航空科普书，近几年转投文学，跟记者不是一个路子，咱出手的东西比较厚实寥廓，艺术味也浓，望能面晤一谈。保险起见，我又打电话给程处长以及曾部长，希望及早晤面。消息很快反馈回来，吴总说可以聊，在时间上请稍等。这一等又延宕了个把月，一切杳无音信。我想这可能是吴总的缓兵之计，他不愿接受太多的采访，只做不张扬，拖着拖着将事情拖黄。何椿表示，要么我们提供点吴总的视频录像，找些发表的资料，录点内部东西给你？也不一定要面对面谈。我说实在困难，只能走此下策了。正当我也觉得事情真的"黄"了时，何椿突然来信：吴总答应明天下午专门空出时间，接受访谈。

这次再没出什么幺蛾子，谈话如期约在商飞总部大厦12楼小会议室。我和另一位写报告文学的作家提前10分钟到达。一会，秘书领着吴总准时跨进会议室。双方握过手，坐下。吴总魁梧结实，比实际年龄显老，头发花白，脸色倦怠，谈话时不断地抽取面纸拭一下鼻翼。我已不想说"早生华发"之类的逗哏。因为一年半前，访谈C919首飞机长蔡俊时，望见70后的他头发也有白，开了句"不会是漂染吧"的玩笑，不料对方说："遗传的，似乎跟试飞无关。"估计吴院士也不屑回答类似的话题。但见他连续地抽手纸，还是忍不住地问了另一个问题："吴总嗓门有些嘶哑，是不是累感冒了？"他又抽了张纸，擦了擦鼻孔，说："没感冒，过敏。""冬天也过敏？""没办法，就这样了。"

窗外，黄浦江浪花腾燃的波光隐隐可见。

由他使我想到三十多年前另一位总设计师马凤山。每次去张江的上海飞机设计研究院，我都会在马凤山的铜像前怆然驻足。

马凤山的塑像横跨着历史与现实，连接着悲戚与欢乐。新近透露的马凤山日记显示，他在1980年运10首飞前就从内部渠道获知，无数科学家耗费了十年心血的运10无论成功与否，都面临下马的惨剧，因为美方已经"答应"将他们的麦道机和中国"合作生产"，——中方如此麻烦地"造机"，不如轻轻松松地"买机"。面对濒临窒息的消息，马凤山他们还是决定试飞，反复地试飞，从上海飞往北京，飞往昆明，飞往哈尔滨，飞往乌鲁木齐，其中七上拉萨。他们用试飞证明，运10的某些技术优于B707，和A320处同一级别，同后者首飞的时间也只差两年。运10被无情扼杀后，于轰6研发立下奇功的马凤山郁郁寡欢，生命之光过早地滑进了日落，年仅61岁。

每想到运10如此的命塞，我常常气血滞塞。为了大飞机，多少人青丝染白，红颜成灰。我从马凤山忧悒、孤伤而坚毅的目光中读到的更多。

如今，首架国产喷气大客机运10静静地躺在大场的草地上，成为我国当代工业文明中的一个孤独孑遗。

如果没有昨天，无所谓今天和明天。比起马凤山，吴光辉无疑是幸运的，他活在新时代、大时代，可以在火烫的时代洪流中尽情挥洒。而C919就是上天落在他身旁的一颗福星。

"厨师"

采访前我们已列出了提纲，相信他已看过。访谈开始时，细心之极的何椿还是拿出了一份打印稿，双手递至他的案前。吴光辉睨了眼上面列着的七八个问题，说类似的问题有人问过，而每次谈话有的差不多，有的又有新认识，答案并不相同。

吴光辉从ARJ21的总设计师到C919的总设计师，为国之重器呕尽心血。至于C919的产权问题，他重复了多次，但还是耐着性子首先谈了这个问题。

"从定义上说，飞机是依靠空气动力起飞的，仿佛在空气中游泳。飞机和气球、飞艇不同，后两者轻于空气，浮力将它们浮上去；和火箭、导弹也不同，它们靠推力克服重力飞出去；而飞机需要依靠自己特别的外型，方能起飞，飞机的核心是符合空气动力原理。C919的设计算是符合了良好的空气动力学，其外型具有完全的自主知识产权，对此没任何人提出疑问。为什么是C919，而不取个中国化的名字？更多的是为了以后走出去和国际并轨与比肩。C是中国（CHINA）的头一个字母，也是中国商飞英文缩写（COMAC）的首字母，也方便与空客（A）、波音（B）区别。外型的核心部件之一的机翼，咱们先后设计了2000多种图纸，优中选优，比了试，试了改，最终定型，完全自主独立创造。C919的超临界机翼获得了技术发明奖。我国以前的飞机基本是仿制，或者在别人的指导下设计出来，这次从理论到方案，从总体设计到分项设计，从过程到结果，包括制造、试验，百分之百是自己做的，无数专利在手中。

"飞机的壳子和别的外壳不同，至关重要，离开壳子就谈不上别的，壳子本身就包含了重大的技术环节，在满足安全的前提下，份量尽可能的轻，以便载更多的人和货。人性化是我们注重的另一个方面，乘坐飞机，一般旅客都不愿坐中间，C919特意将中间座位的尺寸加大1英寸，给中间位的客人以舒适度和心理上的补偿。可别小看这1英寸，这小小的改动，会影响机舱整体的空间和布局，连外型尺寸也得跟着变。C919在总体设计、气动设计、强度设计等方方面面都不同于波音和空客，都是中国创意。"

吴光辉无暇欣赏黄浦江上的白雾和飞鸟，他的头一直深埋在图纸里，说话却站在上海中心的楼顶上。

他说："根据贸易规则，飞机的许多子系统购买的是国外设备，这是制造业的国际共识。之所以选国外的产品，至少有两个因素：一是快，如果样样自己开发，周期太长，时间不允许；二是国际游戏规则使然，飞机的零部件都是全球采购，能买则买，但不能受制于人。受制于人与自己做是两码事，苹果手机全在中国生产，但知识产权是苹果的，也不是富士康的。波音和空客的发动机都是外购的，两大巨头本身不产发动机。波音机的整个尾翼在中国生产，以后连材料都是中国的。一架飞机有300万至500万零件，局部的外包是常规做法，不代表不是我们的东西。自当ARJ总师以来，面对媒体，我一直打这个比方：我们需要做一桌鲜美大菜，有的食材自家有，有的需要去菜场购买——鸡鸭鱼和油盐酱醋，有农民种的菜，农户养的鸭，渔民捕的鱼，也有各厂家生产的调味料，但这一桌菜品的知识产权理所当然地归掌勺的大厨所有，而商飞人就是那样一位厨子。这就是我说的'厨师论'。

"习近平主席视察商飞时曾经说过，自主创新，绝不是闭门造车，是在开放或者比以往任何时候更开放的前提下的自主创新。习主席无疑是站在珠穆朗玛峰的高度说这番话的。商飞购买国外的系统，并不是附人骥尾，所有的供应商都是按我们的设计要求来研制产品。发动机由我们提出技术指标，外方按要求研发，其他零配件也是如此，但总体专利是商飞的，这一点十分清晰。换句话说，在商飞的总体产权下有别人局部的东西，这两者并不矛盾，我中有你，你中有我，羼杂互融，这样能少走许多弯路。集成用的复合材料——铝锂合金，商飞和供应商已进行了十多年的共同研究，强度要求、疲劳要求、弹性要求、磨亮要求等技术指标，是我们一路牵着他们鼻子走，材料出来后，规范是中国商飞的，这和以前大不同。过去是完全的拿来主义——选用人家飞机上的材料，没有新材，完全沿用国外现成的，而 C919 用的是研制的新材——主体材料为第三代铝锂合金，同位替换，可减重 7%。"

吴光辉从江汉平原走来，操着不太明显的武汉口音说："合抱之木，生于毫末。随着大飞机项目的前推，国内的复合材料进步明显，下一代铝锂合金、陶瓷复合材料也在做。有的双方做，成立合资公司，有的国内公司单独做。一架机和一架机也有区别，C919 第一二架机用人家的，第三、四、五架机有国外也有国内，到第六架机（106 号机）时，主体结构全用国产的铝锂合金新材。钢的技术也获重大突破，106 号机全是国产钢。宝钢研制的 300M 钢，用来制作起落架，技术完全达标——这是我一手推的，得到了宝钢的鼎力支持。宝钢是商飞的股东，董事长是商飞的董事，一次开会，他说想做大飞机的钢。我说就盼你们这句话呢。宝钢人说干就干，借四川绵阳这块风水宝地，用全球最大的锻压机——8 万吨锻机，将巨大的钢疙瘩千锤百锻，锻压成型，工艺完成后，再机械加工成飞机的起落架。宝钢人从第一炉钢起始，花了三年时间，终于攻下起落架用的特种钢材。定型后，国内和国外的相关专家共同为产品打分，从最初的 20 多分至三年后的 80 多分，已属优良产品。总而言之，C919 拥有完整的知识产权，咱们想起什么名字就起什么名字，外国人不会废话半个字。"

黄浦江水的波光荡不起他心底一丝的涟漪，他身上的每一个细胞都系于大飞机。

吴光辉话锋一转，承认大飞机在某些方面存在差距，像发动机、飞控系统、液压系统等。不过，这些缺乏的东西，国内也在补短板。"拿人们最关心的发动机为例，C919 对外公布的有两款发动机，一款是国外的利普（LEAP），美方的；另一款是国产的长江 1000A（CJ—1000），自主研发，也已点火成功。利普发动机专门为 C919 量身定制，许多技术指标由中方提要求。美欧在发动机方面技术富有，引领了先进的前沿动力系统，目前所有六架试验机都是用的利普航发，但国产的也在研不停步。两条腿走路，防的就是人家卡脖子、埋钉子。然而，话说回来，即便将来有了国产发动机，也不一定就选国内的，除了遵循国际贸易规则，还有个成本问题，需要融入国际经济的大潮流中，咱们永远不闭关，永远在开放的条件下搞研发。空客和波音是咱们的标杆，他们发动机的供应商也不是铁定的一家，货比多家，甚至由购机的航空公司选择航发。咱们在全球化的背景下搞开发，为的是别人掐你拿你时有替代。说到成本，有些国产材料属于初研，可能贵一些，咱可买便宜的，国际采购么，图的就是价廉物美，但贵的必须有，因为没有贵的，就不会来便宜的，比较了才能杀价；如果独家垄断，人家蹬鼻子上脸，价格立马上天，只有互相撕扯扑咬，才能买到最便宜的。这也佐证了'造不如买'的言论是站不住脚的。

"咱们和外国做生意，不是主人对奴隶的施舍，是互惠互利的，咱们生产的轻工产品又便宜又优质，美国大众欢迎；咱们买美国芯片的钱比进口石油还多，是互惠。任何一方想封闭起来，从长期看都没有未来。美国对咱们技术封锁——叫限制可能更妥当一些，每年有十几至几十项，人家技术在握，吃相自然不用好看，并不是现在，一开始就在 C919 技术上大设限制。2008 年商飞成立，C919 项目出发时，美国政府就严格禁止美国公司对中国大飞机项目提供任何技术支持。那是十多年前，世界金融危机，美国经济疲蔽，尚且如此，何况当下？人家可以卖你东西，发动机卖你，复合材料卖你，但怎么造，出多少价也不告诉你。给你成品发动机，但怎么设计、工艺怎么做、软件怎么定，严格守秘，半个字都甭想漏出。他们只卖产品，不卖技术。咱们不想被人掐死，于是开始了复合材料的研发，飞控系统的设计——原本想将整个飞控系统包给他们，技术共享，但他们笑眯眯地说，不行，要求你们可以提，我们只售产品，不可能提供技术合作，对不起啦，政府有规定，飞机控制设计及发动机一体化等技术是严格守秘的。又嘿嘿地说，发动机给你们已经不错啦，但买过去怎么吊装、怎么安放、怎么控制，是你们的事，俺帮不上忙。美国历来限制技术出口，人家攻下来的技术凭什么卖你？美国严格限制十大技术出口，航空发动机首当其冲，还有飞控技术、复合材料等等。美国的技术限制不仅针对中国，也对其他国家，包括日本、欧洲，而老大对老二更为严酷。这些核心的关键技术，都要咱们一点一点啃下来，一个台阶一个台阶攻下来。好在中国人勤劳苦扒，大飞机的飞控、紧固件、复合材料国内已经在开发，核心技术最后只能靠自己。"

我深深理解吴光辉说的。即使商飞人心肺肝胆全盘托出，也不会搏来对方一丝的同情。人家在航空跑道上遥遥领先，眼高于顶，自有傲慢的资本，也不能怪人突然就长出獠牙来。商飞人欲登临理想的峰顶，必从沼泽洪荒开始。

市场

商飞人用巨手擘划着心中蓝图。吴光辉说："民航机是一种运输工具，也是一种商品，要飞上天做买卖，必须取得适航证。'山积而高，泽积而长'，C919将采取三步走的途径，先取中国民航（CAAC）的。有了中国的适航证，国内市场可以飞，东南亚、非洲一些第三世界国家认可咱的，也可以飞。第二步取欧洲的，有了欧盟的适航证，世界大部分国家都能购买中国飞机——况且咱们的安全标准相比欧美只会严格,不会逊色。第三步取美国联邦航空局(FAA)的。中国民航定将独立完成大飞机的适航取证。"

众所周知,150座级的客机是国内航线的主打机型,而当今世界,B737、A320型机一统天下,波音和空客每年生产的飞机有20%的产能销往中国市场,中国是他们嘴中的肥肉。

对C919的市场前景,吴光辉认为没有悲观的必要,却有乐观的理由。首先是庞大的国内市场,增量摆在那儿。国际贸易是开放的,波音、空客可以瓜分中国市场,但增量部分C919必须染指,可以形成A320、B737、C919在国内市场各占三分之一的设想。据初步预测,中国未来需要一万架150座类型飞机,只要占有30%,3000架属于C919,足够支撑商飞的发展了。目前国内每年进口三、四百架飞机,比例最大的就是此类机型。C919新研发,各种系统全是新,从技术进步而言,波音、空客在几十年前的设计似乎无法比拟,C919在排放、静音、舒适度上都优于国外同类机。在技术服务方面,商飞也有独特优势。

"海外市场,也是可以期待的。第三世界国家、一带一路国家,都向往我们的飞机早日量产,飞入他们的机队。这些相对不够发达或欠发达国家,除了想买咱们的飞机,还期冀对他们的航空体系、适航体系、飞行人员及地面保障人员的培训提供多维度的帮助,希冀对他们的航空产业链提供一揽子的扶持,咱们已经具备这个能力。尽管有竞争有壁垒,在广阔的国际航空市场,中国商飞必须在场。"

吴光辉常将江上升腾的白雾看作战场的硝烟,他的眉角燃烧着迎战的火焰。他说:"眼下波音、空客帅旗不倒,是地球上两家最大飞机生产商,已形成相对垄断,赚的盆满钵满。按庞大的民机市场容量,增加一家,甚至增加两三家航空制造企业,总共三至五家毫不为过。汽车市场，有几十家驰名品牌在竞标，飞机市场生产方偏少，固然由于大飞机技术含量超高，烧钱厉害，不是一般企业能承受，而当下空客、波音两家的飞机供不应求，2025年的产量已被订购一空，甚至到了'炒'飞机的程度。回望2008年C919项目启动时，许多国家双手赞成，世界各大航企尤其是零部件供应商无一例外地来和咱们谈合作。那一年，由美国次贷危机引发的金融风暴深度发酵，商飞大飞机项目的开张，无疑为众多困境中的企业注入了新活水。国外供应商要生存，要发展，企盼有新的市场诞生。又说到利普发动机了，咱们的项目在前，他们的发动机研发在后，咱们是这款发动机的第一用户。C919项目的上马，拉动了许多新技术的发展，全电传的飞控系统、模块化的航电系统、变频的供电器、复合新材料，都在C919上得到良好应用。"

吴光辉眼光宏阔，远远超越了C919本身。他深情地回忆起2008年，国家领导人去北航视察时，专门问学生：知道中国商飞成立了吗？学生中有人说知道，也有人说不清楚。中国商飞的成立，C919项目的启动，使飞机专业的毕业生身价陡增，当年商飞招了200名北航毕业生，这几年，北航大、南航大、西工大及其他院校相关专业来商飞的本、硕、博士生，每年在千名左右。2017、2018、2019这三年，北航、南航、西工大飞机专业的招生分数直线上升。就业旺，学生奔涌，学校争抢，源头的录取分数自然水涨船高。大飞机的发展，毫无悬念地带动了上游、下游一大批产业，助推了供给侧改革，也带动了教育与科研的进步。

我深知，一旦中国制造的寒光耀进大飞机领域，带给世界的必是价格下跌，服务上升，全球消费者受益。

爱好

谈起那些风云往事，吴光辉的脸上就布满了"风云"。当问起他有无个人爱好时，他笑着抢过话端说："我晓得你们的意思，这么说吧，我的业余爱好就一项——飞行，别无其他。我是老来学艺，50岁开始学飞，不但私照，现在连商业照也成了。"

他这么一说，我忽然觉得这不是业余"爱好"，还是和他的老本行有关，或者说是为了更好地做本行，才爱上飞行的。果然，他的话语不由自主地往那方面拐去。

"做飞机设计大半辈子，以前都听飞行员说，自己无法理解，即便心存疑虑，也不敢质疑，因为你不懂飞行，不会飞，心中无底。要设计出更优的飞机，首先要理解飞行员说的，自从学了飞，胆壮了，他们说的我都明白，能跟他们在同一平台上对话。飞行员需要怎样的飞机，市场需要怎样的飞机，我有了第一手本钱，这就是我学飞的动因。我去飞，不是职业，不取分文报酬，是为了更深地贴近飞机，理解飞机。

"民航局前局长杨元元环飞中国，引起网上热议。几年前，我和他在湖北邂逅，两人有次对话。作为一名飞行员出身的国家民航局长，杨元元对大飞机提出了许多建议。谈话时，他忽然狡黠一笑：听说你也学飞？我说当然在学，而且飞得马马虎虎。啊，终于你也学了，会飞了，这样啊，你设计出的飞机，咱们就放心了。我听了很欣慰。"

一道凝重的阳光从窗外射入。吴光辉瞧了瞧墙上的挂钟，约定的时间到了。这时，秘书恰好从门口溜进，像是给我们添水，实际有送客的意思在。

吴光辉意犹未尽地说："我们省出了几亿元。"

我听了一悚，诧异地问："这个，好像没听说过。"

"历史是一脉长流。"他咂了咂嘴说，"C919 是在 A320、B737 以后的飞机，是更新换代的，以前老旧的、传统的导航模式已经足够，不需要过量的余度。比如进近着陆（向机场方向下降接近）阶段是飞行的重要环节，为了指引飞机准确进近，地面建立起导航装置，用来给飞机定位和测距，为此，每架客机安装了 5 套地面导航台信号的接收器。不过，我在飞行中发现，这些做法是以上世纪五、六十年代承袭下来的，现在的飞机，无论航路飞行还是进近下降，基本用的卫星导航，目前是美国的 GPS，以后还有北斗的，已极少用地面导航台的信号，地面台已退至备胎的地位。按惯例，C919 也设计了 5 套这样的设备，国外的开发商也推荐用 5 套——他们当然是赚钱多多益善。我以一名飞行员和总师的身份断言，保留 3 套已经足够，现在都采用星基导航，接收地面台的设备还用 5 套吗？撤下 2 套设备，首先就省下千万美元的初装更改费，其次是省下每架飞机每套 2 万美元的费用。当时，最初的设计方案已到我案前，被我押下了，我和团队成员反复磋商、论证，觉得保留 3 套已经尽够。但是，还有人提不同意见，包括试飞机长。我心中自有飞行员的底气，力排众议，拍板决定只用 3 套，为国家省下大笔费用。当然，我的拍板不是胡拍乱拍，是一种担当；当然，我还是反复做同行的工作，苦口婆心地和试飞员们讲多方面的道理，逐一解答他们的疑问，说我无比尊重供应商和用户的意见，但所有供应商和用户的意见并非百分百准确。最终，我们的试飞员都心悦诚服地和我达成了一致，嗯嗯，这或许是我'业余爱好'发挥的作用了。"

三、锻造"筋骨皮"

2018年8月的一天，我应中国商飞曾勇明部长、新闻中心主任程福江、宣传处长张正国的邀请，来到浦东祝桥的大飞机试验基地。庞大的机库内，一架C919大飞机被"五花大绑"吊挂在空中，受着令人心疼的"酷刑"。

这是商飞公司对C919结构强度的一次大考，C919身上布置了几百个受力测试点，通过对飞机机头、机身、机翼等各个部位持续加力，看能不能承受住起飞、降落以及在空中各种"疾浪"的冲击。被称为2.5g静力测试项目，意味着飞机在承载相当于本身2.5倍重量时的机体强度可靠性。当外力不断加大，达到2.5倍最大值时，飞机机翼的末梢部分比平时足足上翘了3米。试验证明，C919的机体和骨骼、筋络足以支撑它翱翔蓝天。在场的欧洲航空局（EAS）官员、中国商飞、中国民航审定中心的几百人见证了这一盛果。

我作为新闻界的观摩嘉宾，在现场遇见了C919总设计师吴光辉院士等专家，其中一位便是民航审定中心副主任、总工程师张迎春女士，当时我和她并不熟，直到两年后在审定中心正式访谈，才有缘结识。

事后，张迎春说："当试验的静力加至2.5g峰值时，我的手心全是汗，真担心机体的哪一个部位会出现微小的裂缝、扭曲、变形，或者机翼承受不住大弧度的弯曲，会……可是，没有。"

这使她忆想九年前那痛苦的"黑色"一幕。2009年12月1日，在ARJ21进行全机稳定俯仰2.5g极限载荷试验中，当载力加至87%时，龙骨梁后延伸段结构突然损坏，试验遭受重大挫折，不得不付出八个月的时间代价来改进设计。当时，她在商飞一线担任ARJ21结构强度负责人。

张迎春的人生早与飞机绑定，曾主持国产喷气客机ARJ21的强度设计，后担任中国民航适航审定中心结构强度室主任，国产C919型号合格审查组组长，现任民航上海审定中心副主任、总工程师，负责全国民机结构强度、飞机控制系统、电子电器、动力装置等方面的工作。随着中国商飞成立而成立的民航上海审定中心，实际上承担了中国民航的审定工作，为国家民航局适航审定的主阵地。

适航审定是一项强度、韧度、责任度极强的工作，然而张迎春的外表并不像飞机强度那样坚韧。在我面前的张迎春表情温和、脸带微笑，留着方便打理的短发，不胖不瘦的身上穿着随意的衣装，一位普通中年温柔女性的形象，怎么也想不到这是业界赫赫有名的结构强度方面的专家。

当我问起，您怎么和飞机捆在了一起，而且这一捆就是几十年？她说我喜欢飞机，将飞机引为知己。她眨了眨眼说："我1970年出生在四川广安，和小平同志是同乡。"我打断她："原来是伟人的故乡人，难怪你也成为业界的'伟人'了。"她矢口否定："哪能跟邓老人家比？人家是改革开放的总设计师。""您是结构强度的设计师，大小而已。"她又被我逗笑。

她敛起笑容，回忆道："我的一生和飞机缘定，源于高中时代。那年看过一部电影，叫《魂系蓝天》，影片中那位女飞机设计师的形象深深扎进了我的内心，唤起了我最纯正美好的职业梦想。女主角透过屏幕为我打开一扇窗，让少女时代的我瞧见了从未见过的风景。在以后的一段时间里，影片中的女主角如影随形，始终在我脑海中萦回，久久不愿散去。我暗暗发着誓言：一定要成为一名飞机设计师，这可能是我一辈子从事的职业。"

其实，她那时连飞机都没坐过，并不晓得飞机设计师是怎么回事，那只不过是少年时代一个香甜的梦。

"后来您用行动证明，终于将职业上升为孜孜以求的事业。"我又打断她。

"您过誉了。"她笑道，"我没那么崇高，真的分不清职业和事业的那条线。"

好在她的那位同乡，小平同志早已在此之前恢复了高考制度，使我们和他们这一代人有机会选择自己的学习方向和职业。17岁的张迎春怀揣着影片中的那个梦，以优良成绩考取了北京航空航天大学飞机设计专业，朝心中的绮梦走去。如愿以偿的甜蜜成了她学习的动力源泉。一想到自己设计的飞机能直上蓝天，她一天也不敢懈怠，沉潜在知识的深海里，期许着羽翼丰满的时刻快些到来。

然而，张迎春的梦想之路坑洼不平。1991年，她从北航毕业，分配到上海5703厂（商飞制造中心的前身），后转至上海飞机设计研究所（商飞飞机设计研究院前身）。到了上海才明白，自运10梦碎后，研究所极不景气，没有任何型号的飞机设计任务，只有少量的科研项目，比如（麦道）MD82起落架的改装，MD90起落架部分的偏离处理等。她跟在老师傅后面打打下手，干点零星活。设计师们的满腔热血很快降为盆盆冰水，许多人惶惑无事，只得"不务正业"去接一些民品活维持生计，比如设计食品加工机器、锦江乐园的娱乐设备。也有一些不甘寂寞的优秀人才选择用脚抗议,另投它处或出国留学(当年出国潮正风起云涌)。多少青春晦暗中,无数倩笑喑哑去。

这使我想起"君不正臣投别国,父不正子奔他乡"的老话。

张迎春一时深陷精神的泥淖之中,但她没有张爱玲式的惋叹,也不愿跟浮士德对话,更不打算糟践初心。她擦一把眼角从没干过的泪痕,一边工作,一边挑灯夜读,并考上了上海交大的研究生,始终和自己的专业不离不弃。

机缘得以扭转厄运。张迎春没有在山穷水尽的窘境里沉沦,终于迎来了柳暗花明的转机。时间之窗推进到1999年2月,我国成立了中航工业第一集团,准备选派一批优秀技术人员去德国参与空客A318的设计与适航取证,为时三年,遴选12人,可以带家属。领导通知她去面试时,她两耳嗡嗡作响,脑子模糊,眼中蓄满的不知是泪还是血。当确定事情是真的时,她一大早赶去,在门外足足等了一上午,连上厕所都舍不得,怕里面的人突然叫她。轮到她进去,空客方的面试官瞅着她的简历,质疑她经历与经验不足,而她回答用的英语一点也不比对面的法国面试官逊色。她坦荡如砥,目光坚定:"正因为我年轻,才有更优势的学习力和适应力,才能迅速积累起更多的经验。"空客方面经过综合评判后录取了她,她得以成为同批出国人员中年龄最小的一位。到德国后,她被分配到空客位于汉堡的结构设计部学习并参与A318的设计。

"外出学习,是谦逊的态度,首先是承认自己的短处和别人的长处,'知己知彼,百战不殆'。"我说。

她颔首道:"在学校的学习上要是打基础,学理论,但真正使一名设计师成熟的,是在学校课堂之外、工作课堂之中的实操,那种经历与研习才是刻骨铭心的。我汲足汉堡两年半的时间,一张图纸一张图纸绘,一个细节一个细节抠。一方面,我被空客设计与制造融合度超高的专业水准打动,被德国人那种严谨不苟、有条不紊的作风打动,被空客规范、自觉的企业文化浸润。我曾突发奇想:空客人虽然不怎么加班,弹性工作,不紧不慢,却十分的自觉,专业素养优良,产品的设计、制造、服务匹配度超高,说不定有朝一日就赶上或越过了波音。另一方面,我在一线实际的工作中,成功地将自己摆进去,成为了一位设计人。"

她在空客的经历还没来得及画上句号,国内 ARJ21 立项的号角已经在耳。她抑制不住内心的澎湃,毅然提前结束学习,赶回国内参与项目。在回国的飞机上,她激动不已:七年前在飞研所无所事事的日子已经一去不返了!也将对当年的怨怼转化为当前的运气。她甚至觉得自己的名字起得好:迎春,终于像自己的名字一样迎来了春天。啊,终于等到,等到这日了!

从回国起始至 2007 年底 ARJ21 总装下线,是张迎春青春正浓、风华正茂的至忙至热时刻。回到上海飞机设计研究院后,她担任飞机结构室副主任、主任,负责 ARJ21 机头、前机身、平尾、垂尾、吊挂等关键大部件的结构设计。当时,她带领的结构室才 30 多人,老的老,少的少,起点低、条件差,工期又紧,工作进程单基本细化到了周和日。她在空客学的知识和经验正好派上用场。她内心赞赏空客不用加班、弹性工作的人性化管理,但她更清楚,在商飞,不加班那是做梦!多少事,从来急,自运 10 "歇菜"后,中国已被甩开数十年,难道还要再等三十年?她带头画图、发图,还要和制造方对接。前后五年,天天加班加点,"6+11"是他们的口头禅,即一周干 6 天,每天工作 11 小时,后来又变成了"7+11",一周干 7 天,每天 11 小时。开始是上面的强制,几年后渐渐演变成了大家的丰盈文化气韵,人人都会这样做。为什么?任务摆在那,不加班,怎么出活?

她作为结构强度的当家人,自然冲在头里,被鞭打快牛。2004年有一阵子,她连续三月没歇过半天,每天忙至晚12点下班,有时凌晨1至2点,永动机般的加班。

"那些日子,如果用两个字概括,就是'拼命',只要ARJ安全上天,就算把这条老命拼掉也值!"她深情地忆述,"那时的上飞院在龙华机场办公,一天深夜,我从走廊上经过,看到设计大厅灯火通明,却无一人说话,听到的只有手指触动键盘的清脆的嗒嗒声,看到的是灯光下不服输的眼神。我竟忍不住哽咽,流下两行热泪。每想到当年运10中途夭折,树倒猢狲散,那些设计人员散的散、去的去,想到许多前辈一生也没赶上一个完整的民机研制项目,咱们这一代有国产的飞机做,就是累死拼死,心底也是甘润的!"

我完全能想象出当时的场景,但我更能理解,加班只是商飞人的一种手段,他们心中屹立起的是一座意志的长城!没有悲壮就难有崇高,张迎春发出的是血泪的感叹,现在她面前的土地一片青葱。

她说:"人对幸福的理解不同,幸福在不同时刻的表现形式也不一样。商飞人的加班是幸福的,也不需要多大的金钱刺激,都是自觉自愿,有人不加班才感到难过。不过,偶尔的'早下班'也满是开心。一次,我在晚上八点半下班了,忽然觉得好幸福,终于可以睡个早觉了。在此说句难听话,单位发的工资从没时间花,都是将钞票或卡交给家里人。一年元旦,我咬咬牙给自己放了半天假,匆匆忙忙带儿子上街买衣服,其实买跟抢差不多,拿上东西让紧走。儿子不解地问:妈,让我再好好试试,试试么,这么慌里慌张,像来店里'偷'或'抢'似的,怕人家发现呐?我无言以对,只好说,妈真的忙,还要去单位,下次来——等到'阿娇'飞上了天,妈保证留一天时间陪你买,买它个够。

的确，那时候是形势逼出来的，现在被商飞人养成了一种心灵自觉。那时虽然太苦，太忙碌，忙得连上个厕所都怕对不起大家，但至今想起来很怀念，怀念 2002 年至 2007 年我在 ARJ 项目的岁月，那些激情似火的岁月。人家可能以为我在讲故事，但我说的是肺腑之言。"

2007 年下半年，"阿娇"迎来总装下线的关键节点，五年的超负荷运转，张迎春的身体不断拉响警报，不是这个地方痛就是那个地方不对劲，但她不想下线——即便"挂"在岗位上，也不想去住院做检查，好在她负责的结构设计工作终于告一段落，她也就没有像航母上的有些科学家那样倒下，得以有时间去医院关注一下自己的健康。医生说还好，多个部位的不适都是积劳引起，调理一段时间能恢复。

当年，民航上海审定中心成立，主要承担民航运输类飞机的适航审定，国产大飞机 C919 是审定中心负责的第一个完整的型号审查项目，ARJ21 的适航审定的后续工作同时跟进与实施。当时只有上海审定中心，北京审定中心与西安审定中心尚未成立，是以上海审定中心也是国家民航审定中心，不但对国产民机进行适航审定，也对国外进入中国的运输机进行技术审定。多年后，成立了北京审定中心，主要负责发动机；西安审定中心，负责螺旋桨飞机；沈阳审定中心，负责通航小飞机（审定）工作。由此可见，上海审定中心至今仍承担着中国民航的业务主体。

初成立的民航审定中心求贤若渴，非常期待有经验的专业人才加盟，终于像猎头公司那样将张迎春"猎"了过去。这使得张迎春从运动员换成了裁判员，也使她能从另一个角度看问题。

张迎春若有所失，又若有所得。干的还是那些活：结构与强度，只不过她肩头的担子更沉了，从单独的一款机转型到对各类飞机的审查,她需要重新去理解适航的宗旨、标准、职责、研究每一条适航条款。但她分管的重点仍然是结构与强度。

结构与强度是飞机的基础,相当于飞机的"皮、筋与骨"。倘若结构强度出问题,飞机的安全性就难以保证。试想,谁愿意乘坐不够"牢靠"的船出海?船的结构不牢固,一排巨浪扑来,就被打散了架。按她的话说,人累死苦死没关系,但不能被人家骂死。张迎春介绍道,审定方就是代表公众对飞机的安全进行把关,比如 ARJ21、C919 设计好、造出来了,已经上了天,但有没有达到要求?我们需要从专业的角度对商飞公司(申请人)的飞机进行审定审核,要对飞机的每一个部件、每一个部分进行审查,比如结构布置、形式选择、材料选择、工艺选择、尺寸(厚度)选择进行逐项审查,使它们达到 6 万架次起落、20 年寿命的要求。

换了一个角色的张迎春,有时需要对垒国际高手。她至今也不会忘记来审定中心后,第一次参加波音 B777 全货机的认可审核,她不仅代表她自己,也是代表中国民航去面对太阳系头牌的飞机生产商,无意中和最权威的专家"杠上"了。和高手过招,她毫无惧色,凭借扎实的专业知识和从第一线得到的熔炼,从结构强度、装载等方面不断发出提问,双方兵来将挡、水冲土掩。这次经历,她更深地体悟到新的领域既有欣喜又是挑战,但她喜欢这种高难度的挑战。近些年,审定中心的任务一年重一年,她肩上的担子也越来越沉甸,似乎又回到了"拼命女郎"的当年,但她始终不忘"专职、专业、专家"的定位,始终牢记"坚骨、强筋、健皮"的专业特征。她说,相对于以前单纯的设计工作,适航审定是一个更广更高更深的舞台,但它们的共同点是民航局强调的:敬畏生命、敬畏职责、敬畏规章。

"C919 汲足了世界之美,张扬了人性的伟力。眼下,C919

六架验证机已在上海、西安、东营、南昌的天空中转悠，联系到中外贸易战，外界对C919的量产期望值不同，你们的审定工作是不是也在紧锣密鼓？"我又将话题牵回到国产机方向。

她立马收起回忆模式，说："审定工作永远在路上。ARJ21的审定做了快十年了，已完成了五分之四多，剩下的要全面收工。C919的情况更复杂，要完成4.8万架次的起落不会疲劳。现在由我带队，集中审核疲劳试验大纲，全机疲劳试验正在做。2018年8月的2.5g静力试验，C919算通过了结构强度的大考，但以后的适航取证审定仍然路漫漫。"

"历史是不能虚构的。"我像随口问，"媒体上有报道，说C919在2023年量产，量产前必经取证，贵中心能否和商飞一起共同完成锻造钢筋铁骨的适航审定？"

"这对我们是另一场考试。"她说，"倘若2021年能完成取证，然后做PC（生产许可证），应该能在三年时间左右量产。"

"据内部渠道透露，东航将作为先行者正式定购5架C919客机，成为首家用户，并可能在2021年交付第一架机，这样的话，量产时间会不会提前？"

她没有接我的茬，说："相对ARJ21，C919加大了复合材料的用量，机身、垂尾上都应用，难度在复材的验证。材料进来了，但怎么用、用多少，制造工艺怎么做，认识不足，以前出过问题，出了问题就要改进，这会增加反复验证的工作量。我们花了两三年时间，才解决复材的生产鉴定。相比A320和B737，C919有许多创新，比如前挡风玻璃只4块，而不是人家那样的6块，4块玻璃面积大，带弧度，又要兼顾减重，和结构强度的关联密切，都是审定上的难题，需要逐项对待，挨个取证。"

约好个把小时的交谈，这一聊就是一上午。最后，她提议我去采访审定中心顾新主任,再去飞控电子电器和动力装置部门做更多了解,飞机是一个复杂的整体,缺了哪一块也是不成的。

四、沉重的翅膀

年轻人

中国大飞机的翅膀过于沉重,以至需要几代人来背负。

我每次去商飞上海飞机设计研究院,总要在马凤山的铜像前伫立良久。马凤山见证了昨天的结束,却没能等到今天的开始。去的多了,发觉他的目光从孤伤、清虚渐渐变得清澈、清雅而又清亮。站在地上的人活着,埋在地下的人也未必已经死去,马先生泉下有知,每天看见这么多年轻的设计师进进出出,一定能感应到国产大飞机薪火流衍不熄,后继有人。

李明就是这么一位年轻姑娘,31岁,上海交大固体力学专业毕业,现为复合材料中心典型结构部梁肋结构室主任。这是我们第二次就机翼课题进行采访。李明带着一架飞机的模型,用她的伶牙俐齿娓娓道来,听得与我同去的教授频频颔首。

"机翼尤为重要。飞机飞起来产生的升力主要靠翼面来维持,就像鸟儿的翅膀,没有了翅膀,鸟就是地上的爬虫。"李明声音婉柔、吐词清晰,"除了产生升力,机翼为发动机吊装提供接口,安装许许多多系统,包括飞控、液压、燃油,空调从发动机引接的热气也从这儿出发……"

像李明这样青春浓烈的设计人员占了上飞院的主力,他们在各个节点从事着不同的模块设计。接下来,李明用音乐般的嗓音谈到机翼设计的大把业务。首先是概念设计。比如将翼梁设计成"工"字型、"C"字型还是"丁"字型？多少吨级？多少座级？二是初步设计。指最终外型、翼展强度、安装在机上的位置等。三是详细设计。大约需要两年左右。机翼上包含上万个零部件，大至几十米长的地板，细到螺丝，每个部位都要强度试验、结构测试，太强了份量过重，太轻了不够坚固，全要获得数据支持。设计图纸的完成只不过迈出了第一步，将方案拿去中航工业的西飞工厂加工制造，设计师在现场监控，看是不是符合要求。加工工艺难度极高，比如机翼地板是带弯度的，实际由平板材加工出来，用机器打成曲面，再一块一块拼接起来。热胀冷缩，夏天膨胀，冬天收缩，预留空间，弄不好就报废了……

李姑娘刚亮嗓十几分钟，已听得两位文科教授懵了圈，云遮雾绕。李明扑哧一笑，回到通俗中来："机翼的组成无比复杂，许多部位是可以动的。不动的部分叫外翼合断，前面大梁，后面也是大梁，中间隔板，再加两块'皮'，这就是外翼合断。动的部分也不少，前面的叫缝翼，后面的叫襟翼，起飞与降落期间变化尤为明显。起飞时机翼的前面后面都会伸出许多东西，目的是增加机翼的弯度，升力上去；落地时，扰流板打开，阻力增加。飞机在空中，机翼外侧有块短板能晃动，那是副翼，左右是反方向的。最外面的为翼梢小翼。"

她说，机翼的载荷非常大，C919起飞重量75吨，而机翼的载荷达到95吨，翼梢的变形在3米上下。除去承载，机翼还要考量韧性，加上大载荷时变形，卸去载重，恢复原状，不能断裂了。几十吨燃油也装在翼内，大梁之间用板隔开，装货不成，装油可以，空间大利用。为了密封，翼上有无数的紧固件。这些技术都是有自主知识产权的。

李明从结构强度谈到了复合材料。机翼、机身使用大量复合材料。ARJ21 的复合材料占 2.5%，C919 占比很快升至 12%。复合材料的运用已成为飞机先进性的标志之一。碳纤维材料的厚度只有 0.19 毫米，层层叠加，加热成型后比铝合金更轻、更强固、更长寿命。

李明似乎在飞机制造的星空里看见了比银河还要璀璨的图景。

我却想到了另一个问题。说我来采访多次，发现这儿年轻人占了大部分。她说商飞的确是年轻人的天下，五湖四海的年轻人跻身此列。忽然，她惋叹一气说："断层，这儿缺少四五十岁的中间层。80 年代搞运 10，那时和空客的差距不足五年。运 10 折戟沉沙，国内停滞，国外飞速发展，差距拉大了几十年，不追怎么成？现在的设计师，要么是劫后余生的老法师，像吴总、陈总他们，要么是三十来岁、来自天涯海角的年轻人，四五十岁的中间层、中坚型基本断档。"

父子壕

张淼，就是李明说的少数中间层，中流砥柱型。我曾在 2018 年 9 月底采访过他。

张淼 1965 年出生，身材略微发福，西北工业大学毕业，现为上飞院气动设计室副主任。"飞机设计，气动先行。"张淼一出口就是行话，"气动外形和发动机绑定，飞机的好坏，翼形决定性能，机翼决定飞机能飞多高多远。"

张淼参与了 ARJ21 机翼的部分设计，主持了 C919 机翼的主体部分，对机翼的理解入木三分。飞机靠一对机翼浮悬空中，在空中的平、斜、陡各种状态，全靠机翼稳住。"机翼的外形极端重要，机翼阻力影响飞机品质。C919 相比 B737 及

A320，性能高出 5% 左右，主要指机翼，机身相对次要。"他反复强调机翼对飞机整体气动性能的影响，"C919 设计上的成功，很大程度归功于机翼的成就。"

张淼出生航空世家。在航空届，如果对张淼印象还比较浮浅，那么他的父亲张锡金早在数十年前就声孚众望了。在中国空气动力学界，无人不晓张锡金的大名，他和马凤山、程不时同辈，共同谱写过运 10 的悲歌。运 10 流产后，张锡金觉得自己的名字金属味超重，太刚，没让飞机长留蓝天，遂将儿子的名字改为"淼"。水能载舟，浮力等于升力，希图儿辈们将飞机浮上去。

张锡金一生离不开空气动力，空气动力也离不开他。他 1962 年从北京航空航天大学空气动力专业毕业后，分配至中航 603 所，从此一生和气动设计锁定。张锡金融汇百家而无痕，他主编的《飞机设计手册》第六册（气动设计），成为设计人员必不可少的案头工具。他从事飞机气动设计五十余载，参与了国家 8 个型号的飞机总体设计和气动设计，荣立一等功，是航空设计领域兀立的为数不多的"奇峰"之一。

在那个激情不灭的年代，张锡金"不要命的工作也是甘甜的"。他加入了我国第一架空中预警机——空警一号的设计，深度参与了轰 5、轰 6、运 7 系列、歼轰 7（飞豹）、空警 50 等飞机的总体及气动设计。在那个无所畏惧的年代，张锡金参加的军机研制不计其数。因为他的卓越专业能力，被作为航空部组织的"国家队员"派往西德，参与 MPC75 支线客机的联合研制。尽管该项目由于种种原因遭受了运 10 相同的厄运。

春去秋转，时光流变到 2005 年，张锡金来上海出差。一天晚上，召开了一个特别会议，张锡金被安排在"主席台"就坐。1934 年出生的他好想推辞：岁月斑驳，自己早过了 60 岁，已从西安中航流量技术研究所长位置退下，怎能坐台上？转而一想，如此安排，可能有"苗头"。他正正身板又坐了下来。果然，领导点名让他"留在上海工作一段时间"。当时的所长说："大专家先回西安一趟，多拿点衣服来，看来要在上海过年了。"事情明摆着：三年前立项的ARJ21项目处在研发的重要节点，需要他这个大家"帮帮忙"。这样，张锡金既偶然又必然地再次踏上民机之路。这一待，就在上海待了大半年。他一头扎进支线客机的气动设计中，和ARJ21的设计人员一起，系统梳理了飞机的气动性能数据，毫无保留地将一生累积的数据分析法分享给了项目设计人员，为ARJ21的气动数据整理提供了初始且过硬的工作方法。

三年后的2008年，中国商飞上海设计院打电话给张锡金，邀请他加盟C919大飞机的设计。已从中航工业一飞院退休的张锡金从两耳一直听进心底。他一时语塞，内心百味杂陈。老人噙着泪花答应下来："国家没忘记我，我怎能忘记国家？我比马凤山他们幸运，我要见证C919上天。"

张锡金作为气动方面的翘楚，被正式邀请参加国产大飞机C919的设计。这次，他可不是来上海"待一段时间"，而是上飞院特聘的指导专家，参与制定C919项目关键工作的计划，是要在这"长干"的。接到通知，七十多岁的他在镜前瞅一眼脸上几粒褐色的寿斑，立马整理行箧，半天也不想迟滞。为了这一天，他已等待太久。自运10落马，他大半生都在干军机，万不料时势风云，他退休后宝刀的光焰还是映进了浦东的战场。他来上飞院，主要是为年轻一辈做工程设计技术讲座，指导团队攻克技术难题。进入上飞院工作场所的瞬间，他热泪盈眶，恍如来世。

这里是陌生的，又是熟悉的。两脚踏进上飞院，最使老人欣慰的，这里有与他并肩的一位特殊战友——儿子张淼，C919

气动设计室副主任。从此，在位于上海张江的上飞院气动部，人们常看到一位须发皓白的长者、一位身材微胖的中年人和一些略带稚气的年轻人，他们围绕在电脑前，对着屏上的数据、线条指指点点，或交流、或沉思，也有为"一语不合"争个面红耳赤。

张锡金那盏灯的孤光，散作了漫天星辉。

一个项目将父子连在一起，一架飞机将千万人连在了一起。

超临界机翼

在儿子张淼眼里，父亲是灯塔，点亮着他人生的航向。

在他幼小的记忆中，父母腹笥便便，都是研究空气动力学的航空高人，在家里谈的是气动，争的也是气动。他虽然听不太懂父母嘴里那些专用名词，也不懂气动到底是咋回事，但长期的耳濡目染，使他对空气动力学倍感亲切，这种"先导性的植入"，勾起了他子袭父业、又一个一辈子干航空的兴趣和执着。他在西工大的本科、研究生期间就苦心钻研空气动力学，就是打算"接班"的。毕业后如愿进入上海飞机设计研究院。

血气方刚的张淼学不逢时，毕业那阵正是运10被波音、麦道拍死在沙滩上不久，原本谈好帮人做机尾股（麦道）项目也不明不白地"死去"，实际面临着无飞机可做的局面。许多同事生命的天平开始倾斜，纷纷自谋出路，有的去搞汽车，有的去搞空调。张淼感叹唏嘘，黯然神伤。

他明白，运10犹如令人艳羡的美人，却已远去，终是难以追随了。他虽然闷于此，不知道这辈子还能不能设计飞机，但硬是不愿离开上飞院（开始是上飞所），永远也不想退出战场：纵然道路阡陌，总能找到一条发着微光的胡同；即便空耗一生，也要等到地老天荒。他就不信邪，制造业大国，造大船、造高铁，怎么能缺了天上这一大块？他的矢志坚守终于迎来了转机。2002年，国产支线客机 ARJ21 项目花开浦东，憋了十年火气的张淼终于可以一施身手了。

"阿娇"项目，张淼还显得蹒跚，只负责机头、翼梢小翼和整流罩方面的设计，但牛刀就是这么小试出来的。通过"阿娇"，张淼从头至尾参与了一款客机的设计与制造，积累了深厚功力。等6年后C919大飞机上马时，他已经具备了一身"横炼内功"，不是参与，而是全程主持了超临界机翼和部件的气动设计，一举拉平和英美的差距。

"机翼是飞机的灵魂。现代飞机既要高速度，又要减少空气阻力，机翼成了关键。"张淼感慨地说，"业内说，只有最牛的人才能做机翼，想不到自己就这么牛上了"。

张淼介绍，俄罗斯、日本就是从机翼入手，在国际航空市场上赢得一席之地。机翼的水平决定飞机的运营效率和经济性。这次，吹响冲锋号的是中国，C919是国内第一次真正自主设计超临界机翼，它的横空出世，有效打破了欧美的铁幕封锁。

说起超临界机翼，倒也不是最新科技，西方在40多年前已使用。超临界机翼的原理是这样的：当飞机高速飞行时，比如每小时 0.85～0.9 马赫，翼型上表面的局部空气流速已达到音速——这时的飞行马赫数称为临界马赫。如果再增加飞行速度，上表面会产生强烈的激波，使机翼的阻力大增。为保持飞机的经济性，飞行的马赫数不宜超过临界马赫数；倘若还想提高速度，就要设法提升机翼临界马赫数。采用超临界机翼能达到这一效果，在提高临界马赫数的同时，不必增加机翼重量，反而能减轻飞机的整体结构重量。

超临界机翼采用特殊剖面，其特征是前缘较普通翼型钝圆，上表面较平缓，下表面接近后缘处有反凹，后缘较薄，且向下弯曲。由于前缘钝圆，气流绕流时速度增加不多，平坦的上翼面又使局部空气流速变化不大，其临界马赫数较高；飞机在高速飞行时，机翼形成的激波不强，阻力也较小。

虽说空客在1972年就使用超临界机翼，其模样也摆在那儿，但要设计出一款优秀的超临界机翼却是地球人的难题，况且，欧美现有的技术，即便花多少钱也不会给你。

超临界机翼成了旋涡的中心，张淼成了站在中心那个人。他们在打一场超级硬仗，仗的硬度由机翼的曲度决定，波音、空客机翼的机翼曲度是他们精神上的对手。

别人封锁，风洞也难以模拟，唯一的办法是靠自己"摸"。这时，体制的优势就突显出来了："集中力量办大事，举国家之力攻关。" C919上马之初，在商飞集团的支持下，张淼很快组织起了一支由西北工业大学、空气动力学中心、航天11院、清华大学等科研院所组成的联盟攻关团队，在上海进行为期半年多的集中研发，拿出了初步方案。后来这60多人被分成多支队伍，同时开干，各自拿出具体方案，经过一年半的艰难拼杀，共设计出800多副超临界机翼。再由编程软件的超级运算，从中筛选出三支队伍中的十几副优胜机翼，再通过风洞试验的吹测，最终定格出一副顶尖超临界机翼。

没等张淼团队喊出胜利的呼声，总设计师团队拍板更换更粗大直径发动机的决定，将他们两年的付出又打回原点。为了不影响机翼性能，发动机离机翼越远越好，发动机一装，机翼原有性能会有变化；但发动机离地面的高度有限制，决定了它不能离开机翼太远。发动机变了，机翼必须跟着变。当他们彻底理解了总设计师团队"不能让飞机在上天前就落后"的定位后，长淼一声长叹，又投身到新一轮的"发疯"中。他们开始重"走草地""爬雪山"，反复经历"设计、成功、返工、狂喜、枪毙、再设计……"的循环痛苦中。他们前后又设计了1000多份图纸,各队重新计算筛选,重新去所有的风洞中测试。除了美国,这些机翼在英、法、意、荷、德等不同的风洞中吹过。当然,在国内的沈阳、哈尔滨吹过,在亚洲最大的绵阳风洞区也吹过。试验对风洞的要求很高,包括温度、湿度、压力、风速,一个风洞的数据要经过上亿次运算。

奇迹能出现一次,未必不能出现第二次。经过2000多次的大比拼大筛选,历经四轮反复,历时三年砥砺,属于国产大飞机的超临界机翼得以定型,并着力实现减阻5%的预定目标,成功圆梦。

"我国第一次设计超临界机翼,心中没底。机翼从2000多幅图纸中最终定型后,在国内外进行风洞试验,结果比预想的还要好,这下大家的心定了!"张淼的父亲张锡金如是说。

"上世纪七十年代,咱们研制飞机的条件异常艰苦,一台手摇计算机成了宝贝疙瘩,大家抢着使,实在算不过来,只能将财务室的8把算盘借来,晚上计算,白天再还回去。"忆往昔,张锡金眼角含笑,似乎又回到了青年时代,"张淼的妈妈王娟志也是搞空气动力的,我们在一个研究室工作。晚上加班,小淼无人带,我们就将他抱去放在图板上,忙着忙着就忘了。小淼睡着从案板上滚落下来,疼得哇哇大哭,我们才记得还有个孩子。"

我问张淼:"你还记得当时的情景吗?"

"当时还小,已经没印象了,但父亲说的,只不过是我家的事。在商飞,在上海,在全国,一家两代人、三代人干航空的可不少,比我家精彩的'接力棒'故事多了去。"张淼憨厚地笑笑。

岁月老去,中国航空业在反思历史中快速回归。

第二章　匠心恒久

"一生都累",是他易水壮士般低沉雄浑的喉歌。来商飞后,他只知八点半上班,竟不知几点下班。在他的时钟里,一天24小时肯定不够,不知48小时够不够?

一、现代中的原始

疑问

商飞的胡双钱上过央视的《大国工匠》节目,影视形象生动丰满。提笔再写他的文字,无疑愚蠢之极,好比步前人后尘写黄山写泰岳,动了几次念头都自动湮灭,甚至连采访的念想都不曾有。

最终使我痛下决心的是一个偶然的机会——2018年元月,《文汇报》在上海展览中心庆祝80华诞,同为嘉宾,胡双钱竟挨我邻座。我眼睛陡亮,晓得他就是商飞名匠,手上功夫了得,是以装着很随意的样子,攀谈了起来,问这问那。当他说,处在现代工业塔尖的飞机生产照样有许多手工活,需要他这样的匠工用一双手去"摆平"时,听得我云罩雾障。他却一本正经地注释:包括波音、空客的生产,同样有不少的手工修正活。我的内心更加地将信将疑,决定去索探个究竟。

好在人已熟谙,不需要居间,就约了个大概时间,直接闯上门去。

那个瓢泼大雨的春日,我来到场中路商飞零件加工中心,胡双钱的工作地。上世纪九十年代,这里曾加工过麦道客机的一些部件,当下,波音737的机翼部分也在此生产。

新时代的空气流进旧时期的车间,这里历久弥香。

"你上次说波音、空客也有手艺活,是真的吗?"见了面,我急不可待地问。"现在就带你去。"胡双钱笑着,带我们进入工作车间,这令我大开眼界。发着闪闪银光的长条铝锂合金正通过数控机床,变成一根根漂亮的机翼用材。

"这是肋膀骨。"寸头皓发的胡双钱指指自己的胸腔,用上海话说。我当即明白,这些加工出来的铝合金,正是支撑 B737 机翼的"肋骨"。B737 的部件真在这儿加工!这也进一步打消了我"大飞机部件全球采购、波音总部只负责 10% 总装合成"的疑问。

"这些材料,由数控机床加工成形,但最后的过渡部位机器够不着,需要手工修正。"胡双钱弓下腰,指着一根从车床上下线的"骨架"说。"飞机里的许多地方是不规则的,加工好的产品由激光测量,但数据会不同,需要人工加以修正。机器做的材料理论上没问题,实际上有'剪刀差',有时也会变形,这在一般的民品上没事,但飞机部件必须高精准,就要手工的微细修正。这样的地方,飞机内部存在,外表面也有许多。"

胡双钱很快将话题扯到 C919 上:"大飞机的外表面需要打孔的地方多,有的位置机器做不到,只有上手工。"

"在 C919 大飞机的表面打孔,要求高、难度更高。首先要反复试验,在同样的材料上试,试好了,再去上面打。个别的部位,框中打孔,孔中还要穿孔,机器打不到,只有手工。完成后,由专职的检验师进行符合性检验。"胡双钱说,"机床钻孔,打不下去时硬打,常会断钻头。手工反而有感觉,五根手指头有数,慢慢盘下去。工艺和手工相依相傍。又比如应急门框,边上有几个搭子,其余地方加工好了,留下连接处几个细部,机器没法干,只能用手工锯掉,打磨清爽。凡是这些过渡的地方,机床走不了,必须人工打磨成圆弧,且不能有尖点。"他透露道,韩国B737有些零件也在这儿加工，一个月30架的量。但以后会减少，要腾出手来做国产机，"阿娇"（ARJ21）已批量生产，C919也会跟上。铣床、机床加工好的东西，再用人工锉刀"帮点忙"。唉，要不是遇见老胡，实不知高度自动化生产的现代工业，还是离不开人的两只手。

"天才就是这么诞生的。"在小会议室坐定，我不禁感触地说，"有人自带芬芳，天生就是做鲁班的料。"

胡双钱摇了摇头，笑容不像工人，像教授："手艺是练出来的。我自进12车间到现在，从未离开过。"

当一名造飞机的工人

同是1960年出生的胡双钱，显然没有吴光辉的高学历、高文凭，却有一双魔术师的手。他1978年参加高考——实际是"两考"，考大学、考中专。工人父母的想法很实惠，希望他考中专或技校，毕业后进厂当工人。如果考大学，国家统一分配，说不定到哪儿。那一年，他按父母的要求，填了技校的志愿——分数足够。毕业后分进"708工程指挥部"，当时以为是造房子的，拿着通知单找到原中学，问老师是不是搞错了，怎么让我造房子去？老师说，憨大！造什么房子？造飞机的！啊，造飞机？他惊愕到了瞳孔扩大的地步，半信半疑地去报到，看到门口有军人站岗，刺刀闪闪亮，双脚有些颤抖。摸出信封递上去，问是不是这儿？是的，造飞机的。对方说。

他的心脏狂跳不止，这太神奇了，喜欢飞机，是他从小藏在心底的秘密。小时候，为了观看飞机，他从家走路两个多小时去大场机场，躲在跑道边的农田里看飞机起飞，常被蚊虫咬得半身肿包。不料自己真和飞机搭上了。他暗暗发誓，苦练基本功，练好多种多样的"功"。比如榔头，看似简单，甩好实不容易，需要将大铁榔头回过肩头再往前往下打，一个动作练一星期。敲榔头要学，铣工要学，铆工要学，钳工也要学。"技能这东西，没法传，就靠练。"他说。胡双钱对自己狠、韧，给自己定下目标：要干，就干最好的技工。

他在技校更多的是学铆接工，但1980年毕业进上飞公司当了钳工。他开始不喜欢，但不喜欢并不代表不擅长，钳工就钳工，干啥还不一样？在以后的几年中，12车间的一些人嫌苦和累，"弃船"走了，他选择了留下。只要是造飞机，干啥都行，干啥都能干好。不过，他也受过伤害。还在技校期间，厂里就点名让他去参与运10，那里需要他的铆接技术。他过去后每天4点多起床，晚上不知几点下班，一干几个星期。当他正式进了单位，运10却差不多快到进冷宫的时候，死不死，活不活，偌大工厂无活可干，高难度的铆接工也无用武之地，他只能干钳工。钳工是加工的最后一道，是用手"修"出来的。坚持是反抗的另一种形式，运10的"中道崩殂"是他一辈子的痛，当时他的心像被活埋了一般，也反向刺激他倔强留了下来。

"没想成为'匠'，只晓得活要好好干，做踏实，否则塌台（沪语，意为丢脸）。"胡双钱带着浓重的沪语方言说，"不能出次品，不能有返工，宁可少做几个，也要将质量看得比命重。"

在这个3000平方米的现代化加工厂区，胡双钱和他的钳工班组并不起眼，但边角处理、钻孔、打磨抛光，飞机需要的许多精细活都由他们手工完成。

"核准、划线，裁锯掉机器加工留下的多余部分，用气动钻头依线与点打孔，拿起锉刀将零件的锐边倒圆、去除毛刺，打磨抛光，对重要零件做细微调整……这样的活，他重复了30多年，过手的零件上千万，没出过一次质量差错。"胡双钱所在的数控车间主任王震说。

划线是钳工最基础的作业,稍有不慎就会"谬以千里"。为此,老胡琢磨出了"对比检查法":从最简单的涂淡金水开始,把它当成零件的初次划线,根据图纸形状涂在零件上。这好比纸上先用铅笔写一个字,然后再用毛笔在同一个地方写同一个字,这样可以增加一次复查的机会,减少差错发生。

不高的文凭并不能阻挡胡双钱发明的思维,他鼓着双眼,鲜鱼般地追逐着流水。"反向验证法"是他发明的又一独家秘笈:钳工在零件上划线时,一般采用万能角度尺划线,但如何验证?如果采用同样的方法复查,很难找出差别。为此,他通过三角函数法算出划线长度进行验证,结果一致,通过;结果不相符,有错!"质量问题不是罚款不罚钱能解决的,飞机上天关系成千上万人性命,质量不能出丁点事体。"他说。

自2003年参与国产ARJ21客机项目后,胡双钱深知"阿娇"承载了全国各界人士的企盼与梦想,他心中的质量弦绷得更紧了。即使最简单的加工,他都会在动手前刻意校对图纸,上手时谨小慎微,完工后多次复查。凭借多年的积累和对质量的不懈追求,他在"阿娇"零件制造中多次进行了工艺技术攻关创新。在参与"阿娇"的岁月里,型号生产中的突发情况时有发生,加班加点更是家常便饭,工作哪能不加班?一次临近下班,车间接到生产调度室的紧急电话,要求连夜完成两个飞机特制部件,次日凌晨供装配车间现场使用。类似的任务,舍他其谁?他当然不会让"上头"失望,接到任务便开干,至凌晨3点,急件加工完成,并一次提交合格。

大飞机需要吴光辉、陈勇这样的科学家,也离不开胡双钱这样的"工人"。挺进在共和国旗帜下的员工们,各自为共同的航空梦想铆足了劲。如果胡双钱是业界高官,或许也是大飞机重启的吹哨人。2008年,C919立项。三十年前运10下马使他一辈子也无法释怀的大飞机梦再次被点燃，C919又让他格外忙碌起来。他动手加工的零件，最大的近5米，最小的比别针还小。他不仅加工各种形状不同的零件，常常还得临时救急。一回，大飞机急用一个特殊零件，从原厂调配需要多天时间，为了不误工期，上面决定用钛合金毛坯现场临时加工。这个原本由细致编程的数控车床来完成的部件，此时只能依靠胡双钱的一双手和一台传统的铣床，甚至连图纸都没有。这也难不倒胡师傅，他像錾匠一样打完需要的36个孔——每个孔的直径为0.24毫米，相当于头发丝大小，他只用了一个多小时。这件"金属雕花"般的作品完工后，一次性通过检验，送去安装。该零件价值一百万元。类似的事情不一而足。胡双钱每周有6天泡在车间里，他心中想到的却是别人。"相比上飞院那些设计师，他们长年累月'6+11、7+11'的没命工作，才令人感动。"他捋了捋他苍然的寸头，说，"每天为国产飞机加工零件，我心里踏实。晓得嘛？这种梦想成真的感受多少钱也买不来。"

胡双钱五官方正，身材挺展，站着像座城堡。因长期泡在车间，几十年接触漆色、铝屑，他的双手有些发青，这是一个技工几十年烙下的印记。经这双手加工过的零件被安装在近千架飞机上，飞往世界各地，这些零件没出过一件次品。现在，他过手的零件为免检品。但他认为免检品的压力更大，因为没人把关了，所有责任在他肩头扛着。

我忽然想起商飞人给过我的一份材料，上面提到胡双钱的一件担责任的往事。许多年前的一天，他按流程给一架在厂修理的大型飞机拧螺丝、上保险、安装外部零部件。回家后，按惯例，他都要对一天的工作进行回顾——每日三省。忆想白天的工作，他对"上保险"这一环节感觉不怎么踏实。保险对螺丝起固定作用，确保飞机在飞行时不会因震动过大导致螺母松动。当晚思前想后,放心不下,半夜3点,他还是骑上自行车赶到单位,拆去层层外部零件,直至看见保险确已上好,一颗心才随之落地,骑车回家已是天明。

真想再干三十年

时光如白驹过隙,星移物转。三四十年干下来,小胡早变成了老胡,岁月的白发爬上了他的发梢。不知不觉间,他已成了制造工厂年龄最长的钳工。

和默默增长的年龄相对应的,荣誉也接踵而至。从1995年开始,他连续被评为"信得过工匠",一年两年易,连续这么多年少有第二人。2002年,上海市评出10名"质量金奖",他是唯一的一线工人。他前后得了50个金质奖章(老庙黄金的金,99.99%金)。2009年,他获全国五一劳动奖章。2015年被评为全国劳模。他的双脚生平第一次踏入人民大会堂,却由于飞机延误,进门时会已结束。2016年,享受国务院特殊津贴。不过,他不看重这些,他最大的愿望:如果可能,愿再干三十年!因为大飞机尚在路上。

2015年,央视拍片时问他,啥叫工匠?这次访谈,我又问他。他用上海话回答:"做生活(干活)来赛(过关)。"认为这样的表述最恰当。后又用普通话补充一句:"把手中活做成最好,就是匠,像木工鲁班,还有铁匠、瓦匠的。"他笑了笑说,"其实,当时厂里像我这种人多了,我不过是其中一员。在那些跌宕年代,许多人孤清难忍,去了东航,也有人当了领导,离开了一线。我不去,留下来了。我留下来,就是为了造国产机。"

胡双钱不是个吝啬之人,先后带出大把徒弟,将手艺代代后传。钳工辛苦,要技术,也需要力气,没力气干不动。原来厂里效益不好，工人流失严重，包括他的一些徒弟。现在稳定了，他抓紧带了一茬又一茬徒弟。钳工是体力活，外地人多，他从不嫌弃与怠慢，仍是手把手地教与带。

他已是60岁的人了，即使想再干三十年，哪怕十年，也不现实，单位返聘，最多三五年。另外，他深知，智能化时代，以后的人工会越来越少，而对工人的要求将越来越高。但智能化难以彻底取代人工。他坦言，准备将一手绝活尽可能快地传给徒弟们。又常常感到苦恼：手艺这东西不是说传就能传的，需要承袭者的体会、累积，外加一定的天分。

人悲戚时会回首往事，开怀时也易回首往事。最后，他说了个笑话给我听。

有人结婚，请他当陪客，他吓得往后躲："别开玩笑，我干一辈子车间，连像样的礼服都没有。"对方说："没关系，我买块布料，约裁缝帮你做一身。"他听见有布料，忙回头："不用，我自己来做。谁叫咱是手艺人呢？"东捣鼓西捣鼓，一套西装做成了，样子蛮好。以后就帮朋友做。他善于总结，哪里好，哪里不好，道道相通，做手艺的"道"是互相通融的。以前，收入低，各家房子自己装修。胡双钱急公好义，常帮朋友排电线、批老粉、刮油漆；地坪打好格，披上水泥，平得像镜面；窗帘也是买来纱布，他用缝纫机帮人家裁好，用铁丝挂上，挺括。

胡双钱仗着双巧手，闲不住。团委组织年轻人搞活动，他用手动的理发推子帮人理发。2020年疫情期间，义务为许多老年人理发。当然，这是后话。

绿叶的意义在于映衬红花，哺育春天。胡双钱用他的微光映衬着明月的满地清晖。

告别厂区，如注大雨未有停歇的意思。路边的栀子花在洒下的春雨中绽开，毕竟到了花开的季节。我握住老胡的双手，使劲摇了几摇,说:"你这双手,真的可以再干三十年。"

他回望厂区,怆然地说:"唉,梅凋鹤老,自然规律。慢慢留给后浪们吧。"

二、"一生都累"

C919 首秀后，试飞五人机组一路飘红。其中蔡俊、吴鑫二位机长首当其冲，媒体上图片也是蔡俊居中。不过，业内人深知，五人机组，除去二位 70 后机长，尚有 80 后工程师马菲、张大伟，还有 60 后观察员钱进。尽管蔡俊出镜率高居榜首，但内部都明了，五人机组的核心却是钱进，他是首飞机组中事实上的定海神针。

钱进握驾杆时，浦东机场满是泥淖和芦荻，四五跑道还是一滩海水。

42 年的寒香

"试飞和航线飞行是两码事，航线飞行飞中间，试飞飞两端——安全边界的两端，安全边界就是这么确立的。换句话说，航班飞行是飞向安全，试飞是飞向危险——飞向危崖、怒海、莽林。飞机的好坏是试出来的。"

中国商飞试飞中心主任、总飞行师钱进如是说。

我两次采访过首飞机组，自然清楚身为试飞中心主任的钱进是试飞员的精神旗帜。首飞五人机组，也是根据他的提议，经过中外专家公开打分、投票的排名决定的。多名试飞员公开赛马的结果，1976 年出生的蔡俊第一，1975 年出生的吴鑫第二，分别选为首飞第一、第二机长（副驾）。另从 40 名试飞工程师中筛拨出的年轻人马菲和张大伟为首飞工程师。最后，有 42 年飞行经历的钱进，自动要求当一名"观察员"，观察兼领航。

记得第一次遇到蔡俊时，见他的头发有点白，和 76 年出生的年龄颇有差距，便开玩笑地说："蔡机长常出镜，这头发，是染过的？"

他一本正经地说："不染，应该是遗传的。这样的本色挺好。"

年近花甲的钱进五官端庄，说话中气足，他说："做试飞员，至少具备几个条件：一是心理素质特好；二是理论功底特扎实，不仅要多样性飞行，还要知道为什么，不能像航线飞行那样，学会飞就满足了；三是特能发现问题，并提出建议。"他连说了三个"特"。

钱进 1960 年生于安徽，O 型血，狮子座，喜欢冒险，不甘落后。上高中时"冲进"特种摩托车队，全中学一共才挑三人。16 岁那年从千军万马中奔腾而出，进空军滑翔学校。1977 年入飞行学院，系统学习了航空电子、机械、航空气象等理论。1980 年毕业，留校当了五年教官。1985 年去北京民航管理局——全国老大，其他地方像上海、广州，还是飞行大队。42 年来开过 12 种机型，尚不包括在美国试飞学校飞过的那些小飞机。前后驾驶过运 5、伊尔 14、安 24、伊尔 62（目前朝鲜还在用），飞了十几年的 B767。驾驭过无数次国家领导人的专机。飞过 B747，飞过 A340，现在又飞 B777。几十年飞历，遇事无数，各种复杂情况件件亲历，飞机超重、发动机故障、起落架放不下，都撞见过。一次，飞机在空中，人遭电击休克，他醒来后骨软筋麻，发现所有仪表没显示，照样正正腰板将飞机开回来。他安全飞行 2 万多小时，获得飞行铜质奖、银质奖、金质奖……

尊至国家功勋飞行员。

这些不只是奖章，是他的青春，带着热泪和血汗的。

"飞行员遇事多并非坏事，只会越来越稳熟。"

钱进的一生充满了忙碌、惊险、曲折。民航体制改革后，钱进在国航多个岗位轮职，后任培训中心总经理，类似于中国最大航司的校长。

"一生都累，飞行累，做事累，为什么呢？就是追求完美，要求做得最好，所以就累，个性使然。"他喟叹一声。

这么多奖章，砌成了他的累。简单一句话，包孕了太多的蕴涵。在我听来，那不是普通的一声叹，是易水壮士低哑雄浑的号音，是两弹一星开拓者气韵沉雄的喉歌。

人过中年做商飞人

钱进是带着满身疲惫走进商飞大门的——生理和心理的，而这种疲惫到了这儿又成倍叠加。他和吴光辉、陈勇等人一样，自踏进商飞那一刻起，就准备接受时代的严峻冲击。

2013年8月5日，钱进加入商飞时已53岁。当时他犹豫过：要是年轻十岁，毫不犹豫来了；53岁，该考虑退休以后的生活了。但他还是来了。这主要出于一个老飞行员对国产机的渴念。和许多同行一样，飞了一辈子，都是外国造，俄国的、美国的、欧洲的，当然也有自家的，那是运5、运7、神舟，就是没有大飞机。上面说了，需要飞过苏联机、欧美机的专家型人才来担任试飞中心的主任。到了商飞，他怀有更多的体悟，运输和制造是两个行业，民机和军机也不是一个概念，试飞员和飞行员属于两条道上的人。

天地转，光阴迫。钱进来到商飞，每天八点上班，不知道几点下班，总有忙不完的事。一天晚上，问旁边人："这儿几点下班？""五点呀。""现在都九点多了，怎么还不走？"对方颤巍巍地说："您不走，咱们怎么走？"他恍然大悟。这里也是有作息时间的，以后注意，尽量班上将事情处理利索，至少让下面人别太迟下班。但在钱进的时钟里，一天24小时必定不够，不知48小时够不够？

浦江水软，飞机钢硬，他的每一根神经都牵着飞行，牵着大飞机。

当了新成立的试飞中心一把手，发现这儿是"四有四缺"。许多干部有理论无经历，开会讲得头头是道，但不能实操。口号喊得震天响：创一流试飞中心。问他什么算一流？说不出具体道道。只有口号，没有标准。他到任后，提出九个字："打基础，建本领，攻项目。"九个字，三句话，一个整体。

打基础，建四个体系，制订中心中、远期发展规划，包括安全、适航各方面，现在看来是贴近实际的。实行手册化管理，先后制订了36种手册，未来让手册说话，不是由哪个人说话，这就刚性了。别的可以出问题，试飞可不能出问题，要是出问题很可能颠覆性的。手册不是死板的，边飞边改，不断升级，所有东西都手册化。手册的功能，将业务梳理，流程再造。全中心一共修成了36种50本手册，现在党委、纪委的工作也在手册化。中心手册、员工手册，精准，可操作。

别看试飞中心刚成立六年，信息化程度奇高，领不领先全球不敢说，但肯定不落后别国。这是建超一流试飞中心的一大亮点。钱进颇有底气地说："打基础，强本领的工作靠大家，靠团队，一个人，就是神也做不到，我不过是一位掌舵人。"

攻项目的工作始终不中断。和上海交大共研测试中心：虚拟仿真试飞，2015年启动，许多特高风险的科目，搞不好会机毁人亡，航线上很难实践，移植到模拟仿真上做。商飞做成了，还邀军方来试。

"ARJ21 主要由国家试飞院飞，当时咱们试飞中心还未成立。国家试飞院是老毛子（前苏联）的底子，创新力度不足。我这儿起点高，虽然不易，也要走下去。"钱进说，"运筹在前，从不打无准备之仗。如果明天开会，今天再忙，我也要将相关部门人员招拢来做做功课，哪怕是土建方面的事，也力争使自己不说门外话。"他喝口水都像在赶时间，"时间太宝贵了，我去国外试飞院学习，人家训一年，我要求压缩至一个月，因为实在没时间。让最结棍的教员带我飞。一个月下来，感觉和训一年差不多。"

我越来越理解他"一生都累"的蕴意。

2014年，中心招进试飞人员14人。钱进对他们说："如果有人后悔，想离开的，没关系，随时；想去哪家航司，我帮助推荐。试飞员是最棒的飞行员，找工作分分钟的事。"

试飞中心爱惜人才，又来去自由。大浪淘沙，不想干的不勉强，留下的必是精英。在强本领上，钱进强调一个字"严"，宁可严，不可"惯"，许多事就是一个"惯"字出问题的。

世界胸襟与效率

试飞中心上了轨道，航空公司有人想进来，得排队，择优录取，有序流动。也引进国际人才。美国试飞院的教研主任来了，国内航校的教员也来了，都是人尖。尤其是有经验的国外教员，引进后能系统组织商飞人培训，不用趟趟出去了，节省了几千万。给中心做信息化的一号专家也是从国外"挖"来的。

在世界航空舞台上，中国曾处于十分被动的地位，钱进他们做的，就是尽可能早地走出被动，取得主动，包括知己知彼、国际视野。

钱进入商飞后感觉光阴荏苒，时钟的步伐一秒钟也不会停止，大飞机失去了几十年，再不能虚掷一月一天。2014年他提出"打基础、强本领、攻项目。"2015年提出文化年，跟一群兴致勃勃的年轻人谈文化软实力，月月有主题，如安全月谈安全文化，质量月谈质量文化，手册月谈手册，廉政月谈廉政风险。图片展几乎每个月都在做。

2016年，钱进提出"严细实、早和快"。前面几个字是十几年前的老话，是无数人用血和泪换来的，不能弃，但还要"早和快"。早发现、早解决、早预防、早采取措施。"方向把对了，还要快。大飞机已经被人甩后太多，人家走，咱要小跑，人家小跑，咱要大跑。商飞多是30岁出头的小伙小姑娘，独生子女居多，对这些人，只有拆开围墙，严管厚爱了。"说着，指指柜子里那一大摞工作笔记本说，"这么多厚本子，都是几年来的工作记录。小本子不算。"

当然，每年的工作目标不是随便提的，得落地。钱进提出，大家讨论，可以修改。2017年，他提出"四严一保证"：严规章、严手册、严纪律、严工卡，保证首飞安全。首飞是成功了，而且所有预想到可能出现的问题没有出现，或许是预防在前了。2018年，试飞中心又提出八个字：安全、高效、创新、严谨。谈到安全，他都觉得啰嗦、觉得倦怠，因为年年在讲，月月在讲，天天在讲，但安全上的事，再小也是大事，放过一条小缝，会裂变成大隙。安全上的问题，应该被放大，每个月都要评，机关评，部门评，大家评，好的奖，差的罚。

钱进确有过人之处，谈话不翻笔记，这么多的条条框框，名词，听听都晕，他信手拈来，记得一字不漏。经五六年的锤炼，试飞中心培养了一批干部，打造了一支队伍，建立了一个体系，提高了试飞能力。

他说:"上天不慌,重在地面严实。"他要求试飞训练不是单一的训练,要想多想复杂,预想到复合性连带性的情况,比如发动机不工作、操作系统失灵、起落架放不下,这些组合性的故障训练好了,上天去就踏实、放心。"试飞在空中,有时需要绣花般的轻微,不训练行吗?训练时有人穿平底鞋,不行,该换。试飞能穿平底鞋吗?鞋不同,蹬舵的脚感也不一样。我们要的是实战形训练,每次必须穿试飞服装。等训练觉得差不多了,首飞那一天也自觉不自觉地来到了。"

从事后了解到的情况看,试飞人在训练时将所有科目都练过了,还有外界不知晓的穿降落伞、走逃生通道。"但首飞那天,五人都不穿降落伞,我们相信训练已经到位,足够应对不利局面,坚信人和机能一起回来。"钱进深情地说。

给你加饱了油,好好飞

首飞那天,五人披挂齐整。钱进像往常每次飞前那样,拍拍C919第101号机的发动机,动容地说:"伙计,给你加满油了,好好飞。"

钱进目光深邃,似乎又回到了2017年5月5日那一天。首飞,让马菲、张大伟两位试飞工程师登机,也是他的首创,国外没有。多一人多一双眼睛,帮试飞员规划科目,帮观察员观察,万一遇上中彩票一样的空中故障,帮着一块解决,有啥不好?

试飞那天,天公不作美,遇见百年一遇的静止锋:冷暖空气在扬子江上空交会,势均力敌,云来了,赖着不走了。下午,各级领导都已到场,全球直播等着开机,但也不能盲干。"经过综合研判,我当场拍板,飞!说完这个飞字,我自己感动了自己。"说这话时,他的眼角湿漉漉的。

其实,钱进这段时间累惨,试飞上午,他还在中山医院输液——急性肠胃炎。输着输着吐了,从输液室走向厕所,在中间的垃圾箱里吐了,几十米距离,呕了三次。此前的一个礼拜,身体一直不舒服,为不影响首飞,军人出身的他默默地扛着,不让别人知晓。他自进商飞到首飞,几年没休过一天假,别说疗休养,肠胃长息肉都不好意思开口。他拔下吊针就急急赶往浦东机场。

其实,他可以不上飞机,坐镇指挥。他是试飞中心主任,总飞行师,堂堂正正的一把手、管理者。明知首飞有太多不确定性,但他坚持首飞上机。也曾经想,我为啥上飞机?上了机不如自己飞呢,将驾杆子握在自己手里。但他没那样做,还是让年轻人飞,新老承袭,国家和公司是需要后浪的。他放心他们的技术,但不太放心他们的经验,自己在上面等于将经验带了上去——尽管自己是一名观察员。要是不上去,在下面才不放心呢。

其实,选首飞员时面临重压,如意外遇到的一道墙,是以请了三名外国专家、两名国内专家来综合评分。蔡俊,胆大心细,技术比较全面,操纵好。吴鑫,理论比蔡俊还突出,技术也不错,两边都能飞。的确,在谁左谁右上,反复考虑。吴鑫说,希望蔡俊当机长,自己坐右座。按选拔打分的成绩,也是蔡俊第一,吴其次。至于马菲与张大伟,在南非试飞学校培训过,参加过支线机"阿娇"的试飞,有责任有担当、有奉献有情怀。以上四人训练刻苦,天不亮就起来,有时二、三点起床。这样的团队,注定着结果是圆满的。

试飞员们对钱进有着十二分的敬重,这种敬重也是对大飞机的,爱屋及乌的。

当央视采访首飞机组时,实际为压舱石的钱进含着泪花,差点说不出话:"都是年轻人飞的,我只是飞行员的第三只眼睛。"轻松的一句话里，包孕着多少的不轻松。

首飞那天，喜悦击垮了人群，多少人想说话变得说不出。在场的程不时，像当年见证运10首飞那样笑成了哭。多少人笑着的，突然落泪；落泪的，挂着泪花开始笑。

钱进离开国航那阵，总裁王昌顺（前民航局副局长）多有不舍，说："为什么不想放你走？培养一个优秀机长难，打造一名飞行干部难上加难，又懂飞行又懂'道'的更是凤毛麟角。"最终钱进还是进到商飞，那是大局的召唤，优秀飞行干部的情致所在，也是他迷恋其中的诗意所在。在国航期间，飞行员们轮流去培训，在国内，也去国外。国航的所有的培训都是他在策划，他在管理。商飞成立伊始，百事待兴，培训、试飞，舍他其谁？

"优秀的航班机长不一定能当试飞员，试飞员却必定是个顶级航班机长。一个好机长、好试飞员，却不一定能当个好干部。"

钱进爱好广博，游泳、健身，但那是奢望，根本没闲。健身办了卡，但从未用过，一回家就不想动，像虚脱了一般。现在年龄上去了，血压不稳，其他地方也出现信号。

钱进更不愿说自己的家庭，实在被拗不过，他说没啥好说的，哪个家庭没状况？我了解到，对于他来商飞，爱人和孩子都不支持，认为在国航混得顺风顺水，大把年纪了，没必要再折腾。

至于父亲，发病几次都对他"封锁"消息，怕他分心。最后的弥留之际才通知他，他含泪赴到，一小时后父亲离世，好像专门为等他。父亲走后，约好每隔三天给母亲去次电话，他不打，母亲会打过来。他再忙，也要履约。一次打电话去，小姨子接的，说妈上厕所。他忙问是不是有事？小姨子说真没事。过了几天又打，弟弟接的，说妈买菜去了。他感觉不对，逼着对方讲。弟弟说妈只是摔了一跤,受伤了,妈不让讲,也是怕你分心。

分心?他分过心吗?

每次起飞前,他都要对着飞机发动机说:"伙计,给你加饱了油,好好飞。"在他的内心,机器也是有感知、有灵性的。他抚摸机体,仿佛抚摸自己的肌肤。

三、王牌试飞员

我在赵志强去稻城高高原机场（海拔4411米）试飞前截住了他。他一去高原，又得等两周。这得益于民航审定中心办公室副主任袁赛涛女士的帮忙，使得他在繁忙的日程中挤出两小时和我交谈。但当他匆匆出现在我面前时，还是吃了一大惊——跟我想象中肃穆、沉闷的试飞员外表判若两人。

赵志强是位四十多岁的"小伙子"，身高1.78米，体重72公斤，身材修长，脸上满是胶原蛋白，留着两鬓光溜、头顶偏长的时尚发型。他是国家民航局为数不多的数名尖端试飞员之一，大腕人物。一见到他，我忍不住地问："又去高高原？"他笑着说："不是一回两回了，寻常。""我一直揣着好奇，也见过C919首飞机长蔡俊他们，都是一流试飞员，你们之间有啥区别？""差别大了去，他们是申请人试飞，做的事是让飞机先飞起来，咱是审定试飞，凡是涉及中、高风险的试飞主要由我们承担，或者由我们和申请人方共同完成。哈哈，这么说吧，咱飞的都是危险科目，哈哈。"他这一笑，使充满恶险的空中试飞变得浪漫起来，且富有音乐般的旋律。这一聊，就聊了小半天。

愿做一名试飞员

赵志强1974年出生，狐假虎威的虎，安徽泾县人。高中毕业考入合肥工业大学,三年级时,喜欢"刺激点"的活,"大改驾"转学民航飞行学院学习飞行,第四年去美国康奈尔飞行学院,毕业后供职东航飞行部,从副驾驶做到教员机长,在同等经历的飞者中成为佼佼者。2009年9月,国家民航局招试飞员,消息在民航资源网上发布了一个月,报考条件对年龄、飞行经历、飞行安全记录、技术等级、英语水准、总飞历时间、总经历机长时间等等有明细限制,符合条件才可以面试。

条件苛刻,尤其是35岁以下、总飞行经历7000小时、机长飞行时间3000小时的要求很是严苛。因为在三大航,放机长时间长,一定是在同批中最前放机长的才有资格入围。符合条件报名的二十多人,只选两名。经多轮考核、面试,赵志强和另一名机长赵惠中被选中,痛痛快快地登上了属于自己的那块陆地,成为令人艳羡又有些惊悚的试飞员。

赵志强坦言,年龄限制刷掉了大批机长,如果年龄放宽至40岁,可能有更多的同行参与;另一个条件便是英语,40岁朝上,英语相对有些短板。飞行时间可以积累,但有些东西跟年龄的确有关。

赵志强在东航时飞的A320、A340,走上局方试飞员岗位后,干的活跟原先根本是两回事。申请人(如商飞)完成了飞机的基本飞行后,将中、高风险的科目甩给他们,或者说由局方和申请人方共同完成。在双方的共同试飞中,赵志强作为局方试飞员坐左位,担任主操纵,申请人试飞员坐右座,主要负责程序、通信方面的工作。至于赵志强和申请人(商飞或中国试飞院的试飞员)的区别,他打了个形象的比方,好比开车,这辆车最高时速220公里,申请人首先要让车子能开起来,轮胎正常、刹车正常、发动机正常,但高速运行、急转弯、急刹车等高难度、高风险试验由他或者由他们来完成。国产ARJ21支线客机,申请人商飞先完成表面符合性飞行，包括地面滑、中速滑、高速滑、抬前轮、首飞、调整参数等，申请人方分为研发试飞和表面符合性飞行——向局方表明飞机已有了最基本的能力，在完成了基本的试飞后，赵志强将驾杆接了过来，开展新一阶段的试飞：一是重复性试飞。王婆总说自己的瓜很甜，但局方不能听你说甜就认为甜，需要重新飞行验证，按相关的适航条款审查是不是真甜。赵志强他们通过试飞让数据说话，让条款衡量，是否符合要求。二是失速、大侧风、引擎关停等中、高风险科目，必须由局方试飞员主导验证。

"永远飞最新的飞机。"这是赵志强的口头禅。试飞当然飞新飞机，无论是引进的波音、空客，还是国产的"阿娇"、C919，经过了他们的手，才能投放航司。他这句话的含义，实际隐藏着背后不可预知的风险。他的飞行往往在安全红线（行业内称为包线）的顶端，航线飞行是往安全的地方飞，他是往安全以外的地方飞，哪里存在风险就往哪里去，始终在寻找安全与危险之间的那条线，那个临界点。失速、滚翻、空中故障都是他们必飞的科目。这些科目隐含高风险，而他像玩电脑游戏机那样激奋、刺激、潇洒地飞过。他的高风险，为的是让飞机无风险地进入市场。

天空中没有翅膀划过的痕迹，而他已经飞过。

刀尖上成名

业内给赵志强丢了个"失速哥"的戏称。

飞机失速，意味着机翼上产生的升力突然减少，飞行高度快速降低，飞机会产生失控式的俯冲颠簸，发动机开始振动，驾驶员操纵艰难……

失速试飞是"阿娇"适航取证征程中最重要的内容之一，

属一类高风险科目。赵志强要求唱主角，轮不到他才不爽呢。他常常对自己的手说："咱干的是可手艺活，靠手艺吃饭。咱这双手乖巧，能将飞机巧妙地玩转。"他对自己的手满怀信心。"阿娇"是局方第一次全面开展对一款国产喷气客机的审查试飞，为取得充分而可靠的数据，失速科目需要飞40架次，每架次2个多小时，涉及190个试验点，赵志强凭着双巧手一人完成了25架次50小时以上的试飞，也因此获得了江湖顺便扔过来的"失速哥"的称号。他也在空中不停地翻滚中，在眼前的云卷云舒中疾速成长。

飞机和每名飞行员发生着相同的联系，但在不同的飞行员眼里是很不同的。

飞机在空中飞行，一个发动机"歇菜"，那是天大的事，视为严重事故症候，单发是不可以上天的。这些外界听来不得了的情况，在赵志强眼里根本不算个事，也可能当成"儿戏"。据他回忆，他带"阿娇"在格尔木高高原机场（海拔2438米高度以上定义为高高原机场）试飞，在满载（最大起飞重量）、冷发动机的前提下单发起飞，单发落地。在缺氧的格尔木机场，他一天驾机10个起落，在飞行中关停发动机10次，也就是说，飞机在飞行期间关闭一台发动机留一台工作，再打开，再关停，再打开，重复十次。双发的飞机一台引擎停摆，飞机的载重、高度性能都会跟着下降，不但考验飞机的品质，也极大考验驾驶员的技术和心理。曾有名机长在飞行时遇一发动机停车，想重启，慌忙中将动作做反，关停了另一台工作中的发动机，险些酿成机毁人亡的惨剧。

他带着笑意讲这些刀尖上的活，似在讲些平凡得不能再平凡的故事，而我已对他肃然起敬。

"请问你主飞什么机型？"

"无限机型。"他吸了吸鼻翼,怕我不明白,又补充说,"经过全球仅有的五所试飞学院毕业的学员,无型别的限制。"

"也就是说,什么样的机型都能飞。"

"差不多是这个意思。"他略显自豪地说。

我又低估了自己的愚笨。在我的印象中,飞行机长持有相应的执照才能飞相对的机型,否则就是无证驾驶,好比飞 B737 的不一定能飞 A320,飞 B787 的不一定能飞 A350,也不一定能飞同是波音的 B777。而赵志强就是个"全通",既能飞波音系列,也能飞空客系列,还能飞国产的 ARJ21,以及正紧锣密鼓试飞的 C919。

赵志强的工作似在刀尖上走路,也像在鸡蛋上跳舞,舞要跳出姿势和水准,却不能将鸡蛋踩破。一般的航线飞行员,转弯滚转时,斜度不超过 30°,他要飞 60°,整整将包线(红线)拓展一倍。

各种高危度的场面都得一一试过。前挡风玻璃碎了,啥也看不见,靠前面的仪表飞行,用两边的侧窗驾机落地,都是他们必练的科目。这些可不是在模拟机上飞,在真飞机上实干。实际做法是将驾舱前方的挡风玻璃蒙住,只能靠两边的侧窗观察跑道和地面,这样的情况,在赵志强的经历里类似于家常小事。

他翅膀划过的痕迹,衍化成了诗文和丰碑。

王牌飞行员的心理

作为一名超一流的飞行机长,赵志强时刻准备着迎接新的时刻,也会因新风险而兴奋。

飞行圈都清楚,结冰对空中的飞机有着致命的伤害,结了冰的飞机的气动功能受影响,发动机工效降低,甚至空中停车,更多的机械装置由于结冰出现故障。民航史上,空中结冰导致的灾难性事故屡有发生，结冰条件下的飞行试验成了一款新机必备的至重环节。

结冰区可能给航线飞行带来灾难，却是赵志强想寻找的"天堂"。赵志强和他的伙伴们飞遍白山黑水，穿越天山南北，在国内苦苦寻觅四年，也没找见理想的结冰空域。最终不得不选择远在北美的五大湖地区，这也是欧美新机验证结冰飞行的"理想国"。当赵志强团队赶到加拿大温莎机场，开始结冰区试验飞行时，总是八个瓶儿七个盖，凑来凑去凑不齐全。他们从2014年3月至4月，天天在那块充满希望的天空飞越，但理想中的那个结冰条件迟迟不肯降临。前后忙活了二十来天，只是操练了发动机外壳瞬间带冰等少数科目，最紧要、风险系数最高的带冰条件的操纵稳定性能等科目依然无法完成，因为在茫茫的天空中没有出现符合规章要求的结冰条件，或者说他们无缘遇上。季节差不多过去了，试飞团队的签证也快满了，上百号参加试飞人员垂头丧气，有的已在暗中收拾行李。连现场的气象预报员都说，今年没戏，只有明年重来。

赵志强超然的技术，包含了他过强的心理。下意识告诉他，机会隐藏在无机会中。这天，和往常一样，坐左位的第一机长赵志强和坐右位的第二机长赵生驾机在长达一千公里的天空中追云觅冰，但望穿秋水仍是一无所获。他们驾机飞行了四个多小时，只见油消耗，不见冰点来。难道这不远万里的北美之行就这么铩羽而归？回程的路上，赵志强那双猎人一样的眼睛始终在巡睃。蓦地，他发现航线右侧有块云区，云顶高和飞机的高度接近，气温在零下10℃至15℃左右。阳光照在云顶上，折射出的眩光使他感到云内水汽充足。他觉得这可能是个机会，无论如何都要试试。经过和赵生等机组成员简短商议，赵志强决定放手一搏，即使油量不足难返基地，就找附近机场备降，但机会一丝一毫也不想放过。赵志强驾机迅速向云区开进。天佑"阿娇",刚刚进入云体,飞机挡风玻璃非加热部分悄然结起了冰层。与此同时,传出机上试飞工程师颤抖的声音:"赵机长,机载仪器显示,机外温度、水汽颗粒含量、颗粒直径均满足结冰规章的要求。"听到这话,赵志强不及细思,立即向航空管制部门申请相关的试飞空域。得到允许后,赵志强存神凝气,驾机迅即在云层里盘旋。冰很快积起来了,而且达到了3英寸的标准。他胸口一热,情不自禁地说:"啊,3英寸!"

和飞航班不同,那是要避免进入结冰区,发现冰层尽快除冰;他们的验证飞行正好相反,要求尽快结冰,并且让冰集聚起来,不能短时间脱落,保持越久越好。面对千载难逢的机会,赵志强岂能放弃?他迅速驾机爬升高度,去更寒冷的空中让冰结实结固,确保在后面的飞行科目中脱落面不超过三分之一。上升高度后,赵志强一气呵成,先后完成了大高度盘旋、结冰状态下各个构型的失速飞行。这时,他只关心两点:一是快速完成所有飞行科目;二是维持冰层不落,在结冰条件下的飞行状态是否正常。结果,句号很完美!

事后,有人问他:"带冰飞机做那么多科目,没想到其他?比如说危险?还有紧张啥的?"

他的回答无比轻松:"机遇稍纵即逝,哪来得及紧张?我相信自己的手艺,只想将科目尽量做完整、彻底,不留遗憾,更不想将飘到眼前的机会留到下次,下次在哪里?明年、后年?"

冰岛"拉风"

飞行界都明白,侧风对航空的影响有多大。局方对"阿娇"的侧风限制为30节,超过设定的侧风速度,禁止起降。赵志强所承担的大侧风试验就是验证超越30节侧风时的飞机安全性,并打破这个限制,将试验的侧风值尽量往高里靠。

对待侧风,按赵志强的话讲,有两种办法:一是偏流法,飞进下降时像螃蟹一样斜着机头,将机头对着侧风方向,抗拒风力,接地的瞬间才将机头调正(对准跑道中心线)。另一种是侧滑法,将飞机侧着身子,一个翅膀高,一个翅膀低,倾着身子以抵消侧风的吹击。当侧风大到一定程度时,就要综合运用两种方法,单靠一种无法落地。这极大考验飞行员的手艺,而赵志强似乎很愿意接受这种考验。

侧风到处可遇,而30节以上的大侧风少见,这需要试飞员们满世界寻找。他们在嘉峪关和玉门关寻觅三年无果。自古"春风不度玉门关",说的是那地方的荒凉与偏远,但不代表那里时常缺乏大风,问题是嘉峪关机场的跑道修得科学,有效避开了频发的大侧风的角度,这也是各大机场的普遍做法。无奈之下,试飞团队只得披星戴月去冰岛旮旯里测试。由于特殊的地形和地理条件,临近北极之地的岛国常年生产30节以上的大风。有那样的天然环境,花费重金也得去。

去冰岛前,商飞试飞中心气象台台长蒋喻,做过大量功课后得出结论:那旮旯最佳测试时间为每年11月至次年的4月。由于高纬度,11月至2月,那里基本是茫茫黑夜,3月至4月,白昼时间明显延长,比较适合试飞。经过前期准备,戊戌年正月十五(3月5日)的月亮刚刚隐去,"阿娇"第104号验证机抵达凯夫拉维克机场,降落时遇到的便是风,瞬间最大风力60节以上,人站着都要吹倒,飞机停住,按住轮档,还在晃动。试飞团队几十人齐声欢呼:"呵,终于,找到风口了。"然而,他们的欢呼声未免过于乐观。挨到赵志强他们住下,真想飞了,大风不见了,像躲瘟神似的躲了起来。从3月5日到达之日起,赵志强机组试探性地飞了16架次36小时,除一次遇到22节的起降侧风,其他时间都是"风平浪静"。

在漫长煎熬的 21 天后,终于等来气象方面的精确预报:26 日有大风。当天,赵志强和机组成员早早将飞机滑出,在批准他们试飞的纵向跑道外等待。今天,仍是赵志强左位主持,右位为第二机长陈明,另有试飞工程师屈展文、朱卫东、梁远东等,每人都有精密分工。凯夫拉维克是一座民航机场,也是试飞机场,每天 6 点至 9 点为繁忙时段,有几十个航班起飞外出。赵志强透过挡风玻璃看到,滑行道上的通勤车被风吹得摇摇晃晃,人走在地上得弯下腰,否则怕被风刮跑了。

有试飞工程师问:"赵机长,气象数据显示,今天的大侧风估计超过波音、空客的试飞标准,远超 30 节,可能会去 40 节以上,咱飞不飞?"赵志强一拍驾杆:"太好了!我们试验的基本值是 30 节,如果到 40 节,等于给航线机长留出了 10 节的余度,如果靠近 50 节,留了 20 节余量,当然是越大越好喽。""可是……""不会有可是,我们是建立在科学基础上的试飞,先前已进行了太多的研究,决不是盲干,我相信'阿娇'的筋骨是坚硬的,所以,风是越大越有谱。"

9 点整,航班早高峰渐去,赵志强收到塔台管制员的指令,可以起飞。他迅速驾机滑出、加速、抬头、离地、上升,在空中转了个弯,很快消失在云层中。10 分钟后,他驾机从北向南朝跑道方向逼近,渐渐降低高度、着地、反推打开、减速,完成首个起落。今天他们很幸运,第一个起落就验证了 30 节侧风的数据。起飞、落地是一名飞行员难度最大的工作,大侧风的试飞主要也是截取起降时段的数据。

赵志强等机组成员绝不会满足于一次数据的采集。他驾机迅速调头,很快滑回着陆点,开始了第二次大侧风下的起飞。赵志强曾有五天驾驶三种波音、空客等不同机型的能耐,驾驶飞机如臂使指，也像在作示范表演。在强大的侧风下，他分别用蟹型（偏流法）、倾斜型（侧滑法）等造型从长五边落地。"阿娇"在他的手上，像一架拍特技飞行的道具，以优美的造型潇洒落地。连续几次轻逸的起降，看得机场塔台管制员目瞪口呆，连竖大拇指。不过，外面看到的是表象，同在机上的陈明及几名试飞工程师感受的是内在，他们由衷地感到，赵志强的潇洒来自他的技艺，来自他的心理，他不是在表演，不是在拉风，更不是在卖弄，他是在用高难度的动作验证这架飞机的抗侧风性能。他们看到的，比外界从镜头里看到的更入里入心。

这半天，赵志强和他的伙伴们进行了六个起落的测试。

八小时后，试验团队经过紧张有序的数据处理，电脑计算出六次起飞的平均侧风为 34.7 节，着陆时的平均侧风为 33.5 节，瞬时起飞和着陆风速接近 50 节，远超预期起飞 30 节、着陆 27 节的风速目标，大侧风操稳、动力装置试验点等科目宣告完成。至此，"阿娇"最后一项强侧风下的飞行限制被解除，数值超过波音的测试风力，飞机具备了在高原、高高原、高温高湿、自然结冰以及大侧风等全部特殊气象环境下的运营能力。如果说国产喷气机的成长是一个艰难磨人的过程，赵志强就是那位最有资格的见证人。

飞成"国宝级"

2020 年 8 月 1 日建军节，周末，我在家休息，忽然收到飞神赵志强从稻城发来的图片，附言：亚丁机场试飞完成，这是几幅小照。其中有三张使我最感兴趣。一张是他和六名队员在飞机廊桥上的合影，他们的背后是白云悠悠下高原的荒芜山影，两名队员抚着一面鲜红的国旗，他戴着墨镜居于中间位置，看上去有点像黑老大。另一张是他戴着氧气面罩、身着天蓝色的飞行服，和第二机长在驾舱内握手。第三张同样是身穿飞行服、戴防护墨镜站在一块巨石前，背景是飞碟般造型的亚丁机场候机楼，他身旁的大石上赫然用红字写着：世界海拔最高机场：4411 米。

看到"4411"几个阿拉伯数字，我突发奇想地发了条信息给他：飞神，回到上海了吗？方便的话在一起坐一会儿，聊点稻城的话匣子。他说好的，稻城决不是江南的水稻田。但这一约就约了好几天，他不是开会，就是上模拟机，人转得跟发条似的。终于约好 5 日（周三）上午 8：30 面谈半小时，他当天还要飞吉祥公司的航班。到了那天上午 7：30，他突然发来信息：因为台风"黑格比"影响，需要提前半小时去公司准备，来不及见面了，实在抱歉，明天看情况，或者电话联系，或者您将问题微信发我，我来答复。我说没关系，您航班落地空闲时通个电话也行，否则跑进跑出太占时。

去年出梅晚，这次"黑格比"的风和雨对上海的影响超过预期。当晚 24：39，接到他微信：落地有点晚，明天还有航班，落地后给您去电。周四下午 2 点，看到他微信：刚落地，现在电话或微信皆可。

因为不涉及保密范畴，我们就在电话里聊开。信号时好时坏，声音时响时轻，吵声羼杂。事后他发条短信解释：不好意思啊，正在上下客和航行前准备，旁边有点乱哄哄。原来他是趁航班的间隙和我通话，可见这人极重信誉，约定的事再忙也记得。

这次他和团队在稻城亚丁机场主要是拓展 ARJ21 的高高原性能，验证飞机的起飞复飞程序、动力装置地面启动、中断起飞发动机减速特性试飞、空调系统试飞、氧气系统试飞以及高高原起飞推力参数限制，验证在高高原复杂天气下的飞行程序，验证飞机在高高原机场降落和起飞的各种安全包线。其中，高原起飞推力参数验证项目需要飞机在机场标高以上3000英尺至少做8分钟平飞,而稻城机场地形复杂,多为山障,常年云罩雾绕,天气干扰频繁,同时,该科目要求发动机维持冷却6小时以上,耗时巨大。

高高原机场在飞行界是一个特殊的存在,并不是所有的机型能去亚丁机场,目前只有A319、A320等少数飞机的轮子碾压过稻城机场的跑道。高原上的空气不像海平面附近那样黏稠,飞机需要滑行更长距离方能离地。另一方面,高原上不规则山地引起的乱流众多,即使有良好高原性能的A319,也需要经过特殊的改装才敢落地亚丁机场。即便从碧蓝的天空中降落,许多时候也会遇到强大的气流,让飞机变成波涛上的一叶扁舟,左摇右晃,驾驶人员需凭借高超的技艺才能将飞机安全降落。也不是所有的机长都有飞高高原机场的资格,那是需要严格资质论证的。一年夏天,我乘坐A319从西宁去格尔木,飞机在晴空白日下进近(对准跑道下降的过程),不知从哪来的湍流,飞机像被无形之手向上托举着,就是落不下去,两名机长转了好几个弯,好不容易进到场区,对准跑道,"哐当"一下将轮子落在跑道上,乘客们屏着的呼吸才恢复正常。听许多机长说,飞阿里,飞林芝,飞邦达,多会遇见"妖风",有落不下去的情况。

赵志强不会,无论多难,他都有办法落下去。他那双手似乎比一般的驾驶人员多些功能,而他的内心也比其他人员更宁静,有一种黄河决于顶而心不惊的超然静气。他的身体比常人更能扛。在4000米以上的高原,一般人晚上整夜睡不着觉,白天迈腿走路都吃力,这次一起上去的试飞组成员,就有一名气象预报员由于高原反应,不得不住进了医院重症监护室。而他不但要睡觉吃饭走路,还要干一系列的活——地面的、空中的。通过20天"全球第一高"稻城机场的试飞,他又填补了国产 ARJ21 喷气客机适航高高原机场的许多数据空白。他翅膀划过的痕迹,印在高原特有的湛蓝中。业内有人戏称他为"国宝级"试飞员。

我问了他最后一个问题:"从照片上看,你们都戴着氧气面罩,为什么?难道会有危险?"

"试飞当然是有风险的,回回试飞都面临风险,但咱们的担风险是为千千万万的旅客去风险!"

赵志强的肺腑之言回荡在云天之间,他是带着他的飞机站在川西高原上讲话,"这也是必须飞高高原机场的原因!不戴不一定有事,戴了也不一定没事,那是为了预防,这是规章的刚需。"

2021年初,收到飞神赵志强驾着 C919 飞在阎良、海拉尔等地验证飞行的"剧照"。在我眼里,他不但在试飞和矫正一架又一架的飞机,也在矫正着一个行业。

四、"千里眼"突围

十一月中旬的南京似乎尚未入冬，一串红、万寿菊、山茶花盛开着，月季花照例是月月开的，其雅艳胜于玫瑰。

我和启柱、杰孝等人去南京大学、南信大交流，抽了一个晚间的空暇，在南信大气象研究院周可女士的陪同下，拜访了前十四所分管航管雷达的张越女士。上世纪九十年代，张越担任大名鼎鼎的亚洲最大的雷达研究所——电子工业十四所辖属的现称"国睿科技"的副总经理，推动航管雷达和气象雷达的国产化。

时光流逝三十年，张越已从十四所的岗位退下，现在周可所在的研究院任副院长。忆往昔峥嵘岁月，她豪气充溢，再三谦恭地说自己不过是一名航管雷达国产化的见证者和亲历者，当时的总局空管局领导朱士新、余波以及行业办的负责人李其国等才是着力的推动者。

十四所是我国雷达工业的发源地，除了研制军用雷达，民用航管雷达的研制也不晚。上世纪九十年代，十四所研发的恩瑞特航管雷达已具备列装条件，但各省的民航局并不欢迎，除了技术上跟国外有些差距外，主要是利益链已经生成——买国外品牌可以出国，考察、培训、验收，至少有三拨人马可以戴上领带、染黄头发去欧洲、去北美潇洒走一回。买了国货，也就泯灭了出去开洋荤的希图，这在八九十年代，甚至二十一世纪的前十年，对全行业的从业者都是真实的诱惑。既然没人愿买，就学空客飞机刚出道那样，半送半卖，甚至试用。张越当时就将雷达"送"给某些单位试用。

浙江历来敢为天下先，省民航局首开恩瑞特雷达试用之先河。十四所的想法比较浪漫，但用户的做法更为现实。到了1997年左右，航班量徒增，上面给了钱，正式配装雷达，方式当然是国内外公开招标。任凭张越他们请客送礼，多么低三下四，将价格折到地下室，但为了员工的"利益"（出国），省局毫无悬念地选择了北美的雷神雷达。

消息传来，南京的天空飘下一场雪花，张越的眼中浮上一汪泪花，她认为天都在为他们哭泣。团队发出凄厉的哀叹，一气之下决定将对方"试"了几年的雷达撤回。他们将此看作悲壮的败北，而不是体面的撤退。时值春运，离开了雷达，相当于管制员瞎了眼，省民航局不希望马上撤。好说歹说，张越同意等忙过了春天再裁撤。国产货买家少，或不愿买，改进技术的机会自然少。那时的张越，四处告爷爷求奶奶，只有砸钱，没有回报，方知人心不古，国货难推。事后得知，订了雷神雷达那些单位，安排了许多帅哥美女出国，其中不少是某某官员的公子、小姐。

"人能弘道，非道弘人。"面对不可逾越的山峰，张越想象着从侧面迂回过去。她见推整机遇阻，采用化整为零的战术，散件也卖，做总比不做好。她不认识民航技术中心主任余波，主动找上庙门。余主任说，找我干嘛？我一没项目二没资金。她说主要来汇报汇报情况。接触几次，渐渐熟了，她说整机推不动，做点备件也行。余波的内心是想要极力国产化的，他思忖了下说，我指头上就那么一点点钱，也得分几年才能给你。

张越原地蹦起一尺高。拿到点钱，给民航单位换了些配件。后来，余波说动李其国主任，也给了几百万，推国产化配件。

老外的玩意儿也不见得那么争气，也有趴窝的时候。2002年，贵阳航管一部来自日本东芝的雷达"歇菜"了。找老外一时难解近火。当时贵州省民航局负责通导的副局长打电话给张越，急头慌脑地说："张总，救苦救难啊。"张越说："我不认识你，啥事？""摊上麻烦了，航管雷达熄火了！咱头顶上可有8条重要航线，不能停的呀。打听到您那儿有货，帮救救急呀。"

张越说："雷达我有，但没许可证，没证的雷达你们敢用吗？"对方病急投医，几乎咬着牙说："用，敢用！"

张越和团队成员商榷，众人意见不合。有人心里打鼓：恩瑞特雷达处在申领办证关键阶段，如果这当口用砸了，多少人一辈子的心血白流。张越说："贵阳头上有8条航线，不去怕不好。"又有人反对："张总，这事风险忒大！又不是整机卖，只是帮人家做配套，不如不办。何况，杭州当年'割席'，将咱们的雷达踢回来，气还没受够？""不行，自家人的忙必须帮。"张越思虑再三说，"民航不把咱当兄弟，咱不能不把人家当兄弟。现在人家有难，咱们能瞧着不救吗？"

下面有技术人员说："要不要报告，请上面裁定？"张越说："不用了，我分管，我负责，万一用起来真遇到事，我担着就是，上面领导不知道反可以置身事外。"她的真实想法是：我副职，即使坏事，我兜着；正职比我年轻，有仕途，得考虑升沉荣辱，不能影响他。但要是成功了，正职自然有功劳。再者，报告了上司，上头要是不同意呢，事情就黄了。她以东北人的果敢拍板开干。为预防万一，她在救难的同时，也留了后手：先拿一半（单机）的部件去，如果出了问题，就推脱说是单机的缘故。

贵阳雷达在山上。路旁,荒草摇曳,野花散发出淡淡的幽香。汽车开不进,部件靠人背,一件一件背上去。天线还是东芝的,张越团队只是零部件配对。管制部门要求严:换件时雷达不能关停。当时的风险确实巨大,跟日本生产的天线和机器配对,只要一个信号不对,就是失败。技术人员在当地不分昼夜地攻城拔寨,结果,他们成功了。

贵阳民航人说:"部件运行良好,给咱上双机!"

贵阳雷达的应急救援,使恩瑞特一夜成名,同时也锤炼了一支队伍。

恩瑞特雷达在吉林长春、广汉飞行学院、浙江杭州都使用过,也在不断涅槃、重生中。真正要取证了,主管部门说:还得试,就在南京吧,开一部雷达,六个月不停机,看出不出毛病。机器开至三个月的某天,南京上空电闪雷鸣、妖风大作。在振聋发聩的巨响中,国产恩瑞特雷达熄火了。啊,经不起雷击?问题出在哪?速查!查来查去,是电源线的转接盒打坏了,不是雷达本身问题。报告写给民航局,上面派专家核实,将事故复盘,的确不是雷达本身问题。民航局空管办副主任李其国说,既然不是雷达问题,可以继续往前走。民航技术中心主任余波明确表态:不是恩瑞特自身的问题,继续往前推。

六个月不关机的验证除了雷击那个小小插曲,顺利通过验收,颁发了许可证。不过,即使拥有了使用许可证,并不意味着就有人会买。几十年形成的利益链循环着生产、销售与使用,不可能轻易打破。一切需要"公开招标"。在日益开放的中国民航,飞机都是清一色的美欧造,航管设备怎能"排外"呢?张越想起十多年前的一天,她去国家民航局机关,看到进门厅堂置放着一架硕大锃亮的老外飞机模型,不知想笑还是想哭。中国民航，好意思？

"航管雷达国产化，工信部曾启动一号、二号工程，可惜没成功。后来又启航了三号、四号工程，咱们有幸赶上。"张越说。

长春、广汉、贵阳等雷达成功后，权威人士在会上说：国产雷达可以在非繁忙机场使用。张越听了火冒三丈。非繁忙机场？什么叫非繁忙机场？被逼问不过，那人士说：别发火，别发火，繁忙机场主要指北、上、广，其他的，不限。嗯，是字句游戏？非禁即行，这算负面清单？

一旁的余波主任悄悄对她说："只要有人买，你卖就是了。"

余波的话如一道强光闪过沉沉的夜空。她领会了其中的弦外之音。

张越回忆，朱士新担任民航总局空管局副局长后，曾主管通信导航，他是拍板国产化的。不但雷达，通信和导航、ADS-B，他都力主国产，争取主动。后来，余波为空管局总工程师，接管这一摊子，继续强势推进国产化。"可以说，没有朱、余当时的担当与作为，航管设备国产化就没有当下的局面，不知还要在黑暗中摸索多长时间。"

"等到今天，要是老外真掐脖子，怎么来得及？"张越说，"在他们的推动下，全国买了六套恩瑞特雷达。雷神雷达后，杭州也买进一套恩瑞特，也是朱局、余总工他们任上办的。"

杭州雷达安装时，赵诚琪任华东局基建部长，对当时的情况记忆犹新。据赵诚琪回忆，恩瑞特雷达的部署地和从国外进口的雷神雷达相差不远，但前者选址先天不足，中间隔着萧山机场塔台，无线信号受塔台通信干扰，飞机在进近中常受影响。管制指挥方面要求严，技保部门没办法，技术上苛刻，要求每一批目标、每一架飞机的回波信号和雷神的信号比对，力求两者一模一样。十四所技术人员在现场拼杀八个月,有人几乎累趴累哭,说不是雷达问题,是当面的塔台对信号产生了干扰,是雷达部署地址先天缺陷。尽管如此,技术人员还是没日没夜地修正,终于完成了比雷神雷达更难完成的课题。

恩瑞特团队孤舟独桨,披荆斩棘,艰难地寻找市场中的浮木,终于奇袭性地登上了彼岸。

谈到杭州恩瑞特时,余波说:"严是爱,是更高意义上的呵护。民航设备,除去飞机,雷达是重中之重。杭州方面提出了许多问题,十四所照单全收,并感谢浙江民航在运行中发现问题,有了问题才好攻关,才好补短板。凤凰于飞,翙翙其羽,现在恩瑞特的水平和国外同类差不多了。"

时光回溯到2015年。那年,空管系统要采购七套移动雷达,面对全球招投标。每遇大单,传言四起,老外销售商(当地中国人)盯得紧。业内人士估计这次会中外合璧,国外国内搭配采购。更有坊间传言:国外采购四套,国内三套。

张越找上余总工,问:"为什么是国外四套,国内三套?难道不能国产四套、国外三套?"

余波想得很远,又想得很近,却说得很少。他冷冷地说:"别瞎猜,好好做你的标书吧。"

她木讷地讪笑,找不到合适的语言来表达复杂的心情,说慢慢等结果了。其实,张越的内心满是杌陧,那些天,她常常从梦中惊醒,冷汗和热汗共同浸湿她的衣襟。她不是在等待成功的喜讯,更多的是在等失败的丧钟。

钟声敲响。回应她的是比任何语言还动人的开标结果:七套全为十四所的恩瑞特!总集成也由南京二十八所完成。张越"天不变,道亦不变;以不变应万变"的处世心理获得了平衡。她这时才明白,冷淡是热情的第二种表现方式。

秋风衰叶,春催桃李。交付那天,祥光瑞霭,余波总工亲临现场。无人机从顶上飞掠,七套车载雷达齐整排列,天线从车上冉冉升起,高达二十多米,威仪万千,阵势全世界少见。连技术人员身上的汗水都散发着香味。

春风得意的张越又是气象雷达的国产化见证者。她说芬兰那地方贼冷,不能老跑到那冰天雪地的偏旮旯去买雷达。同在南京,她去找江苏空管分局女局长孟磊,说气象人苦,为啥不用用你邻居家的雷达?孟磊看过详细资料,回答道:我手上只有五百万,估计办不了啥事。啊,五百万少是少了点,也是钱,家门口的事,添钱也做了!

张越一个猛子扎下去,参加招投标,中了。但十四所走的是不寻常之路,做的双机雷达(一套设备主用一套备份,中间零切换),全世界少有。国睿双机雷达,一年开机七八千小时,搞成了,后面天津等好几家单位都求购"双机"。往后气象方面有风廓线雷达、相控阵天气雷达,都是十四所开发的硬邦邦的实货。

朱士新思绪浩瀚深广,对当时力推国产化印象深刻:"当年,我和余总工都是极力催推国产化的,恩瑞特许可销售后,有的单位开始转不过弯来,不愿买,我们硬压下去,现在看来是明智的。吉林省局的雷达,让他们免费用,有问题尽管提,十四所抓紧改。好设备是用出来、试出来的,不是等出来的——不怕有毛病,发现问题才好改,后来很多人慢慢想明白了。十四所的雷达,二十八所、二所的自动化系统,ADS-B,都是我力荐的。这个事我们在十几年前就想到了,不能说是未卜先知,也算有先见之明,感觉这就是方向。"

玄武湖水波光涟涟,紫金山下杲杲暖阳。张越 2017 年已离开十四所,但仍对国产雷达念念不忘,那是三代人几十年的泪水和血汗。她说:"美国早已不卖我们雷达,如果没有别国的封锁,我们做不成;反过来说,在他国封锁之前做,那是智者。从这点上讲,朱局、余总工、李主任都是智者。"

第三章　白云悠悠

黛色的天幕下，不仅有白云，也有黑云。时事沧桑，在并不宽敞的驾驶舱里，五零后的气息尚存，而不断挤进的八零、九零后，正渐渐成为主力。

一、几代人的飞行

NO1. 顾雪韬： 东航飞行安全管理部总经理。1966年出生，苏州人，空军第一航校毕业，在空军开过轰5，任轰炸机大队长。1997年转业民航，驾过多种机型，公司第一批五星机长，现为安管部总经理，A330教员机长。

我和顾总认识好多年了，多次聊飞机和飞行那些事，从虹桥一号航站楼（五大队老基地）聊到二号航站楼（航空新城），从螺旋桨聊到喷气式，从三叉戟到麦道，从波音到空客，从国产运10到C919，从地上聊到天上，又从天上又聊到地面，谝了许多飞行的话题。老顾是我飞机驾驶话题的启蒙老师之一，后来成了良朋益友，但凡遇见问题或过去或电话，屡次讨教。

顾雪韬为资深机长，空中阅历非凡，又担任着飞行安全的管理职能，见识广博，储存脑间的经验极为富足。他为人放达，健谈，逻辑缜密，说到的观点总有无数的实案作支撑，接触多了感觉他是位实践与理论兼备的台柱子飞行员，也是位富有诗品的管理者。

"飞行是实打实的技术活。"顾雪韬驾驶过螺旋桨，开过军机，和时代一路走来，到时下的现代化客机。想当年，开飞机不光是手艺活，还是体力活，飞机的各个舵面，由飞行人员通过驾杆、脚蹬，由机械（钢索）连接传动过去，飞行员在操纵飞机时需要耗费大把的力气,劲道小的达不到效果,影响动作的完美。那时的飞行员,手和脚都得发力,所用力道因需而施,有时发大力,有时施巧劲,将一架飞机开得安全与平稳。后来,科技精进,电传操作大放异彩,电传系统将驾杆的位移变成电信号,通过电缆传至舵面,从而完成上升、下降、转向等动作。用的力道轻松了,但手上、脚上的技术要求并没降低,动作做大了不好,做小了也走形——飞机开得歪歪扭扭,坐在后头的旅客直想呕,手上脚上的技术半点也做不了假。再后来,计算机的进步一日千里,既有硬件,也有软件,飞机航行的自动化程度高了,航路上能自动驾驶,电脑能自动纠正许多偏差,人是省力省脑了,但手上和脚上的功夫仍不能废,起飞、落地,遇见特情,飞机本身故障,无不考验机组成员的技术水准和心理承压能力。

顾雪韬飞了大半辈子,深知飞行世界目迷五色,有时彩霞满天,有时雨雪纷飞,飞行人员的技术高矮更多体现在"有情况"时。一般旅客当然感觉不到,也听不到,实际上,业内人都知晓,但凡机器,就会故障,就会出错,如同犯错是人的本能一样。现如今,我国每天有17000架客机在空中,每周甚至每天,都会发生遭雷击、风切变、鸟击、航空器空中故障等不安全事件,无论是单发、起落架故障,还是遇不正常天气导致飞行姿态不稳,都需要飞行员的技艺发挥更大作用,因为那时的飞行可能已不是正常飞行,设备的许多良好功能不复存在,需要驾驶人员的精湛技艺化险为夷。有些情况,即使飞机无故障,也没遇见灾难性天气,但缺少技术,根本连地都挨不着。韩国釜山,由南向北落地有盲降,反过来自北向南落地离山坡太近,地形限制,无盲降信号引导,只能目视接近,参照地标航母般降落,这时的飞行员是实地考核:不能飞偏,控制好能量(高度和速度),

飞机形态要稳，飞高了落不了地，复飞，盘一圈回来再落地；飞低了，地形告警——出现地形告警，不但公司，连航科院都能收到信息。类似于釜山的情况很多，像国内的张家界，日本的松山，北美的安克雷奇，有的一端平地一端靠山，有的一端靠海一端靠山，都需要目视进近。顺便说一句，现在的信息流转太结棍了，国内飞机在北美遇近地告警、烟雾告警（包括乘务员喷消毒药水过量引发告警），国内都能收到。当班飞行员不主动报告，飞行部就会追查。在航空公司的运控大厅，所有升空的飞机，都能监控到，通过 ADS-B（卫星定位下的广播式自动相关监视系统），掌握每一架机的飞行轨迹和运行状况，假如偏出几海里，就会收到（国外）管制方的投诉。

考验飞行员的地方多了去。伦敦希斯罗机场要求进近下降时，前后飞机间距不能大于六公里，而时速不能小于三百公里，即使在长五边上，速度也不能调减，间距也不能拉大，一旦违反，管制员立马将你踢出去，兜一圈再回来，这是要丢飞行员的脸，还是要打自家航司的嘴？

作为同行，顾雪韬钦佩川航机组在"5.14"的表现。他说："刘传健成了英雄，但从飞行员的角度看，人人都不想成为那样的英雄，因为那毕竟是和几百条人命相关的；然而，一旦发生那样的极端，相信国内的许多飞行员都具备这样的技术与心理，也一定能摆平类似的事件。"

我没有接他的话茬。但我想，如此的驾技和心理，也包括他顾雪韬。

从开飞机联想到开车，现在都是自动档车，同一款车，有人开得溜，有人开得卡，甚至有人翻进沟里，这不是技术差别，又是啥？

NO2. 孟斌：春秋航空安全监察部总经理。1973年出生，吉林人。南京航空航天大学转民航飞行学院，毕业后先入东航，后到春秋，驾过多种机型，现为安监部总经理，A320教员机长。

孟斌为不可多得的"斜杠青年"，自己飞，监督别人飞，还做研究，屡有建树。他爱书、读书、写书，航空之外，爱好考古，写作考古专著《历代帝王陵墓》，出版行业专著《低成本航空经营管理》《精飞空客A320》，小说《青春航班进行时》，编纂内部资料《航空信息手册》。不难发现，他既是个实践者，也是位研究者。

"驾驶现代飞机，更多的是管理。当然也包括技术。"孟斌概要地说。

依我的解读，孟斌说的管理包含了多方面的涵义。首先是对驾驶舱的管理。现在主要依靠仪表飞行，越现代的飞机，驾舱的仪器仪表越复杂，驾驶人员要读懂弄通这些仪器仪表的用途和性能，对它们的管理水平无疑代表了驾驶水平。准确使用驾驶舱的设施设备，是驾驶飞机的必备条件，要熟练掌握，精确操纵，确保这些仪器设备工作正常，出现问题迅速破解。要正确运用储备的知识，尤其要熟练运用几项核心技能，最简单的如通信表达能力，出现状况时能和地面指挥人员迅速说清发生了什么。其次，管理好自己。每一名飞行员都经过了飞行学院的理论学习和实飞带教，也经过了无数个起落的锤炼，对起飞、落地、上升、转弯等的操作都有其规范的程序。管好自己，就是要求严格按平时训练的操作，不该省的不省，不该略的不略，尤其是遇到引擎故障、低空风切变等突情险情，只要严格按电脑给出的程序走，心底不慌，动作不多也不少，凭现代飞机的科技含量，是能够化险为夷的。不忘流程的同时，也要管理好自己的心理。现代机的飞控系统的软件是优化了再优化，升级了再升级，对各种可能出现的问题都有处理的预案，并编制了程序，输入电脑，只要操纵人员从容冷静，坦然处置，安全余度是足够的。

飞机如同一个家庭，也是一个社区，机长除了管理好驾驶舱和各类设备仪表，按章操作，也负有对飞机这个"临时社区"的管理责能，要和乘务人员一起，帮助舱内旅员度过一段舒适的旅程。倘若旅客中出现危急病况，应及时协调人员救助，万不得已，和管制方面协调，该返航的返航，该备降的备降，确保旅客的人身安全。

孟斌说："飞行员都有自尊和自傲意识，有时谁也不服谁，认为老子天下第一。事实上，人和人之间都会有差异，包括技术差别、心理差别、文化差别，也体现在职业素养、作风建设等方面。基本技术每个人都训练过，有差别，但差别不大，主要是技术之外的差别，犹如公路上发生的车祸——车辆本身没故障，大部分并非技术原因，是管理上出了问题：没有管理好这台机器，没管理好自己的手和脚，没管理好自身的精力和心理。"

孟斌是个读书人，生活上不讲究，喝白开水，一件毛衣穿了20年。但喜欢阅读，书架充盈，在嘉定买下个九十平米的房子专门用来藏书，藏有一万多册书，像个图书馆，而且数目还在继续增加。他在如山的书卷中吞吐着无比宏阔的精神道场。他说今天和我及郝然一块喝茶已经很奢靡了，他自己在家喝白水，省时；喝茶需要茶具，要洗茶泡茶，多费时间？

NO3. 诸辰：1984年出生，上海人，民航飞行学院毕业。2007年进航司，飞过A300、A320、A330等机型。2015年放A320机长，现为宽体客机A330机长，主飞东南亚、澳、欧、美航线。

诸机长曾和我多次谈到飞行,他说:"我们不想当英雄,只想平平安安地将每一名旅客送回家,太太平平飞一辈子。"我深知一名机长"不想当英雄"的潜伏语。英雄常和危难捆绑,自古英雄伤痕累累,当英雄就意味着遇见许多风险超强的大事难事。

机长们能避开太平洋上的台风,却回避不了机翼下的漩涡。飞行世界不是常人世界。

诸辰的父亲也飞过,开过运5、运7,由此顺下来,诸家也算飞行世家。长得有点像电影明星的诸辰沉着冷静,连说话也显得从容淡远。

"以前的驾舱一杆两舵,五人机组,前面两人只管驾杆,机务、报务、领航各管一摊。现在不一样了,科技的进步淘汰了机上领航、报务、机务岗,只剩下正副驾驶,两人干五人的活,既是驾驶员,又是领航员机务员报务员。从另一角度说,眼下的许多活由机器替代了。"

"飞行人员主要实施对飞机状态的监控,重在管理。"

诸辰也提到了管理。他眼中的管理,也叫机组资源管理(以前叫驾舱资源管理),整合各方资源,保证飞行安全平稳。

监控飞行状态,监控各类仪器仪表,是管理的重要内容。"飞行人员不相信自动驾驶。"诸辰说,"有人说以后会单人机组,我觉得不可取,飞机不同于地面车辆,两人机组必不可少,一人做动作,另一人监控。"

当晚,我们谈了很多,谈到了日出前日落后的机场灯光,无灯不能落地;谈到了遵义、张家口、淮安、安庆、釜山等机场一头有盲降另一头无盲降的情况;谈到了林芝、邦达等高原、高高原机场的地理难点、气候特点;谈到了极端天气,如台风来时，有的机组决定降落，有的不落，这不能体现机长水平高低，有时不落反而更安全，雨天，有时电闪雷鸣，有的飞机落，有的复飞，只要气象不报大雨，一般都能落地；也谈到了虹桥机场附近群起的高楼引发的乱流，自北向南落地时常遇见，飞机下降时如扭秧歌似的左摇右摆，有的航司将此视为畏途，禁止副驾驶落地。

谈着，分析着，当谈到三人喝完了四五壶老树红茶，我也俨然成了半个机长时，话题又拐回到人工智能。诸辰说："人工智能不是人工全能，许多事离开了人，啥也能不了。"

机长是个不寻常的职业，像诸辰这样年轻的八零后，额头两边的鬓角，也已冒出了几根白发，那是写在他额上的风霜。

"诸机长平时有甚爱好？"我不禁问。

他仰了仰脖子，睇着远方："爱好？闲暇时就想在海边，一人一茶坐一天。"

NO4. 李强：1964年出生，山西太谷县人，空军十三航校毕业，驾歼击机十余年。1999年转业至上航，飞B757、B767，送别公司最后一架B757去美国拆卸。2018年9月30日，完成最后一次B767商业运行，乘务组是吴尔愉等"名角"。上航B757、B767大队最后一任大队长。现为总值班室副总，太阳系最新的B787机长。

李强飞过军机、民机，安全飞行不下两万小时，经历和经验非一般人能及。这次由上航运控中心年轻的总经理邵伟作陪，大家视同朋友之间面叙。

李强已过了"看破空花尘世"的年龄，说话不打虚腔，开场就提到强侧风天气下的几种降落法：侧滑法与偏流法，以及综合运用几种手段落地的方法。我和邵伟"一搭脉"便知是资深行家。

李强表示,即使如他这样驾驶波音最新式的飞机,也是技术先行,每年复训,都要针对侧风、针对各种不利状况,开展疯狂训练。

飞得久了,难免遇事。李机长曾两次遇发动机熄火,一次起飞时,一次落地时,都凭身上的功夫安稳落地。2011年,李机长驾B767去马耳他撤侨(一些侨民已从利比亚乘轮渡到马耳他岛),飞机上四套机组,连水和食物都从国内带,全程狂飞十三小时,达到B767极限,落地前仅剩九吨油。到了当地,加上油,拉上人,不停歇,换人不换机,直接飞回。

2009年,李强驾驶维和部队包机,经孟加拉国的达卡去非洲的布隆迪。忆起十多年前的往事,李强先自咧嘴笑了,好像给我和邵伟讲一个笑话。他的包机先去西安和兰州两地,将两名完成相关训练的连队官兵载上飞机,然后往西往南飞,都是从未飞过的航线,得飞越枪炮尚未消停的索马里,还得在布隆迪的布琼布拉落地加油。当地机场保障能力低下,通信导航设备时好时坏,李强他们基本靠目视降落。好不容易落了地,机场方说加油需现金,美元,否则任你好话说尽,唾沫星子甩干,也不给加。原先这类飞行都是签字加油,事后结算,中国这么大的国家,这么大的国有公司,难不成会赖你点油钱?但对方认钱不认人。没法,大家掏口袋凑份子。机组、乘务组身上不够,就发动维和官兵一块凑。好在官兵人多,身上都带现金——联合国发的美钞,终于凑拢几万美元,将加油一档子事搞定。说得我们也跟着笑了。

谈到技术,李强又严肃起来:"目前降落有人工落地,也有自动落地,而起飞全是人工,包括最新型飞机。关键时刻,相信人类远比相信机器可靠。"

衡量机长水平的，大都体现在特情上——谁也不希望出现特情险情，但万一出现，就要全仗飞行人员的基本功了。特情处置不好，机长降级，这是硬条件。"刘传健那架机出事后，许多人问我，刘机长部队出来的，心理素质好，其他人行不行？我说，从理论上讲，所有现任机长都具备这个能力，但实际操作时，有人能处理完美，有人不一定。所以在业界有带队机长的概念，有所谓的第一机长、第二机长。有人年龄再大，也永远只能是第二机长，这是由他的综合素养决定的。"

沉着是飞者的慧根，冷静是机长的良药。李强这样说是够资格的。他开 B757 时，一次去桂林，接近五边被塔台告知：非精密进近。一会，塔台又说，目视降落，需不需要备降由机组决定。他看见机场了，回答没问题。一会，看清跑道了，塔台再次确认：跑道北端有强雷雨，能不能落？他说可以。入口时，狂风大作，暴雨斜来，他手脚配合，动作不乱，从容落地。

他送最后一架老旧的 B757 去美国，中间得在塞班岛落地加油。在落地前的三百英尺高度受气流影响，飞机忽然不听摆布了，出现航向偏转。他心如止水，完全靠手和脚修正，平稳落在跑道上。

邵伟说，李机长最大的长处是爱学习、善学习。他晓得自己年龄不占优势，英语有短板，就恶补外语，转业进航司时，自掏腰包三万元学华尔街英语，前后苦读两年。只要飞行有闲暇，就跑去古北课堂上补习，人家打麻将喝咖啡，他叽叽咕咕读外语。班级里都是年轻小女孩小男孩，他不嫌自己年龄大。飞境外的民航英语不是终生的，定时统考，一般三年考一次，通不过不能飞境外，他连续五次通过，往后免考了。

谈到干了一辈子的本行，李强两眼发光，如年轻人涨满了爱情的潮汐。他轻轻咬了咬嘴边的髭尖说："那也是被逼无奈，不学习就被淘汰，年龄大小不是理由。2017年去夏威夷改装B787，时间四十二天，开始翻译缺位，自己咬牙切齿对付——既为学员，又当翻译。不光民航专业英语，生活上如租房租车，联系波音公司等一揽子事，都是赶鸭子上架，总算凑合了下来。二十多天后，公司的翻译才到。我对她说，最困难的时候已过，哈，训练也快结束了。"

二、北极试航人

《中国民航报》记者柏蓓前些年就跟我说，你应该去走访下樊儒，他是"一帙青史"，并用两句话概括：海峡第一包机，北极试航第一人。尤其是第二句"北极试航第一人"，吊足了我胃口，尽管报纸、网络已对北极试航有所报道，但总归没有当事人亲述来得真切。

打开百度，樊儒的履历煞是博人眼球：山西朔县人，1949年11月出生，毕业于民航高级航校飞机驾驶专业，国家一级飞行员。1966年加入民航，先后飞过运5、伊尔14、安24、三叉戟、MD82、MD11、空客A330、A340等十多种机型。1999年12月31日深夜，驾驶A340远程客机，力克"千年虫"难题，实现"世纪首航"。2001年5月29日，完成极地航路——芝加哥至浦东壮举，开中国民航首飞极地先河。历任东方航空公司飞行大队副大队长、执管处长，副总飞行师、总飞行师，集团副总经理，被评为全国劳动模范。

真要找其人，却是极难的。宣传部门说，樊总早已退休，归退管部管。退管部说樊总人已隐，不太愿意接受外人的采访，他的工作做不来，还是联系宣传部吧。宣传部门的年轻人无法联系到他本人，说是找退管部要到电话再说，后来就没了下文。我只得去问民航报驻上海记者站。柏记者、钱记者都说无联系方式，孟站长也说不知，建议我找资深的宣传部唐建副部长，她那边可能有渠道。事越难我越有劲头，就不信了，一个大活人能找不出来？除非他真啥人也不见。最后，拜唐建部长所赐，终于有了樊儒的手机号。前后约了几次，终于答应在他所居的小区附近的长条凳上"聊几句"，看来他退休多年，还是挺忙。得到确切答复，我就依他的路径来到先锋路"爱琴海"附近和他"接头"。

因没见过面，到了路边，只有反复打电话定位，然后相见。看他满头黑发，根本不像 70 岁的样子，我还是微微吃了一惊。

"樊总看上去才 50 多呢。"我笑着说。

"廉颇老朽了。"他冷冷地说，"你是想聊聊极地的事？其实没啥好唠的，那次的事报上都登了，我说的也就那么多。"

我不计较他脸上的冷表情，有人的热在心底。两人在路旁的长条凳上坐定，他开始讲述从纽约起飞试航极地的事。我想打断他：报上登的是从芝加哥启航，怎么说是从纽约？但我还是听他说下去，因为从纽约还是芝加哥出发并不重要，关键是在北极的境况。

装有四台引擎的 A340 加饱了油，从美国东部出发，飞往北冰洋、飞向北极。极地区域，全是金乌高悬，这里的夏季没有夜晚，只生产白昼。一个字：白。白茫茫，白花花，白得刺眼，白得炫目。白色的冰，冒着寒气，将天上的空气都冻僵了，最低温度零下 70℃，比中低纬度同高度层的气温低了 20℃。气温过低，航油可能结冰，流动不了，发动机就得停摆。航油的冰点一般在零下 40℃至 50℃之间，油品佳的会更低些。当然，试飞北极的油经过了特殊处理。樊儒机组和公司的机务部事先做过功课，如果某高度的温度低于燃油的冰点，马上将飞机的高度放低。这需要一次一次地试，一个区域一个区域地飞。

相比他们试航的大圆弧极地航线，原有的中国至北美的太平洋航线，位于北纬度地区，西风带强劲，时有每小时三百公里的劲风。北美至中国的回程航班，一路顶风，抵消了飞机的部分速度，许多机型非得在安克雷奇经停加油不可，耗油耗时耗银子。对于当时将要开通的纽约、芝加哥、多伦多航线，如果走极地，不仅路程短，且风平浪静，又能顺观极地风光，从哪方面看都呱呱叫。开始也找过美国同行、俄国同行咨询，国际合作么。人家哼哼哈哈，脸上挂着笑，嘴上丝严缝密。别人家冒险飞行，为啥要将数据透露给你？花钱也不行。科考和试飞没有共享，只能靠自己摸。该准备的准备，该预想的预想，现在，中国民航试航来了。

驾驶人员都戴上了防护墨镜，防冰面、雪面反光，防极地超强的紫外线。进入极地上空，看不出哪是洋哪是陆，都冻成了冰和雪，北极就是雪极、冰极。

越洋飞行，配的双机长、双副驾。坐右位的盛彪机长比樊儒小了十多岁，这时脸上微微变色，说："气象雷达失效。"樊儒侧眼瞧去，屏幕上全是雪花。"不稀奇，地面白，冰面、雪面、冰镜面全是白，对雷达回波来了个全吸收，屏上的反应自然是白花花一片了。"樊儒说。"需不需要关机？"左后副驾问。樊儒摇首道："开和关没啥区别，开着挺好。其实，显示器上白茫茫一片也是资料，这就是北极圈内的信号反射特征。"盛彪说："高空倒是轻风，飞机平稳。""基本无风，这也许是极地航路的优势。"樊儒说，"关键时刻机器不是万能，人眼倒是百能。"盛彪说："所以，所谓的机器、人工智能要战胜人类，那是在北冰洋上做梦。"众人轻笑。

在北极圈内晃荡了两小时，从东往西北方向飞，离极地点渐靠渐近。瞧着仪表盘上的数据,两位机长的脸色肃穆起来。樊儒说:"附近的航空指挥中心,有通告之类的消息吗?"

　　副驾驶开大嗓门呼叫,呼得辛酸,呼得心惊。第二机长盛彪也加入呼叫,但只有去的声,没有回的音。他的心脏跳速加剧,忐忑地问:"叫不到地面,咋办?"

　　"莫慌,继续呼。"樊儒冷冷地说。

　　盛彪调正背脊,运足真气,再次呼叫,还是不通。通信失联?对此,他们原本有所准备。到了这儿,就当没有外界,没有人类,是在外太空,就他们一架飞机,随着一阵风飘来,飘到哪算哪。既然是试飞,当然是往安全的底线方向去,否则哪能叫试飞?

　　"往北靠。"樊儒说。

　　"可是,这通信?"左后副驾驶说。

　　"没有通信照样飞,计划中的那一点还没到,继续北移。"

　　两位副驾的心里打着鼓,七上八下的。盛彪不说什么,瞧着左座的樊机长,倒是气定神闲,十分的笃定。这时的樊儒心中自有乾坤:即使半天叫不到地面,只要飞机本身没事,凭着心中的航图,也能飞过去。

　　突然,机上的磁罗盘不听使唤,失去了明确指向,像抽风似的乱颤,似遇到了天外引力的戏弄,不停地来回摆动。他们明白,这是受到北极强大磁场的影响,失去了磁可靠。如果依据眼下的罗盘指针,飞机将一直沿极点外侧飘,不停地在北极圈内打转转,犹如一只蒙住头的苍蝇,辨不清东西南北,在白茫茫的世界里照冰镜。

　　"美联航、美三角能飞,咱们也一定能飞。"樊儒说。

　　此前,只有美国的美联航等两家公司来此试飞过商用客机,而且距极点偏得远。

　　"不是还有惯导和卫星导航吗?"盛彪说。

为了此次试飞,公司算是下了大本钱。考虑到极地磁场的影响,罗盘可能失效,量身打造了几套惯性导航设备。为防万一,又额外加了几套卫星定位系统。这些系统不受磁场影响,这时正好派上用场。

按时间推算,自美东至浦东全程十几个小时,机长、副驾隔几小时换一次班,轮番执飞,自驶入北极圈,四人全扎堆在驾舱,不再换班,为的是集体把关,现场切磋。

离极点又近了几十海里,罗盘的摆幅更大了,如一条关进笼子的赤练蛇,恼怒至极地乱跳乱撞。盛彪迟疑了一下说:"樊大机长,计划点已飞越,差不多了吧?周边通信全无,时间一久,地面以为咱……"

樊儒驾机继续北去,说:"既然来了,别急着走,多测几个点,数据更权威。"

"已经超出北纬89°了。"盛彪机长半屏着呼吸说。

樊儒瞧了眼油表说:"油量足够,油料也在鼓励咱多在极地待会儿。"他的眼前全是白,折射出的光也是白,像飞在童话里,"北进,必定要超过老外试航的那个点。"

在后座的一副驾细声细气地说:"樊总,为啥要和人家比个高低?毕竟人家在家门口附近,熟门熟路。"

"该比高下时就要比。正因为不熟,所以要超越那个点,多测几次,就熟络了。"

樊儒自开飞以来,征战四方,屡有建树,虽无通天之术,却有着地之门。此刻的他虽然一副大哥大神态,心底也是纠结的:飞在北极这未可知的空域,似走在刀的刃口,通信中断,罗盘乱颤,稍不慎,不知会发生啥事。

盛彪机长继续报着数字:"我们离极点不足100海里,超过了外航的测试点,也飞越了公司计划中的那个点了。"

"尽管叫不通附近管制中心,但相信公司能监控到咱们。"右后副驾说。

"却挡不住咱们继续北进的脚步!好不容易来了,为什么不多飞一会儿?"樊儒淡定地说。

"下次,下次也可以,下次可以在今天的基础上更靠近极点。"一位副驾喘着粗气说。

"下次再来,不知又要费多少周折,也不晓得有没有下次。一次能干完的,何必等下次?"樊儒说。

"我们已到 89.5° 以北了。嗯哈,真贴近极点,不知道会出现啥状况?"另一副驾扁声说。

"所以,我们有必要试试踩极点的感觉。"

"可是,到目前为止,还没人去碰及北极 90° 的原点,那是世界的尽头,科学,对许多事还难以解释。"不知谁,又轻轻嘀咕了一句。

"说不定咱们去了就有解释了呢。到了地球的尽头又能怎样?"樊儒说。

磁罗盘更剧烈地摆动,如旋转中陀螺的快摆,表达了强烈的抗议。樊儒瞧瞧右座的盛彪,他戴着反光墨镜,看不出墨镜后头那张脸的真切,但似乎是平和的。又侧过头去瞅了瞅后座的两位副驾,感觉他们的呼吸略显凝重,但箝口不言了。作为主帅,樊儒的心理是矛盾的:已经飞越了计划中的坐标,而且已拿到了额外更多的数据;但真要是去了北极原点,到底会怎样?

这时,第二机长的盛彪像是经过了深虑,字斟句酌地说:"我听从樊总的号令,突然想去北极原点试一脚!"

半晌,原先有些心浮气躁的两位年轻副驾硬气地点了点头,铿锵地说:"前面虽有顾虑,但在行动上坚决听从两位机长的号令，你们说进，咱绝不退后半步。"

"有点像上战场了。"樊儒双眼涌上一股热浪，"你们这么说，感动我了。"

A340宽体客机边盘旋边向极点贴近。樊儒看了眼仪表，距极地已不足70海里，倘若真想靠上去，也就两次深呼吸的功夫。他略一踌躇，说："返航。"

"啥？大家统一了想法，反而撤了？"盛彪不解地说。

"人，最看不清楚的往往是自己。"樊儒语重心长地说，"这次公司精心策划了试飞，我们已完成了规定动作，而且超出了预期，可以划个句号了。适才你们的担心不无道理，科学在很多方面还不能科学地解释。我们安全地来，更要平安地返，你们如此尊重我，我也要百倍地敬重各位。现在我宣布：回家。"

离开那片白茫茫的混沌世界，侧身回望，樊儒和盛彪感慨万千。

后来，我又采访了极地试飞的另一名机长盛彪。这盛彪机长1982年入中国民航飞行专科学校（民航飞院的前身），虽然没樊儒的经历久长，但也穿上皮衣皮裤，飞过前三点式、后三点式的螺旋桨飞机，驾驶过多型号的喷气机。此时的盛机长已从飞行部党委书记的岗位转为运控中心的党委书记、副主任。他的手上仍握着驾杆。

"北极之旅，万里迢迢，魂梦摇摇，仿佛沿地球航行了一圈。"谈起十八年前飞北极那档子事，盛彪以往事不堪回首的语气说，"后悔，后悔死了！当时已到了那旮沓，为啥不最后一哆嗦，去踩下那个极点？那三不管地区，俄罗斯、美国、冰岛三不管，首次对民航商业航班开放，哎，估计去了，啥事也没有！难道那个点真会是个黑洞？想想不可能。"

"当时的顾虑没错，说不定真是个黑洞呢。"我安慰道，"不是至今也无客机飞越极地原点吗？"

盛彪的话至今还带有冲刺色彩："握着开山斧，轰轰烈烈去试飞，就差最后一脚步。哎，北极点，世界的尽头，好比登山，只有上了珠穆朗玛峰尖，才能看见最壮美的风景。真去了，也许屁事都没有。"

"也许有呢？"我说，"这样不挺好，飞行如人生，不必太圆满，留点缺憾，就是不遗憾。"

"哎，唯一一次机会，就这么丢了。"他连连叹息，"现在开通的北极航线，离我们飞的那个点，南移了几百公里，暖和着呢。"

"那也够北的了，能欣赏极北风光。"

三、驾驶 A350 的 80 后 90 后

银河系最新型的重型客机 A350 及 B787 飞入中国航司。我蛮想找驾驶这类先进客机的飞行员们聊聊，飞行部的王助理心领神会，及时地领来三位驾驶人员。倘若不作介绍，我一定以为面前的三位年轻人是在校大学生，正放着暑假，过来串门子呢。

80 后机长张浩杰和副驾驶姚丹妮恰巧都是山西太原人——原本不熟，这次碰面才碰撞出暌违的乡音。另一位来自杭州西湖区的副驾朗春力不知是今天飞行还是咋的，穿着飞行装，但仍摆脱不了学生般的稚气。我不得不确信，面前几位细皮嫩肉的姑娘和小伙都手握驾杆，驰骋风云多年了。

按张浩杰的话说：冬转春移，今非昔比，现在的飞行部，80 后机长不少于三分之一，90 后正快速跟进，70 后已渐渐成为"前辈"了。

我一口气差点没顺过来。

80 后的"老机长"

A350 机长张浩杰，1981 年出生，民航飞行学院毕业，学生党员。2006 年 7 月开飞 A320，副驾，两年后改飞四引擎的 A340，跑国际线，2012 年又回 A320 升任机长。张浩杰说，公司升职的途径一般都是单通道客机副驾至双通道飞机副驾再

返回单通道客机擢升机长。别看他长得像在校学生,却已飞了十五个年头,已是两个孩子的父亲,更是掌控三百人安全的舵把子。

做了八年机长的张浩杰身着随意的 T 血,头发也是自然流畅,没有梳理成两鬓溜光、顶上蓬起的那类时髦型,袒露着北方人的朴实、憨厚和狷介,但一亮嗓说话,却言语犀利,极富穿透力。

"放机长是一个痛苦与煎熬的过程,从肉体到精神被折磨无数遍,方成正果。"张浩杰说,"先是中队检查、大队评估,然后飞行部考查,内容有各种现场考试、模拟机考核;再反循环,飞行部检查至大队评估,中队考核;又返回去,经飞行部考核通过,才能放航线机长。飞行一段时间后,大队评估合格,飞行部审核通过,转为正式机长。请注意:航线机长不同于正式机长,前者只能在空中适航时段代替机长,但在关健阶段,不能和副驾驶配合起飞和落地。"

"你年纪轻轻已是教员级机长,现在又干上了 A350 的掌舵人,比照原先开过的 A320 及 A340,有啥区别?"

"去年改装(专用词)A350 时,飞第一个起落,感觉人没用了,手指轻轻一扣,飞机就落地了。哎,智能化程度太高,飞行员的手艺似乎下岗了,反而对设备的理解,人的自律要求更显重要。"

张浩杰是年轻的飞行尖子,当然飞行高手不止他一位。台下十年功,天上十分钟的话他都不想说。不过,他强调,将地面的事做扎实了,像模拟机训练、飞机性能的充分熟稔与掌握,各种复杂天气的应对……地面的功课做细实了,到了空中用不着太紧张。

"思维上快一步,动作上要慢半拍。"这是他的"醒飞警言",

"即使带学徒也是如此，尤其要防止犯低级或重复性的差错"。

张浩杰深情地怀想起学员时代，带他的黄教官很"温柔"，从不打他骂他。我说那是你人乖巧，飞得好，教官自然是柔爱相向。他喂叹一声，说要理解教官的心，他们"出手"也是恨铁不成钢。他记得有教官痛斥学员，甚至将人揍得鼻青眼肿。一次，某教官见学员几次动作走形，气急之下一拳打出，血溅挡风玻璃。许多学员诚惶诚恐。但张浩杰不会，他飞得争气，黄教官唯恐褒奖太少，何以拳脚相加？

黄教官舐犊情深，将基因深深传导给了他，他带徒弟时也温文尔雅，极少训斥动怒。然而，"温柔"作风也会引来大狐步，他也有犯怒的时刻。那次，去目的地有东线（沿海）与西线两条，徒弟将计划打反，将西线打成了东线，估计也没检查。此前，已经带了这名徒弟一周，针对各类问题训练了好几天，刚把满意度提高，心中之弦有些放松。那天流控，已在地面耽误了不少时间，上了飞机，张浩杰问他计划弄好了吗？好了。检查过吗？检查了。滑跑起飞后，迅速到达出港点——正是东线西线的分岔点，两线成90度岔开。张浩杰牢记自己"思维上多一步，动作上要慢半拍"的铭言，多了个心眼地问，飞行计划核对没有？核对了。纸上打勾了吗？打了。把纸头拿来！一瞧，半身冷汗，纸上打勾一栏空白，对方根本没核对。纸上打错无核对，输入电脑必然也是反的。这货脑子走神！张浩杰怒发冲冠，拿起手中资料刚想一把砸过去，终于还是收住了手。反思自己也有责任，为什么太相信别人，自己不预先查一遍？幸亏慢了几秒种转向，重新核查计划，否则就闪了腰，出现低级的严重差错。

张浩杰严肃地说："飞行时不管合作方多么权威，哪怕是局方代表，是领导，也要按章核查。说实话，有时双机长出去，风险比单机长单副驾还大，因为都是机长，你靠我，我赖你。

驾舱里必须有梯度，有主次。"

张浩杰说："飞行人员需耐得寂寞和枯燥，克服惰性。如果分配你连续三天飞成都，第三天肯定没第一天认真，这就是惰性，飞行人员每一个架次都要当做'第一次'。许多飞行人之所以优秀，是事事想在前，在问题发生前'摁'掉了，这才是高手。飞行人员不需要做刘传健或哈利那样的英雄——英雄的背后必有不英雄的事发生。飞行人员最大的愿望是平平淡淡，不需要轰轰烈烈。平时训练时经常处理特情，实际飞行时不需要特情，四平八稳飞它四十几年，到点退休，不必身后流泽，回看过往才有画意诗情。"

张浩杰豪气充溢，驾 A350 飞的多是国际线，2020 年疫情肆虐，国际线极少，改飞国内。不过，在国内疫情最严重的 2 月份，他飞罗马、马德里。说到这儿，王晓辉说他有故事，今天恰好分享。张浩杰说啥也不愿讲，在咱们的再三恳求下，才不太情愿地说了个大概，但语调变得支支吾吾，不怎么流畅。

国内疫情最严重的冬尾，口罩匮乏严重，他飞了趟罗马，匆匆忙忙买了一百个，回来即被"哄抢"一空，自家只留下不到十只。回首望去，情况比预想的更严重，医生的口罩也将呈缺乏状态，一天发一只，快裸奔了。一周后，他轮到飞西班牙的班次，当时西班牙才发现一名新冠病人，还没当回事，国外的医疗物品相对富余。抵达西班牙后，他在某温州老板帮助下购买 N95 口罩三千只，但想到国内当时的糟糕，远远不够，得另想法子。像西班牙这样的国度，轻工产品存量有限，一旦华人华侨开启购买模式，口罩之类立马成为紧俏货。他得知吉祥航空有位西班牙籍机长正好在原籍休整，可以帮忙联系，但那外籍机长手上现金拮据。赵浩杰说现金构不成问题，和中队长商量后，决定随那老外去萨拉曼卡购货。

赵浩杰乘早上八点火车赶去，采购过程七八小时，跑了八九家商店买不到，就"挟持"外籍机长去建材商店购买，那儿华人少，也有卖口罩的。终于买到四千个，乘坐大巴士回到马德里，已是晚上12点。八个大箱子从大巴上搬下，两人十米十米轮流往前拱。他联系到当地一华人，请这位大姐帮忙用车拉回酒店，当她的老公听说张浩杰从国内来时，像躲瘟神一样直接开车回家了。但这位大姐说答应的事不能爽约，她自己打的来接他们到酒店。飞回国内后，张浩杰请大舅从青浦开车过来，将总共十几个箱子装了两车从机场运出。张浩杰顾不得时差和休息，当天将部分口罩捐送肿瘤医院，第二天又开车分送九院、六院、胸科医院。他为此自掏15万元。他实在不想对外说，单位过了两个月才知晓。当时肿瘤医院要采访他，他谢绝了，认为人这一生在危难时刻能挺身而出的机会不可多得，没必要说。

张浩杰的脸上呈现的是大肚罗汉的笑容，他说："飞行和做人是统一的，怎样做人就怎样飞行，人做得怎样就飞得怎样。我们飞行员、乘务员也是社会的一员，实际上也负有社会责任，我只是其中之一，没啥值得炫耀的。"

90后小姑娘

1993年出生的姚丹妮，无论以哪方面论，都是美女加优秀生。山西大学附中毕业后，正遇飞行学院招飞，她抱着试试看的心态，却无心插柳。体检、面试都过了，高考分数又在线上，就去了民航飞院学习。那届去了十九名女生，她为其中之一。和其他女生区别的是，她在大三已经是正式党员了。

我以前也遇见过女飞，见了姚丹妮后，我再三问她，在飞行一线，女性能否完成和男性同等的工作？

她抿嘴笑了笑说："可以做和男同胞同样的事情，尤其是飞机越来越现代化。飞行教员曾对我说：我永远当你是学员，不会有性别之分。"

坐她左边的张浩杰忍不住插话："如果我的副驾驶是女飞，我不会顾忌这点，只会视她为 PM（配合者），或是 PF（主操纵），而不会区分男女。"他又说，"她们最不愿意的，是给她们贴上标签：你是女飞。"

姚丹妮又莞尔一笑，文静得不像个驰骋长空的飞者。她幽幽地说："在学校体能训练时还是有区别的，男生跑五千米，女生跑三千。"但她承认，飞院的训练刻骨铭心，做旋梯运动，正打，反打，连贯动作，转得你天旋地转，那是咬碎牙噙住泪坚持下来的。转活滚时，几次掉下来，爬上去，再摔下来，再上去，脱了几层皮，才过关。

张浩杰道："男学员还有固滚的呢，才要命，上去后像电风扇一样旋，左转 30 秒，右转 30 秒，比酷刑还酷刑，人易受伤。"他笑了笑，张开嘴巴说，"我上门牙就是做旋转时磕掉的，那时年少疯狂，人家三下，我想一下过，用力过猛，牙就碎了。以后老师规定：一人上前，两人在侧护卫。"

说起记忆最深的飞行生活，姚丹妮似乎回到了学员时代。飞满十三小时，每人需要单飞，也就是单人单机上天，这或许是她一生中唯一的一次。因为是课程要求，也不知做了多少次预想：一个人到了天上会怎样？会变嫦娥吗？将各种预案想了又想。真到了那一天，独自一人一机升上了天空，不由自主绷紧了每一根神经，但想想人生孤舟已托举在天上了，又能怎样？许多师兄师姐都过来了，咱怕个球！心渐渐安定下来，半小时飞了三个起落，说不出的成就感。落了地，才敢告诉爸爸妈妈，怕他们睡不着觉。

完不成单飞就要遭淘汰。好在那届十九个女生全部坚持下来，倒是有男生被"枪毙"。十九名女生毕业后，被分到全国各航司当副驾。到公司，她先上 A320 当副驾，两年后上远程机 A330，2018 年底上 A350。在 A350 机组里，共有五名女生。

我接过她的话茬问："外界看飞行世界白云飘渺，五彩斑斓，是不是特有意思？"

姚丹妮面上的羞涩褪去，红晕升起。她忖了忖说："一次我浦东飞大连，大连至哈尔滨，哈尔滨至大连，再回浦东，一天四段。降落大连时大雨、侧风、乱流，落哈尔滨时暴雪过境，基本是全跑道落地，漫天雪白，滑行道上的雪来不及扫——铲雪车不够，前后等了一个多小时，清雪后才停桥位。飞回大连已是晚上，殊不料下客只有一人，其余的全回上海，气象预报大连将雨加雪，可能伴有风切变。征得塔台同意，赶紧升空，降落浦东已是半夜一点多，好在上海夜色清朗，月光灿烂。我对机长说，今天好幸运，雨、雪、风切变、晴天、月夜都遇上了，赏罚分明啊。谁知疲惫之极的机长哭丧着脸说：告诉你件事，外环线禁行，高架已封路，只能走地面了。"这一走，走了两小时。

她叙毕，一旁的张浩杰若有所思地说："飞机越先进，措施越严，飞行员的安全责任就越大，各种措施的落脚点都在咱们身上，飞行员就是守门员。"

我说张机长言之有理。边说，赶紧将这句记下来。

半响，见姚丹妮停顿下来，不再张口，我好奇地说："你执飞五年，能不能再讲个故事给咱们听？"

她扑哧一笑："知道您的意思，不过呢，我飞了三种机型，真的没啥离奇故事发生，那个，庸庸碌碌才是真，没有故事也许是最好的故事。"

我顿时哑了声,她说得对,平庸地飞它几十年,平凡地飞行一辈子,才是极致。我又问:"有啥业余爱好?"

"不瞒您说,我不喜运动,也不锻炼,不过,近来爱上了插花,玩着挺有劲。"

丹妮的妈妈是山西省空管局的领导,多年前和我相识,曾在党校同期学习过,也算朋友的孩子,在她心目中我是长辈,有些腼腆,抿嘴笑的时候多,听我讲的多,自己说的少。但我看得出,她是位文静而出萃的飞者,等过两年,就能擢升机长,或许成为公司最年轻的女机长。

"火线入党"的 90 后

朗春力皮肤白皙,脸上始终袒露着诚挚的微笑,到底是"山外青山楼外楼"的湖光山影调教过的。而他的经历和同是 90 后的姚丹妮不同。

朗春力比姚丹妮还小一岁,在听了张浩杰和丹妮长时间的叙事后,他开始说话了。他的第一个问题是问他自己:"我为什么学飞?"

这也是我感兴趣的话题。在我的印象中,飞行员要求裸眼视力好,一般而言,北方人的视力好过南方人,就像他边上的丹妮,尽管是女孩,也不戴隐形眼镜。难道是他家门口的那池湖水太碧,以至将他的眼睛氤氲成了火眼金睛?朗春力的叙述,将我的判断打住。

朗春力家住杭城,家的上方有一条航线,但不是民航机,是空军的航线,三天两头有军机从头顶飞过,轰隆隆的回响充满想象。他从小萌生了当空军的念头。西湖高级中学毕业那年,空军来招飞,他头一个报名,却被刷掉了,原因是空军的飞行院校要求高考分数超出一本线好多,而他超出的分数不多。最终空军只从学校招走一人。然后国航、东航、南航接踵前来，由他们出钱送人去飞院，毕业后为公司效劳。他本不想去民航，民航的飞机慢，没战斗机轻灵勇猛，但校方不厌其烦地撺掇他去报名，因为全班只有三人没近视眼，他想想也是，开不了小飞机就开大飞机，飞哪个不是飞？大飞机虽然慢，但配置豪华，而且人多热闹。参加第一轮报名的1000人，体检后剩200人，再体检、面试，全浙江只留下25人。

进了飞院，如果觉得是进了保险箱，那就大错特错了，只不过百里之行迈出了一小步。过了几天，东航的老师来宣讲：为保证飞行队伍品质，入校者有15%的硬性淘汰率。原因很简单，一是身体，二是末位淘汰。他开始紧张，躺在床上想：万一淘汰下来怎么办？再上明年的复习班，再进行一次高考？想破了脑袋，唯有华山一条道——狠心学习，必须留下来。在学习生涯中，他很快得到佐证，淘汰率真的很可怕，各种考试、各个阶段都有人"出局"，他所在中学仅有的两名入学者，其中一名在飞开头的十三小时就惨遭淘汰。

十三小时后面，为十八至三十小时的放单飞训练，就是前面丹妮说的一个人去天上兜几圈，不达标的就自动离开了。往后是飞私照考试——真机完成，仪表考试，商照考试，每一步出去都面临被无情抛弃。他亲眼目睹了许多同学、学长在各个阶段被残酷淘汰，连一句"再见"都听不见。

要是以为进入公司就万事大吉，又错上加错了。进了公司，也是有停飞率的。他一名学友，2016年进公司至今，仍在学员部，还在考各种证书，已跌入一个恶性漩涡区：一个证考出，另一个证却到期了，又得重考；四年过去没开飞，沟沟壑壑，贯穿始终。比如英语考试，ICAO四级全英文考试，第一部分共九百句，任意抽四句，一个字母都不能错，五至八句只能错一处……

很多人"死"在前四句上。考试改革后，一至四句通过率只有5%。

每次机型改装（换机型），都是飞行人生中的淬火、涅槃，不蜕几层皮，根本出不来，每个机型都有人绝望。

朗春力和张浩杰、姚丹妮一样，作为A350年轻的飞者，跑的是国际长途，载的是海内外宾客，飞行技术无疑是优良的。这一点，他仨算是走到了一起。他们今天谈的大多是飞行之外，甚至是A350以外的话题。这样，我话锋一拐又回到了朗春力的火线入党上来。

作为年轻机组成员，朗春力前后一年出击疫区，马不卸鞍，运送医疗人员和物资。2020年3月12日，朗春力与机组成员一起，运送中国红十字会医疗队和数吨物资赴罗马，为意大利提供国际主义援助。早春二月，国内疫情风声鹤唳，海外疫情也随着春风的荡漾呈"燎原"之势。在这紧要关头，尽管国内航班和旅客锐减，人员收入锐减，但航空人可不敢闲着，始终处在防控前线。公司成立了"墨镜侠"战疫青年突击队——A350的挡风玻璃像墨镜，由此得名。朗春力以飞行一部团总支书记的身份担任突击队长。在疫情肆虐的初春，这个"墨镜侠"队长可不是闹着玩的虚名，而是随时准备飞战疫包机，随时准备往"火坑里"跳的带头人。"墨镜侠"救火队共由五十多名年轻副驾构成，他们穿上厚重的防护服，冒着被感染的风险，像空中点穴一般，出入疫区，拯救生命。阳春三月，国际航班还较多，每次回来机组需隔离十四天，越来越多的空勤人员遭隔离，生活上需要帮助，朗春力又加入了A350志愿服务队，只要自己不在隔离期，业余时间开车为隔离人员送衣服送物品，在人们唯恐避之不及的危难时刻，奋身而出。公司经综合考量，"火线"发展了五名党员，朗春力为其中之一，另外四人均为机长。

理解别人是幸福,被别人理解也是一种幸福。对这项殊荣,朗春力的笑意至今仍挂在眼角。他已婚,女方是浙江在上海工作的同乡,做IT行业。他是位被人喜欢的小伙,在妻子喜欢他之前,已得到大伙的喜欢。目前他的户口没落进上海,还不能买房,租的是人才公寓。

我离开东航城时,抬头望天,碧空澄澈,两只大雁轻轻掠过头顶。外面37℃的高温,竟不觉热。

第四章　天路天使

人的一生，惊人出彩之事不可多得，有一二桩足为美谈。特别的地方，定有特别的事发生。今年除夕，长虹班组的姑娘们连续第五年在航空塔台值夜，胸前的耳麦将陪伴她们迎接新年的第一缕曙光。

一、高塔上下

虹塔

人们常用仰慕的眼光注视塔台,那是指挥飞机的神秘场所,即使深更半夜,仍灯火通明。盘踞里面的航空管制员(指挥员)用嘴边的话筒指挥天上的飞机,无限风光。以前有名飞行员,想结识里面的人——最好是个厉害角色,有临危不惧壮举,说出去脸上有光,喝酒吹牛有资本,可以吹半辈子的。不知后来认识了没有?

塔台是飞行人员眼中的绿洲,那里有最能帮助他们的人。

我去过无数个塔台,远至迈阿密、多伦多、墨尔本,近至虹桥、浦东,只是高矮有别,造型有别,机器有别,人员有别,内部结构和工作属性相差无几。无论是高鼻子的白种人,还是裹着黑巾的阿拉伯人,他们要做的就是指挥飞机起来和落地。但外界容易误判的是:塔台指挥飞机不假,但并非指挥天上所有的飞机,它只负责机坪区至六百米高度以下的航空器,通俗地讲,只指挥飞机的起和落。

华北空管的孙炜主任曾多次和我谈起首都机场有三个塔台,个个昂首雄立,最高的九十六米;新修的大兴机场也是双塔台,标高七十三米。

我说请打住,身高不是唯一,1999年落成的浦东机场塔台一百〇二米,伫立在东海边,第二塔台虽小,也有模有样。不过,虹桥机场的塔台显得矮矬,与它日均八百架次的航班保障量不那么般配。世博会前扩建的虹桥机场,由于土地拮据,没落成之前就已落后——两条窄距跑道间距三百六十五米,只能相关使用,不能独立运行。也就是说,两根跑道相距过近,为安全起见,一架飞机在东跑道落地,西跑道不能同时供飞机起飞,时间上必须错开,这大大限制了机场效率,也增添了指挥难度。

如果说飞行员将"安全至上"奉为圭臬,那么视"安全第一"的管制员曾写下"远举高飞、起落平安"的书法赠与飞行部。天上地上的心灵弥合在一起。

2020年8月3日,疫情过后,我又去了虹塔。上一次还是在几年前——那时的塔台在机场限制区之外,我和空管中心顾乙主任陪同中国作协的叶辛老师前去。记得叶老师说了句:"咿,工作条件一般嘛。"岁月老去,人事沧桑,塔台还是那座塔台,人已有所变化。现任虹塔党委书记兼副主任的刘海半开玩笑地说:"科技和管理水平的提升,现在两架飞机想在空中'接吻'的概率几乎为零,反而在地面,防跑道入侵、防航空器相撞、防飞机冲出跑道成了咱们的重点。"就在我写这篇文字时,美国某机场的两架飞机在地面发生碰擦,一架B737翼尖连翼梢被削去。

刘海原为局办公室主任,调任一线工作后,重心下移,和班子成员一起,着力抓队伍建设,各项工作上了新台阶。他说,虹塔的队伍和谐、凝聚有力,工作时严肃,休息时活跃,员工有归属感,原先单位组织业余文体活动,参与者寥寥,都说有事,现在大家愿意参加,说明工作、学习和业余文化活动的吸引力增强了。

严肃和随意并不矛盾,随意是严肃的另一种形式。刘海随意地说:"这几年,虹塔强化了人才队伍建设,手段之一就是竞聘激励机制的扩大与落地。我们将带班主任、质量监督员、模拟机教员等岗位全部拿出来,供广大管制员挑选竞聘,是骡子是马拉出来大家瞧。公开报名后,经过理论考试、实操比试、面试,择优录取。从前虹塔无女带班,去年男女同台竞技,解红苗成了首位女带班。没竞聘上的管制员也借机提升了能力。"

说起疫情,刘海说:"疫情期间,航班量下降,正是充电的好时光。我和俞主任商量,提出网课教学,由张博、宁北杰等教员授课,有一小时一节课,也有将一小时拆成几节课,十几分钟一节,在家也能抽空学,效果良好。"谈到教员,他接着说,"管制员有师傅带徒弟的传袭,有些方面光学校的课程不足以培养一个成熟管制员,新生到单位,有的东西必须跟师傅手把手学,口耳再相传,培养现场的情景意识;离开了现场,离开了虹塔,又是另一码事。这里有三名高级教员,五名中级教员,全是在虹塔的实操中成长的人才,他们因人施教,因地施教,效果更为明显。"

说话间,俞磊主任进来。他刚参加完网上业务培训,是波音公司组织的全英文授课。课程结束,他摘下耳机,从隔壁办公室踱进步来。和刘海不同,俞磊纯业务出身,先在浦东塔台当管制员,后交流去流量室,前几年调来虹塔,自副主任至主任。虹塔的两个一把手长得挺拔,都是一米八的七零后。

俞磊和我在浦东航管站就相识。1999年浦东机场开航时,我任航管站副站长,他在浦塔指挥飞机,多有交集,也算老相识了。我说:"这几年虹塔在每分钟一架(白天)起落的频度下,保证了平稳,没出现过事故征候,实属不易。"

他摘下口罩,清了清喉咙说:"培养员工对单位的爱,对单位的认同感,尝到了甜头。管理上不一定高压,对中心制订的规章,管理者理解,更要让每一名员工想通,为什么要这样?让上下都认同。那些很严厉的措施,可看作是'核弹',用来威慑,但不希望真成为'王炸'。上下沟通、相互商榷很重要。"

略为庄重的表情遮挡不住他英俊的面容。谈到工作环境,俞磊说:"虹塔是九十年代建筑,主体结构和辅建都已老化。虹塔分三组倒班,每班组二十人,上岗八人,每两小时轮换一次,下来的人休息不好,影响上岗时的精气神。2018年对有些地方重新装修,功能区进一步分开,卫生间也修葺一新,大家感觉不压抑,心情自然好。在多方努力下,大夜班管制员的早餐也有后服人送了。员工感觉上面的关怀不是挂嘴上,是真正落在心上的。"他忖了忖说,"环境很重要,许多东西还是员工自己张罗的。防蚊纱,门口的幔子,我们都不晓得,有人自觉装上了。女生休息的小房间装饰很漂亮,她们自己掏钱,还不告诉你是谁弄的。职场如家场,喜欢单位才会有人做,由此看,咱们这些年的企业文化开始扬花结果。"

我的心理开始错位。其实,不是我错位,是他们的"错位"。今天,书记谈的是管理,主任谈的是文化,角色的"错位"实际是最默契的补位,换一个视野看问题。

"上头(空管中心)单独给了一块绩效,分季度下拨一个额度,给我们二次分配。为了公平公正,我们采取积分制,对每名管制员的工作打分评分,具体条款很精细,能量化的一律量化,难以量化的也很细到,连拿话筒的小时费都是根据工作强度和质量评分,比如遇到大面积延误,主动发现突情、处置得当之类均有奖励。二次分配绩效的推出,进一步打破了以往的大锅饭,以质量论英雄,一个季度下来,同岗位之间的绩效拉开了八九千元的差距。绩效的打分评分不搞黑箱操作,跟大家见面,预先得到管制员的认可,让每个人有对满意与不满意提出意见的权利,民主管理不停留在嘴上。方案每年修订完善。"俞磊说,"人事安排公平公正公开,让每个人有发挥的机会。有些管制员平时不跟领导打交道,三十岁以上就不愿参加单位的集体活动,是比较'宅'的一类,但工作不错。我们有意在业务交流、科室学习时请他们做个PPT,上去讲一讲,让大伙见识他们,他们自己也蛮高兴,以后单位的活动也愿意参加了。许多工作需要钱,许多工作也不一定靠钱。"

刘海补充道:"安全的底线是不能碰的,容不得丝毫差错。班子成员经常去一线,每天去现场蹲看,发现问题,立时纠正。眼下,所有的工作场所都装有监控摄像头,不是不放心大家,主要是起提示、顶多是儆示作用。一个人每天做重复性工作,时间长了容易疲沓、松懈,机器设备能提醒人。"

俞磊说:"麻痹松懈是人的弱点,管理者就是跟人的本性作斗争。"

"甘做管理的仆人。"我接着说。

二位的一番话,无意中抽绎了虹塔这几年的安全记录。除了安全,虹桥机场在全国二十一个协调机场里,航班正常率始终坚守前五。

塔台只是个封闭的外壳,里面的成员才是内核,他们每个人的心里都奔腾着一条长江,一条黄河。

浦塔

浦东塔台主任陈卫比俞磊和刘海年长,为六十年代出生的管制员,辈分上长了一辈。陈卫为上海市劳模,在他数十年的管制(指挥)生涯中,颇有些传奇色彩。

在我这半内行人看来,浦东机场共五条跑道,每天这么多飞机起起落落,难度应该是虹桥的升级版。

2017年5月5日，C919首飞，陈卫是浦东塔台指挥员，其位置比司令员还贵重。他手持对讲机，不间断地和商飞指挥中心、商飞的移动指挥车联系，也不停地向空军、空管中心总值班、终端、机场指挥处通报情况。机场方面已对试飞的四号跑道进行了巡检，清除可能影响试飞的一切大小障碍物——包括细石子、塑料袋、小草。巡检完成后，引导车将C919第101号机从停机位引导到滑行道，从滑行道上四跑道，预先进行首飞前的预热，滑行一圈重回跑道头。

事实上，C919自2016年12月底起已开始试运行，在地面低速滑、中速滑、高速滑。尤其是高速滑行，有发生意外的风险——速度超过一定值，飞机会意外腾空。对于高速滑，陈卫他们制订了出现意外的预案：高速滑行时有抬起前轮四秒钟的科目，如果刹不住车，飞机直接御风而起，——预先给其留出$30 \times 60 km$的一块长方形隔离空域，无限高度，所有飞机避让，在外盘旋等待。前后共进行地面低、中、高速滑行十一次，其中两次有抬前轮的高速滑行。除一次刹车系统故障，其他全部正常。

C919在商飞人的万千瞩目中诞生，也在地球人的万众瞩目中上天。运10丢掉的东西，国人希望通过C919拾回来，这是一个新的回合。首飞当天，全球直播，需要卡准时间。下午14：01时，陈卫指示全部航班停止起降（落地航班在隔离区外盘旋等待）。C919在地面观摩人员齐刷刷的目光中升空，沿跑道延长线上升高度，飞出去了七十公里。他知道，这是在测试飞机各部件的性能，比如高度表准否？转弯行不行？上升至三千米，飞机转弯飞向指定空域——崇明、启东、南通上空翱翔，高度自由。

同年9月28日，大飞机第二次试飞。早上7点钟，浦东机场全场停航，将时间和空间留给C919。还是陈卫总指挥，潘毅具体下达指令。第二次试飞从机组到指挥者，都显得坦然，远没四个月前紧张。飞机离地后转入试飞空域，高度自己调，只对浦东机场的航班起降影响了十五分钟。飞机试航两小时后落地。

陈卫陪着C919在浦东四跑道完成了五次试飞，101号机拿到了转场证，远去西安阎良继续试验。每次试飞，陈卫团队都有保障方案。一是陈卫为现场总指挥；专人专岗指挥，发指令人为潘毅，这个岗位专管试飞，不负责其他航班的指挥；旁边设助理席，专门通报情况。二是与商飞、机场协同，消防车、医疗车随时候等，以防不测。三是设置地面隔离区，四跑道不能挪作他用，另有一条专用滑行道与之相连，任何飞机不得进入；对外发布航行通告。陈卫团队预想了一切可能出现的万一情况，逐一做好应对预案，可是，想"多"了的不正常反而没出现，C919试飞顺利。

时间倒退至二十年前。1998年9月10日晚，东航一架MD11航班从虹桥机场起飞后不久，起落架收不起，全场哗然。那天也是陈卫在岗。机长倪介祥向塔台报告时间：是不是仪表指示灯有误报？陈卫他们指挥飞机先转一圈回来，低空通场，出动地面人员拿望远镜照看。机场方面的着陆大灯也将照射方向对准天空，协助查证。借着灯光，陈卫从塔台上清晰地看到，MU586航班的起落架荡在机腹下。机长倪介祥也再次证实：经机组现场确认，前起落架卡在当中，无法收放。为此倪机长采取大坡度转弯甩轮，重着陆使后轮着地，欲将前起落架抖落出来，结果都失败了。事后查证，是插销断裂，卡在其中。

几百条人命攸关，事件惊动了民航局、市政府。时任上海市长徐匡迪、副市长韩正紧急赶赴虹桥机场。塔台上各站满了各级领导。华东空管局分管安全的副局长（原指挥调度室主任）王中东从一线管制员手中接过话筒，亲自发号施令。陈卫负责通报情况。飞机在人员的煎熬中苦苦盘旋数小时，将航油消耗至半吨。地面消防车提前在跑道喷射大量泡沫，医疗等各种应急车辆就位。最后的关头到了，倪介祥机长屏住呼吸，双手紧紧抱住驾杆，后轮哐当接地后，让前轮越晚接地越好，拖后十米是十米，拖后一米是一米。在无数人的心提到嗓子眼时，MU586航班前舱接地，在跑道上绽放出大片火花。绝地着陆成功！事后总结，也有些差错：跑道上的消防液喷洒不够全面，由于过分紧张，飞机停下，消防车又扑上去喷洒，将泡沫喷至紧急滑梯底部，造成滑梯漂移，正下滑的旅客有人骨折受伤。

陈卫从一名管制员做到塔台主任，从一名普通劳动者成为劳动模范，风里来雪里去，经历过许多大场面、处置过无数特情险情，保住一方平安，既有胜利者的喜悦，也有失败者的酸辛。按他的话说："别人瞧着挺风光，有时自我感觉良好，每天指挥一千五百架飞机，有点像将军统筹千军万马的自豪，但也常被人怨，遭人骂，有些事情真不便为外人道也。"

"难不成我也成了外人？"

他往后捋了捋一向考究的头发，回忆道："我当班组长那阵，经常和机组'吵架'。四面八方奔涌而来的飞机，谁都想直切五边，谁都想早点落地休息，不理解的机长总怨我们效率低，让他们盘来盘去。一次，国内某航司的航班见一架全日空的航班落在他前头，气呼呼地责问我是不是菜鸟？怎么让外航的先落，却将他甩到了杭州湾上空？我哭笑不得，说别在波道里吵，先执行指令，有话下来说；如想不通，也可以通过正常渠道反映。下班后我也没有太当回事，只不过将他看作平常遇见的一支插曲罢了。不料当晚就有人在网上发帖，说明明他先到走廊口，却让外航机先落，将'自己人'甩在后面，是不是有吃里扒外的嫌疑？后面蹭热度跟帖的大有人在，有飞行员，也有乘务员。我本来不想发声，飞行员辛苦，碰见雷雨天常延误，让他们发发牢骚利于情绪宣泄，也不算坏事。但舆情的发酵明显过头，我不得不出来发音：飞行员看见一个点，是自己这架飞机，顶多看见前后两三架飞机，而指挥员看到一个面，考虑的是空中一盘棋；我不认识全日空机组，也没喝过啥国泰航人的酒，当时的指挥属于正常的调配，不信可以来看雷达监控录像；尽管我们调配符合规程，但仍欢迎机组提出不同的意见和建议。"

我也从其他管制员口中听说过类似的境遇。原浦东塔台管制员李晓凯，在一次值班中，将一架日本航空公司的班机排在某国内公司的前面，被误认为让人插了队，破口大骂她是"卖国贼"。天呐，须知波道对公众开放，并非一对一通话，附近的机组成员也能听见对她的詈骂，那时必定有人偷笑，也有人叫过瘾。她喉咙粘涩，几乎泪奔，又不便在波道里跟人怼，忍气吞声地将一拨飞机排放出去，换班休息时真想大哭一场。

说到这里，这位来自徐州的女管制员破涕为笑，说："另一方面，也有些男飞行员很细腻，能体谅咱们的难处。一次我感冒，说话声音嘶哑，立马有飞行员在频道里说，小姑娘嗓子都喊哑了，多喝点水，好好休息。虽然从未谋面，听着心里也是热腾腾的。"

陈卫说："管制员藏在无线电后面，少有机会和机组面对面，很多事情容易被误解，会被他们看作是裁判员和运动员的关系，其实不然，我们也有许多委屈。"他换了口气说，"现在，空地双方交流多了，通过飞行员走进管制室，管制员走进驾驶舱，通过'三员交流'等活动，相互融入度渐深，大多数飞行人员是理解咱们的。"

我在航空界混迹多年，对管制员的理解远胜一般人。如果是诗人，他们不喜欢用"惊雷"这样的词汇，需要的是和风细雨。他们靠嘴边的话筒吃饭，但他们的特点不是比谁的嗓门大，而是一语中的，或者一针见血。

二、百里之内

终端管制室主任王文波是个美男子，脸形俊朗，肤色白净，个子高挺，脸上挂着自信的笑意。他1997年从交大外语系毕业，又去天津民航大学习管制指挥，从普通管制员走上统辖二百多人的大终端管制室主任。一路风霜未吹散他脸上的笑容。四十五岁，正是干事的黄金年龄。

那天正是ARJ21首次交付三大航的日子，他忙了一上午赶到办公室，已近11点。他瞧了眼手机，说还是先聊会，午饭押后。

王文波原为进近管制室主任，工作地在青浦民航区域管制中心那座漂亮的白楼里。前几个月，他们的"地盘"扩大了，从青浦搬入浦东机场，名称上也从"进近"改成"终端"。这两个名词对外界比较生僻，其实都是航空指挥方面的专用词，进近与终端的性质类似，不过后者的工作范围更辽阔，不局限于一座机场一百公里内的空域，还包括了上海两场之外的杭州、宁波、舟山、无锡、常州、南通等周边机场上空六百米至六千米高度间的航空指挥。用一句话说，管一个机场的叫进近，超过一个机场叫终端；名字称终端，干的活还是进近。全国只有北、上、广设终端区。

"变无序为有序。"

针对进近，王文波在几年前曾用六个字概述。然而，这样的注释对业外人士还是缥缈。他想了想又说:"排序。"我说:"也就是排队。"

另一位专业人士——终端室的党委书记夏松,也是上海人,也是脸上挂满笑容的俊男。他说:"进近这个词听着云里雾里,实际就是让进入机场上空的飞机,从四面八方赶来的飞机编好队,沿着长五边排成一溜,缓缓降落。"他思忖了下,又说,"进近的界线并非恒在,这是从高速公路到车站入口之间的那段小路,歪歪扭扭,凹凸不平,是最难搞的一截。"

两位的描述已将进近或终端的大意表明:这是一个以一百五十公里左右为半径,六百至六千米高度间的一个特殊空域,在这里,管制员以高度、速度、航向为武器,指挥需要落地的飞机通过转弯、穿越、升降等方式,在空中排成队,有序降落;对起飞升空的飞机按其轨迹,通过不同的走廊口,上升至航路。二是这个活一点也不好"玩",在这块巴掌大的空间,要安排大量的飞机穿上穿下,天上又没画着一道道白色的行道线,弄不好就危险接近了。

王文波思虑很深,却说得很浅:"在这片水池里,要将所有的水龙头归进一个阀门,进入一个下水管道,而且不能堵塞。"

随着他们从青浦朱家角搬入浦东机场,从进近改名为终端,原先三点六万平方公里扩成了四万平方公里,半径也从一百公里长成了二百公里,西边贴近南京,南边紧邻杭州,向北伸展南通以北,向东靠近东海航空识别区;原先只负责上海两座机场,现在连苏北机场、苏南机场、浙北诸机场六千米以下的航空器皆收入囊中。

王文波家住虹桥地区,来浦东机场上班,天天开私家车来回,费点油钱倒也算了,麻烦在于路上拥堵,五十公里得开一个半小时。每日下午三点后不敢喝水,怕的是路上不方便。外环线上多大卡，擦刮一下不得了。他不担心自己，却担心管制员们，都是30岁左右的小伙子，白天黑夜在班上精力太集中，下了班容易精神涣散，行车开个小差，小命攸关。现在的孩子都是独生子女，父母的掌上明珠，许多家庭条件优越。记得有位父亲对孩子说：你第一天去上班，低调点，开个宝（马）5就可以了。来到单位，管理者成了他们的"父母"，上班时要"管"，上下班的路上也得操心，综合治理和单位挂钩。

"你还带徒弟吗？以前一定带过许多弟子。"

"我带徒弟不多，总共就4个，那是在多年前，其中一名女弟子。后来塔（台）进（近）分家，女的都去了塔台。"

"进近没女的？大厅内好像有几个。"

"以前没有。活难干，有几个女的也逃去塔台了，——我没有半丝贬塔台的意思，那里的人也说女人当男人使，男人当牛马用。这几年总算进了五六个勇敢的女孩。"他以惯有的笑容说，"从前师傅带弟子正常，以后慢慢可以淡化了，因许多规章齐全了，流程化的东西多了，以条款操作，可以替代师徒间的许多工作。管制员分等级，低级、中级、高级，下面的活做不利索，甭想干上面的。以能力论等级，不能简单地凭资历、年龄。"

两年前，我和王文波进行过一次细谈，那时他手下150人，其中4名女管制员，每天保障2600架航班，全国第一进近。他扳着指头说："虹桥750架（起降），浦东1400架，无锡160架，南通70架，舟山60架……同时期，广州进近日均2000架次，北京进近1800架次，是不是全国第一进近？"

王文波的笑容不意味着心中没藏着某种沧桑，他的笑容一半是天生，一半是复杂苍凉后涅槃的达观。不用多说，也知晓他是个经风历雨的管理者。多年前，他在班上，一架飞机从虹桥机场向北起飞，左发动机突然冒出黑烟。他发现后当即问机组咋回事？驾舱里忙，没来得及核实。王文波指示飞机向右（朝正常发动机方向）转弯，而前方有其他飞机在活动。他让副席紧急协调其他飞机避让。故障飞机向右转弯，向市区方向飞进。另一个问题出现了：市区多是高建，1500米以下为飞行禁区，如果贸然进入，存在潜藏危险；如果让其左转，由于左发损坏，转向半径过大，一时转不过来，左边的其他飞机也不少，而且比较接近。王文波说可以放你东进，有把握的话。机长铿锵地说，我机只是单发故障，绝不会掉进城市建筑群，绝不会有啥事体。王文波同意右转，盘旋一圈后再落地。这一决定意味着他需承担最坏后果的责任。他从机长镇定的语气中感到：飞机没多大问题，他们相信我，我也应该信任他们。他自身经历的事情，和他团队经历的事情，淬火成了他临危不悚的面部表情，那是比蒙娜丽莎更为自信的微笑。

航班增长带来的压力与日俱增。那次，他谈到"四强空管"不能停留在口号上，需要组合拳，拳拳到肉，关键是优化规章，流程再造。管制的职责不只是安全，还要维护良好的空中"行车"秩序。比如，上海进近和杭州、宁波、南京进近直接移交6000米以下的航班；杭州去东北或日韩的飞机，在杭州湾大桥以南2700米高度交给上海进近；杭州往东出海的飞机，则在舟山群岛以北约6000米高度交给上海区管……

他提出，有些规章明显老龄化，不太适应目下的运行。这些年，适航的小飞机、无人机增多了，上海终端区每天有闯入的小飞机、直升机飞来飞去，有的在郊外，有的在市区沿中环、延安路高架飞，采用的都是目视飞行，高度在几百米至一千米上下，有的飞机姿态不稳，有的钻进运输飞行的航行区，触发告警，弄得管制员如临大敌，不得不多长几只眼。

他忆起塔台和进近刚分家后的情景，颇有感触地说："那些年，进近常和塔台'吵架'，进近按12公里一架的间隔在长五边排好队，交给塔台的余度太大了。实际上缩小三分之一甚至更小的间隔也能确保安全。一般情况下，飞机从滑行到脱离跑道升空需要40秒，而很多飞机是不需要尾流间隔的——前后两架同类型的如A320、B737，用不着考虑尾流间隔，只有像B747、B777、B787、A380、A350这些大家伙需要尾流间隔。如果一味机械地沿续老的12公里间隔标准，航班的增加就难以为继，要是将12公里缩减为10公里，相当于提升了20%的增量空间；缩小至8公里，相当于增加了40%的量；缩小至6公里……计划半夜3点完成的可以在12点前完工，省下飞行员、管制员的大量精力、体力，也化解了从业人员的怨气。"

我的脸上也闪过一丝笑意："小小间隔的调整，对效率影响巨大。时至今日，当时的许多预想得到了落地，目前进近移交塔台的间隔，已缩至7公里以内。流程再造，有的已完成，有的也在归来的路上。"

另一位管理者夏松认为，进近的难处和危险在于指挥飞行器频繁地上升或下降，灵活地安排落地（或上升）秩序，不是机械地、呆板地排序。排队在五边上准备落地的飞机，相互间隔如果拉大2公里，立马影响后续的，甚至影响区域的容量，老辣的管制员精于利用水平间隔，稚嫩的就差一些，只会利用垂直间隔，谁都晓得那样最安全，但效率低下。

2001年，夏松曾去英国培训，其中有个课目是看谁能在最短时间内将同数量的飞机指挥落地。他作为唯一的国内参赛代表，将"伴跑者"远远甩后，一举打破了老外多年的记录。当时出的考题很妖：速度慢的飞机在低高度，在前面，快的飞机在高高度，在远端，诸多复杂情况叠褶在一起，但要求这些飞机同时到机场上空,安排好间隔进入长五边。夏松做了个深呼吸,沉着应战,不久便将空中看似杂乱无章的飞行物穿的穿、降的降、平飞的平飞,最终以小于7公里的间隔排成一溜,沿长五边缓缓落地。一旁的教员见他举手投足间打破了前人的指挥记录,高兴坏了,自己花钱买了当地的学员服送给他,作为奖饰。

夏松说:"将进近的活做圆熟了,能大大撬开空域的容量,能给上游的区域(6000米以上)、下游的塔台(600米以下)带来好处,进近是承上启下的那个锁芯。"他喟叹一声,"其实,进近与区域、塔台难以绝对切割,断了骨头连着筋,我们要防止踢皮球。"

他说:"进近室有名高手,同事间给他起了个绰号,叫'三边之王'。说的是他脑子灵活,反应快,将'三边'用活了,有效提升了上升下降飞机的流量,立了四次功。"

说到三边五边,都和跑道有关。从专业上定论,跑道起飞往前的叫一边;转弯和跑道呈90°角的叫二边,不论左转或右转;再转90°与跑道平行的叫三边,三边其实有两条,左转或右转各成一条;又转90°为四边——这条边和二边对应;最后转90°为五边,是飞机落地前,在跑道端往后的延长线,其实五边和一边属于同一条直线,不过一边在跑道末端往前伸,五边为跑道前端往后延。由此可见,三边有两条,比二边和四边都长,如果将三边盘活了,自然可飞更多的飞机。在机场上空处理上上下下的飞机好像下棋,要提前看到飞机的趋势,采取提前的预判措施,时机稍纵即逝。一些公务机性能优异,转弯和拉升快,正常班机上升300米需要30秒,它10秒就上去了;起飞转向穿过三边时,易和三边落地的航班冲突,这是需要特别注意的。

进近这个话题,我和许多资深管制员交流过。管制员们的苦恼更甚于管理者。郑跞是2009年进的进近工作室，他也对公务机颇有微词。有的公务机"司机"是临时雇用的，不像航班机长那样天天飞，前者不熟悉相关空域的飞行程序，有时剑走偏锋，让他飞1200米保持，复诵也是对的，但上至1200米没停住，继续往上，等他反应过来，已到了1400米，小于安全间隔，弄不好就闯了祸。对这类飞行，郑跞历来多一个心眼。

这几年，客机上运送活体器官的忽地多了起来，忙时几乎天天有，要求直飞，优先进五边，优先降落，又不能每架去核实。是不是有人冒充？宁可多做，不可做错，让他们越过盘旋的飞机，直接切五边，优先落地。

流控盘旋时，机长发点牢骚，郑跞能理解，波道资源紧张，不大可能解释太多。就有横的机长说话难听：我一月拿多少，你一月才几个子，指挥我？我说，这毕竟少数人嘛。郑跞说，多数还得了？但也有机组先斩后奏的。一次，一架客机的座舱释压，机组先行做出动作，将飞机降至4000米平飞，才报告释压，让管制指挥相当被动。也有的飞机，告警灯亮起，机组一时判别不出啥故障，先下高度后报告。好在只是个别，也够管制员喝一壶的。

郑跞上班时不喝水，确保当班两小时内不上厕所。主副班两人一组，上厕所要交接班，需要人替，前后得十分钟，人员紧张时根本无人替。除非肚子疼，一般在班上的人控制饮水，上去前"放水"，进了管制大厅不出来。通话多，嗓子实在受不了，头一小时坚决不喝，学学上甘岭，第二小时咪一小口一小口。难道真能把人渴死、干死？他建议劳防用品发纸尿布。说着说着，他将自己逗笑了。

同样来自浙江（杭州）的管制员陆靖，比郑跞早一年走进庄严的进近大厅，为了流控的事常常"内讧"，既和上头的区域管制员"吵",也和下头的塔台管制员"掰"。后来想想也消了气,咱这边调不开,人家也调不开,空域就这么窄,叫他们怎么办?最苦恼是雨、雪、雾等天气,地下的飞机等着起,上面的飞机等着落,和6000米以上的区域协调不顺,和600米以下的塔台也协商不出个结果,机组又像催命鬼似地催,真想跟各方大吵一场解解气。但吵来吵去,机组还是机组,区域还是区域,塔台还是塔台,进近还是夹在当中,塔台还骂流控都是区域和进近发的呢,咱们骂谁去?难道骂老天,谁让上苍下雷雨,起大雾?不吵了呗,有事还得好好商量。陆靖的脸上也泛起一丝苦恼人的笑。他说,越是北风起、雪花飘时,机组越有叽叽歪歪的,对咱们的指令"讨价还价"。遇雷雨绕飞,咱让他稍偏开点,他们会"自觉"地偏开5°,觉得没事,实际上差异很大。让他维持高度,他高度不变,航向和速度会闹点小动作。一旦发现咱就得给"逮"回来。凭良心讲,国外的机组坚持较好。

我说国外机组在国内,情况不熟,自然不敢越雷池半步。他挠了挠头皮说,关键还是空域太紧张了,近几年,国内机组也好多了。

每一名管制员身上都有故事,说不上一战成名,弄不好倒可能一战成"灰"的。就像陆靖,偶然也是平地起惊雷。2016年11月6日深夜2点,天上有雾,汉莎航一架货机从西伯利亚飞抵浦东,两次落地无把握,拉起复飞。陆靖第一反应不对劲,问机长是去备降还是等待?机长就喊出了"Mayday"(紧急情况)。再问,回答是原油紧急。观察天气状况,仍不适合降落,马上联系备降机场。最近的当然数虹桥,但虹桥机场趁半夜停航维修跑道,人员撤离需要时间,具体多少时间,需要核实。他的肾上腺素急剧分泌,急得双脚跳。时间一分钟一分钟过去,油在快速耗损。再问虹桥，人员撤离到底需要多少时间？大概30分钟！啊，30分钟？杭州也飞到了。德国机组实诚，说油量紧急就是真的紧急，不会虚报。没油最要命，发动机坏了一台还有一台。他的心脏咚咚狂跳，做了几次深呼吸也抑制不住，说话都打颤。又和气象预报室协商，四条跑道上的雾会一样？预报员说，气象低于最低标准，但平流雾之间可能会有缝隙。得此消息，他指挥飞机再次来到跑道上空，瞅准缝隙，一头钻了下去。落地的当儿，航油只剩9分钟的耗量。从此，他们对远方来的飞机多了一根弦。

三、云巅之上

既然空中之路被称为天路，那么管理天路的管制员自然成了天使。

"衙门"人员多数从基层工作满五年以上的优秀员工中遴选，经过基层历练的助理明显比从校门到衙门的人员成熟得多。我管辖过的组宣部门，就有一线拿过话筒的管制员刘月华、高权等，前者毕业于南航大，在区域室工作，指挥高空的飞机；后者毕业于民航大，在进近室工作多年，指挥中低空飞机是一把好手。后来，同样毕业于南航大的塔台管制员魏娴通过考试调进机关。如此，指挥低、中、高各个高度层的管制员齐聚本衙门，这些既懂业务、又经过写作训练的复合型人员似乎更胜任机关的工作。

曾经指挥6000米至13000米区域（国外称航路）飞行的刘月华，将区域的指挥比喻为接力赛跑，指的是飞行在航路上的飞机需要飞经一个又一个的空域，他这样的管制员将自己空域的飞机指挥停当了，交给相邻的空域，那儿的管制员完成指挥后再传给后一个空域，一棒一棒传递下去，就将一架飞机从北京指挥到了上海；进了上海终端区，将飞机高度降低，在6000米中空交与进近（终端区）管制员，比如小高，小高指挥飞机边下降高度边向机场跑道方向行进，到达长五边上空排好队,交给小魏;小魏接过指挥权,瞧着跑道上一切正常,指挥飞机精确落地,从而结束一个航班的生命周期。

如果说小刘善于将许多经典案例归纳与提升,那么小高在一线拿话筒的时间更久些,对管制业务的体会也更深。小高面对的是进近范围的密集飞机,不停地穿上穿下,危险接近的频度高,稍一松懈,不安全事件每天都会发生。而小刘指挥的飞机在高高度,看似平稳,但速度快,每小时900公里以上,遇航线交叉、来回避让,也得腾上挪下,重复性的工作时间久了,复诵和下达指令容易"心是口非",比如高度下至9300米,脑子里也是这个数,嘴上却说成了9600(米)。同样的情况,飞行人员也会出现,听着准确,复诵也对,但调高度时脑子搭牢,将9300调成了9600。好在有多方纠错机制,飞行员调错,管制员来纠正;管制员错扣扳机了,除了监控席的副班纠偏,飞行员有疑虑,也能提出来。

担任区域管制室主任多年的郑亦斌,经过的坑与洼比小刘小高们多得多,他眼中的云巅之上更复杂,更深邃。一次,他属下的一名管制员指挥一架自温州去北京的航班(A)以8400米高度向北,另有一架飞机(B)正以9200米高度相对飞行。管制员令A航班在8400米保持。A机长听波道里声音不多,不咸不淡地说:"扇区不忙么,能不能上升点高度?"管制员说:"保持现高度,上面有其他用户。"A机长说:"公司规定,飞高一点省油,顺畅。"管制员们清楚,飞行员都想把飞机升至万米以上,那里接近平流层,空气稀薄阻力小,飞着平稳又省油,公司有节油奖;如果飞在低高度,空气稠密,阻力大,耗油,外加颠簸指数高。管制员也想放他们上去,但是不行。A机长不依不饶,总想往上爬:"周围飞机不多,怎么不让上?"管制员还要面对B航班、C航班,是一对多的对话,难以对一名机长说得过细,便生硬地说:"难道,你怀疑我的业务能力?让你保持就得保持!"管制员发指令10秒,飞行员复诵10秒,一来一回半分钟,甚至分把钟,两飞机已接近了30公里,如果让A机上升,和北南向的B机有空中冲突的风险。可是,这种情况,A机长不掌握。这时,又有几架飞机进入这名管制员的扇区(一个扇区代表一定范围的空域),他狠狠地对A机长说"保持"后就忙着跟其他飞机通话了。

郑亦斌解释道:"按指挥的标准用语,管制员用的都是祈使句,命令的口吻,飞行员听了有时会不舒服,但没法子,发指令就是这样。然而,在不违反规则的情况下,管制员说话可以缓和一点,或者加一句简单的情况说明,让飞行员更愉快地接受,但由于天上布满飞机,无线波道拥挤,往往没时间多说明,只有指令。越标准的语言,机长听进耳朵越是冷,越是缺乏温度。这方面女管制员的声音缓和些,同样是祈使句,她们的声调会比较柔脆。"

一架飞机如航行在茫茫汪洋中的航船,如果失了联,是一种啥心态?马航370至今充满悬念,但机长的焦虑必定要超越船长。2015年,一架台北至南京的公务机飞至桐庐上空附近,突然去向不明,雷达瞧不见,管制员也叫不到。区域室立即启用国际应急频率"121"呼叫。他们叫哑了嗓子,仍一无所获。各级领导匆匆赶到区域大厅现场,当班管制员更是心焦如焚。从航图上分析,公务机正常的话,应该在杭州至南京之间的上空。管制员们一边呼叫,一边寻找其他联系方式。公务机不同于定期航班,管制方面掌握的资料不多,好在他们打通了公司在南京方面的电话,寻到了该机的卫星电话,终于联系上了。他们已不想责备机长为啥降低高度,使雷达失去监控,而是含着泪说:"回来了就好,回来了就好。"他们找回这架飞机好像找回了失散的孩子。

外人看来，岁月悠悠，天海碧碧，发动机呼呼地转，飞机呜呜地飞。实际上，飞机"失联"的情况常有发生。譬如，海上、江上有船故障，需要求救，必须在一定范围内向空中发送求援信号，无线频率和航班的通话频率接近，易干扰，机组觉得噪音大，临时将音量调小，调下来后忘了调上去，有时一小时听不见地面喊话，以为失联了。在某些山区，雷达波遇盲区，探测不到空中飞机，恰逢语言信号中断，也以为出"事"了。

郑亦斌大舒一口气说："航空频率和广播、电视频率是区分开的，地空通话的频率资源十分匮乏，上海区域管制室30多个扇区，每扇区分管四、五百平方公里的空域，每个扇区之间频率不同，进近、塔台频率也有差异，加上1:1或1:2的备用频率，就更显得紧张。飞机飞行时，副驾驶在不停地调整频率，又在准备下一扇区的新频率。飞机在一个扇区（长度200公里左右）的飞行时间为15分钟，15分钟后换频，同时准备下一个频率。晚上飞机减少，扇区合并，将三个扇区合成一个扇区，一架飞机在同扇区中飞行40分钟，频率的需求也会减下来。"

既然区域的指挥如同接力赛，一个扇区一个扇交接，一个空域一个空域过渡，一个大区一个大区移交，那么，问题也接踵而来。全国的空域分为华北、东北、华东、中南、西南、西北和新疆七个飞行区，每架飞机在某个大区内有一个身份证，管制上叫标牌（实际上是雷达应答机的编码），标牌上有航班号、飞机型号、高度、航向等数据。应答机编码由0至7之间的数字构成，按排列组合，0至7的四位组合总计4096个，不足5000，在全国每天17000架次的飞行中，明摆着编码不够用，需要借来借去。也就是说，A机的标牌在中南区域使用，等它飞进华东区域后，它的标牌身份让给另一架飞机B使用。A进入华东后,会领取另一个身份证。一般情况下,系统不会弄错,但偶然两个航班几乎同时进入一个大区,匆忙间有人将两架飞机的身份证给反了,将甲的标牌挂在了乙的上面,好比将张三的衣服穿在了李四身上,恰巧又没有核对各自的身份,相当于进入大内的侍卫只认衣服不认人。错榫的后果,管制员下给张三的口令,李四收到并执行,上升变成了下降,东穿变成了西进,等发觉错误说不定双方的机载防相撞设备已告警,两机已到了危险距离。如此变脸的狗血戏法,已发生过多次。

分管安全运行的熊飞副局长说:"从三亚起飞的飞机分到广州区域(中南)一个编码(标牌),由于中南区内编码紧张,当这架机飞出中南区后,该机编码需要供其他飞机使用,在领用新的标牌时,自动化系统不能移交,得依靠人工改变,人员在挂牌时发生差错,就导致了以上的情况。以后S模式雷达普及,ADS-B完成了,能用24位的地码替代,就不会再变来变去,类似于一个人将一张身份证用到老了。"

2018年9月6日,我和当时的区域室副主任、现任主任戚晓华深入交流,除去一些外界读来的冷知识,他使我对华东区域(6000以上)的飞行指挥有了更深厚的理解。

华东飞行区占全国空域面积十分之一左右,却保证了全国30%的客运及40%的货运量。台海、东海问题的存在,使空域结构复杂异常,军民航矛盾突出,这给戚晓华他们这些看不见的战线上的指挥员带来了前所未有的困难。华东区域范围约在94万平方公里(不包括海上),共有管制员近500人,日均航班保障量6000架次,峰值8500架次,比2005年区域成立时的日均1600架次,13年增长了4倍。区域的航班在高空,时速近1000公里,虽然姿态的变化没有进近频繁,但也有穿上穿下、转向切换,在6000至12500米之间上下腾挪,左右变化。

在全国三大高空忙点中，华东占了两个，合肥和桐庐空中的"米"字型航线结构，分别拿下全国第一和第三两个至忙点。第二忙点郑州上空的许多航线也跟华东交集。京沪空中大动脉 A593 航路有三分之二始开双向（世博会后逐渐开通），其中江苏邳县南面实现双向，中间 70 公里单向，临近北京又双向了。

外界不知，内部人都晓得，航空器空中故障、遭鸟击、遇风切变等特情经常"冒泡"。飞机空中出现故障，需要管制员协调配合的，2019 年上半年发生 43 起；空中旅客突发急病 44 起；运送活体器官 100 多起。至于姿态不稳复飞、绕行、空中等待，那是每天都有，没啥大惊小怪的，月有阴晴圆缺，机器也有咳嗽打喷嚏的时候。

戚晓华、邓伟君等统领的区域（航路）管制室共有 33 个管制扇区，有的 24 小时值守，有的 16 小时，个别的只在高峰时开启。每个扇区一人主班一人副班。原先限定每扇区指挥 12 架飞机（进近 8 架），新的规章将这个上限拿掉了，现在每个扇区都超过上限，进近也超量，塔台也超量，航班年年增，不超玩不转。国外航司也有"捣浆糊"的，去年外航飞机在域内听错指令、执行错指令的屡见不鲜。屏幕上看见偏出航线 2 公里，令其纠正；高度出错 90 米，标牌会出现告警；偏开 10 公里以上，雷达识别系统告警。而偏开 1 至 2 公里需要人眼识别，所以当副班的（监控席），除了嘴巴不动，其他和主班一样忙乎，不但要及时发现偏离的飞机，还要判断它想往哪儿去。此外，国外机组带问题来的有增无减，有家泰国航空公司，为了省运营成本，正式的机长才一人，另一名飞行员银样蜡枪头，是假冒的顶替者。接二连三出问题，不睁大两只眼怎么行？

内部，华东和其他区域的连接，资源紧张得都让人想哭。西南大开发，成都、昆明理所当然成为重镇，航班直线增加，

H24 主干道不堪重负，被迫架了许多"交立桥"。南北大通道京广线，南北向 5 个高度层，留给东西穿越的高度寥寥无几，华东的飞机怎么出的去？8100 米以上，设定 8400、9200、9800、10400、11000 米等 6 个高度层，大家抢，自东而西出发才给 9200、10400 米两个高度，主航路就 20 公里宽，不是对开双向，也不能平行飞，只允许单线运行。郑州以西往陕甘的主航路，虹桥、浦东早高峰放出的航班量已捉襟见肘，长三角机场群又多是大块头，增势汹涌，如杭州日均 800 架次，南京次之，无锡等城市虽不是省会，但硕放机场的航班从开始时的 10 多架次猛增到了 100 多架次，还有中南区的武汉、长沙等西去的航班也走这条路，怎么可能不堵？区域的管制员们，干的活像绣花，才能见缝插针地将飞机排放出去。

　　头疼的事远不止这些。量的增加，带来相似航班号的增多，以前每月遇见一二架，现在几乎天天有，管制员们学会了绕口令，如东方 5331 和东方 5531，听起来相似，管制员呼前者，两架飞机的机组同时应答，分不清谁是谁。2017 年 4 月，江苏上空，管制员发现 A、B 两个相似航班号的飞机，心里咚咚乱跳。果然，给 A 下达降高度的指令，A 和 B 抢着回答。管制员又问：刚才到底是谁回答？如果 B 做了 A 的动作，情况就危险了，以前不是没吃过亏。一定等区分开了，才做后面的动作。2015 年，海峡中线附近 503 航路开通，港龙航空开浦东至香港之先河，时隔三年，南北向通行。航路在海上，缺乏地面导航台，实行的是 PBN（基于性能导航）新技术，飞行员可根据实际情况优选航向与航速，给管制指挥带出新的挑战。不过，戚晓华他们挺喜欢有难度的工作。划设东海防空识别区后，各国军机环绕四周，敲锣的敲锣，打鼓的打鼓，竭尽试探之能事，给民航调配不断出新考题，但他们适应了。

区域管制室做好事不显名，有的即使没做成也尽显其力。2011年8月，韩亚389货机在东海中日交接点的外侧出现险情，我方频率也能叫到。那天凌晨3点，飞机货舱起火，区域守夜两人分别呼叫机组，让其联系日本空管，也跟日本方面紧急通报了情况，让日方跟韩方建议，尽快引导飞机去济州岛备降。后来日本方接手过去，中方叫不到了。事后证实该机失事。

国内管制员队伍年轻，平均30岁。谈起这些独生娃娃，戚晓华欣喜的同时，眉宇间也隐含着忧虑。少数孩子家庭条件优厚，一进单位就开奔驰、宝马。新进人员以2011、2012年为分界线，前面进来的喜欢看世界杯，以后进来的不看球了，爱打游戏，个别孩子明晓得明天上班，晚上打游戏至半夜，这严重考验管理者的心智。和团委商量，想点办法，将年轻人从网络游戏中拉回来，搞些健康的业余活动，引导他们平时抽时间锻炼身体，提高专业素养。哎，独生子女政策后遗症严重，由简入奢易，由奢返俭难。这些孩子上岗后，家里没熬过的夜在此熬，没挨过的骂在此挨，没流过的泪在此流。戚晓华说："现在搞安全教育，我不说，让他们说，开启讨论模式，每个人都来发言，将不好的习惯改一改，将实际效果提上去。"

空管中心将规章开得很细，推崇精细化管理，责、权、利统一，奖的奖，罚的罚。实行精细的绩效，季度考核落到每名管制员头上，岗位上分出好、中、差等级；强调责任追究，对效率低下、违章包括无后果违章的，都有详细的扣罚标准。管理者公平处事，也给被管理者送去公平。

区域管制四室主任王红星谈起云巅之上的活儿表情复杂，百感交集。最难的地方是指挥飞机不断改变高度。目前，国内航线基本是对头飞，平行航线寥寥无几，高度是保障安全的主要屏障，每层300米，对于高速度的航路飞行物尤显局促。有时遇急流，严重颠簸，稍微翻腾下就是百米。以前程序管制时代，飞机少，高度层在 600 米，早期在 1000 米，腾挪空间大，现在雷达管制了，航班在每条线上都是密密麻麻，稍一抖豁，就会影响到整体飞行秩序。

最糟糕的要数天气不友善，大批量的飞机要备降，需要在空中盘旋等待，管制员需要调查每架机的油量，准备备降场，或者临时申请盘旋空域。等待区离正常航路（航线）50 公里以上，盘旋高度越高，半径越大，速度也快，正常 6 分钟盘一圈；3000 米左右的低空盘旋，半径就小一半，在 30 公里以内。盘旋时间得根据航路及相关机场情况，有盘一小时的，也有只盘几圈就归入航线的。这些年，技术手段上去，管制员的能力大提升，航路上的飞机间隔一缩再缩，大区之间的移交已在 15 公里左右。而进近范围的间距小至 6 公里。

王红星说的不过是冰山一角。从他的从业经验看，问题始终存在，需要管制员分秒绷紧神经，紧紧盯牢。比如国内实行米制，国外英制（英尺），米和英尺之间的切换容易混淆，有时难免出错，如果两者统一了，对空地都将带来顺遂。

四、塔台上的姑娘们

女人花

张博是生于牡丹江市的东北姑娘,除了外表比南方姑娘稍显高大外,性格爽朗,言语大方幽默,丢弃了许多不需要的扭扭捏捏。

能被社会承认的荣誉必接受时代的考试。这次,张博凭她的才干和舞台能力,从54名的个人演讲中脱颖而出,斩获2019至2020年度上海市建交系统"三八红旗手"擂台展示大赛第一名。参加此次擂台赛的,有上海市建设、交通口的许多精英女性,无论是各大航空公司、机场、高铁、地铁,还是奋斗在建设第一线的上百家单位,都是英才汇聚,能人辈出。张博以一名航空女管制员的身份摘冠实属不易。面对殊荣,果敢老辣的张博忽然变得腼腆,谦逊地说:"不是我个人讲得好,而是团队做得好,是咱塔台管制员的真实故事撼动了大家。"

张博是位上得了"台面"的人,以东北姑娘特质打动了台下人。平日,她能说单口相声,也能和人配合表演二人转,她的悲声让人发笑,笑声让人落泪。2020年本系统的春节联欢会上,她和孙德勤先生搭档,以自编自导的相声节目令人捧腹不止。张博毕业于南航大,自2008年8月奥运会开幕之日起入职虹桥塔台,岁月如梭,算来已有十几个年头。在航空指挥这个既劳心神又伤体力的岗位上,历来有男人当机器用、女人当男人用的戏谑,作为对冲,她用诙谐幽默的笑话来调节自我,释怀压力。

1985年出生的张博,在这支平均年龄30岁左右的航空管制员(指挥员)队伍里,已不算顶年轻。十多年履历职场,常给她的是奋激与沉甸甸的压力。按她的话说,可用两点来概述岗位特征。一是忙。虹桥机场两条窄距跑道,不能独立运行,也就是说,在"西起东落"的模式中,天上的飞机和地面的飞机不能同一时间起和降,只能等一架起飞或落地后,第二架才能落地或起飞,倘若超过1000米以上的两条宽距跑道,可以不理会对方,同时起和落。在虹桥这个狭窄的螺丝壳里,张博他们依靠自己的眼和嘴,快速地让飞机下落和放飞。高峰时段的机场每小时达到60架的流量,平均一分钟一个起落,管制员每3秒钟发出一条指令,一分钟有53秒在说话,有时喘气都要拣空档。张博像身在现场,喘了口粗气说:"这意味着一小时内有上万条生命需要你保障,跑道上不停有飞机在滑跑,长五边上有十几架飞机正排着队,打着前照灯缓缓下落。一天下来,有时躺在床上还从嘴里往外冒口令,感觉得了强迫症。"二是准。管制员发出的口令必须是一个准,那是连一个小数点、一个英文字母都不能出错;如果说错,对方又复诵错误,飞机的轨迹就会出现差错,严重的就酿成了事故。

张博在这次演讲中,道出了一句管制员心声的话:"无论你飞多远,飞机在哪,咱们的心就在哪。"

是不是这句话触动了评委们不得而知,现场确实有许多人被触动。飞行人员关注的是一个点、一架机,指挥员兼顾的是一个面、一个域,责任区似乎更泛更远。因写作的缘由,我曾和李芳、李晓凯、钱蕾、王悦等年轻女管制员聊过,更和温州空管站吴雪莱站长、宁波站叶军书记、浙江局陈敏书记、空管中心流量室主任项晓东及书记孙轶等专家级领导竟夜长谈，从他们身上发掘了和其他人不一样的东西，这或许是职业留下的印记。民航华东空管中心有1000名管制员，在区域、进近、塔台构成的管制队伍里，前两者的强度更大些，女性稀少，塔台则扎堆了较多的女生，其中浦东塔台近百人，女性近三分之一，虹桥塔台60人，女性小一半。这些人来自五湖四海，聚集到机场的制高点上，干起了外人看来颇为神秘的行当。

张博和许多管制员一样，遇到过多次险情、特情，或者是天气引发的大面积航班延误。外人眼里，飞机呜呜地飞，引擎哗哗地转，但在管制员眼里，每天都要处置不正常情况：强对流天气、飞机遭鸟击雷击、飞行员听错指令飞错高度、航空器空中故障、扎破轮胎、返航复飞……事事烧脑，件件牵神，稍不留神，就会造成或许是意想不到的后果。业内人都明白，他们的工作隐含许多风险、无助和委屈，有时甚至是内心的苦痛。一次，津巴布韦一架货机在得到"许可起飞"的口令后滑跑起飞，升至空中即出现机械故障，一头栽至地上，翻滚，燃起大火。当班某女管制员在波道里听见巨大的爆炸声和机组凄厉的惨叫和无助的呼救，除了叫机场消防车，其他帮不上忙，事后，连续两周做噩梦，睡不着觉，几乎得惊虑症。

管制员多数来自天津民航大学、南京航空航天大学和广汉飞行学院，大部分为外地人，来到上海这个码头后，面临着落户困难、限制买房等困扰。他们戴上耳麦是严肃的指挥员，摘下耳麦又是自然人，得直面生活的方方面面。张博来上海还算早，目前已买下房，生下子，相对于年轻的师弟师妹，生活趋于稳定。但许多年轻人不是。

几次早上7点在食堂遇见另一位姓张的小姑娘，浦东塔台的张梦蝶时，我的耳畔依稀响起一句歌词："在那遥远的地方，有一位好姑娘……"张梦蝶两年前进的单位，1995年出生，比张博小了整十岁，她生长在新疆库尔勒，比牡丹江更为遥远。这位来自大西北的姑娘落落大方，是个"出挑"的90后，经常为各种活动主持节目，是青团系统的获奖人。不久前，她在团课展示"三个敬畏"（敬畏生命、岗位、职责）中榜上有名。

2020年6月28日，我在浦东机场塔台遇见张梦蝶。那天上午，她头戴耳麦，面朝大海，苗条欣长的身姿站立在一排男管制员当中，尤为惹眼。时间一到，她沉着有序地指挥脚下的国产客机ARJ21滑行、起飞，交付三大航。东方卫视在现场拍她当天的新闻镜头。

张梦蝶进塔台跟班两年，当年刚放单，也就是说能单独指挥飞机了。浦东塔台和虹桥塔台不同，12人同时在岗，每天要照顾1500个航班起落，几乎是虹桥的两倍。按她的话说，上班真的忙，忙得顾不上喝口水。浦东机场四根跑道以塔台为中轴依次展开，内侧的1号、3号跑道负责起飞，外侧的2号、4号跑道专门落地，四条道同时运行。后来贴海吹填，建成了第五条跑道，专供商飞的国产机试飞。像她这类女管制员，大部分面临婚育期，由于一个萝卜一个坑，生孩子需先"挂号"后排队，人员根本倒不开。许多人十几年没休过年假。

张梦蝶等女生最困难的还是上夜班，作息不规律，睡眠受影响。浦东机场通宵不断航，客机、货机整夜地飞，手握话筒的指挥者当然无权休息，依然精神抖擞地守护着每一架机的起和降。

我一向对航空指挥员这个专业心存敬畏，开设这个专业的学校，扳着手指数也就南航大、民航大和民航飞院三所院校，而他们的学校志愿称呼为：交通运输专业。交通运输？地面的、海上的还是空中的？带着这个问题，我专门问过张梦蝶：你又不是民航子弟，远在库尔勒的华山中学上学，怎么晓得填报该志愿？她说，和许多人一样，都是口耳相传，听人说的。她在中学时，就听一位喜欢指挥飞机的学姐说，这个"交通运输专业"实际是培养指挥飞机的人才的。那位学姐从华山中学报考了民航大学，现在北京大兴机场塔台工作。在她的传授下，张梦蝶也报考了民航大，最终挤上了管制岗位。

长虹女子班组

北京首都机场的女子塔台曾名噪一时，屡屡登上报刊电视。实际上，女子塔台的管制员并非全是女性，只是大部分人是女性，少部分是男性。华东空管局旗下的虹桥塔台，下设天虹、飞虹、长虹班组，其中长虹班组女管制员超过60%，被工会系统命名为"女子班组"，其实也掺杂着部分男员。三个班组轮番，每天一个班组，值守24小时，每个班组又划成若干小组，若干人一组。虹桥塔台共设"7+1"人指挥席位（7个指挥席位和1个领班席位），一次上岗8人，2小时轮换一次，依次循环。

她们如一只只啄木鸟，站在绿色的树梢上，对着空中发出音乐般的啼鸣。

2020年8月3日上午，我听虹塔刘海书记说，今天是长虹班组当班，两组人马轮流，中间某一组至少有2小时的空隙，不妨来看一看。我应约出门，经机场10号门安检后进机坪，左拐右拐进至隔离带内的指挥塔台。刘海引我在会议室坐定，半晌，替换下来休息的女管制员唐阳和虹桥台的女领班解红苗已在对面坐等。

唐阳1989年出生，其老公小洪也是虹塔管制员，在飞虹班组。小洪是上海人，家有住房，他俩比双方都是外地的小家庭少了些压力。小唐是个精锐的年轻女管,入职以来,大大小小阵势见过不少,单发落地、公务机冲出跑道、活体器官运输,处理下不少特情险情,小有成就感。

唐阳说:"女管制员虽然体力不如男管,又有结婚、孕子育女等职场不喜欢的关口,但也有其特定的优势,按某些机长的话说,他们在劳作的飞行途中,喜欢听见女管制员温煦的嗓音。"

一次,小唐去外地航线实习,飞行途中进入驾驶舱——管制员体验飞行员的工作。双方交谈中,春秋航空的那位机长说:"飞行工作是极为辛苦的,机长副驾驶绝大多数是男性,我们在波道里听见女生的声音,同样是命令的口吻,同样用的祈使句,但听上去觉得暖心。"类似的话我听同是管制员的李芳说过,也听张博说过。唐阳面对的副驾和机长,对她来说,是警察和司机的关系,和地面不同的,他们是不见面的裁判员和运动员。自那次驾驶舱实习归来,唐阳对自己多了一项要求:自己的工作尽管严肃规范,但也明显带有服务性,说话的态度和语气应尽可能使对方愉悦。

解红苗为长虹女子班组的带班,也是唐阳的上级。在八五后、九零后渐成主力的"青春森林"中,1982年出生的解红苗被人称为"前辈"。她有时也开玩笑地称自己为"八零后老人"。对此,这位毕业于天津民航大学的宁波人觉得正常,零零后的新管制员即将上岗,被人在背后尊为"前辈"没啥不好。

面对越来越多的小青葱们,解红苗的脸上多了几抹历练后的沉稳,这样的"中水"及更成熟的"老木"的作用显而易见。据刘海介绍,塔台管理日趋精细,引入带班领班的竞聘激励机制,只要符合条件的管制员均可报名参加公开竞聘,经过笔试、面试、综合评估,择优胜者为领班(班组长)。解红苗就是从众多报名者中"筛选"出来的中流砥柱型女管。有他们这些压舱石级的骨干在岗，航空的安全多了份保障。

我瞥了眼对面的二位，瞧着屏幕上播放着的长虹班组的女管制员们，忽然想起某位摄影朋友的一句话："女管制员美女如簇，好像是经过选美选出来的。"这时，唐阳已将 PPT 翻到后一页，说："管制员的颜值并不比空乘低哪儿，咱们不拒绝和她们 PK 呢。"

刘海指着屏幕上的图片说："这是长虹班组连续四年大年三十的工作照。"

我正了正身板说："也就是说，这四年的年三十都是她们当班？"

解红苗笑道："的确，我们长虹班组已连着四年在塔台上度过除夕，和许许多多飞行员、乘务员、旅客一起共同迎接新年的第一缕阳光。"

我仔细瞧着 2017 年至 2020 年除夕夜长虹女子班组的工作留影，发现有一个女孩尤其醒目，她立在席位前，面容姣好，目光清新，眺望远方。这位女子每年都穿着带红的衣装，只是红的色彩有些变化，从微红、橙红、酡红到紫红，略长的青丝披落双肩。与以往不同的是，今年的她戴着白色的口罩，似在提醒着人们，2020 年是极不寻常的一年，人类正经历着新冠病毒旋风的残暴冲击。

长虹班组照片下的下方，配有一首小诗，纪念 2020 特别的除夕。刘海说："这诗的作者就坐在对面，唐阳。"她写道：

口罩，隔离了病毒
却隔离不了彼此的默契
特殊时期，特别日子

电波中的指令和往日并无两样
却承载着不一样的使命
今年是"长虹"除夕当班的第四个年头
一定是特别的缘分
才可以一路走来变成一家人

她们用双耳聆听引擎的旋律,用耳麦追逐时代的合奏。

时光流淌至 2021 年 2 月 11 日,农历庚子年除夕,我终于见着了照片上的那位红衣女郎,名叫张云纬,北京人,倒像杏花烟雨孕育出来的江南女子。今天,她除了浅色衬衫外面罩一件鲜红马甲外,头上额外长出了两只"牛角",角色粉红,头发乌黑。这是长虹班组第五年除夕守值,在岗人员每年有所不同,但张云纬一如既往地坚守在此。大年三十遇见,不管认识与否,大家都很兴奋,张云纬还用柔荑之手捧着自己制作的酡红色口罩赠与我俩。正是他们交班间的休息档,彼此就做了个简单的交流,我说烦请每人说印象最深的一件事或一句话。

有人说到 2008 年那场冰雪灾患下的指挥,有人谈起当徒弟时的经历。有人说都是独生子女,在家过年冷清,倒不如在此热闹,人多,像个大家庭。也有人借用一位喜爱旅游今天不在场的管制员的话:走遍世界角落,最美的风景还是塔台的金嫩日出和畹晚落霞。

坐在会议桌最北端的张云纬挨到最后一个发言:"我在南航大一口气读了七年书,硕士毕业后,放弃了去研究所的机会,为的就是到指挥一线说出那句憋了七年的'许可起飞'或'可以落地'的口令。毕业后,我进入虹桥机场塔台,终于说出了第一句在同事们看来也许平淡得不能再平淡的指令,但我视为珍忆,至今还保留着多年前放行第一架飞机的进程单。"

我瞧了瞧她头上的一对"牛角",终于没笑出声。但我信她说的出自肺腑。

解红苗眼波流转,回忆道:"去年的大年三十极不寻常,除却常规的大量旅客,还保障了多架运送救灾物资的包机,如DM21047、MU5000、MU800班次,全是往武汉运送医疗物资的。"说起这些,这位女领班如数家珍,几乎不带思考。解红苗2005年来虹塔时,才两名女管制员,现在光她的长虹班组就有十多名女管,上海两场的航班也已增加至2300架次(每天)以上,短短十五年,恍如两个世纪。

与解红苗平行,东海之滨的浦东机场塔台,她民航大的同学吴毓婕是浦塔唯一的女领班。吴毓婕登上浦塔后,又去南航大读了个本专业的硕士学位,2015年竞聘上岗,成为浦塔的女领班。

1983年出生的吴毓婕看上去文静稳重,像位南方姑娘。而她说自己是纯粹的北方人——陕西华阴人,华山脚下,出门见山。她说话也像华山一样直爽:"塔台指挥岗,男女无差别,男管制员能干的事女管制员也能干,毕竟不是体力活,反而是女生更细心些,对机组的口气更温婉。说实话,归航的飞行员更喜欢听见咱们柔婉的声音。"

她说早就认得我,而我今年才有机会和她正式聊几句。那天,我和商飞的一位同仁,带着东方卫视的摄影师拍摄ARJ21交付三大航的纪录片,王海龙主任总值班,张梦蝶接受记者采访,而作为领班的二级管制员吴毓婕就坐在属于她的领班席上,气定神闲地管理着座下十几个席位上管制员的操作。

吴毓婕的老公也是浦塔的管制员,可谓志同道合,趣味相同。两口子分在不同的班组,方便一方在家照看4岁的女儿。

当我问到少数女管是否觉得这一行苦和累,尤其是通宵班伤身体，想离开一线时，吴毓婕说："我十分钟爱这个行当，只要每年体检合格，想一直做下去，长期干下去，不会考虑其他。"

破茧成蝶

吴毓婕已在浦东塔台工作十五年，由衷觉得妇女能顶半边天，有时比男人还能扛——那种默默无闻、不计较的扛。一次台风来袭，头重脚轻布局的塔台开始晃动，来回摇摆，一名初次遇见的新人哇哇直哭，怕自己站着的竹竿一样的建筑发生点啥。但吴毓婕和几个女管制员淡定如初，认为塔台的设计考虑了十级以上强风的空袭，即使有所摆动，也决不会有事。虽然管制员们对九十年代塔台的设计如对浦东机场设计笨拙那样吐槽不止，但仍不妨碍他们恪尽职守。近十年，设计公司被口水淹多了，改进了塔台的设计，优化成了上下一般粗的胴体状，既坚固又美观，还增添了不少工作空间。

有女管制员逗趣地说："想当年在隐蔽战线，地下工作者不幸被捕，在敌人的酷刑下，女性比男性'能扛'已成定论，像杨开慧、伍若兰、向警予、江竹筠……女叛徒远少于男叛徒。"她的言下之意，也可以引伸到管制岗位。

尽管女管制员干得一点也不差，但在实际中还是被隐性歧视。对此，许多女管并不讳言。据九十年代进校的女生回忆，凡"空中交通管制"或"空中交通运输"之类的专业对女生紧闭大门。为数不多的女生能从事这个岗位也是曲线就业。不料一二十年后，校方还是不改初心，对女性设置围墙，在此类专业后明确备注：不收女生。不过，既然爱好指挥飞机，总有办法钻进篱笆。解红苗、吴毓婕2001年考入天津民航大学时，交通运输专业（以前叫空中交通管理）免招女生，她们填报的是信息与计算机科学，到大二时，找各种门道，将自己转成了交通运输专业，也就是学习指挥飞机。像她们这样"摇身一变"的女生，占了相当比例。作为后来的人妻、人母，她们承认，用人单位在心底里喜男生而恶女生，原因么，女生怀孕、生孩子前后得用去差不多近两年时光。眼下，计划生育政策放开，可以生两个或两个以上，"影响工作"的时间也更久了。用人单位现实得很，不得不考虑投入与产出的合算率。

原本以为每年有那么多女生找门子转专业，学校在招生方面能对女生放个口子，松一松勒紧的篱笆，但校方坚持了固执与傲慢，始终抱残守缺，宁可让她们一再地去找门子钻洞子，也决不妥协。张博她们一批女孩，走的路和解红苗不同，是从其他大学毕业或大三时争取"3+1"或"4+1"的办法，进入空中交通管制专业的。既然殊途同归，校方为何不一步到位，网开一面，放女生一条捷径？事隔十多年，张梦蝶这代九五后入学了，一瞧，伊人望穿秋水、满心向往的"交通运输专业"备注框里，还是那句老顽固话：限招男生。她们考进去报的还是信息或工科其他专业，还是第二年切换专业。有些踏进校门没转成专业的女生愤然地说："难道你们家没有女儿？生儿子不用找媳妇？没有女孩哪来的男孩？"

纵有百般阻挠，仍挡不住女性进入管制岗位的潮流，就像女飞行员走入驾驶舱。正因为众多女管制员的加入，管制队伍的结构更富活力，服务思维更上台阶了。

五、"飞管"三行情书

旅客们似乎与空乘更亲近,面对面打交道,空姐空少的音容笑貌俱收眼底。机长和副驾则显得神秘,隔着一道机枪也打不穿的厚舱门,他们在旅客登机前进舱,旅客下机后离开,仿佛蒙着一层纱,犹抱琵琶半遮面。当然,旅客们常在广播里听见机长的声音:"飞机遇到气流正在颠簸,请大家不用担心,在座位上坐好,扣紧保险带"之类。

相比于机长,空中交通管制员更显得神秘,那是"幕后战线"的隐士,连飞行员都只闻其声,不识其人,只能在波道里通过无线电听见他们的声音。不过,"隔空喊话"也是交流,台前幕后也是同行。时间长了,难免出感觉,生情愫。空中的飞行员和地面的指挥员通过电波作媒介,成就了牛郎与织女,业界称"飞管恋",或"管飞恋"。

你是我的眼

小游是华东空管局浦东塔台的管制员,无论从指挥技艺还是形象都是位出挑的姑娘。巴山蜀水孕育出来的白净娇美,被央视"真情服务"栏目的记者相中,说她的笑容代表了小康社会的笑容,是真情服务的笑容。

时光荏苒,如今,她和吉祥航空的刘机长相识十二个年头了。

说长不长，该白的头还没有白呢，说短也不短，该挠的痒都挠过了，下一次痒还得等上三年。渐渐的，和所有普通家庭无异，他们把激情煮成了柴米油盐，把日子烹成了一盏慢茶。唯有那么一点儿有趣，老刘是个慢性子的飞行员，小游是个急性子的管制员，可想而知，他俩一不小心就会上演欢喜冤家的剧情，相爱相杀，苦苦相逼。刚上班的那阵，谁不对自己的职业有点儿小傲骄啊，谁不对自己的工作有点儿小憧憬啊，但理想甜蜜现实盐碱。于是，上班时候遇到的那些个槽，经常往家里吐，因此他们家常常狼烟滚滚，战火纷纷。

"今天有个机组，每个等待指令都要问一遍等谁啊，让我先过呗，在我最忙的时候跟菜场买菜一样讨价还价，我指令发不出去，其他机组也插不上话！"

"人家也没错啊，那你就给他通报冲突，服务再周到点儿嘛！"

"我有那么空吗？再说，不是每个冲突都是机组能见的，否则你们直接左右看看，逮个空滑过去不就完啦！"

"看看，急了吧，假装自己跟肯尼迪的管制员一样，你咋不说说你们进近排的那个五边，那么长！"

"肯尼迪的管制员算个啥！晓得吗？两个独立平行进近的飞机都要穿过进近门高低边，你还以为你飞的非洲小机场呢，嘿，转个弯收个油门就到了！"

"你是靠嘴巴讨生活的，我说不过你。"

这样的对话不胜枚举，话锋中刀光剑影，挖苦对方不惜用上洪荒之力，但往往也是两败俱伤。

慢慢的，愣头青的澎湃一去不返了。

老刘的长航线越来越多，在家的时间越来越少。因时差而紊乱了生物钟，每每看到他半夜在房间里晃来晃去睡不着时，她会担心，也深深体会到了飞行牛的艰辛。慢慢的，他们不再痛斥相互的短板，说到工作就聊一聊国外机场的进离场多么合理，国内空域优化多么任重道远。

起降的航班越来越多，小游上完班嗓子越来越哑，因为夜班而有些神经衰弱。每每看到她早上下班回家挂个黑眼圈时，他会关心，也切身感受到了管制猫的不易。慢慢的，他们不再讥讽对方的不足，讲到工作就是侃一侃国外机组执勤时间多么精准，一言不合就可以超时下机，中国机组在流控时也要等到天荒地老。

不知不觉，当他把休假安排在家度过的时候，她再也不会抱怨他不懂生活了，因为她明白常年漂泊在外，家才是他最舒心的度假村。在飞完回家时，他再也不会抱怨她没有打扫屋子了，因为他了解"做一休二"不是想象中的 24 小时就有个双休日，而是她的疲惫歇息两天也缓不过来。

后来，他说他每次飞行坚决执行管制员的指令，哪怕绕再远，也不多问一句，他相信每一个管制员就像相信自己的媳妇。再后来，每一次的航班延误她都尽心解释，哪怕问多次，也不嫌机组烦，她理解每一个机组就像理解自己的老公。她发现他身上多了急性子的果敢，自己身上多了慢性子的耐心，这种由此及彼的改变，正是源于理解和信赖，她想这也是如今的管制和飞行行业中缺乏的两样东西。

每一次航班的飞行安全，依赖的是飞行与管制的默契，你中有我，我中有你，剥离了任何一方都无法完成。每当有"某航辱骂管制汉奸""某航机长让管制闭嘴"的新闻爆出时，人们不难发现，其实双方暗存着一种畸形的"对立"情绪。

这种对立源于管制运行的某些不透明，使得部分机组不理解管制员有时做出可能不近情理的指令背后的原因。而机组的这种不理解渗透进空地配合时，使管制服务的效率下降，进而加深了双方的不信任。这种负能量的交互就成为了一个死循环，要想打开"死结"需要双方的换位思考。好在现在，空地交流畅通了，"死结"慢慢打开。

两天前，在家里新置的车里，刘机师坐在驾驶位悠然自得，她在副驾位风轻云淡，于是发生了以下对话：

"哎，老婆帮我看看哪儿下高速，咱别奔月球去了。"

"跟导航嘛，成熟Captain了。"

"导航哪有媳妇靠谱啊，你是专业的，我就听你的。"

车内留下两人醉心的笑。

我是你的翼

一次，女管制员小甜乘机旅行，旁边坐着位潇洒俊朗的小伙子。两个陌生人不认识，也不打招呼，小甜翻看着航空杂志，小伙瞅着窗外发呆。

一会，飞机起飞，他倚着舷窗睡着了，挡住了她的日出。她生气地哼了一声，心想：难道不晓得我喜欢日出吗？清晨的太阳多鲜、多嫩？但那男子汉魁梧的身体挡住了舷窗，将那缕鲜美的阳光硬是挡在了外面。可能走得太早，又是头班机，小伙子累倦了，竟打起了轻微的呼噜。她心里越发来气：该死的家伙，在家不能睡，非要上飞机睡？本事倒好，侧下头就能着。她真想爆喝一声："让开日出！"又不忍吵醒他，也许他真是累了。飞机进入巡航高度，他还沉浸在自己的梦境里，浑然没有感觉到机舱里的吸顶灯已经亮起，洗手间的指示灯由红转绿。晨光渐渐老去，时机已失，她已无心欣赏日光。

空姐推着小车轻轻地走近，亲切地问："小姐，需要喝点什么？"

小甜尚未答话，旁边那位"睡客"神奇地张开了眼，惺忪地说："可乐，加冰。"他轻轻扭了扭自己的脖颈，又说，"再来杯咖啡。"

空姐会心地笑笑，给了他一杯冰可乐，又返回厨房间端来一杯专门调制的热香咖啡。小甜睁圆了眸子，说："我要和他一样的。"

空姐为难地笑笑："这个，其他饮料车上都有，咖啡么，要等一会。我一会给你送来好不好？"

不料那小伙瞧了瞧五官姣美的邻座，将手中的咖啡搁在她的小桌板上，爽朗地说："这个，给你。"

"用不着。"小甜瞧了瞧小伙子的表情，又瞅了瞅空姐的笑容，忽然反应过来。"不成，你们是一伙的？"

小伙子扬了扬眉毛，不以为然地说："用词不确切，什么叫'一伙的'？咱们是同事。"

"呵，敢情你是空乘男？"

送饮的空姐扑哧一笑："他好好叫比我们上档子，他是掌舵的。"

"呵，原来是开飞机的。"她轻哼了声。

"我猜，你也是搞航空的。"他已彻底醒转，精神抖擞地问。

"那你估计我是干啥的？"她反诘道。

"应该是搞地勤的，比如通信导航，或者是航空气象啥的。"

"哼，我是专门摆布你的！"她鼓了鼓腮帮子，呛了他一句。

"哈，果然给我猜中，真是行业内的。"他一点也不生气，怡然自得地说。

"吹什么牛？是我自己说的好吧。"

他立马举手："投降，咱小飞坚决听从大管制员的指挥。"

这次偶遇，他们相识了，从此相恋，走入婚姻殿堂，一切是那么的顺理成章，水到渠成，仿佛剧本早就写好了。

和小游家庭不同的是，小甜和小诸都是上海人，有地理优势。1984年出生的小诸毕业于民航飞行学院，2007年进航空公司，从副驾做起，先后飞过空客A300、A320、A340，2015年转升机长。和小甜在机舱初识那会，诸机长还是诸副驾，懒洋洋地挡住了她的日出，却成了她心中的太阳。

不过，小甜管制员并不出色，因为她干了不长时间就离开了管制岗位，去了机关舞文弄墨，还扛起了"长枪短炮"，拍照片，写文章。小甜有文科硕士学位作底蕴，颜值修养皆备，工作勤勉，独缺了上海姑娘那种常有的"娇气"，自然写出了许多好文章，被报刊杂志录用。虽然他俩失去了"男飞女唤"的搭档，工作上各有千秋，但不影响他们组成幸福的小家庭。身为A330远程机的诸机长的飞得安心、心得平稳，小甜则在属于她的文字天国里不停地耕耘。

相逢在云端

天上的飞行者无疑比地上的指挥者更劳心劳神。空中丈夫的一举一动牵着地面妻子的心，飞行的害怕天气，尤其是雷雨，晚上电闪雷鸣，妻子在席位上呼唤和等待，希望对流云团快点消失，空中的飞机少些颠簸。不过，有一点是跑不掉的，复杂天气带来的必是延误。

小诸2016年放的机长，就遇到一次烧脑的超级延误。那天，计划傍晚5点自浦东去成都，前段航程延误，公司将旅客拉回虹桥，临时更改成从虹桥机场起飞。当诸机长他们从海边返回浦西，在旅客的埋怨声中开拔起飞，已是半夜12点。预报说成都天气良好，机组成员心中稍安，到成都附近已是次日3点，但天有难测风云，忽然，斜刺里一片云雾覆盖场区，进近管制员说天气标准不够,复飞。诸机长将落了一半的机头拉起,通场复飞,兜了一圈回来,天气标准还是不达标,第二次复飞。管制员万般无奈地说,天气一时无法改观,啥时能落不知,还是去重庆吧。诸机长没辙,踏着云头来到重庆。重庆塔台管制员告知,3点半过了,大半夜的,无人开跑道灯,去西安吧。他硬着头皮赶去西安,当离咸阳机场200公里时,西安方面的管制员说,现在离太阳露头还有半个多钟头,机场停歇,无人开灯,建议你们去昆明备降。"天呐,去昆明?不是开玩笑吧?"诸机长怒冲冲地说。管制员说:"咱也没办法,没人开助航灯是不能落的。"他大声说,"又是没人开灯!我去昆明的油量不够,今天即使没灯我也落!"管制员拗不过,看了看时间,5点多的样子,天也快亮了,便黏黏糊糊地说,"盘一圈,耗点时,等天蒙蒙亮,给你落地。"经过一夜折腾,他终于落在了西安。好在旅客已经麻木,不再闹腾,知道机组也是人在空中,身不由己。诸机长不顾疲倦,催着机场方面赶紧加油。油加至一半,突然飘来的大雾罩住了机场,管制发布流控。这一流控就控到了早上8点,从西安到成都一小时,落下天府之国已是9点。轮胎接触成都机场跑道的瞬间,人气得差点吐血。按规定,他已超过执勤时间,只有龟宿成都休息了。不料公司打来电话:"年轻人,扛一把,人手不够,抓紧回来吧。"领导发调头,他不得不听。想想也是,当年志愿军抗美援朝,饥无粮寒无衣,天上飞机撵着,地上大炮轰着,如果停下休息,命早给人摘了去。他咬紧牙关,飞了回来。

那一次,小诸在天上晾涩了一晚,小甜的心也牵绊了一夜。

三年前,"天路守望者"公众号,发过一篇长文,题目叫《飞行、管制听谁的》,文中书写了几组"飞管家庭":南航女机长龚倩和中南管制员徐锋的婚恋。徐锋说,上班时她听我指挥,回家后我就听她的！国航飞行员和华北局女管制员李真说，咱俩是"飞管"，是那种亲密的"陌生人"。第三组家庭便是本文第一部分的游婧家庭——急性子遇上慢性子。

尽管小甜已离开了管制岗位，在办公楼里操文弄字，但她仍然沉浸在"飞管恋"这种充满想象的浪漫里，满满的情感流露在笔端，写下了以下诗句：

我每一天都在期待，
和波道里的你偶然相遇。
世界上最遥远的距离，
是我在呼唤你在守听。
别人只在乎你飞得多高多远，
我只在乎你平安着陆。

如果我不慎迷航，
你能不能引领我，
穿越不可知的云层？
在擦声而过的瞬间，
想象着，
给你一个遥远的吻。

放心吧，
我永远是你的备降场，
二十四小时为你开放。
飞扬吧，
不管风霜雨雪，
等待你新的归航。

第五章　永不消逝

看见的是表象,看不见的才是核心。"永不消逝的电波"是他们工作的日常。空中的飞机离不开电波,地面的指挥也离不开电波。电波对航空是水,是阳光。

一、不能消逝的电波

万里成网

2012年初,《中国民航报》和空管局联合发起的"边远台站万里行"活动如火如荼。这是报社马社长、空管局范书记指导,王兵主任及郑毅等人具体策划的一道大题:通过记者走进边远台站,唤醒深藏在大山中、戈壁上、天之涯、海之角的一座雷达站、导航台,让世人惊晓,飞机在天上飞,地面还有这么多设备人员跑着龙套。没有地上的,哪有天上的?

那年夏天,王兵主任带着全国各地宣传口的同事来到内蒙古呼和浩特导航台,那是中蒙边境附近的一座台站,为往返欧洲的班机提供无线电指引。活动结束的当晚,内蒙空管分局的同行为大家举办了一个别出心裁的草原篝火会。晚会由富有才气的《空中交通》《空管报》主编郑毅先生主持。地上芳草如茵,火焰红映;头顶银河浩瀚,月亮和星星如挂在黛色天幕下的布景,明亮得不像真的。是夜,上百人围绕浓浓燃起的篝火,轻歌曼舞,醉卧草原。自此,开启"万里行"之旅。也从那时起,业内记者、地方媒体的记者才知道,民航业还潜伏着这么多鲜为人知的单位和人员。在前后三年的"万里行"活动中,被划分为七个组的记者们奔波数十个边远台站,写出了一批如《宛在水中央》《青山行不尽》《那山、那人、那家》《在希望的田野上》等华文美篇。

职业的缘由,我和媒体朋友、通导界的专家神行太保般地深入漠北,足上高原,浪迹四野,探视过地理位置迥然不同的导航台、雷达站。华东区的台站,南至福建青山、杏林,北至济南、烟台,东到威海蓉城,西至安徽阜阳,长三角周边的桐庐、云和、上饶、连云港、徐州、南巡,更是多次往返,和许多台站的守护人促膝交谈,留下了许多难以忘怀的记忆。在南北晃悠的日子里,我百感交集:比天空航线更密集的,是织在地上的一张张网,一套套机器,一个个人。地上的真实存在,是天上轻松飞扬的必备。

"航线划到哪,导航台就建到哪。"导航台如海洋中的灯塔,给往来的航船指引方位。灯塔放出光芒,导航台放出电波,光波和电波的用途,便是为过往的航船和飞机提供坐标和引领。

飞机是移动的平台,一条航线几千公里,甚至上万公里,需要飞越万水千山,地面导航台也需要翻山越壑,跟着航迹走。工程师们便想出了接力的办法,每300公里设立一个台站,类似于以前的烽火台,一座连着一座,不停地向空中发出电波,引导飞机从台站的头顶划过,这些台和站,连成线,织成网,就构划出了全国乃至全球的通信导航网络。

华东飞行区辖统六省一市,通信导航台站需要在各地构建,但也知难而上地率先建成了完整的通信、导航、监视网。据华东空管局通导部高工孙翔介绍,华东区大约有60多个导航台站,全国则至少有500套类似的设备,包括全向信标(指示方位)和测距仪,而第一航空强国美国则有上千套,是我国的两倍。

前些年,帅小伙孙翔曾和我去多个台站"边远台站万里行",对辖区内的台站谙熟于胸。他叹了口气说:"时至今日,飞机的导航主要依赖于太空中的卫星,星基导航已成为主流,地面导航渐渐退居其次。"他又吸了口气说，"不过，目前真正应用卫星导航的就GPS一家，一股独大，也有其短板——易受干扰，有时难免信号不稳。万一卫星故障，无线信号面临中断，所以在任何情况下都不能抛弃地面导航台，即使卫星发展上了顶端，作为备份，地面台就是飞行安全那道最后的盾牌。"

另一位通导部的博士赵搏认为："'永不消逝的电波'就是我们的日常，飞行离不开电波。除了导航，还有通信、雷达等，都是通过电波穿越时空来指引飞行的。相比导航，雷达担负的角色有过之无不及。现在，地面管制指挥主要依靠'千里眼'捕捉到的目标指挥飞机，如果失去了雷达信号，指挥员就成了瞎子，也就回到了从前的程序指挥，也就是说，地面人员看不见飞机，飞行人员通过无线电报告自己的方位，地面才晓得天上的飞机在啥位置，朝啥方向去。眼下，雷达早已布成了网，每300至400公里架起一部，在繁忙航路，两部或两部以上雷达同时监视同一架飞机，将天上的一举一动收入眼底。"赵博咂舌道，"空中的飞机离不开电波，地面的指挥也离不开电波，电波成了我们工作的媒介，也成了生活的必须。丢钱包可以，丢手机要命，没汽车可以，没了电波无法工作与生活。电波对航空是水，是阳光。"

电波的多样性

70后的陈文秀女士为现任通导部长，也是在通信导航监视设备的实践中成长起来的专家。她心细如发，作风严谨，尤其在空管设备自动化、新技术的应用上独树一帜。这些年，她和她的团队参与实践的大批航行新技术——多点定位、广播式自动机关监视系统、地面卫星增强系统、平视系统等，都是通过无线电来完成的。她说："飞机可以停，但电波永不能消失。"

和她一起成长的，是对新科技的情有独钟。除了地面导航、雷达、甚高频通信等传统手段外，新技术的不断演进，提升了航空业的效率。说起新技术，她扳着手指说："作为雷达的补充和延伸，ADS-B（广播式自动相关监视系统）的造价只有雷达的十分之一，但信号的刷新效率是后者的5倍。它通过接收卫星给予飞机的定位信息，利用机载设备连续不间断地向外'广播'，将自己的位置、航班号等信息昭告天下，众多的地面站接收信息后，将它们送到计算机进行集成，经过和雷达信号的融合处理，挑选出最优的信号呈现给管制员，满足精准指挥的要求。对于山区地形复杂、航站楼等易被遮蔽的地方，多点定位不失为一项不错的选择，利用多个点接收空中的信号，从而计算出飞机的精确方位。"

我曾去过奥地利古城因斯布鲁克，小城四面环山，中间一块小盆地挤拥着狭长的城市和机场，如果使用雷达，受山区地形影响，盲区较大。那儿的民航界干脆放弃雷达，全靠多点定位技术，引导飞机的起降。

地基卫星增强系统（GBAS），能指引飞机在能见度极差的情况下落地，效率比地面传统的盲降设备高出几倍。另外，飞行人员用的平视系统等，都是正在使用或将要使用的航行新技术。

"这些技术，不管是用地面发、收信号，还是采用卫星提供的信号，万变不离其宗，都得用无线电波勾连起来。因为飞机在天上，卫星在太空，都是移动的，距离又那么远，不可能通过电缆或光纤连接，只能用无线电。"陈文秀说。

"在监视手段方便，传统的雷达最为核心。此外，还有通信，用的还是无线。地面管制员用话筒指挥飞机，空地之间需要语言沟通——接受指令或下达指令，遇到特情还需要一来一回深度交流，这些都得通过双方对话才说得清楚，听明白，那叫直接、快捷、明了。"她忽然想起了什么，说甚高频通信设备就在航管楼上，不像雷达那么远，你不妨去实地看一眼。当听说在航管楼上，离得很近，就在虹桥一号航站楼边上，我立马过去。以前，曾听技保部陈主任和杨钧副主任说起过，也就顺势打给杨副主任，他立刻安排无线室的贾非和季平澜二位为我做了详尽指引。

管制指挥分扇区，一个扇区代表了一定的空间，对地空通信而言，扇区与扇区之间的无线频率是不能重复的。一个扇区里的飞机只能听到本扇区的语音，其他扇区是听不到的，否则就会"打架"。在华东飞行区，航路指挥区拥有30多扇区，终端区有20多扇区，虹塔、浦台也有众多扇区，可想而知，无线频率资源是多么的珍贵。除了雷达用的高频外，导航也在甚高频范围内，约在几十至100兆赫间，划给地空语音通信的也就118至139兆赫（MHz）的狭窄区间。

"一个扇区需要一个主频一个备频，光华东区的地空对话就需要100多个频率。"季平澜热切的手势做了个切香肠的动作，"波道越多，频率分割越细，无线电委员会只有不停地切割，将频率范围不断细分再细分。由于相互间挨得近，易互相串扰，对于新切割出的频率，必须先试验，看有无干扰，确认安全了才能使用。"

看过主机设备，全是一个个标准机柜，和雷达、导航机柜差不多。我说还想看下天线。想象着雷达天线呈抛物面——当然相控阵雷达是平面，导航台全向信标天线为一个大圆盘，不知甚高频天线长啥样？贾非说："天线就在六楼顶，很方便上去。"小季快速地拎了钥匙在前开路。

上了六楼屋顶，季平澜指着屋顶周边像葱一样竖起的铁杆子说:"这就是用来地空对话的甚高频天线,有发射天线,也有接收天线。看,屋顶周边一圈全是。信道多,频率多,天线也多,密密麻麻,像不像避雷针?"

"真有点像。没人提醒,真以为是避雷针。"我瞧着像士兵一样排列齐整的天线群说,"它们是寂寞中的一支伏兵。"

"里面也有避雷针,形状差不多,但比天线高。"小季说。

贾非却指着远处的塔台说:"看见么?塔台顶上的一圈,圆形的顶,一根根竖着的,也不是避雷针,同样是甚高频天线。飞机的起飞和降落是飞行最重要的环节,地空对话通话量大,要求也高。塔台为机场的制高点,离跑道又近,天线装上面最合适不过了。"

我抬眼瞧去,塔台的"圆脑门"上,果然挺立着一根根针状物,像永不劳累的哨兵,齐刷刷地指向天空。

电波的集成

"倘若说光靠发射与接收电波就能飞行,那就太外行了。庞杂的无线电波需要'大脑'来收集和整合,否则就是一团乱麻,这就是中央集成,也叫自动化系统,这些都是由计算机系统来完成的——既有硬件,也有软件。"陈文秀说。

十八年前,陈文秀作为技术骨干,在一线从事自动化系统的运行维护。进入21世纪后,飞行量大增,民航局决定建设北京、上海、广州三大高空中心,集中指挥飞越的飞机。当时,国内的开发商没有能力生产集成系统的硬、软件,经讨比对,选用了澳大利亚的产品"欧洲猫"。2003年,陈文秀和国内的8名技术人员,以软件支持中心的名义去澳洲,学习系统的开发。一年后回国,她又参与了系统的整个建设过程。"千万别过度迷信老外的技术与能力,系统的开发与建设出现了太多的问题,项目周期长，先是北京，后是上海、广州，基本是边建设边完善，可以说，外方帮卖给咱们自动化设备，我们也在实际运行中帮他们完善了系统。"

陈文秀的思绪凝固在那一年。2005年5月，"欧洲猫"运行的第一天，显示屏就黑了，啥也看不见。屏幕瞎掉，通信中断，天上的飞机成了"幽灵"。管制员傻眼，他们也傻眼。几分钟后，系统重启，信号恢复。计算机、显示屏等硬件也是进口的，全新，没问题，出毛病的是软件。运行初期，三天两头冒泡，各式各样的问题层出不穷：几部雷达的信号没了；目标分裂，显示屏上的一架飞机变成了两架；飞行计划出错了，上午10点变成了下午2点……好在上海区域当时主要负责上海周边高空区的作业，北至青岛、南至厦门的高空尚未接管，飞行量相对少。他们每天和管制部门一起搜集故障情况，每天出一份问题报告。但是，问题的种类非常庞杂，有硬件问题，也有软件问题，还有数据的配置问题。这毕竟是中国民航首次引进的大区管自动化系统，有问题正常，无问题奇怪。陈文秀团队踩着沙子走路，深一脚，浅一脚，开始了破解各种毛病与故障的长跑。比如数据的设置问题，他们开始经验不足，对航路点、机场、雷达各类参数的设置，都是渐摸索渐输入的。他们每隔一段时间就做一次软件升级——小的升级叫打补丁，大的叫版本升级。这些工作，基本是他们自己做，自己完善，只有在遇见特别大问题时，才请些老外来"把把脉"。

他们在实操中发现，各种参数的设置和配比是十分苛刻的，来不得半点马虎。像告警参数中的CA告警（短期告警），飞机在什么姿态，提前多少时间算合适？高度多少？距离多少？在几个位置告警？需要不断尝试，反复优化。记得改进那阵，隔几天就要干个通宵，将优化的程序和参数试一遍——只有在晚上航班结束或稀少时才允许重启设备,白天是万万不敢的。人也就跟着机器熬,熬过无数个通宵,熬赤了无数双眼睛后,他们发觉,熬通宵不过如此,也没啥了不起。

在数据的设置上曾遇到过多个怪事,想想都要吐血。一次,飞机到了某个地方就消失了(屏幕上)——飞机没问题,飞着飞着就"失踪"了,遇到了不止一次,他们管这一区域叫"百幕大"。飞出这块空域,飞机又奇迹般地出现了,云波诡谲。开始以为是机型因素,后来发现各种飞机飞临那地方都有问题,反复查,细心究,终于发现仍是设置问题,那块特定的区域是雷达应答机的测试区,每遇测试,那儿就成了"百幕大"。"欧洲猫"运行的前几年,怪事迭生,仿佛上帝在出试卷,成心考考这些中国人。

陈文秀目光深邃,但她的脸上有时也难免浮现出尴尬的笑颜。她说:"有时,飞机忽然从这个地方(屏幕上)跑到了不应该去的地方;飞行计划突然没有了;目标高空'跳水',陡地下降了几千米……不停地出难题,不停地纾困。从2005年'开张'到2008年,我们至少发现了1900多个问题。三年以后,才基本摸清'欧洲猫'的脾气,对它的路子越来越谙熟了,出现问题的概率也大大缩小。"

如果是软件陷入沼泽,陈文秀团队和厂家一块查,查出端倪,去北京的软件支持中心重新编译,修订成功后,新的软件版本发下来,他们现场测试、安装。当然,也必须在晚间改装,因为第二天一早飞机要开飞,系统要恢复。

然而,跷跷板的两端,难免一头落下一端弹起。设置及软件的特性摸透后,从2009年伊始,硬件的沼泽又开始显现。一是自然老化。计算机硬件在使用了四五年后面临"歇脚"。二是飞行增量远远大于预估,提前四年就达到了十年的估值,负载过大。管制席位的扩容，扇区的增长、几十部雷达的处理机器、告警机器，高峰时负荷超大。软件多次升级，硬件却面临崩盘——旧的硬件根本无法搭载新的软件。在度过了艰难的2011、2012、2013、2014年以后，"欧洲猫"硬件软件携手升级。与此同时，南京二十八所国产的自动化集成设备也做了类似工作，并从应急升成了备份。2018年，又做了新软件版本V8的升级改造，既能处理S模式雷达（新建雷达均采用S模式），也能处理ADS-B（广播式自动相关监视系统）。由此可见，无数的电波发出去，收回来，还得中央集成，集中处理的学问大着呢。

如果时光能够倒转，中国技术人员也许可以少走许多弯路，但历史从来没有如果，只有冰冷的现实。

陈文秀他们以青春为学费，获取了自动化系统的价值和学问，也推崇和见证了国产化设备的进程。他们迈动的不再是迟疑的脚尖，而是坚定的步伐。时光奔泻至2021年元月，在陈文秀的引荐下，我去了趟南京的中电二十八研究所，受到研究所首席专家丁一波、莱斯公司经理席月华等人的诚挚接待，加深了对空管自动化的理解。

交流会上，丁一波先生感慨地说："实践证明，我国特色的'一主二备三应急'的设备体系是保险外再加保险，是飞行安全的坚固盾牌。而华东民航正是这一体系的首创者和先行官。"

作为一名写作者，我常常随着访谈卷入激动的旋涡。假如说同在南京的十四所是国产雷达的翘楚，那么二十八所就是国产自动化系统的主力军。两者珠联璧合，用生命的火花去点燃行业的火花，共同谱写着中国制造与创造的一曲曲新歌。

二、无人值守的江湖

并不是每个人睁开眼睛就能看清世界的容貌和隐含的多样性。

"这么多设备,这么多台站,居然无人值守?"

听说荒草迷离的沟壑间的许多导航台、雷达站的工作场所居然无人"蹲守"时,从北京来的新华社樊记者惊得眼镜都快掉台阶上。

"因为设计时就考虑了无需人员值守。"我不紧不慢地说,"要坚信现代科技的能力。"

"难以想象!从北京飞上海,沿途的地面有无数的导航台、对空通讯台、雷达站,这么些昂贵的机器,有的进口,有的国产,现场怎么能无人看管?"她连连摇头。

"机器很聪明,也不娇气,能自动为人类工作。"我一个激灵,想出了一个好比方,"太空中的卫星这么繁密,难道也需要人在上面值班?"

她一下愣住,但很快反应过来:"那不一样,太空和地面是两码事,那个,不可同日而语,不可同日而语。"

瞧着她满是狐疑的眼神,我决心打消她的疑虑。她是来帮咱们做传播的,如果连她都说服不了,还指望人家写出有力度的华章?好在机场塔台尚不在禁区内,只要空管中心许可,在不打扰管制工作的前提下便可以登上去，在那停留几分钟的话，不但能感知航空管制员的工作特质，也能看见一些"无人值守"的设备。我暗暗为自己的临场智慧喝彩，就在相关人员的陪同下上了塔台。

在这个机场的制高点上，地面滑行道上的飞机排着队等候起飞的命令。长五边上，一架接着一架的客货机亮着前照灯，缓缓向跑道逼近。我没有忘记此行的使命，赶忙将她的关注点从管制指挥转移到机器设备上。我悄悄跟她说，咱们溜外面去，那儿看得更真切。说着，拽着她穿过一扇工作间通外面的暗门，来到露天的走廊上。

野风大，吹得她满头柔软的黑丝纷纷向后撒去。我踅了个身，向下指着远处跑道旁的一堆形状不同的天线，尤其挑出了那根三人高的说："那是盲降设备的天线，就是它，从这儿向飞机发出下滑斜率的指引，引导飞机沿3°的下降角落地。"

樊记者揉了揉被风刮得微红的双眸，眼神流盼，终于比对出了那盲降天线。我又指着天线房的一座矮矬的小房子说："那里面是盲降设备的机房，平时无人值守，门是紧锁的。"

她已开始相信我说的事实，尽管不能去现场探个究竟。她瞧着远处形状各异的竖立物，眨了眨杏眼说："跑道旁好像还有许多小天线之类。"

"除了盲降设备，场内还有不少导航、助航设施设备，比如各类灯光系统。还有气象部门的自动观测设备。因离开几公里，这里模模糊糊能瞧见的，有航空气象部门测量跑道能见度的视程仪，观测云层的云高仪，还有测温度、湿度、风向风速的种种仪器。它们默默地固守在属于自己的江湖里，不怕日晒雨淋，自觉自愿地为人类服务着。"

"现在有点感觉了，你说的，应该是真的。"她讪笑道。

"啥叫应该？就是真的！"

对于记者，那是又爱又恼。前者是欢迎他们走近一线，报道那些鲜为人知的人和事；恼的是他们对许多事物缺乏起码的认知，得花大力气有鼻子有眼地对他们讲这讲那，花在科普方面的精力无穷，有时候想想不如自己写，但自己人写的东西毕竟不能跟专业的大记者比。

樊记者以后是不是走进导航台、雷达站现场暂且不论，但的确对许多台站的无需人员把守深信不疑，还写出了几篇有温度有触角的文章。

当时樊记者的心情不难理解，换作别人，也不会信，事关航空安危，平原与高山、海岛与荒漠之间，有连成线、织成网的导航台、雷达站、甚高频通信台，机器转着电波发着，现场怎么可能无人？但确是"无人"的。

倘若你偶然经过一座台站，或是山坡，或是畦头，天线竖着，机器响着，但里面是一座"空城"。要是运气好，小院的大门打开，你会看到一个老头，伸着懒腰，朝你张望，咧嘴笑笑。或许他背后还跟着一条狗，兴奋地摇着尾巴，朝你汪汪吠几声。这个老人和狗是看院者，并不是值台人，人和狗的任务是守护这座小院，使自动工作的机器免遭外人的窥视，也防止越来越稀少的小偷一个偶然闯入，动起邪心，顺手牵走电缆啥的当成废铁卖。看护这些台站的一般为当地请的民工，24小时驻防。除非怕待出锈来，这样的看院人和狗是潇洒的，只要在里面坐着、躺着、翻翻手机，玩玩游戏，条件允许，也可以种点小菜，解闷的同时，为自己的一日三餐补充鲜维生素，如此的"带薪养老"，自然有人愿干，尽管收入不算太高。

在全国，甚至全球，有多少台站无人值守，数字怕难统计，总之是一个庞大的"无人江湖"。太空中的卫星用来授时、定位和导航,不也是无人值守?

然而,无人值守不等于无人看守,那些地方的每台机器、每个发射诸元、每扇小院的边门都在"看管"之列。现在是啥时代?是高科技时代,数字化时代,无数的摄像头被安装在角角落落,工作人员采取集中监控的手段,在远端监视着机器的运行——机器是自动的,无线电的产生、发射与接收,不需要人操心,不知疲倦、不分昼夜地完成主人交给的任务,值班人员要关注的只是机器的运转状态,是正常还是不正常。

"科技发展到今天,已经不用人工来操纵,值班人员的主要作用是监控与排故。"在无线室工作了二十多年的贾非主任说。

贾非半辈子都在跟无线电打交道,他们重点负责地面和空中通信的甚高频语音通话。说起专业,贾非就滔滔不绝,这可是他们的无线人生呵。

在贾非的思维里,无线电委员会太抠门,给他们的频率太窄,在118至137兆赫之间,划分了760个工作区,最小的间隔不足25赫。还要留出给数字通讯(数据链)、给航空公司的备用频率,他们甚高频地空通话的频率资源少得快要饭了,但也没法子,无线世界么。好在作用距离要求不一,塔台的呼听功率10瓦左右,通话范围在30至50公里间。进近通话的有效功率为25瓦,作用距离100至150公里。区域(航路)通讯较远,功率50瓦,有效通讯范围为250公里,实际距离达到300公里;但区域管辖范围宽大,需要一段一段接力过去,考虑到地球曲率和地形地貌,距离远了有遮蔽,只能300公里建一基站,分步接力,合起来达到数千公里。

"犯错是人的本质。相对于人类,机器出错的概率偏小,但小不等于无,机器的出错就是故障。"贾非说,"值班人员的职责，就是监控到机器故障时，迅速排除，不影响到飞行。"

设备几乎不考虑休息与休假，十年、二十年不停地运转，理论上讲，收信、发信机，各模块都会发生故障，有时发不出，有时收不到，也有可能信号不佳。"对于可能出现的问题，人类都是准备了后手的，那就是应急与备份。与雷达自动化等系统不同的是，甚高频语音通讯设备是先应急后备份。甚高频设备基本是一主一备——一套主用设备一套备份，两者是互通的，如果出现故障，主用设备会自动切换至备份；但问题也在这儿，发生故障时，一时难判断出是主设备还是备设备，而应急设备是独立的，那就先切换至应急系统，再回到备份系统。"

贾非坦诚地说："常规的都是一主二备三应急，很多次教训后，现在遇故障却是先应急后备份，似乎这样做更加科学。"

"你刚才说，有些频率是留给数据通讯的，今后数据链通信能代替语言吗？"我想起一个问题。

"目前还不能。"贾非不假思索地说，"甚高频数据链，主要是'放行'和通播两类。在塔台及机坪的指挥区域，只有'放行''推出'可用数字化，即2016年下半年开始，用数据发指令，不用管制员嘴巴说'可以走了'，仅限于飞机的地面滑行，但'起飞'还是要通过管制员的嘴巴。至于通播，就是情况通报，将机场终端区的情报，和当地海压、云高、雨雪、风速风向，降落几号跑道，使用啥频率等，用数字的形式向四面八方'广播'，向全国、全球广播。机组在终端区附近，甚至在航路上都能收到这些情报。"

"有点像广播式自动相关监视系统了。"

"既像也不像。"贾非笑道，"ADS-B是从空中向地面广播，一直在发出信号。甚高频的通播则是由地面向空中，间隔为半小时'广播'一次。"

台站无需人值守，后台的集中监控是为了处理故障。同样的问题，我从导航部门负责人施先贵身上再次得到证实。

施先贵是盲降业务方面顶尖的行家里手，从安全而论，盲降比航路导航更为紧要，它是引导飞机安全着陆的重要设备。某年4月，设备校飞，一类盲降停止运转，恰逢雷暴，整个过程不过20多分钟，导致70分钟流控，引发200多架航班延误。由此可见，飞行人员在落地时是严重依赖盲降的。盲降使飞机首先找到跑道，并沿3°的斜率下滑，准确落在跑道中心线上。

盲降于飞行员，就是远望镜中的航标，放大镜下的灯塔。天气糟糕需要，晴朗时也离不开。盲降分三类，一类盲降24小时开机，将飞机引导到跑道上空60米的决断高度，如果机长能看见跑道，放心落地；仍看不见跑道，拉起复飞。大部分机场都是一类盲降。二类盲降更精密，能将飞机引导到跑道上空30米的高度，供机长决断，看见跑道就落，看不见就复飞。三类盲降又细分为A、B、C三等，其中A的等级标准为能见度200米，云比高15米（在15米高度能看见跑道）；B的标准为能见度50米，云比高0；C的标准为能见度和云比高均为0，是完全意义上的盲降。不过，全盲降时代还未到来，人类还是相信自己的眼睛。

施先贵表示，盲降与飞行联系紧密又神奇。根据飞行程序，飞机在距跑道25海里截获住航向信号（对准跑道中线），沿跑道方向平飞一段后，于10海里至4海里之间又截取下滑道信号。这样飞机的驾驶仪器上既有了航向指引，又有了下滑指引，在仪表上的指示为"十"字型，竖代表左右，横代表上下，机组只要将飞机沿着"十"字型的交叉点飞，就是正确的方向，偏出了那个交合点——无论左右偏，还是上下偏，都需要纠正，指示针指哪飞哪，准没错。

施先贵搞了一二十年盲降，人瘦，主要是精神紧压——白天紧张，晚上也睡不安稳。他知道这些盲降设备都无人值守，没日没夜地自动运转，但凡机器总会出毛病，他最怕凌晨接到电话——不怕骚扰电话和广告电话，就怕接"223"打头的单位电话。半夜三更来电，不是来唱《映山红》，也不是来报昙花开的，必无好事，他的头皮立马发麻，但发麻归发麻，对出现的"麻烦"，分分钟不敢也不能耽搁，他只得连夜和人会商，或赶去现场，将"麻烦"尽快拿掉。

华东局分管通导的赵诚琪副局长1973年出生，为班子中最年轻的成员，通晓通信、导航、监视各个专业，人长得潇洒，但操心操肺，两鬓已染上了些许白发。他的说话既显中国特色又具国际视野："台站的无人值守越来越普及，也是人类自我解放的方向，但无人值守的江湖，需要有人在后台不间歇地守值，离开了台前幕后，无人值守是伪命题，这才是本质所在。"

第六章　气象万千

洞察天机，引人入胜。航空气象人不断将神话化为现实。但南美蝴蝶振翅引发欧洲风暴的混沌效应，注定人类在神机妙算时常有失误。气象与飞行天生有难以割舍的姻缘。

一、万里长天

机器难以替代人工

只要人类无法在大气层外生活之前，雨雪风霜总会如影随形。而我一直对航空气象人的含章可贞印象至深。

在写《马上起飞》前，时任气象部长、现任华东空管副局长邢谦，给我提示了一个极好的案料：2017年金砖五国峰会召开那会，巴西总统和印度国总理因事晚到，当他们的专机抵达厦门上空时，暮云四合，强势雷暴将机场裹了个严严实实。专机能安全落地吗？需不需要去福州备降？如果去外埠备降，当地得临时准备红地毯接机，第二天还得用专车送来厦门，五国峰会可能被迫延迟。

华东民航气象中心派去支援的预报员易军、冯雷和厦门空管的气象人员相依相傍，密切协商，认为台风夹带的对流云团呈弧旋形，一圈一圈扫过，决不会铁板一块，过20分钟，机场上空的雷雨云会撕抻开一个口子，专机可利用短暂的窗口期降落下来。管制听从了气象建议，让专机在机场上空盘旋，过了20分钟，对流云团果真神奇地向两边裂开，友好地让出一个不大的口子。说时迟，那时快，管制员当即命令专机穿透云雾，缓缓下降。上面又问：飞机落地后，能不能坚持10分钟无雨，搞个简单的接机仪式？易军半屏住呼吸，瞧着雷达图霸气地说：

5分钟也不行！还是走廊桥吧。果不其然，飞机落地后，云团很快将机场重围，雷声响起，暴雨如注。我依据这个真实案例，写出《马上起飞》"生死通道"那一章。邢谦曾任气象中心主任，聚拢了一批人才，带出了一支队伍，使航空气象的水平走在同行前列。

我揣着数不清的好奇，时常请教一些专业上的问题。2018年开夏，我忽然想到，现在的技术手段非常先进，通信导航的许多设备已无人员值守，机器自动工作，数据自动传输，气象应该也差不多吧；各个机场的跑道前后、中间都安装了自动观测仪器，能不分昼夜地收集数据和世界气象系统自动交换，难道还需要人工观测？我将这看似矛盾的问题甩给了时任气象中心副主任、现任主任唐民。他南京大学大气科学专业毕业，又进北京大学气象专业读下硕士学位，具有机关、基层多岗位的经历，是实战中"出道"的气象学家。

"机器不能完全代替人工。"他以他惯有的冷静说，"气象科学，有三种情况是必须要人工的，那就是云、能、天，也许五十年后也如此。"

行家说出的理由毕竟令人信服。能见度测量仪安装于跑道端，通过发射白色的LED或红外光测定视程，发射器与接收器之间的距离约为十几公分至几十米不等。不过，跑道长达4千米，大型机场有多条跑道，能见度的分布是不均匀的，比如靠海的地方能见度低一些，靠里的地方能见度高一些，单纯依靠机器不怎么可靠，需要人工观察补充。

云高，对飞机的起降至关重要。自动观测系统配有云高仪，通过打出激光，触碰云层，不间断地测量云卷云舒。但除了测量点外，不代表机场范围的云一般高。云是起伏的，好比山峰谷底，并非一马平川，需要人工观察员去室外判定，比如一半以上的云多高，一半以下的云多低，通过肉眼直观估计出一个高度，这样描述出来的东西比自动观测得出的精准。当然，如果观测点高密度，布满整个场区，或者50米设一个点，那肯定比肉眼观测来得准，但这样做的成本太高，也不现实。现在的搭配才是中庸的。

天气现象，主要指有情况的天气。所谓的大雨、中雨、小雨，理论上雨感器能识读出来，但下来的雨不是线性的，带着许多复杂的"情绪"。雨滴从空中落下，下降过程中，温度低于冰点了，但下的还是雨，不是雪或冰，最多算过冷水滴。然而，落到地面就两样了——从水结成了冰，从液态成了固态，这就是冻雨。此类情况，机器测不出，只能通过人眼去观察和判别。体现在对外发布的报文上，要说冻雨，不能说成雨。冻雨落在跑道上，对飞行的影响比雾还大，需要人工去当面验实，而不是自动化设备。还有雾和霾，机器反应比较迟钝，人到室外，一目了然。

唐民的释读形象不抽象，一两个比喻，就将万分复杂的情况理清爽了。

气象观测站

蓝天白云绝不是人们头上永恒的图案，黑雨灰雾也是天空的另一番风景。

过了个把月，6月中旬的样子，唐民觉得需要对我这个航空气象学方面的"半文盲"再来一次科宣，专门开了个车，将我载至虹桥机场跑道北头的气象观测站。那是一个封闭的院落，几亩地大，立着一栋橙色的三层小楼，月季花含着笑脸。平时铁门紧闭，围墙森严，外人不知是养鱼还是养虾的，而一旦进入，才觉别有洞天，这里芳草青青，庭院幽幽，院中有院。白漆刷成的木栅栏围着一个院中院，里面置放着百叶箱及测量气压、温度、湿度、风向风速的各类仪器。这些大小不等的仪器仪表，有的是自动观测设备，数据自动传回计算机终端，有的需要人工读取。

一位身形婀娜的女子，气象观测站站长吴妍接待我们。这时，她正带着两名新进员工在观云识天。别看吴妍三十多岁，年纪轻轻，却是省部级劳模，在业届也是位小名人。她带着十几个高校气象专业毕业的工作人员，长年驻守在机场西北角这块与外界"隔离"的区域内，每天24小时和风呀、云呀、雾呀打交道。由此使我联想到，在浦东机场，也有这么一座"孤岛"，同样有那么一群年轻人丢弃喧阗，在安静的空间里，干着同样冷静的事。相比虹桥机场，方浩、关毅率领的浦东气象观测站驻地交通更不便利。公交、地铁站点远，郝然等年轻人不得不从七宝、九亭的住处开私家车去上班，交通上的成本不可谓不高。

吴妍大学毕业后进入气象中心虹桥观测站，从一般员工到气象台副台长，具体负责虹桥观测站工作。这是她第二个家。吴妍在2012年曾两次去非洲，给非洲的同行输出航空气象知识。她先后到达莫桑比克、佛得角等国对口支援。这对一个从学校毕业不久的年轻女孩来说，需要莫大的勇气和担当。去非洲前，得注射防疫疫苗多种，预防那儿的黄热病、伤寒以及令人生畏的埃博拉病毒。她咬咬牙挺了下来。事后谈起，她脸上浮现出的既是忧意也是笑意，视那段记忆为珍忆。

唐民尽管没干过观测，主要从事预报，但对观测业务熟稔于胸，对着各类仪器仪表的解说滴水不漏。看过了地面，我们穿过门廊进入小楼三层的观测大厅。气象观测厅宽大敞亮，排着七八台电脑，显示屏上不断跳跃着自观系统的温度、湿度、气压等数据，也显示着连接雷达、卫星的云图。大厅视野开阔，透过东南西三面大玻璃，尽可能眺望机场全貌，整体设计比浦东气象观测厅大气得多。南边，不断有各航司的飞机排队滑行，几乎是逼对着观测楼而来，但在离观测楼不远处旋身右转去了跑道端，它们是要滑向跑道北头转而向南起飞。毋庸置疑，这是一个摄影爱好者拍摄飞机移动的"天堂"，只可惜这里深藏铁丝网区，免对外开放。

观测是重要的所在，这里的工作人员每半小时发一次报，将仪器和人工观测的数据发给航空公司、机场、管制指挥部门；特殊天气，随时发布，通报当地的风、温、湿、压、云高等数据，也以对空广播的形式，发布报文内容，方便空中的机组只要打开相关按钮，就能接收到地面的气象信息。同时，这些电码格式的报文通过数据链，自动植入民航数据库，并参加全球气象数据交换。

我说："不来不知道，一来别别跳。气象观测虽然排名在预报之后，但地位十分重要，容不得半点差池。我常听管制员发布的口令中提到海压什么的，也是观测出的实时数据吧？"

"差之毫厘，失之千里。管制员说的'修正海压'，那是根据机场实际的气压修正到海平面高度的气压，要是报错了，那是要命的。"吴妍严肃地说，"飞机在适航高度，用的是标准大气压，为1013.25百帕，与此对应的有个标准海压高度：飞机相对于标准气压面的垂直距离。到了起降阶段，尤其是进近下降阶段，需要调整海压。一般来说，1百帕相当于8米高度差，多报、少报会导致飞机偏高复飞或提前着陆，酿成事故。每个机场的气压是不同的，高原机场修正海压低，平地机场高；同样的机场，不同的季节，海压也是不一样的。虹桥机场的海压，冬天一般为1030百帕，夏天为1010百帕左右，台风来时更低,只有990百帕,因台风是低压气旋。"她皱了皱眉头说,"气压由机器测定,人工观察不到,但机器也会犯错。一次,黑龙江某机场的一只虫子钻进观测仪,堵住了口子,导致测出来的数字失真,差点出大事。去年,厦门机场的测距设备,不知咋地被一只壁虎钻进接线盒中的继电器,将线路弄成了短路,造成停电,测量数据中断了发送。"

观云识天

当我们走下三层小楼,置身这片似有仙气的庭院,我忽然从送我们下来的吴妍以及另两位小姑娘陈雪、俞碧玉身上,想到了不久前的一次舞台表演。在台上,吴妍带着徒弟马宇,向观众们抖露了用"一指禅""三指禅"观云识天的秘密,引发观众唏嘘。我向着吴妍她们说:"上次演节目,你们用手指往天上比来比去,不会是噱头吧?"

不料一旁的唐民打趣地说:"外行了吧?不妨考考你,天上的云分几种?"

"云分几种?"我一脸茫然。不是学这个的,一下子被他问住了。

唐民笑道:"隔行如隔山,小吴快点告诉人家吧。"

吴妍撇了撇嘴,对身后的俞碧玉说:"这个小问题,还是请小俞她们来回答。"

俞碧玉轻咬唇瓣,眼波流转,跨前一步说:"实际上,云也能量化,假定将天空中的云划分为8等分:0至2分为少云,3至4分为疏云,5至7分为多云,8分为满天云。粗粗地分别,云有高云、中云、低云,其中高云的云底高在6000米以上,中云的云底高在2500米至6000米间,低云在2500以下,这是指云块底部的高度,往上去的高度不限。如果细细地加以分类,能将天上的云分为 14 类 29 种。"

陈雪瞥了我们几个一眼,补充道:"以和飞行最紧密的低云为例,根据云状结构,可以分为层积云、层云、碎层云、碎雨云、碎积云、雨层云、积雨云、淡积云、浓积云……"

陈雪、俞碧玉也许没有茅以升记忆"π"一百多位数字的储备,但五十多位数字随口而出。没等她说完,我已蒙圈了:"遇到天上无太阳时,满天全是云,哪能区分开是哪类的云?"

吴妍两眼如水,接上话题说:"外行看热闹,内行看门道。在咱气象人员的眼中,满天的云,也是一块一块拼起来的,好比大会堂的地毯,也不是一片一片拼起来的?"说话间,她展直右臂,将三根指头并拢伸出,对着天上说,"今天空中也有云,看这三根指头能不能挡住它,如果挡不住,说明云底不太高,属于低云。现在,我三根手指挡住了云块,说明云的高度够高,不是低云,但仍难证明是中云或高云,还得用'一指禅'的功夫。"

吴妍曳步上前,将小臂回收,划了一个漂亮的弧度再次展直,轻轻比出一枚手指,朝头顶晃了晃说:"如果一枚手指遮挡不住,属于中云,如一根手指遮住了呢,属于高云。瞧,今天的云状,我单枚手指就遮住了中间的一块云,说明是高云,云的底部至少在 6000 米以上。"

"啊,真的这么神?"我张口结舌地说。

"老法师传下来的东西,哪会有假?"

我学着她的样,也拎出三根手指,朝空中东晃晃西比比,又换成一根手指,在天上的云系中比来比去,也找不出哪块是合适的云状,只得自我安慰道:"唉,难,真是隔行如隔山。唉,小吴,这些个手指法,教科书上有写吗?"

"当然没有。有些东西教材上写着,有些东西不写,只有师传徒,手把手地教,像刚才的'一指禅''三指禅'功夫,都是师傅教我,我教陈雪、俞碧玉他们,手手相授,口耳相传。"吴妍说。

我不服气地举起右手,对着天上的云照了又照,还是难得要领,说:"唉,哪有这么容易听一下就能学呢?嘿嘿,今天有点开悟的感觉。"我挠了挠头皮,脑子电转,"说起人工观测,这个,能见度,能见度呢?难道人的眼睛能像尺子那样,量出来是 100 米、500 米,还是 1000 米?"

吴妍转一转灵秀的眼神,胸有成竹地说:"复杂天气下,能见度以目测为主,咱们自有传家的法宝。在观测站 360° 范围内都有远近不同的目标物,如跑道端、塔台、护场河、机场内外的醒目建筑,这些目标的位置是恒定不变的,咱们就选取了其中的一些标志物为参照物,能看见这些参照物,说明能见度为多少,看不清又是多少,非常明确。"她眨了眨眼睫毛,又说,"说来也怪,天气越差,能见度越低,机器测和眼睛测的吻合度反而越高。"

吴妍他们面前的土地一片葱茏。我恍悟地说:"嗯,开眼界了,今天,大开眼界。"

二、"算"出来的云雨

天有难测风云

人们希望头顶多是晴天,而上苍不时降下云雨。

2020年6月5日,天刚蒙蒙亮,狂躁的风雨声将华东民航气象中心主任唐民惊醒。他拉开帷幔往外一瞅,下落的雨像天边的瀑布一样倾泄下来。专业出身的他闭着眼也能猜出已达暴雨级别。

唐民7点钟进入气象中心预报室。熬了通宵的预报员说:"昨天、前天报过有雨,大雨,成了空报。昨晚稍微保守了一些,恐'狼来了'喊多了不灵,不料凌晨真来了,而且是'大狼',这么狂的雨!""没提前报?"唐民问。"报了,提前3小时发的预报,但跟实际发生的有差异。"

"跟实际相差了20分钟。"不知啥时候,分管运行的侍启柱副主任已出现在身后,"大雨早来了20分钟,而且过来的云肥,大胖子,里面全是水分,下成了暴雨,达25毫米以上。"

"提前3小时,相差20分钟报出,已经算准了。"值班的预报员嘟囔着说。

"可是,指挥航班的管制部门要求咱前一天报出精确的降雨时间、雨量,便于提前进行航班流量的预战术管理。"刚从青浦管制中心起来,同样熬红了双眼的侍副主任说,"这真的有点难。上海地方气象台也报了今天有雨,但具体啥时候比较模糊,咱民航气象可不能那样,是要具体到时段和点、线、面的,却难以预测出云团藏着多少水。哎,今天的云块从西边过来,移动速度跟预判的出入较大。"

瞧着侍副主任胡子拉碴的脸,唐民安慰道:"干咱这行的,注定着易犯焦虑症,只有放平心态。"

一会,王峰云副主任也到了预报室,听见哐当哐当的门窗声,说:"像这样偶尔的狂风暴雨,事实上神仙也难以预报,只有发生了才晓得。不过,一旦发生,咱们就能报出它消亡的时间。"

中心三大巨头齐集,唐民、侍启柱、王峰云都是圈内的名角,个个有棱角,是在气象风云的激荡锤炼中成长起来的航空气象学家。在这个知识浓度极高的运行单位,唐民负总责,王峰云曾管过多年的业务运行,分管预报专业,最近升任全国民航界仅有6席的首席预报员。前二者都是年富力强的70后。侍启柱稍年长,1967年出生,中科院硕士生。说起来也算缘分,他们三位都在南京大学读的本科,同一专业、汇合在同一单位。侍启柱最早进单位,1999年浦东开航时就担任浦东气象台首任台长,对上海地区乃至华东的天气特征一清二楚。他从峰云手中接过分管预报这摊子,工作忘我,一有天气,家也顾不上回,不是在浦东一线,就是在青浦飞行流量室现场,和当班预报员一起分析天气,和管制部门研究调整航班计划。这次,由于气象部门的提前介入,避免了空中的混乱,还受到总局的褒饰。

但是,气象中心内部并不满意,觉得尚存在不足,似乎又无可奈何。王峰云说:"6月5日早上有强降水,中央台也有预报,但何时发生、强到何种程度,如果他们报准了,我拜他们为师。一定程度上的漏报、空报是客观存在,今天的短时强降水,各种模式都分析不出,雷达也看不出。唉,老天爷的习性有时真琢磨不透。"

侍启柱说:"我一直在雷达图旁,的确有低空气流,但是碎片化的,几公里一块,一阵一阵飘移,雷达图是闪的,算不上中尺度,只能是小尺度,田埂内外都不同。"

侍启柱是连云港人,家中父母九十多岁照样骑自行车,照样出活,祖上基因优,自己身体高壮,有时能骑自行车数十公里。自从管上安全运行后,常常昏晨颠倒,熬夜不计其数,原本的满头黑发也悄悄爬上了少许白发。今天的这场暴雨使他忆起 4 月中旬的那次遭遇。他清楚,航空气象比生活气象要"点穴"得多,尤其专注小尺度的局地天气。

一个多月前的 4 月 11 日,气象预报员小胡在微信群里发布:"竞猜,上海明天会响雷吗?"

因为许多气象人发现个奇怪的现象:一般夏天发生在东北的冷涡突然在春天形成。往年生成冷涡的位置在黑龙江佳木斯附近,邻日本海。冷空气的漩涡分上中下三层,高的五六千米,低的一千米,冷空气吹起,上层冲击下层,带来强对流天气:风起,雷响,雨下。这个周末,更诡异的事来了:在朝鲜半岛生成的冷涡忽地南下,预计可达江苏北部。但到那儿就了不起了。

北方的冷涡成了人们心中的旋涡。预报员胡伯彦发起竞猜,气象人如上涨的潮水,蜂拥一片,纷纷将答案公布在微信上。翌日,小胡及时跟进,晒出雷达天气图:苏北上空有绿、黄色云团,中心有雷暴。有人说,上海不会响雷。有人说,盐城闻雷,已是冷涡抵达的边界。也有人大胆预测:从海上来,即使遇上高架雷暴,最多迫近长江。小胡来了劲,说真不知怎么发展,纯靠人品支持。又出一个题目:会击中虹桥 or 浦东(机场)吗?

技装室王婧说,看样子不像打雷。晶红说,虹桥无雷无雨,免遭"涂炭";过了一个半小时,她纠正:有雨。值班的李师傅说，浦东大概率，虹桥概率小。在青浦的小钱说，哈，碰上李师傅，一切皆有可能。

当天下午16：23，小胡在微信上惊叹：城市在柔弱地颤抖，世界破碎了！青浦已中招，接下来咋办？小钱跟帖：有李师傅在，啥样的局都能破。晶红说，凉了！王婧说，差点成落汤鸡了，我在虹桥！预报员小钱：真来了！虹桥机场电闪雷鸣，大雨倾盆，瞬时风冲到27米/秒，冷涡后的强对流！从业来第一次遇上。

气象人紧张了两天，沸腾了三天。许多人一会絮叨一会缄默，一会幽邃一会快活，一会冷淡一会激越。如同仙家作法，东北的冷涡竟跑到了南方，从黑龙江跑到了长江！虹桥机场被覆盖45分钟。侍启柱在气象一线拼杀二十多年，这么大的冷涡，还没遇见过。气旋来时，机场短时不能起降；进近飞机不能落地，空中盘旋，其中9架飞机去外埠备降。

气象中心的这次预报为管制部门预留了3小时的提前量，让2架外航运送防疫物资的飞机提前落地，受到上海市褒扬，但气象预报人还得"跟自己较劲"。侍启柱在复盘时说："这次冷气旋，一波三折，既在预料之中，又在预料之外。大家都晓得有这么一次冷涡南下，当天到苏北上空时，云系较高，上海晴天，感觉发生雷暴的可能性小，上海地方台也报以阵雨为主，没有其他。后来觉得不对，更新报雷雨。当对流天气越过太湖时，明显加强，咱们预报室才报雷雨，但仍有人觉得不可能有那么强，结果，事实警诫了我们。"

冷涡将许多人的心绪涡旋在了一起。

气象人都明白，人类预报的手段是线性的，而天气变化是非线性的，不管采用哪种手段，预报准确是相对的，不准确是绝对的，空报、漏报、错报难免，据统计，预报准确率最高

80%，复杂天气有时仅 60%。这就是事实。

"计算出来"的天气

为了理解预报手段，有段时间，我天天去直播间参加全国民航的天气会商，时间半小时。旁听中发现，无论是东北局、华北局，还是中南局、华东局的预报员，交流天气时，开口"NCEP"，"EC"，闭口"GRAPES"，听得我晕头转向。其间，也有中央气象台和各省市气象台的当天会商，实况在线。无疑，气象系统的全国联动是最即时的。经讨教，才清楚，预报员们讲的是"模式"——数值天气预报的模式。

"预报首先从数学上获得了突进。"

2020 年夏，气象学出身的陈敏先生从杭州来对口检查，在沪上盘桓两周，多次谈到预报的艰难。这位爱动脑筋、善概括的学者型领导聊到模式预报时，一语中的地说。

正因为他离开了一线，说的话更加宏观和客观。

往后，我认识了区域预报室的几个领班，他们每天轮流带班，对当天及今后几天的预报进行现场"拍板"，这是需要技术与担当的。华东民航气象中心共有姚卫东、赵锐磊、李燚、李新峰、冯雷、秦婷 6 位领班，人称"六大金刚"，除了前两位是上海本地人，后四位清一色的北方人。其中李新峰河南人，李燚陕西人，冯雷甘肃人，唯一的女带班秦婷山东人。这些北方人似乎更适应南方的空气，外来僧人好念经，他们对华东的天气认识更到位，干得风生水起。经过了一阵的旁听和"察言观色"，我终于发现，所谓的天气预报，实际是"算"出来的，掐指一算，就预测出了明天、后天、三天后、五天后、一周后，甚至更长时间的天气。这也是气象界常说的数值预报。

20 世纪上半叶是气象科学辉煌和具有里程碑意义的时代，

以皮叶克尼斯父子为首的挪威学派创建了极锋理论，使气象学科脱离了过去全凭经验预报的状况，最早提出用流体动力学方法作天气预报的构想。1921年，查理德森在流体动力学的基础上迈出了数值预报的第一步。但由于计算量过于庞大，效率低下，效果不甚理想。1950年，研究有了突破，查尼给出了第一张真正意义上的天气预报图，用电子计算机算出了未来24小时天气结果，从而开启了数值预报的破冰之旅。之后计算数学和计算机技术的高速发展为数值预报提供了一个新发展动力。冯·诺依曼领导的数值预报小组对原始方程进行简化，剔除了某些"气象噪音"干扰，使数值预报更为科学合理。我国从六十年代开始跟着欧洲人的"脚印"开建数值模式。

领班冯雷的解释更为通俗，他说：大气动力学方程是求解的主要工具，共6个方程，7个未知数。纳维·斯托克斯方程的原理是根据初始的风、温（度）、湿（度）、压（气压）等数据，通过计算机求解运算，判断出之后的天气形势。不过，天气太复杂了，除了流体力学，还涉及热力学、密度学，因而方程组只是个基本模式，各国在运用中会进行调整、修进，使用的初始数据也有差别，计算出的结果自然不同，就诞生了所谓的欧洲模式（EC）、美国模式（NCEP）、德国模式、日本模式及中国模式（GRAPES），也有华东模式和各地的多种模式。这些都是计算的方式。各模式运算的结果不尽相同，甚至差异较大，有的模式预测强对流准确，有的对积冰有效，有的善于预测台风。工作中，每个预报员会选择不同的模式。从预测和实际结果比对，欧洲模式似乎比美国模式来得精，但和我国模式又不同。

远方，有层薄雾浮悬在天际线上，我的脑海里似乎也浮起一层薄雾。

"是不是可以这么说，计算机和数学帮咱们在预测天气？"

我试探性地问，"天气是算出来的？"

"可以这么说。"侍启柱想了想又说，"但光有模式是不可靠的，因为计算出的答案是模拟答案，不是数学解。预报员不能有依赖症，不能纯靠机器干活，还得加上自己的东西。此外，还有天气图、雷达图、卫星云图，都需要结合，这样的预报才是全面的。"

我又想起陈敏那句"光有公式办不了事"的经典台词。几位行家的所言指向同一目标。

"如果，我是说如果。"我以打破砂锅问到底的口吻说，"不用数值预报呢？"

"退回从前，那是更加的不准。"侍启柱说，"当然，数值预报也是基于当前的数据计算未来的趋势，叫'临近外推法'，越接近当前越准，离开时间越远越不灵。大家都晓得蝴蝶效应，一般预报三天内靠谱，三天以后受各种变化影响大，就不一定准了。"

长期在一线打拼的预报室主任陈志豪、陈博认为，现在观测的手段强大了，除了各地的自动观测系统、人工观测数据，众多的雷达，太空中的卫星时刻都在提供强大的数据支撑，为数值预报提供了全面的第一手资料。数值预报的本身也在进行不断的优化。他们和侍启柱的看法类似，模式是基础，是建立在客观科学基础上的，但还要加上预报员本身的主观。

李新峰、李燚、冯雷等班组长的头脑清醒，看的问题具体。冯雷说："数值预报方程组的基础是牛顿力学，指的力是连贯的，计算也朝这个方向去，但量子力学又认为，力不一定连贯，有时会跳跃，这就是模式预报的不确定性。另一个原因，外面任何一个因素导致力发生变化，结果也跟着变化。"

"有些特殊时候，李新峰、易军他们顶住模式的压力，分析传统天气图，研究雷达图，动脑筋，反而取得了成功。"侍启柱说。

我终于理解了天气预报的本质，那是"算"出来，加上人为的分析，综合得出的结果。但这些"结果"，常常会偏差，这也是"美莎克"今天这么走、明天一觉醒来又变了方向的原因。预报员们常常纠结，首先是选择哪种模式，后又从卫星图、雷达图众多的数据中汲取哪些，才下定最后的决心。每名预报员常常看几小时的图，很多班组长、科室长即使不上班，也天天盯着各种模式、各类风云图发呆，一呆就是几小时。有人值班时，发布了局地有雨有雾的预报，左等右等还不来，跟丢了魂似的。

难怪唐民主任逗趣地说，不想让儿子搞气象了，太折磨！用线性数学解决非线性问题，太烧脑了。我深为理解他们的痛苦：永无止境，永远有挫败感。用同样的方法，今天预测准确，明天又不准了，永远有不同的变化原因。比预测股市难百倍，股市的走势也是非线性的，也是不能用数学来分析的，只能做大概的判断。

我陡然想起《圣经》中的一句话："头脑简单的人多么幸福！"然而，气象人的头脑永远不可能简单，需日日面对天量数据的变幻。

气象预报是理科，不是工科，理学比工学难，数学一直在突破，但数学也解决不了气象学中所有的问题。

大博士与小博士

气象中心是硕士博士扎堆的地方，北大、南大、浙大、中科院的硕士生举目皆是，1970 年出生的王峰云白发有点多，据他说"早生华发"是遗传的，而大家觉得一半是操心。他是这儿最"年长"的博士，从学名校令人眼馋，南大学士、北大硕士、中科院博士。

王峰云在"空管大讲堂"上一讲成名，他在开篇中说："气象是一门古老而充满现代生机的学科，包含了沿用至今的天干地支 24 节气，代代相传的孔明草船借箭、借东风故事，西方文明史上航空航海探索，地面高空气象探测手段，现代天气预报理论成就，雷达卫星自动观测技术，数值天气预报雏形与发展，高性能计算机助力模式预报等等，构成了气象发展的绚丽历史图谱。

"洞察天机，引人入胜。'神奇的语言是神话，科学的语言是事实。'气象人不断将神话化为现实，但南美蝴蝶振翅引发欧洲风暴的混沌效应，注定人类在神机妙算时常有误差，令人备受复杂天气的煎熬，也赋予气象人孜孜以求的无尽思考……这正是'气象万千，魅力无边'的最佳演绎。从事现代航空气象的同仁都知道，温、压、湿、风气象要素关乎飞行安全，雷暴、台风、积冰、颠簸、暴雨、冰雪均需防范，顺风省油，逆风起降……无不体现航空活动与气象的休戚相关……"

他逻辑清晰，讲话抑扬顿挫，博得场内阵阵掌声。

王峰云善于从大处着眼，源头分析，让人视野大开。2020年 6 月 10 日，他在分析长江流域入梅时谈到：今年印度洋的活跃水汽输送至广西广东遇北来冷流，云水交欢，造成两广暴雨成灾；另一方面，北方冷空气如当年的蒙古铁骑南下，一路攻城掠地，扫荡至安徽、河南一线，副高没能顶住，让"鬼子进村了"，至今未入梅。他从本质上诠释了晚入梅的原因。

王峰云开玩笑地说："一年前我经常和中央台的几个牛人互怼，几番不同意他们的预报结论。我有 60% 的赢面。而今上了五十岁，廉颇虽未老，棱角半磨钝，不在线上跟他们怼了。我一向要求预报员不说可能会出现、大约等等，有就有，无就无，不能模棱两可,哪怕报错。"

他善用比喻,也好为人师。谈到强对流,他打个比方:"就是下面生炉子,热气往上冒,遇到上面的冷气,相互作用产生的天气。说到冰雹就比较复杂了,可以说90%的预报员难以预报。那东西不是一次就能转换的,空中形成的水滴在气流中经过几上几下的运动才能变粗变大,形成冰雹,最后降落地面,没有上下几个来回,是形不成冰雹的。"

王博士属下还有许多小博士。

卫晓东睃巡在能见度的混沌中。

1984年出生的卫晓东是浦东气象台的副台长,师从王会军院士,他的研究大方向是过去百年的气候变化,小方向为能见度。方式是参考某些数值模式,根据风、温、湿、压等要素,加上空气中的颗粒物(大小、浓度、成分),计算出能见度数值,比如PM2.5,最小的为PM1.0。晓东做的是将几个模式叠加,得出能见度的数值为几公里或几十米。他用模式方程、数学方式计算出的能见度和目视观测得出的能见度不同,也比机器自动观测得出的结论精确。

卫晓东是山西人,长得像南方人,理的平板头,戴眼镜,人略显瘦小,时常露着喜孜孜的笑容。他不后悔做气象,觉得气象工作尽管苦逼,但天天有挑战,也就天天有亮点、有新鲜感。他说,假定气象是确定的,主要是去解释怎么会不确定,结果可能对,可能不对,关键是为什么?想解释清楚,挺绕弯子的。

魏超时漂泊在人工智能的天域中。

他1986年出生,江苏人,个子不算高大,眉目俊朗,上海交大人工智能领域博士。这是个吃香的专业,毕业后的年薪至少80万,但他不会离开气象业。他研究的方向是将计算机视觉技术中的视频预测技术应用于气象预报,将探测到的天气数据转化为图像信息,从时序图像中寻找天气演变规律,以此预测未来天气的变化;将人工智能中的图像识别算法应用到气象观测领域,将传感器或摄像设备获得的气象数据或视频信息转化为图像信息,智能地识别出图像中蕴含的气象资料;还可使用大数据,将气象数据和航空运行数据融合,为气象与民航业务的深度结合助力。据统计,加入人工智能因素后,在对流天气的预报上,2小时内的预报准确率比原先提升了50%。从魏超时的个性看,很适合搞此类研究。这些年轻的气象学人都很拼。

胡伯彦行走在"颠簸"的小路上。

他1986年出生,河北张家口人,个头高俊,本、硕、博一条龙,都是南京大学的大气科学专业,博士研究大方向为气候变化,和卫晓东类似,小方向为空中颠簸。他从事的颠簸研究范围属于小尺度,一般在20公里以内。大尺度的范围在几千公里,即使气流崎岖,对飞行影响不大。这好比开车在公路上,长距离的上坡下坡,开车不会感到颠簸,但遇上小坑小凹,反而颠,车里的人也不舒服。空中10米至1000米范围的气流变化、风向风速变化会明显引起航空器的颠簸。空中的"坑坑洼洼"就是小胡博士的研究方向,原理也是根据数学模型,将温度、湿度、风速、风向等数据放进去,通过方程组计算出颠簸指数。模型的建立需要反复比对,看算出的结果与实际的符合程度,如不符合,继续修正模式,使预报的趋势更准更受机组欢迎。

也有女博士袁娴,南航大的,但从一线走进了气象部,做机关工作了。与其岗位变动相仿,她的学研方向偏管理型。

随着岁月的浸泡,袁娴眼界宏阔,吐纳百象,心间自有秘藏的"圣符"。无论是一线还是在机关,都是为航空气象效力。如此索究,堆涌到一起的气象从业人员的学历,也许是航空运行界至高点之一。

第七章　于无声处

为了机场灯光的明与晦,他几十年没睡过个饱觉。小青葱的她画了几万幅画,每天画,成了画痴,但她无论多么用功,成为画家的可能性为零,因为她画的是 X 光的影像图。

一、"绿色"驱鸟人

张航的名字注定着和航空有关。

我从虹桥机场工会主席沈小玲口中第一次听到张航的名字。她说张航是一等一的"驱鸟高人"。以前也曾听人说起,机场方面有个厉害角色,能用耳朵辨析出100多种鸟的声音,好像是飞行区管理部鸟情科的"知识分子"。

机场集团负责外宣的苏巍巍、景青二位主任分别送来了资料和"张真人"。见到这位来自吉林长春的"张真人",我忍不住就问:"听说你有听音辨鸟的绝活?"

这位1985年出生的男子往上推了推镜片,口齿变得钝拙。沈小玲替他回答:在2019年"上海机场工匠"发布现场,他被人蒙上双眼,当场随机播出各种鸟类"叽叽咕咕"的声音,他能准确地呼出鸟的学名,惊倒四座。

"听说今天有专机保障,跟你们有关吗?"我指的是今天有哥伦比亚总统的专机来沪。

"有,驱鸟。"这回,他的回答挺敏捷,"维持场区净空,防止鸟机冲撞。"

"你大学学的也是鸟类?"

"我本科念的生物学,包括动物学、植物学、解剖学等,都是基础性学科。研究生考的华师大,专业为生物系里的动物学,研究课题为鸟类生态学。毕业后进入虹桥机场鸟情管理科,也就是人们说的赶鸟驱鸟。"

"人说你对赶鸟驱鸟有独特招式?"

"也没那么神乎,我只是和同事们一起摸路。"他舒了口气说,"鸟儿不识字,咱不能整一块大警示牌,劝它们别来,更不可能将机场罩上一张网。实践证明,粗放型的赶与杀并不治本,咱们要走的不可能是寻常路,要从知鸟、识鸟开始。"

那天,我们进行了一个半天的交谈。

自入机场那天起,张航就专注于一道世界级难题——如何避免飞机与飞鸟相撞。他还在学校期间,2009 年 2 月,一架美国客机从纽约起飞后不久,遭受鸟群撞击,两台引擎同时熄火,侥幸迫降于哈德逊河上。他的神经又一次受到了刺激。

人类正是从鸟获得灵感,发明了飞机,而飞鸟又成了飞机的天敌。

张航皮肤黝黑,鼻梁上架副近视镜,介于体力员工与读书人之间的外表。我忽然想起了一个 N 次想问又无从问起的话题:"赶鸟不常用假人假动物吗?奇怪了,这几年,忽地不见了。跑道草坪上的假人假衣、红绿旌旗,原来那些赶鸟的玩意儿怎么不见了?"

"呃,鸟儿们学得精怪了,觉得它们又不是傻瓜,何必被人骗?"张航使劲鼓了鼓腮帮子,"除了刻意装扮的假衣假人假旗,还有驱鸟的枪和炮威力也大不如前。驱鸟炮车经常开动,见鸟放炮,打出空爆弹,也定向发射声波,有警报音、狗叫声,凄厉恐怖。但鸟也长脑袋,渐渐识破了人类的鬼把戏,开始和人斗心眼,捉迷藏。大炮一响,百鸟齐飞,只不过从西跑道飞到了东跑道,炮车撤离,它们又欢快地飙回来,和人打起了游击战。"

"干脆用真枪真炮扫掉一片,看它们还敢不敢在机坪撒野！"

"现在不保护生态吗？鸟类不能任意射杀。"他似在回忆以往，"草坪游击战理论，鸟儿们学得贼了，人进鸟退，人退鸟进。人的时间金贵，它们却有的是时间，怎么耗得过它们？"张航话锋一转，"飞机的起飞和降落阶段，高度低，和鸟们发生冲突的危险性尤其大，既然传统的方法不灵了，必须寻找出新的治鸟法。"

来机场工作后，张航的驱鸟生涯正式起步。驱鸟赶鸟，首先得懂鸟。在场区活动的都有些啥鸟？为什么喜欢待在这儿？有哪些常驻鸟？哪些过路鸟？哪些候鸟？一大堆问题在他脑子里是打成了结。他和那些抢枪开炮的队员不同，他是专业人士，得干点专业的活。

经张航团队观测与调查，他们终于弄清了"鸟"情：机场范围存在着109种鸟类，有定居的，旅居的；有吃虫，吃河鲜、吃草的；有大块头也有小个子。张航发现，100多种鸟类的食性、习性、繁殖期及至危害性各不相同。同样是鹭鸟，牛背鹭爱吃草里的蟋蟀和蝗虫，白鹭则喜爱水边栖息，吃的是水生昆虫和小虾。鹭鸟、红隼、鸽子等个头大，且爱结队，一旦与飞机相撞，后果严重。这些大型鸟类喜欢逗留跑道两旁，飞机起飞时容易被惊起，撞到发动机、挡风玻璃或雷达罩，可不是闹着玩的。

张航在研究中发现，鸟类中数量最多的数麻雀，贴地飞行，钻来钻去，却是小鸟，即使个别的吸进发动机，这头进那头出，危险性远不及那些大鸟。他在比对中得出结论：对起降航空器最致命的大型鸟，常驻场区附近的有野鸡、红隼和鹭鸟。比如红隼，觅食时悬停空中，可不理会有无飞机起降，它们的眼光只盯住其他小鸟，随时准备扑过去吞进肚子。隼鸟行我素，常在300米高处晃来晃去，它们还喜欢横穿跑道。

但最令他心底阢陧的当数鹭鸟，几次气得差点喷血。他刚进公司那会，他和驱鸟队开车去巡检，看见鹭鸟大摇大摆走上滑行道，亭亭玉立，似在观赏风景。塔台管制员看见跑道上、滑行道上出现大型鸟类，是不会同意飞机通过的。他哆嗦着嘴唇，抖动着鼻孔，恨不得开枪将它们灭掉。

张航进单位前，个别驱鸟队员以为它们是白鹭，"两个黄鹂鸣翠柳，一行白鹭上青天"的白鹭。他经过细究，认定这是鹭鸟，却不是白鹭，从专业上定义，应该叫牛背鹭。有人犯疑，叫牛背鹭？以前的台账上都这么记录：白鹭。多少年了，难道现在改过来，叫牛背鹭？一个又土又鳖的名字。他憨笑笑，说事实上，学名就该叫牛背鹭。

那一年，牛背鹭像跟驱鸟队示威，三天两头在跑道上方悬停，淡定地穿来穿去，极端的时候，一天发生两起鸟类告警。他大胆提出了"擒贼先擒王，治鸟先治鹭"的思路。驱鸟科采纳了他的建议，决定从牛背鹭开刀，以点破面。为此，驱鸟队打下几只，张航拿去华师大实验室解剖。教授们证实，这就是典型的牛背鹭，支持了他的判断。他大受鼓舞，比拾到金元宝还开心。这还不是关键，关键是解剖搞清了牛背鹭食物链的构成。鸟没有牙齿，直接吞咽食物，靠胃的蠕动来消化。这样的解剖效果良好，他们从牛背鹭的胃里找出了完整的食物类型。

回忆如同湍流，将他带回到2013年。那年，牛背鹭泛滥成灾，跑道周边均有发现。既然假旗假人吓唬不了它们，只有出动"真刀真枪"去对付。但这是个斗心眼的活，人去赶，鹭鸟齐飞，可没走远，绕场一圈又回来，该过跑道的还过跑道，该吃食的照吃食。也发声波，打炮弹，听见怪声，它们也恐，飞在空中兜圈子，但鹭鸟悬在空中比待在地面还危险，塔台管制员瞧见不敢指挥，飞行员不敢飞，心急火燎地通知驱鸟队上阵。张航他们饭也顾不上吃，又开车去赶，边驱离边报塔台："赶它们就飞起来，在空中更加地惊心动魄。"塔台管制员说："先赶场外去。"但场外多是钢筋水泥，对鸟儿们没啥诱惑力，鸟们哪会随意地听人摆布？不到半小时又飞了回来。又去赶，再回来，最多时一天跑十几趟，累得他们腰板都直了。

自从打开了鹭鸟的胃，它们的食物习性一览无遗。白鹭夜鹭喜欢水生食物鱼、蛙、虾。白鹭白天觅食，夜鹭晚间亮着眼珠子，半夜也捕食。牛背鹭尽管长相和白鹭夜鹭相似，食物却大不一样，他们吃草地上大型的虫类，尤其是蝗虫，也吃蛙类，一只斤把重的牛背鹭能吃半斤蝗虫。

他们等不来上天的怜悯，但可以查明事实：鸟儿们之所以奋不顾身而来，只因此处有"吃的"。据张航调查统计，但凡有草地，必有蝗虫，每年 3 至 4 月份渐有幼虫冒出，5 至 9 月份集中爆发，每平方米的蝗虫数密度在 4 至 5 头。蝗虫种类繁多，长相也不同，大的叫中华剑角蝗，中等的为短额蝗，小个的为菱蝗。张航脑洞大开，开创性地提出"治鹭必先灭虫"的设想。有人半信半疑，但最终同意先试试，反正也没啥好法子。方针确定后，按计划喷洒农药，将草地上的蝗虫就地歼灭。蝗虫历来为祸，古代为保护作物灭蝗，而今为驱逐鹭鸟除蝗。蝗虫死光了的草地，牛背鹭果然不愿光顾，移去别处觅食。他们从 3 月份开始防控虫情，以灭蝗虫幼虫为主，5 月份兼顾防治蜗牛、鼻涕虫等，每个阶段根据不同的虫情区别治理。2014 年，灭虫治虫首战告捷，鹭鸟数量迅速下降了 70%。那些日子，张航成了一名灭虫队员，和同事们一道背着农药箱东草坪西草坪地喷洒，但场区草地太大，他们只能一小块一小块地喷洒，一长条一长条地歼灭。

农药的作用有时效，十天后，药性过去，尤其是几场新雨飘来，幼虫小虫又如雨后春笋般地冒了出来，鹭鸟们便如烟鬼嗅到了鸦片的异香，扑闪着翅膀涌向场区。驱鸟队们刚想歇口气的念头很快湮灭，又得前去喷洒除虫剂。每年的盛春，防控进入关键期，但这样的大仗又需见缝插针——跑道两侧白天是不能随便干活的，唯有午夜1时半至5时这短暂的航班间歇档，张航团队才能加紧工作，而且必须是快刀乱麻，一鼓作气，不留遗角。每年的鏖战期，他们连着多日不回家，坚守现场。虽然艰辛，但张航认为，这种驱鸟法比直接开枪射杀更为人道。

他进一步往前推理：草地为啥长虫？如果长不成虫，鸟自然也不会光顾，"人为财死，鸟为食亡"。有草才长虫，草开花结籽，虫以草籽为食。比如云雀，在北方繁殖时，因为要给幼鸟增加蛋白质，以捕食昆虫为主；秋季携幼鸟飞往南方时，又逐渐转为吃草籽，尤其钟爱裸露的矮草环境，因而在迁徙过程中极有可能降落在机场内寻食。反过来想，倘若刈光了草，秃秃的硬地，虫和鸟自然望而却步。然而，跑道两侧的大片坦地，留草是法定的，草能防尘、防水土流失。此外，草地另有一个专业用途：万一飞机迫降冲离跑道，草坪有良好的缓冲作用，比其它材料都理想。大片的草地，成了鸟类的天堂。

张航设想，草可以留，但须"剃头削发"。为了驱虫驱鸟，开始定期刈草，将草的高度控制在20公分以下，尤其不让草开花结籽。草除了藏虫寄虫，本身也引鸟，许多草籽是鸟类的美食，野鸡专吃草籽，尤其是生长普遍的狗尾巴草籽，云雀更是吃得欢天喜地。

一旦做下来，张航才感到事实与预想差距甚大，治草比治虫更艰难。割草须赶在草籽成熟前开镰，而且需反复多次，一割再割。野草的生命力顽强，三叶草割得仅剩几公分甚至快贴地皮了，仍要开花扬穗。狗尾巴草、狗牙根、麦冬、马唐、雀麦……草品众多，物候期不一，这使得张航团队的刈草频次和复杂度数倍放大。

刈草得出动机械，白天不准，晚上也受限，只能在凌晨 2 点至 5 点间作业，有航班频繁起落时，塔台和现场指挥处是不允许额外作业的。割草、喷药常在夜深人静时。同事间已有怨言，尤其是个别同事，对天天半夜干活吃不消，但在没有更好的办法前，先按张航的路子走。人手不够，只得从外面招聘经得起政审、能干通宵的务工人员进入机坪区，这需要公安部门颁发通行证，需要严格安检。

张航面临着诸方面的压力：领导和同事们虽照他的想法行事，但劳工劳体做下来，万一不成咋办？事已至此，出弓无回头箭，容不得他多想，唯有硬着头皮扛下去，刈草、喷药双管齐下。当张航的皮肤糙得跟农民工差不多时，鸟类数量明显少去。它们也长脑子，谁愿意到断了食源的地方来浪费时间？张航团队精准施策，锲而不舍的努力终于获得成效，而今机场飞行区的蝗虫密度，已从 2013 年的最高每平方米 6 头降为零，而在秋季鸟类迁徙高峰，逗留在机场内的牛背鹭数量从当年的日高峰 500 只降到目前的日均不足 20 只。

张航的研究步步深入。除常驻鸟外，也有野鸭群从西伯利亚、黑龙江等地迁徙过来，这些大鸟从空中俯瞰到机场区水草茂盛，扇着翅膀扑腾下来觅食，它们喜欢食水草。每到夏季，河道内水草疯长，张航他们就在水中投放草鱼，让草鱼吃水草。硕大的草鱼很快将水草咀嚼一空，有的河道好几年不长草。水草是少了，但这几年护场河里又生出许多小鱼小虾，引来鹭鸟偷食，鹭鸟虽吃不下草鱼，但善吞小鱼。他们又在河道里投放黑鱼，黑鱼专门捕食小鱼。张航的"连环计"一环套一环，环环相扣。

他们的生态驱鸟法，符合人和自然和谐相处法则，被国内机场同行借鉴推广。

现如今，"访客鸟类"大减，偶尔也有前来觅食、歇脚的，却又无趣地飞走。但最近，张航的心情又显沉重，甚至气血忿闷，那是给喜鹊闹的。他刚踏进工作岗位那年，危害最甚的是牛背鹭、红隼、野鸭，难得看见两三只喜鹊，眼下好不容易将一帮"大家伙"赶跑，殊不料鹭鸟前脚走，喜鹊后脚跟，目前场区至少有几十只鹊鸟在活动，害得驱鸟队员火气直往脑门蹿。

与乌鸦相比，喜鹊让人颂扬，"喜鹊临门，好事就到"，自有古言。但活跃在场道区的喜鹊却一点也不招人待见，二三十只鹊合成一个群，给飞行带来隐患。前些年，喜鹊大部分生活在崇明岛，但这几年情况有变，喜鹊似乎厌烦了原来的栖息地，渐渐向市区方向移动，一部分就来到了机坪区，包括浦东和虹桥机场。

张航团队通过食物链分析，喜鹊属杂食鸟类，种子、虫子、蜗牛、蚯蚓、果实、生活垃圾通吃，更头大的是它们竟然喜欢上了灯火通明的场区，有些喜鹊干脆将巢穴筑扎在了负责场区照明的高杆灯上，悠闲地繁殖后代。它们似乎比其他鸟类更懂得享受，也善于与人周旋，见人驱赶，往外飞，待人和车辆撤离，又潇洒地回飞。高达几十米的高杆灯，非得专用设备才能上去，驱鸟队也没本事三天两头动它们的老巢。

喜鹊属于中型鸟，麻烦最甚处是喜欢集体活动，虽没在本场出现空袭飞机的事件，但在其他机场已有发生，鸟情通报上白纸黑字写着。张航在心里发出警告，喜鹊的数量再不能上升了，但到底怎么办，他尚在思考之中，只有初步的想法，还得在"黑暗"中摸索。有道是"魔高一尺，道高一丈"，张航眉头微皱，计上心来，如何破局，已有眉目。

二、安检处的绝活

一万幅影像

大数据显示，人类信息的三分之二依靠眼睛获取。

张季芳是虹桥机场安检部的影像专家，脑中藏着一万张X光图像，于3秒钟内判别出行李箱中有无违禁品，迅即决定放行还是开包。

她应约来我的办公室做访谈。无论从个头、身材还是脸型，张季芳都是位挺标致的女性。她是知青的女儿，参加社会招聘入的机场公司，虽然三十刚出头，却有十多年工龄了，在行李安检方面练就了一双火眼金睛，她的那双单眼皮下的眸子能迅捷地从X光显形的影像中筛选出哪些是违禁品，哪些是正常行李，为空防安全垒起一道预防城墙。众所周知，凡乘机，大小行李都得送X光鉴别，如果将每件行李开箱查验，不但安检员得数倍增加，耽搁大把时间，也会招惹众人骂娘。安检人员就是要从仪器影像中快速甄别出行李中有无危险品。

各种物件在X光扫描下会形成各自的图像。张季芳曾做个统计，十多年前，图像库中只有一千多种影像资料，刀叉、打火机、电脑、剃须刀、火柴，都有自己的图像形态，总共也就一千多，后来，影像分辨越来越细，图库反复扩容，已发展至上万图像。这么多的图像，看着眼花缭乱，怎么记得住？她便开始画图，依着影像一张一张画，日复一日地画。

"为什么要画图？"我打断她。

"为了强记。旅客行李箱中物品繁复，即便一只小小打火机，由于内部结构和种类的不同，分为滑轮式、脉冲式、火石式……经过 X 光机的影像各不相同，死记硬背没法记住，只有画图，依影像画图，一张一张画，画出其特征，刺激大脑皮层强化记忆，印在脑子里，形成条件反射，方能在行李经过机器时，一眼就能'认'出来。"

"刀具，属于重点监控对象，有切菜刀、水果刀、美工刀、铅笔刀、铲刀、剪刀、杀猪刀等。所有的图像一一画过、记过，才能当行李送进机器时，第一时间晓得里面有没有管制刀具。"她补充道。

工作之余，张季芳多了项爱好——画图。各类违禁品的图像，一幅一幅画，一样一样比对，反复画，重复画，画了几万幅，成了画痴。但她画的不是水墨山水，不是水彩油画，而是 X 光影像的仿真画。有同学戏谑她的用功程度，说你的线条日见流畅，色系也有章法，要是学个国画，这些年画下来，也许已成个小家。

"色彩很重要。"

她又自我作答。图，除了形状，还有色彩元素。易爆易燃物品，都有颜色显示，类似于天气预报的黄色、橙色、红色预警，层层设警，火柴、雷管、炸药……一个个等级排下来。有了形状和颜色的结合，一只打火机，即使拆开了装在不同位置，一根火柴，即使用纸包住，层层伪装，在张季芳的"火眼"下，照样揪出来，无法遁形。她承认，自己已染上了画图的癖好，得了画图强迫症，一有新的影像出现，立马画下来，强记住。

张季芳谈到，她的判图准确率在 99.99% 左右，也不是百分之百命中，难免弹有虚发。有些日用品和违禁品的 X 影像相似，如录音笔和电子点烟器相像，吃不准的，只有开箱手工安检。几乎每天都会遇到情况，某些火种如打火机，有人诚心作弄，拆散后壳归壳，芯归芯，是不是在测试安检人员的技能？开包查实，属故意藏匿，性质严重的通知公安介入。

至于"高级别"的毒品，偶然也有人冒死"闯关"。同是粉状的东西，表面和面粉差不离，小包藏在行李中。但在张季芳等安检员眼中，图像和颜色还是有差异，开包检查，用测试纸测试，证实后，不客气了，人和物一并移交执法机关。

张季芳参加过几次大比武，以总分第一的成绩查获违禁品，连她带出的徒弟也得了几个奖项。

"发现哪种违禁品最难？"我冷不丁问，也许是许多人想问的。

"都难，这是技术活，类似于古玩鉴真。"她似在回忆一次次安检过程，又似在提醒自己，"将危险品杜绝在地面，是咱地勤人员的天职。不带人情，不带照顾。"

她指的是有人心怀侥幸，甚至想调戏一下安检员的水平，但她的眼光可谓炉火纯青，一逮一个准。除了 X 影像，张季芳对人的观察也极"毒辣"，360°无死角，她曾在乘客故意卷起的袖管中发现两根火柴，在旅客低腰牛仔裤的肚脐眼下查获暗藏的微型打火机。

"也有人骂咱们没人性，连纪念品都不让带。我说不是所有纪念品都违禁，恰巧您这款纪念品超出了尺寸。"她憋屈地说。

"带新员工难，带出一个成熟的影像鉴别工，需要好多年。在安检岗位上，满三年方能考中级工，至少干满五年才能考高级工，高级工干满几年，才能考技师，而每一个岗级并非满了工作年限就能考上，一般要认真熬炼十年才能评上 X 光影像技师，往上还有高级技师。技术等级的不同，在岗上的位置也不同。初级工只能上基础岗，做些前端的工作，比如大厅的第一道安检，或者维持秩序，或者大堂指引。看机器识图像，具有开箱资格的，基本为高级工或以上。"

听到这儿，我早已头晕脑胀。嘿，连安检都有这么多花样经，似乎也不比上天开飞机便当。张季芳有一万张图像打底，自然对自己的技能不会失望。

承受怒火

纵然张季芳那样的一流水平，并以她的名字命名了"季芳通道"，仍要面对旅客的误会。某些工作及生活用品与违禁品的影像相似，比如录音笔和电子烟的图像接近，金属U盘，模样像黄金，当有些安检员吃不准时，只有麻烦旅客开箱检查。那时旅客的脸色必定是三九天的。

"我们实在不愿添人麻烦，只不过机器不是万能，雨伞、电脑等密度大，X光透不过，从箱子里拿出来，单独查验才能看清里面有无违禁。项链、手表这类金属密度厚的东西也得摘下过机器，哪怕旅客翻白眼。"张季芳无奈地说。

至于托运的行李，也有专人盯。前端经过行李，后面还有人复查，复查科的技术员可以对着X光影像看更长时间，不必像张季芳他们几秒内判别开箱还是放行。复查科觉得旅客的托运行李有问题，会打电话通知旅客开检——这类情况相对少。不光在前端，后台的力量也很强大。

张季芳在前台，需要面对不理解的眼神，甚至承受个别旅客燃烧的怒火。旅客们燃烧，他们可不能燃烧，只能浇水。旅客自认为都是好公民，身上啥都没有，为什么要这么细查？

"我们对每一个旅客的安全级别是一样的，不管什么人。"

她说。

"液体饮料,已喝了一口,为啥还不能带?"

"这是条例规定,是许多人的血泪换来的。"

不愿妥协的女士化妆品用了一半,容量仍超过 100 毫升。安检人员只得用自己的小瓶替他们换上——从原先瓶子将化妆品倒出,重新装入小瓶,保证她出差时够用的量。

有人带一箱子杂志,图像颜色深,连张季芳这样的高手也看不穿,被要求一本本打开。穿着体面的男士骂骂咧咧,说是开展览会用,做宣传广告的!她们陪着软脸说,对不起啊,一定得排除疑点才能放。

这使我想起某次过安检时,一位颈光衣靓的不知是高官还是巨贾,明知自己违规还趾高气扬地指责小安检员,那副傲慢的嘴脸令人作呕,反自以为得瑟。——正如青楼里发生的并不只是肮脏,官堂上的勾当却不时显得龌龊。

有青壮年登山队员,带着尖锐的镐钉,说是爬山工具,也不允许带?安检员宁可承受对方的怒气,也要将危险源杜绝在地面。有旅客见硬来不成,陪着笑脸贴上来:"这是奖品,有特殊意义的,看能不能照顾下?""真对不住啊,它的大小偏偏超出了范围。"

对方立马变脸:"你们怎么没有人性?连奖品都不让带!""不是不让带,只是麻烦您去办托运手续。"

我的思绪还在旅客们的怒火中喘息时,张季芳已轻松拐过话题,谈到了服务。

"虽然咱做的是铁面人,但安检毕竟是服务岗位,得讲规范,得有笑容。凭良心讲,安检员对自己的规矩已经很细了,怎么排队、怎样站姿,手势、语言、置物框放啥位置,都有细细的规矩。看见旅客过来,安检员需右手前伸,做个'请'的动作,请客人抬手时,自己先做个'L'型的抬手示范,说声'您好'。"

张季芳在谈及服务时,坦言有人服务水准在她之上。"季芳通道",示范的是技能比较突出,而另一个"吴娜通道"则是服务更上一层楼。春兰秋菊,各擅胜长。

同处虹桥机场安监队伍的吴娜,是另一位旗手级人物,她曾是"十九大"年轻的女代表,在面对面安检的专业手势和服务规范方面彰显特色。前年,我曾和吴娜就安检人员的服务问题作过探究,有些话至今记忆犹新。

"安检通道是机场的窗口,机场是都市的名片,安全第一位,服务不能丢。"吴娜微笑着说,"应杜绝'冷暴力',提供专业化人性化的服务,是咱们永远的向往。比如有旅客问话时,不能当做没听见,更不能随手一指'那边'!对一面之见的每一名旅客都不能漠视,从手势到眼神都得有温度。"吴娜为面对面的旅客的安检手势柔和快速而无死角,且充溢着温度。

火柴王子

在东海之滨的浦东机场,还有一位和张季芳对应的图像专家,名叫李亮。单看这个名字,就觉得这精悍小伙子和安检工作绝配——心明眼亮,不放过一丝一毫疑虑。同是 X 光判图专家,李亮对职业的痴迷,他的太太最有体会:"他半夜说的梦话都在安检——'兄弟,刚才过去的那只箱子,麻烦拿回来打开检查。'"

李太太说:"他的职业病犯在日常点滴,不论在商场,还是路过烟纸小店,凡见到生活类物件,他的脑海里就会显现出它们在 X 光机下的图形。"

在开机判图方面,李亮尤其善于察觉火柴和打火机等高难度禁品。严禁携带上机的违禁品繁多，其中火柴的材质决定了其成像特征不明显，体积又小，一不留心变成漏网小虾，查验难度最高。自2008年民航实施禁火令后，仍有部分烟瘾者心存侥幸，将手表式打火机、U盘式点烟机、火柴等隐匿于鞋内、皮带扣中，企图蒙混过关，而火种一旦上机，令人不安。李亮一心欲破"伪装"，定要跟这些火苗死磕到底。以往，安检审图广泛采用"井字开机法"，李亮自2007年踏上安检X光机岗位后，前后研究了数十种火柴的图像特征，遵循视觉规律，创造性地提出了"回字开机法"：对于火柴等体积小、数量少的违禁品，以"回"字审图，将目光由内圈向外圈扫描，不留死角，有效弥补了"井"字九宫格判图易顾此失彼的短板。2018年起，李亮的独门秘笈——"回字开机法"在浦东机场安检团队所有开机点中推广，成为安检人身上的一把利剑。

　　李亮由衷热爱安检，由此催生了他天才的一面。一次，北京某人工智能公司来沪，试图研究、模拟机场安检员的审图、判图过程。在对十余条安检通道X光开机员现场测试后发现，李亮的专注度要比平均值高出40%。李亮所佩戴的眼动仪的轨迹显示，他的视觉极少漂移。

　　2015年，浦东机场安检护卫部创建安检后台复核团队，"火柴王子"成为其中一员。旅客们在登机前，接受现场人身检查和行李过机检查，正常的行李被通过放行，携有疑似违禁品的行李将被复检或开包。旅客们可能有所不知，在后台，还有李亮等高手组成的复查团队，负责查验现场开机员判图中的遗缺，从而叠成双重保险。

　　后台复查必须技高一筹，让人叹服。复查岗位是"啄木鸟"和纠错人，必须比现场开机更快更准地识别"伪装者"，才有时间通知现场开机员复核。这难免在同事间产生矛盾，甚至使现场开机员脸上挂不住。李亮一点点开始磨合,这种磨合首要的是树立自己"一抓一个准"的技术权威。如果他说,开机员错了,那必定是错了,否则被打脸的人就是他李亮。

"永远让事实说话。"他说。

多次考验证明,除了极个别行李中李亮发现"疑似火柴"最终显形为棉签外,他提出的质疑基本是发发命中。一次,李亮认准一张X光图中的物品为防狼瓦斯,开机员不服,说那不是瓦斯,顶多是安利的防臭口喷或女生补水喷雾。李亮逗趣地说咱们打赌。开包结果当然是李亮赢。他跟那位开机员同事说,虽然防狼瓦斯与口喷、保湿喷雾的图像极相似,但在齿轮、金属片等仅有几个核心特征方面仍有细微差异,此外,金属、有机物、无机物、混合物在过机时呈现的颜色也有些许不同。随着他威信的树立,同行们的质疑声越来越少,直至偃旗息鼓。

浦东机场安检护卫部原有3600幅违禁品图像,这类似于教材,每个开机员都要"认识"。李亮总比别人多道心眼,常在揣摩旅客还需要带点什么,安检方面还该多做些什么。他不忘工作中积累各类高难度图像,使原有的图像库增加了一倍,最终构建了上万幅图像的"地狱级图库",这些图像,既有工作中查获的违禁品图像,也有他举一反三,通过网络搜索、购买到的新颖违禁品图像,是升级版的教案。

同事们对李亮有八个字评价:"心明眼亮,桃李天下。"身为安检部门后台复查分队的队长,李亮每天判图万幅。面对张张一团乱麻的透视图,他能立马说出图中各物件的名称,比如手机,能精确到品牌和型号。身为小机教员,他无保留地传、帮、带,已协助部门培训600余名安检员走上岗位。2017年,浦东机场安检代表队参加"全国民航技能大赛",备战阶段,李亮全方位倾授其"肚里的货",参赛队借力扬帆,一举获得团体第一和个人第一的殊誉。

2018年,以他名字命名的"李亮创新工作室"进入运行。作为领衔人,他和伙伴们共同操练出了"开机员评价体系",建构了一个集数据量化、模拟实战于一体的培训体系。同时,他积极参与到机场集团的"百师百徒"项目中,志在"桃李无言,下自成蹊"的路上不停奔跑。

三、灯光师的梦影

梦魇

他的眼睛和灯光同时亮起。

太阳西坠,跑道灯、助航灯、进近灯如银河系的星辰,闪烁着亮堂起来。一排排助航灯光如温柔的利剑,刺破黑暗中的夜空,将光明传送几十公里外。看着星星般闪亮的灯,一股暖流流进机场灯光科长顾鹏飞的心房。他满足地笑了,下班回家。

吃过妻子做的饭菜,顾鹏飞主动承担起洗刷的小工。刷过碗,将碗盏整理成如跑道灯那么有序,才停下手,歪倒在沙发上。这是晚间8点半光景,他比较放松——也许是一天中最松弛的辰光。这个时段,他家中的座机、身旁的手机一般不会响起,他乐得倚在沙发上喝一杯茶,看会电视。但是,衣服不敢换,还是上班时的装束,一颗心始终悬着,他在等电话——有电话正常,没电话才稀罕。往常,10点至12点电话最多,因为开了几小时的灯具开始发热,少数的就会"冒泡",下面灯光科的值守人员会向他报告问题灯的状态和位置。他脑子电转,迅速在电话中给出解决方案,值班人员处置完成再将结果反馈于他。如果遇上棘手事,底下人无法有效化解,他立马放下手上的电视机按钮,火急火燎赶赴现场,和守夜班的共同破解难题,等再次踏进家门,也许半夜1点,也许3点。这样的生活,顾鹏飞已习以为常了。他已熟悉了规律：下班至晚9点，灯光运行才3小时，发生故障概率小；9点以后，绝不能打瞌睡，那是晚间进港航班的密集期，灯光千万不可闭眼，得打起十二分精神；10点至12点，无数灯泡运行五六小时，出现故障的概率大增，他得竖直耳朵，随时接听来自现场的电话。按他的话说，人在家中，心在机场。他像个一级戒备中的战士，一旦接到"旨令"，随时准备奔赴火线。

然而，已经11点多了，竟然无电话，难道今夜无战事？或者电话搁静音，听不见？专门打开手机，翻了几次，无未接电话，也没有报告的信息。既然没来电，那就打过去问问。打给值夜班的，对方说今晚平安，所以没扰叨。还有多少航班？他问。还有100多个班次没落地，或在飞来的途中。12点了，见今晚确实太平无事，他躺倒床上，迷迷糊糊睡了过去。半夜3点多，一个激灵惊醒，忙打开手机瞧瞧，有没有未接来电，有没有一线来的信息？真没有，今晚竟然没有！他若有所失，又若有所得地睡去，却是梦魇不断，噩梦一个连着一个，不是这灯熄了，就是那灯开不起来。最后自己走到崖边，一脚踏空，跌落万丈深渊……他大叫一声，惊醒，瞧表，已是凌晨6点，窗外的亮光刺进窗帷。他喟叹一声，赶紧从床上蹦起，准备去上班。

妻子在厨房间预备早餐，见他进来，问："昨晚大呼小叫的，吓死人了。"他嘿嘿笑笑，答非所问地说："年龄上去了，毛病缠了身。"

他指的是医生对他说的："你的血糖指标到了临界点，是糖尿病前期趋势。一看你的脸，就晓得是长期心理重压造成的。这样下去，你跑不掉的！"医生的意思，他得糖尿病是迟早的事，跑不掉。

顾鹏飞当然清楚自己的处境，他是虹桥机场助航灯光科的舵把子，晚上这么多灯要亮着，白天能见度差时也得打开，怎么可能不紧张？晚上怎么可能睡踏实？难道自己想得糖尿病？那是没法子，他能做的，就是将可能降临的糖尿疾病日期推迟，迟来一年是一年，迟来半年是半年，尽可能往后捱。但他们面对的故障却不能拖，也无法拖。"故障不隔夜"，是规矩。

顾鹏飞出生于1966年，没正规高校文凭，职高毕业进入虹桥机场，和灯光打交道数十年，是地地道道的从跑道上成长起来的"灯光大师"，他的徒弟中倒是有大学生的，而他不是。他从不像有人说的"理论是狗皮膏药，咱不搞科研，是玩灯光的，也需要理论？好比骑自行车，开骑前，也要先学力学原理？"他不想反驳这些，但他的确是从万千灯光的现场中站起来的专家级人才，全国劳模。

场区的灯光好复杂，是为飞机起降设置的指引。顾鹏飞将它们区分为几类。一是跑道和滑行道灯。但凡坐过飞机的人都晓得，晚间或晦暗，飞机滑出，经过滑行道上跑道，两边和中间，密密麻麻爬在地上的全是灯，其中跑道中线灯间距为30米、15米、7.5米一盏，依据天气状况开启，天气越糟，相互间距越短，至密为每盏7.5米。跑道边灯一般不变，通常每隔50米设置一盏。二是进近灯，这是给落地前的飞机的灯光助航。这些灯排成行，形成列，5盏为一排，灯与灯间距2.5米，共30排，每条跑道南北都有。进近灯也是闪光灯，每秒闪2次，国外也叫兔子灯，像红眼兔子闪出的光，气象条件好的话，几十公里外都能瞧见。飞行人员尽管有无线电指引，但看见灯光更踏实。三是入口灯。这些灯类似于地面的红绿灯，向飞机进场方向发出绿光，驾驶员看见绿光就安心降落。同理，在跑道的末端，有末端灯，发出红光，请飞机停住的意思。这类灯设置在跑道两端，根据当天的风向按需开启。四是精密进近航道指示灯。

这是跟无线电导航配合与统一的助航灯，校飞时也和盲降设备一块校。飞行人员落地前会感性地观看这4盏灯一组的指示，如果看见两红两白，说明飞机的下降角度正好符合标准，可大胆落地；如果三红一白，说明飞低了，得调高高度；要是出现三白一红，那是飞得过高，需要适当降低高度；倘若四盏灯全是白，更高，要冲出跑道了。由此可见，航空安全是加了多道保险的，除了无线电精密导航外，还有一大溜灯光助航。顾鹏飞他们的工作，就是天天和这些灯儿打交道，尤其是晚上，灯光不能合眼，人也难以合眼。

实践者

也许那个治理糖尿病的医生说得不错，顾鹏飞这样子，得糖尿病是免不了的，似乎无法阻拦，这是长期紧张、长期压力的馈赠。对此，顾鹏飞不以为然，豁达地说："我不得谁得？没什么大不了的。因为咱们干的活重头戏在晚间，人家合眼休息，咱们得睁大眼睛。"

顾鹏飞是现实主义者，甚至比现实更乐观。1999年浦东机场开航前，虹桥机场才一条跑道，一旦灯光出现较大问题，许多在天上的飞机不得不去北边的南京、合肥备降，或者去南边的杭州、宁波落地。一想到天上这么多旅客踩着云头赶来赶去，哪怕天天晚上不睡觉，他也要将那些灯料理停当。按他自己的话说，他是24小时的待命者，"一级战备观念"从未下过线。

顾鹏飞职高毕业进工厂，又去参军，复员后于1991年进机场，入虹桥机场助航灯光科，从学徒、一般工人做起，因善于钻研，技术过硬，被上级和职工信任和拥戴，至班长、副科长、科长，至今日的飞行区技术总监。他2004年获上海市劳模，2005年获全国劳模，是自学成才、从"岗位大学"中奋斗出来的能人。多条大路通罗马，小学毕业的吴仁宝既有博导的见识与学问，顾鹏飞作为打理、维护场道灯光的"大师"身份也是够格的。

几十年来，顾鹏飞倾情场区，仿佛一位喝多了美酒的人，醉不可支。上世纪八九十年代，家中无电话，都是打的公用传呼电话。单位有事来电，电话间的老阿姨来到楼下，将手握成喇叭状，大声吆喝"顾鹏飞电话"，上下几层楼都听见。接到故障报修的来电，他死命往场区赶。去机场方向只有91路公交，但10点后停运，只有骑上那辆"老坦克"，满头大汗进场区。从定西路的家中往西，最快40分钟，等问题摆平可能已是第二天凌晨。后来腰间挂上BB机，也麻烦，单位有事打传呼。晚上听见皮带上"啾啾啾"的叫声，他得到处找公用电话亭回电，有问题能在电话里说清楚，就电授机宜，让现场人员按他的思路将问题结了；现场的同事觉得难度过大，他就毫无怨言地赶赴现场。再往后，传呼机上可以简单留言了，双方用短句短文将事说了，省得到处找电话回电。再后来，家里按了电话，交通工具也从自行车升到了助动车，他进机场快捷多了。当然，出租车街上有的是，但价贵，舍不得叫。他做副科长、科长后，灯光科二十多人三班倒，每个人当班都和他有关，包括以后进来的一些大学生，也甘心做他的小徒弟。灯光这玩意儿，还得靠摸索，靠经验累加，在机场集团，灯光科是"紧张科"，科长又是压力山大的岗位，无形的压力，永远没有"下班时间"。

十几年前，老的高杆灯没升降设备，得人爬上去换灯泡、换零件。50多米高，新来的青年员工不敢爬，老顾带头爬。每年春夏之季，云多，雨多，高杆灯故障多，不爬怎么解决？爬杆也有技巧，爬着爬着，有人抬头看天，云在走，杆也在晃，不敢往上了。他告诉年轻一辈，爬高时不能仰头看天，闷头爬才会成功。精密进近助航灯也有13米高,也得爬上去。所以灯光科的人要瘦小。某年,人事科去招生,招进两个胖子。他看了生气,说以后怎么爬杆子?顾鹏飞的体重维持在百斤左右,最适合爬杆。不过,现在的设备先进了,有了升降机,灯具也更新迭代,灯箱密封性好,潮气难进入,产生冷凝水的概率小多了。今天的检验检测、换季,活比以前少了一半。

这么多年来,顾鹏飞和他的团队修复了多少故障无法统计,也不必赘述。是器械总会出毛病,不管进口的还是国产的——场道灯具进口的多,国产的少,出了病灶就得修复。还有许多预防性维护:小修、中修、大修。每次遇见上级,领导们都会拍拍他的肩头,语重心长地说:"老顾,无论啥时候,灯光可不能灭啊!"

顾鹏飞的脑子少有空闲的时候,一有时间,他就在预热:哪个地方横出来一个故障,怎么解决?将能想到的地方都想一遍。组织科室人员每周操练。常发生的(故障),大家都会;不常发生的,必须放进去,列出来,写在板子上,写出排除流程,挂在墙上,守株待兔。每周的模拟演练,完全是实操型的,从高压断电开始,比如两路断电,油机开动,切换不同的调光器……他是个实践主义者,但从不轻视理论。

"死也要死在理论上。"他提出,要将理论上能预见的情况统统理一遍,实际中发生就不怕了。岗位练兵内部搞,也参加集团的、民航总局的交流。

创新工作室

倘若将顾鹏飞这个全国劳模理解为苦干型的,那是偏位了。当然,他必须是苦干型的,灯光科长这个岗位,缺乏了苦与累,怎么坐下去?苦干只是顾鹏飞的底色,他却是一名实实在在的创新能手，这与年龄大小、文凭高低无关。2011年，顾鹏飞所在的科室被上海市总工会授予"鹏飞劳模创新工作室"（简称鹏飞室），为上海市第一批授牌单位。2015年，顾鹏飞创新性地开发出了助航灯光监控"一键校飞模式"，在国内民航业率先实现了助航灯光校飞级变换同步，使原先几个灯光站近百次的操作缩减为6次，获得校飞组的褒扬，后来产品被国内多家机场使用，为民航助航灯光监控填补了空白。他在行业内率先完善了嵌入式灯具检修标准流程，设立了民航唯一建在飞行区内的灯具测光室，实现了助航灯具检修作业的标准化。2015年5月，"鹏飞室"荣获全国示范性劳模创新工作室称号，成为民航系统唯一获此殊荣的工作室。

"鹏飞室"管理的飞行区面积达6.3平方公里，全天候为进出港航班提供助航灯光。虹桥管辖区域内共有3座灯光站，122座机坪高杆灯，137台调光器，438块各类滑行引导标记牌，8000多套助航灯具，灯光电缆长度达450公里。这些年来，飞行区重大工程一个接一个，为此"鹏飞室"成立了应急抢修组、科技攻关组和青年突击队，把高校毕业生一个个送上一线，经受磨练，逐步将每一个成员培养成既能说会干、善于思考，又能破解难题的行家里手。

面对机场扩建后成倍增长的工作量和新设备，"鹏飞室"开拓管理方法，创造性地提出了"三化"管理模式：工作安排菜单化，即将每月工作汇总，以卡片形式粘贴在当月工作进度表的每一天中，每天要求完成的工作以菜单形式由室主任下达给组长，组长以菜单形式下达到组员，每天工作逐一消项；设备操作目视化，即为所有设施设备建立档案资料、制作目视说明和操作要求，在所有需要操作的设备上粘贴CAD电子操作图；设备管理公式化，就是把所有设施设备的保养、维修、管理用制度加以固化，如每周进行一次发电机试机，每天进行五次巡视，每天进行一次检测等。

顾鹏飞文凭不高，却活得像个硕儒，竭力倡导学习创新，探索出了学习培训的"六步法"，成为人才培养的点睛之作。2010年3月，虹桥机场从单跑道变为双跑道运行，世博会又近在眼前，航班量大增，同时，助航灯光设备不断从国外进口，科技含量高。而编制为35人的"鹏飞室"只有26人，平均年龄30岁，三分之二为刚入职的八五后年轻人，这样一支"大男孩"队伍，却承担着同类型机场60到80名保障人员的工作量。

"鹏飞室"没有被压扁，通过实践，总结摸索出了学习培训的"六步法"：师徒结对法，新员工选择一位师傅拜师结对，包教包会；以老带新法，一个或几个老师傅带着新员工一起工作；共学同进法，针对需要熟悉了解的新设施设备，共同学习、共同研究、共同进步；先学为师法，在人手严重不足、无法开展全员培训的情况下，让一两名领悟较快的员工先学习，再对其他员工进行培训；每周一练法，技术骨干利用长期积累的各类典型故障案例，针对性地从题库中选取与当前有关联的技术难题，组织大家分析研究；一对一教育法，个别员工遇到学习困难或者难以解决的问题，通过开设"小灶"进行一帮一培训。

学习培训的"六步法"把"鹏飞室"变成了大学校、技术攻关大课堂。26名成员无一例外地练成了电子、电工、光学方面的技术能手。一般来说，拆装一个灯具至少8分钟，而28岁的"全国民航技术能手"杜杰，保持着最快3分钟完成的记录。与此同时，"六步法"催生了民航助航灯光系统一支"高学历"人才队伍：12名中专职校生全部获得大专或本科学历，10名本科生完成研究生学业或开始读研。在技工培养上，"鹏飞室"先后培养出2名技师、6名高级工，拥有民航国家职业资格考评员3名，上海机场高技能人才2名。

"鹏飞室"技术创新，为企业节能增效。25米高的机坪高杆灯，主要为夜间航班进出及机坪作业人员提供目视照明。从接手管理122座机坪高杆灯伊始，"鹏飞室"就认识到不能仅仅停留在高杆灯的开和关上，而是要从创新求效益。通过向广大飞行员发放意见征询表，发现由于机场两条跑道相距只有365米，若两侧高杆灯按要求全部开启，光线强度远远超过适航标准，不但产生光污染，而且高度浪费能源。"鹏飞室"组织技术攻关，通过缩短开灯时间、减少亮灯数量和优化设备模式等措施，逐步实现了高杆灯的节能运行，每年节约电能190万千瓦时，节省电费160余万元，还净化了助航灯光环境，提高了航班起降的安全性。可谓一举多得。

2019年4月"亚洲公务机展"期间，为封闭展览区域，飞行区需对跑道标记牌信息进行遮蔽。传统的做法是采用黑色塑料布或单面贴膜进行遮蔽，这种办法取材简单，但需时长，且需两人操作，遮蔽效果维持时间短，事后清除困难。经过无数次试验，"鹏飞室"最终确定了一种合页式的遮挡牌的新遮蔽方案，这是一种将牢靠、快速、耐用等特点作为新方案的核心，而且可反复使用。一项创新看似简单，其实需要细节的设计、现场的试验及流程的熟悉等多方考量。

2020年国庆节前，我跨进顾鹏飞所在的虹桥机场西区行政楼，瞧着他瘦削的肩胛，用手指了指他办公室门口挂的那块"飞行区技术总监"的牌子，说："顾总终于升官了，从科长变成了技术总监。"

"说实话，下面有了新科长，我现在的噩梦比以前少了。"他略显悲凉地笑笑，"我不是做官的料，天生喜欢技术。这是领导照顾我。"

我理解他笑意中的那丝悲寂,那是他一生梦呓履历的终结,——终结是一个让人感伤的词汇。几十年来,顾鹏飞走进一个又一个漫长之夜。在经历了那些遥远的长夜后,他现在退出一线,有时间合眼了,却时常合不上眼。

事前,我听虹桥机场工会主席沈小玲说过,鹏飞是飞行区技术总监,也是集团和虹桥机场兼职的工会副主席,是老先进老模范了。

不料,他说:"企业是不论级别的,要说官职,咱顶多算是个正科级吧。"

"不止科级吧。"我一愣,舒了口气说,"呵,正科级,正科级好。"

四、公务机公司的年轻人

在常人眼里，公务机阳春白雪，气息高古，似不食人间烟火。事实上，公务机是效率至高、秘密性与便利性至强的商务出行模式。

早上八点，张蕾服饰齐整地跨入公司大院。像往常一样，门禁完成头像识别，安保人员朝她点头致意，放其入内。进入工作区，她将挎包放入自己的位置，忙碌地开始新一天的工作。上午，有 3 架次的公务机经公司出发，飞向外埠。她是市场运行部的经理，需要提前做许多准备工作。

约莫过了半小时，首架公务机的机组和客人陆续到达。机长和副驾及一名空姐身着制服经过安检、海关，从连通机坪的大门走出，上了那架"湾流"，开始航前准备。衣着光鲜、头发和皮鞋锃亮的 8 名乘机客在贵宾室坐定，悠闲地喝一杯新磨的咖啡，无意间瞥一眼壁上的挂钟。一会，工作人员通知：可以登机了。客人们从容站起，依次经过几乎为他们特设的安检、海关、边检通道，畅行无阻地进入机坪，登上早已等在那儿、舱温 22℃的豪华公务机，只等机场塔台："允许起飞"的指令到达，立即滑行、升空、腾云驾雾飞往异国他乡。

这是张蕾工作的常态。整个上午，她和她的年轻伙伴们先后安排 3 架公务机的机组和客人从这儿登机，分别飞往国外和国内的不同城邑。飞向国内他乡的公务机不必经过海关、边检和检疫,只需要安检;飞向国外的机组和乘员必须经过海关、边检和检疫,履行出国(境)手续。张蕾念叨着公司董事长陆迅的办事能力,将"一关三检"——海关、边检、检验检疫人员移至这儿办公,方便客人在此一条龙地完成登机手续,而不需要先去大候机楼的国际区排队办理出关手续,然后乘摆渡车来公务机停机坪登机,节省了不少来回倒腾的宝贵时间。

张蕾是上海霍克太平洋公务机地面服务公司负责市场运行的经理。这是一家中外合资企业,上海机场占51%,外方——先是澳大利亚、后又被瑞士Jet收购——占49%。公务机公司分成几类,有的公司本身既有飞机,也搞托管,比如金鹿、东航一二三;有的本身无飞机,主要做托管和服务业务,像张蕾所在的上海霍克太平洋、北京华龙、深圳亚联,都是国内公务机市场大型的服务公司。中国公务机市场规模不算大,远没有大飞机运输市场发达,企业或私人购买一架两架喷气小飞机,没必要成立一家专业的公司,不如置放在上海霍克之类的公司旗下,请它托管,支付一定的费用,享受其优质的运行、停场、维养服务。人们只知上海有虹桥、浦东机场的候机楼里有值机、出入境等一应机构,似乎乘坐飞机、办理手续必从候机楼进出,却不知在虹桥机场一号航站工作区的东南端,另有一处并不起眼的平房建筑——上海霍克太平洋公务机,公司的建筑主体是一座外人并不知晓的小候机楼及附属建筑。一般的乘机客也许连它的名字都没听说过,更无缘乘坐比尔·盖茨、成龙、马老师等名流达贵乘坐的私人喷气机,但它的确已存在了十多年,尤其在每年一度的亚洲公务机展会期间,公司"领地"成为客人进出的必经之地,它的知名度也渐渐被人放大。

人们习惯将小型喷气式飞机俗称公务机,一般专指9吨以下、可乘 9 至 10 人的小型机。由于当代经济社会的高速发展，参加行政事务和商务活动的人数趋多，公务机既有小型喷气机，也有 B737 这样的大飞机改装成的豪华机。有市场，就有服务。张蕾所在的公司就是在近十多年的社会发展中应运而生的，虽然它离"飞入寻常百姓家"的时间还过于遥远。

在大洋彼岸，航空业从通航起步，顶端是大飞机；中国的路径正好反向，大飞机运行高潮后，逐步发展通航。但公务机和通航根本是两码事。

张蕾生于八十年代初，论年岁也不算太年轻，却是承上启下的黄金期。她毕业于天津民航大学，学的签派专业，就是安排飞机飞行系列事务的地面工作人员。来到上海霍克后，她和伙伴们联络、协调一架又一家的飞机入场进驻，安排一架又一架的飞机出行和归来，负责一拨又一拨的客人飞出去飞回来，为一架又一架停场飞机维养维修。一晃，已十多年了。

说起业务，张蕾连指头都不用扳。至 2019 年底，内地共有公务机 332 架，遗憾，清一色的外国造，型号上湾流（美国）占 35%，庞巴迪（加拿大）占 30%，两者摊了大头，其他的达索（法国）等品牌占 35%。以上海为基地的公务机约 20 多架，停在虹桥及浦东机场。国外，公务机归入通用航空的范畴，在国内，这个概念并不明确，基本和运输类大飞机掺和在一起，航班时刻、指挥等和大飞机拼成一盘棋。在北、上、广、深主战场，上海排名第二，仅次于北京，两场每年起降超过 6000 架次。航线以国内为主，飞出国境的占四成。

张蕾说，与十几年前不同，那时买公务机主要为摆谱，显身份，现在可不是为了炫富，主要是企业功能性使用，像复星的达索机型，飞进飞出频次高，一周飞几次，都是正常的商务活动，功能性航行。买飞机也趋于理智，买得起，不意味着用得起。几亿元一架的公务机可以按揭，但躺着晒太阳，也得付费，停场费每天发生，发动机每周要旋转，起落架需定时润滑，舵面得原地转向，所谓"流水不腐，户枢不蠹"，这些，都得花大把银子。

真正想飞了，也不是随时能起来的。在有限的航班时刻中，民航限定一小时只能飞起一架公务机，尤其是北京、上海等超繁忙机场，给你每小时一架的班次已经很奢靡了，一个机场每天满打满算18班，尤其是上午9点11点的黄金时刻，各公司撕得面红耳赤，不惜伤了和气。办值机手续也存在太多问题，从上海霍克的候机楼出走当然便当，"一关三检"在现场，但浦东机场没有独立的公务机楼，人员借用机场贵宾室通道，办手续跟乘航班的人士混织在一起。北京、广州、杭州、深圳等其他城市，海关、边检、检验检疫没像霍克太平洋一样移至现场，仍在大航班的入口处，人员、手续不得不来回折腾。

张蕾所在的公司业务种类齐全，能给拥有公务机的私人及企业提供托管服务，给从虹桥起飞的公务机客人提供一条龙便捷服务，能为各类公务机提供成熟的保养及维修。他们每年的一项重头戏是承办亚洲公务机展，从策划、布展、协调各方至收尾，前后忙乎几个月。嘉宾们只要在每年的4月中旬过来观摩，但里面的繁杂度只有他们能体悟：每架飞机的到达及离开的时刻协调；位置的摆放——有的飞机位置不停地更改，包括机头的朝向都要变化好几次；"一关三检"的联络服务；停场期间的维修——几乎每次都有飞机故障，需当场检修；展会期间各类机型的介绍……忙得你晕头转向，找不着西。

做公务机，看着显赫，常能接触名流显贵，但公司有明令：工作人员不准和明星、大佬合影，不准求签名，这个不准那个禁止，马云、成龙见得多，但不能合影、签名，只能溜边瞅几眼。

公务机和航班不同，乘客常有变化。2020年亚信峰会期间，一架俄罗斯政府包机，开始报过来8人，临走时改成7人，人员档案、"一关三检"手续重新协调，正式登机时又变成了9人，所有的手续重新走一遍，又不能让客人等太久。这些后台的工作外人是看不到的。难怪他们有人戏称自己前面为"蓝色妖姬"，忙到后来，成了一头火鸡。

谈到这儿，张蕾说公司有一块重要业务是维修，对各类公务机的故障进行维修，有些机型的故障是别的公司修不了的。说着，她打开手机，拨通了另一个年轻人的电话，请他过来一块谈谈。不一会，名叫王俊的一个精悍小伙子来到面前。

鼻梁上架副眼镜的王俊虽然初次见面，但他的名字，我在年前一篇《公务机医生王俊》的报道中熟知，是以像老朋友一样絮叨了起来。王俊生于八十年代，比张蕾略小，上海人，毕业于工程技术大学飞机维修专业，先去上航机务，2010年霍克成立时过来，十年来一直和修理打交道，已拥有湾流、庞巴迪、豪克等6种公务机型的维修执照，是业界有名的匠人，谈的话题自然离不开本行。

2019年，上海虹桥、浦东两场的旅客吞吐量突破1.2亿人次，年公务机起降量超过6400架次。前者的数字价值广为人知，后者则隐在深闺人不识。在每年超过6000架次的公务机活动中，上海霍克太平洋是其重要的保障者，而维修生产部机库经理王俊无疑是中流骨干。公司作为国内首家公务机维修领域独立的第三方授权维修单位，王俊落笔签署的整机放行令可谓字字千金。十年来，他以本土成长维修工程师的超强内功，坚信自己的手艺能让飞机"飞"起来；他敢于质疑飞机厂方的维修方案，能大海捞针似地从数以万计的零部件中迅速觅找出问题的症结；能让蛰伏多年的"僵尸机"复活，飞向五洲四海。

工匠的成长必经时光的无情磨砺。'道有夷险，履之者知。'王俊2010年投身上海霍克时，恰逢世博会召开，两场公务机起降量突破1000架次，公务航空产业蓄势待发。但当时的上海霍克太平洋处于运营初期，更多承担的是机库角色，本土维修工程师同样少有发声。2011年，一架达索猎鹰7X在下降过程中发生非指令性俯仰配平故障，达索公司随即启动全球召回，其中也包括停在上海的一架。厂方为此专门派美国工程师前来维修，并安排专业飞行人员执行召回任务，期间完全没有给中方工程师插手的机会。对此，王俊极受刺激，眼角的湿气始终不散。他首次试手的机型是庞巴迪挑战者605，但也仅仅是按部就班例行公事，技术含量并不高，直到遇见豪客4000。

这架豪客4000的拥有方系上海某民营企业，因各种原因，飞机常年趴窝机库，未做任何保养维护，还占据了局促的空间资源。2012年，豪客比奇公司宣布破产重组，停在上海的那架豪客4000就更尴尬了，而盘活资产的唯一办法就是恢复它的适航能力，并且飞回美国。但是，要救活这架"僵尸机"谈何容易。请原厂家提供相关参数和技术支持太不现实，而飞机单单目测便知浑身是病——轮子是瘪的，电瓶匮电，起落架、液压系统、燃油箱都在漏油，更别说内里了。

王俊觉得这是个"让外国人好好瞧瞧"的机会。他挺身而出，研究后断定：飞机未必病入沉疴，恢复适航有望。他花了两个多月，更换所有漏油处零件，滑油、燃油、液压油系统的功能措施及发动机试车等悉数执行一遍，直到完全确认飞机已符合调机飞行条件，即发动机、飞行控制舵面和起落架均已正常，才将飞机交给了"调机飞行员"。

调机飞行员主要负责飞机交付，也执飞问题飞机，可以说，他们的"命"捏在维修工程师身上。豪客4000起飞那晚，调机飞行员向王俊投去了一个无比复杂的眼神,问:"这机,能飞起来吗?"王俊没有丝毫迟疑,反馈以一个坚毅的眼神:"请相信中国工程师的实力!"当晚,飞机从上海起飞,自天津出关,飞向浩瀚的太平洋。20小时的煎熬过去了,王俊收到了美国飞行员"平安抵达"的信息。

日积月累中,王俊开始自信与能力的发声。他迄今唯一一次被客户"投诉",就源自他与飞机制造厂家的"维修理念不合"。2012年,一架庞巴迪环球快车出现安定面配平失效问题。这绝非儿戏,"埃航坠机"事件中波音737Max系列机型就存在安定面失控缺陷。王俊对那架环球快车检测后断定,问题出在舵面控制模块上。然而,来自庞巴迪公司的厂方代表却将王俊"强行带进沟里",要求他更换飞机垂尾安定面位置传感器——其实这始终是一条潜规则,即由厂方提出维修方案,维修工程师照办。可是这次,王俊坚信厂方方案南辕北辙,在争取无果情况下,他只能勉为其难地执行。果不其然,换了也白搭。这才轮到王俊发挥。时间紧迫,记得已是小年夜,王俊和搭档同赴浦东机场的冰天雪地中为飞机更换备件。在刀割般的寒风中,他们克服机坪积雪的阻力,奋力推移着高度超过8米的梯子。他坚信,自己必定是正确的……可是,客户发来投诉,说他王俊"专业能力欠缺导致航班长时间延误"。他不便解释,也不可能将厂方出卖,反而自信其"斯大林格勒保卫战"似的转折点已悄然降临。

他越来越敢于亮明自己的眼光。2018年,他确认一架庞巴迪挑战者604的无线电高度表中两套组件故障,向厂家报告排故方案,对方却发来否定的邮件,称"两套组件不可能同时停摆"。王俊在回信中用了"100%confirm(百分百确认)"这种完全不给自己留后路的字眼。成功排故后,他在那份否定他的邮件基础上回复了一封，只一句话："更换两套无线电高度表组件后，故障消除"。

在2019年亚洲公务航空会议及展览会的最后一天，又一架庞巴迪环球6000突然显出"不能放行"的故障提示。飞机尚在展期，他将驾驶舱帘布一拉，便躲进里头，仅用数小时便锁定了目标——位于安装电路板机箱背面的14个电插头中，有一个插头的两根供电销钉对壳体接地短路，导致过流保护开关跳出。这个精准的诊断着实震惊了厂方，因为故障发生在谁都意想不到的最不易损坏的部件上！

王俊的团队里，有一批年轻工程师和技术人员。在日复一日的维修生涯中，他和伙伴们感到这活忒难干。首先是时间上的压力，公务机数量少，一家企业就一架，随时需要用，故障了不能等太久。其次是排故过程有别于大飞机。王俊以前在上航维修基地时，飞机是公司的，航材能"对串"——从其他同类飞机上拆零件互补，速度快，但公务机不行，数量少，机型杂，更要命的是飞机是私人性质的，机主不喜欢用别人机上的零件，实际上也不允许——许多部件没库存，只能从国外调，一个部件几万美元，如果判断错误，零件订错，东家不会付费，因而对排故的精准度要求极高。三是公务机空间小，驾舱转身都困难，拆装零部件看不见，只能用手"掏摸"，冬天冷，手指麻木，能力要求不像是对人的。

王俊还是个地地道道的"扑火队员"，随时准备去各地"灭火"，做"千斤顶"。老外同行对他失去嫉妒心的同时，还滋生了依恋之情。公务机飞在全国的领空，降落在各大机场，一般的机场很少有他们这样专业精深的团队。接到报修，他和年轻的大拿们就得迅速飞赴当地，担起"千斤顶"。王俊曾在4天内两次飞去丽江，帮助困在那儿的飞机脱困飞回。到了外地，马上和当地沟通，判出故障点后，通过电脑或手机迅速发出诊断报告邮件，告知机主问题在哪？解决方案是什么？这时机主可能在境外。得到答复后，立即实施抢修，如果订的航材从国外发货，最快两天，人先回来干其他活，等部件到了，再飞过去换材，修复后签署放行文件。

第八章 比翼难飞

当下的通航,就像一堆人在冬天的江河里摸鱼,鱼没摸着,下半身快冻僵了,可是谁也不想上岸,脸上还是笑盈盈。结果又有新的投资人跳进来继续掏摸。

一、用来"玩"的小飞机

固定翼

"小飞机是用来玩的。"

在莫干山通航机场,孟磊女士说。

这是 2020 年 5 月 16 日,周末。疫情控制后,受德清通航相关负责人叶欣桥、王建宏等邀请,我和孟磊女士等几位朋友去德清莫干山机场调研。和多数通航机场那样,莫干山机场有条 600 米长、30 米宽的跑道,有停机坪连着候机楼和机库。这里已有十几家通航公司签约进驻,多数是固定翼螺旋桨小飞机,有 4 座,也有 8 座的,另有少量的直升机。莫干山机场、芜宣机场、建德机场、横店机场、新昌机场、大陆机场都是长三角赫赫有名的通航机场,它们有的是政府投资,有的是民间投资,也有的是混合股份。莫干山机场是德清市国体投资的企业。

和一年前相比,这里已开通了德清经横店至舟山的航线。"用的美国制大棕熊飞机,2 名机组人员,8 名旅客,几百元一张票,生意能维持。"王建宏说,"低空航线,3000 米以下高度,青山隐隐,碧水迢迢,有人纯为观光乘坐,上了飞机到舟山,并不下飞机,原机返回,从空中观赏山峰河流,田畴村落,这样的高度最合适。"

"我听一名国外教通航现已退休的老师说,老两口早晨起床,从后院登上那架4座的自备机,飞向另一座小城的朋友家早餐,吃完笃悠悠地返家。"孟磊女士曾担任山东空管、江苏空管局长,出于爱好,十年前学会了开4座这样的小飞机。对此,她自然有发言权。

我没去过通航飞机的天堂阿拉斯加,但也见过美国、德国许多家庭的后院,像停小汽车一样停着的小飞机,这些飞机只从一截几百米的平地或水面上起降,因而也成了人们手上的工具和玩具。谈到小飞机,几位业内人颇为亢奋。孟磊说:"在发达国家,有许多飞行社区,那里的居民,家家有飞机,户户爱飞行。这飞行社区最初起源于飞行爱好者的集聚地,也是高端的地产物业形态,至今已渐渐风靡全球,演化为富裕甚至中产阶层的身份象征。另一方面,飞行运动不再是年轻人的特权,许多'退休簇员'也爱上这项运动,而不是去打高尔夫。在美国威利斯飞行社区,威利斯老人年近九旬,需别人搀扶才能登上飞机,但他永远不想停止这项运动。他说,天空最纯洁,从那里可以俯瞰世界,忘却年龄。"

叶欣桥接过话茬:"我在报上看到有位退休的飞行员,搬进某个飞行社区,每天驾2座的小飞机飞上飞下,说开小飞机比开大飞机过瘾多了。一些飞行社区的居民在家门前竖起'飞行迷'之类的标识牌。也有居民在语音信箱里留言:如果我们不在飞行,会接电话的。"

王建宏给每人斟上武夷山岩茶,带着山东口音说:"人家的飞行文化兴起早,在阿拉斯加,几万美元一架的二手机成为主要交通工具,家门口停着2架飞机是常态。许多大面积的湖水,可供小飞机起降,类似于游艇,只要有人乘坐,随时起飞,随时停靠,空中是免费的道,水面是免费的停机坪。"

同样操山东口音的孟磊女士道:"像美国奥什卡什这样的

航空领域的麦加圣地，有成千上万自己制造、自己驾机的人来此参加每年一周的簇聚。他们吃住在飞机旁，满眼的帐篷、烤炉、乐器、飞机，欢快的人群，各种俱乐部的上万架飞机在地面排队起飞，空中集结，大雁般编队，飞越千山万水。"

对于小飞机，我没他们有话语权，但也在想：即使我国永远也赶不上美国通航的狂热，但只要有对方的三分之一，或五分之一的规模，华夏的低空又是怎样一幅热闹景象？

一年前，我第一次去莫干山机场，接待人也是叶欣桥、王建宏。王建宏总经理原来供职于青岛机场，2011年下海干通航，正是中国通用航空起始发力时。他在正阳集团所属的通航机场板块做机场投资管理（金汇通航也属于正阳旗下），主业有机场设计、投资、建设、运行。当时的正阳机场运行团队在国内首屈一指，很快建成了福州竹岐、厦门厦金湾直升机场等，供观光旅游用。

王建宏从业航空29年，在上海待过6年，推动培管、取证、雏鹰计划，短时间内培养出不少通航人才。他边实践善总结，多次去民航院校讲课，分享通航建设与运行体会。他参与了通航许多文件的编写和修订，如《通用航空法规汇编》《华东地区通用机场资料汇编》，发表通航建设、管理与运行类论文、演讲稿数十篇，在通航界蛮有名气。2017年，他离开大上海，"上山下乡"到中小城市，专注通航一事，参与并筹建了民营安吉天子湖机场，负责芜湖湾沚、六盘水盘州、河南登封等通用机场项目编制与报批，参与了阿里巴巴、巨人集团直升机停机坪选址、设计与建设。2017年11月，德清市政府投资的莫干山机场处于筹建的关键时刻，面临报批等技术难题，需要专业人士的加盟，他从安吉赶来，成为项目的负责人，用了不到一年时间，机场竣工验收，并拿到了通用航空机场使用许可证。

在德清市地方民航系统的大力扶持下，建成了第一个华东地区地方国资背景的航空服务站，受理各类飞行计划。他将自己旗下的浙江凯晟通航技术有限公司也注册于此。机场距杭州半小时车程，地理位置优势，2018年10月通航以来，已有包括精功通航、北大荒通航、啸翔通航在内的17家通航企业入驻，10家飞行学院定为试飞基地，后一步计划引进华夏航空等集干、支、通为一体的公司进驻。

莫干山机场跑道并不长，但机坪、机库与候机楼建设一流，主要业务为本场飞行训练、飞机试飞、飞行体验及短途运输。尤其是后者，诞生于莫干山经横店至舟山的观光线路，由华夏航空开通，虽然票价上不去，但客座率不错。用的大棕熊螺旋桨飞机，2名机组成员加8名乘客。往后视情将考虑开通黄山、温州、镇江、常州等地线路，也筹划着架通嵊泗等海岛之空中桥梁。叶欣桥等人的总体思路是通勤加旅游。相比开车去舟山，路上颠簸4小时，坐通航机只要50分钟，高度1000至3000米间，正是观山观水的绝佳移动平台。华夏航虽然手上无通航飞机，但握有批准的多条航线，可以让有飞机的公司来执飞。莫干山至横店，目前由北大荒通航公司飞行，每天一班。北大荒是东北公司，在此地只有飞机和机长，能不能飞由机长决定，实际上机长成了驻场的一把手。

生于60年代的王建宏认同通航有强大的游乐功能。浙江的建德机场，使的也是大棕熊飞机，玩的则是中空跳伞。飞机将年轻的红男绿女运至3000米的空中，打开舱门，放他们向下猛扑。这些勇敢的孩子先是自由落体一截，当死的感觉降临时，生的希望之门开启——在教练的指导下，彩绸的降落伞被打开，孩子们如仙女般缓缓下落。摄影师拍下花朵绽放的瞬间，也摄下了他们在空中拗出的各种造型。我在几年前专程赴建德千岛湖机场调研，亲眼见到许多醉心于空中跳台的男男女女，从外地开车前来，他们身着紧身牛仔裤，脚蹬白色运动鞋，在并不宽大的候机室耐心排号等待，迎迓花开空中的激动，惊险时刻的降临。

80后的叶欣桥来自东北的黑土地，已将户口迁至浙江，并在山青水旎的德清买下住宅，大有扎根通航、将根留住的"终老"打算。他搞通航多年，认为搞通航可以承担观光、跳伞、体验为主的许多"玩艺儿"，也能干巡防、测量、航拍、巡线、探矿等实体活。说着说着，这位年轻的通航人忽然对通航文化的缺乏、大众消费市场的火力不旺深为忧虑。

他说："与美国几十万架通航飞机、几百万私照的市场比，中国只有人家5%的规模。发达国家的航空一般为两翼齐飞——运输航和通航，我国基本为瘸腿，一只翼硬，一只翼软。我国运输航空已成全球第二，但通航仍是侏儒，不知啥时能发育赶上。十三五规划说得宏伟：新建500座通航机场、新增5000架通航飞机，估计这个数字只能挂在墙上了。"他叹了口气说，"现在部队和民航方面还是很支持的，只要有飞行计划，报上去一般都批，但通航体系本身不成熟，市场疲软，信息闭塞。"他鼓了鼓腮帮子说，"国内要发展通航，必先修机场。没有高速路的四通八达，哪有汽车业的春天？机场布点密了，个体飞行、空中娱乐才能被撬动。有了庞大的市场，高质量的服务自然跟上来。当然，机场建设还是以政府主导为好，民营资本共同参与。要建立星级机场评分标准，评分高的众人飞，差的遭淘汰。目前国内通航机场建设标准过高，动辄几个亿、十几亿、几十亿，国外几千万就搞定了。"

叶欣桥为机场总经理，满是激情担当，又具忧患意识。他当然希望县县通机场——网络张开了，上网的人才多。王建宏也谈到对通航文化迟迟难以兴起的担忧。他说:"制约通航发展的因素忒多,比如说空域的分级管理没有推广,管制空域、监视空域、报告空域,后两者多了,通航就会上台阶。如果3000米以下空域分阶段与区域开放,那是通航最大的福音。"

我也有自身的思考:"当下中国民航尚处在青壮期,大部分人对航空的需求还停留在交通工具,'玩'字只在少数人脑海中存在,再过些年,情况又会不同。"

"一夜之间!说不定几年过后,通航在一夜之间花开遍地了。"孟磊笑道,"一二十年前,谁会想到家家普及汽车?中国人睡了一晚起床,就成了太阳系第一汽车大国呢。"

当时德清通航三剑客之一的相聪,下午才加入到话题中。他是莱特通航的总经理,常年驻此。他是正宗玩飞机的,自然赞成机场多多益善,布点多了,通航公司选择的余地大,经营的路线也多。眼下正是暑期档,他的公司就是鼓励孩子们在"空中玩"。

他挣孩子们的钱,一时挣得风生水起。莱特通航开做的暑期航空科普夏令营,面对7至14岁的孩子,课程设置按军事化标准,每天早6点起床,晚9点熄灯。内容有航空理论如飞行理论、飞行基础、飞行动力学,航空模型组装,飞模拟机,真机体验等。真机体验课分一对一、一对二,最多的为一名机长带三名孩子。真机体验课中,留几分钟时间由孩子"自己驾驶",教练的手按在孩子手上,共同完成飞行动作。飞行时间为每架次15分钟。航空服由莱特通航自己设计,或委托韩国人设计,学完夏令营可以穿回去。营训融入军事训练课程,由特种兵担任教官。夏令营每期7天,最长15天,个别的21天,每团15至20人不等。收费标准分档,7天一期的人均6千多元,15天的1万元。

相聪团队通过公众号营销，也通过代理机构营销，当然还有媒体，接收来自全国各地的学生。前段时间有6名美国及澳洲的学生刚训练回国，他们都是华人的孩子，参加夏令营的同时，想和国内孩子交朋友，想和中国孩子近距离在一起。过几天，一个20人的日本团要来莫干山机场营训，大多是在日华人子女，他们平时在国外接触中国孩子机会少，借机和中国人一起学习和生活。外国团的承接主要通过机构营销和媒体传播，电视台来了6家，中央台少儿频道对相聪的夏令营做了专题报道。由于课程设置独特，兼顾了航空与军事，还有拓展了的团队协作游戏，深受小朋友欢迎。营训结束分别时小朋友哭，家长也哭，哭得稀里哗啦，好几个团的小朋友相约明年再来。老师不舍，家长不舍，小朋友更不舍。

相聪团队以夏令营、冬令营为启示，延伸开启了双休日航空亲子活动，大人、孩子一起互动。和附近几地开展团建连营活动，在飞机上垂直俯看莫干山风光。

相聪团队的核心成员总共十多人，其中三名复旦研究生，浙大及上体毕业生各一名，两名武警特种兵，其中一名来自新疆武警特战队，外加一名医生。人员工资性成本不低。

"你认为最有意义的是什么？"我问的是夏令营的经营过程。

"跟小朋友在一起，天天有意义。"相聪说，"通过7天，最长21天的夏令营训，想改变孩子的人生做不到，但可以培养他们自己动手、关心他人的好习惯。我们要做的，保证安全之外，让小朋友有所改变，今年来了，明年还想来。为什么？小朋友觉得开心，开眼界，家长觉得几天或十几天下来孩子有变化。"

相比一年前的头次见面，这次的相聪有些悲怆："后来，恶性竞争，价格战来了，大家都知道通航门槛低，小孩子的钱好赚,谁都可以做,买几架飞机,聘几名机长,就上了。课程么,相互抄袭。今年夏天,航空科普夏令营忽地冒出二十来家,没有统一定价,有公司人均2千多也做,一窝蜂地全来了,白刃战、割喉战……混战炽烈,哀吟遍野。"

王建宏坦言,多年做下来,表面看通航公司风风火火,实际亏损的多,盈利的少。许多干通航的都是拿其他的钱贴补这个窟窿。他说:"市场规模就这么大,困境是显而易见的。当下的通航,就像一堆人在冬天的池塘里摸鱼,鱼没摸着,下半身快冻僵了,可是谁也不想上岸,脸上还是笑盈盈,结果又有新的投资人跳进来摸鱼。2019年,大部分通航公司都在苦苦支撑,金汇等几家龙头企业的不同遭遇引起的行业震撼不必说,断臂亦难求生,就连中信海直、中国通航等国字号的公司都加入了与民企抢饭碗的行列。'秦人不暇自哀,而后人哀之',无论是传统的护林探矿行业,还是新兴的应急保障项目,要么预算大幅削减,要么门槛忽地抬高,许多民营通航公司在招投标的路上就已经'扑街'了。类似于相聪做的夏令营、俱乐部、周末亲子、手工制作、模拟飞行、真机体现,更是雨后春笋,随地开花。"

"否定过去,并不代表肯定未来。"我是第二次来,说话显得随意,对三剑客说:"你们都不是悲观者。"

叶欣桥说:"几家欢乐几家愁。通航产业园和制造领域也有一枝独秀的,比如芜湖的中科钻石,比如卓尔,再次印证了'适合的就是最好的'。"

王建宏说:"午午难过午午过,乱云飞渡仍从容。"

他们在通航的震荡中依稀看到了生活的彩霞,在煎熬中等待命运的回升。

孟磊忽然说:"比如莫干山的智慧通航小镇。"

叶欣桥说："你说的不错，我们想在杭州亚运会前后将跑道干到1800米，好在以前预留了1200米的土地。黄山、镇江、台州、温州等地的点对点飞行将视情推进，莫干山等地直升机低高度（200米）观光也想尝试。"

至2020年底，德清至黄山、镇江的航线如期开通。莫干山通航正行进在步步盘升的阶梯上。

直升机

王建宏原先待过的正阳集团旗下金汇通航，为全国最大的直升机应急救援公司，那可不是用来玩，是用来救命的。

我不认识金汇通航的大当家，倒和二当家见过几次面。二当家邹淑真女士是大当家的妹妹，分管公司运行。说起金汇通航，业内都知晓这是家大型的直升机救援平台，拥有职员两千，中高端直升机数十架。但在金汇总部所在地浦东，并无一架机，只有指挥机构，各类飞机分散在全国各点，方便就近投入。

正阳集团原是做建筑和地产的，兄弟姐妹六人均来自闽中三明市，创业带头人是老二邹建明，下面的文字来自妹妹（老四）邹淑真的叙述，时间是2017年11月21日。

邹建明从小痴迷于飞行，做梦都想做名飞行员。2005年自费去美国学飞行，终于上了天。回国后，经常去龙华机场飞直升机。没入行不知道，入了行才晓得，飞机这东西没这么单纯，不是你想飞就能飞的，上天前需要很多申请。有朋友趁机撺掇他：去人家那儿多麻烦，不如自己买一架玩玩。想想也是，就买了架MD600直升机，前面2人，后座4人，可坐6人。但买了机也不能随便飞，要请机长，要请航务，还得有机务，还得报航线，啰嗦事一大把。朋友们又来献策：有了飞机，不如注册家公司。2006年下半年,金汇通航顺应"民意",正式成立,总共十几个人,一二架机。有了公司,不能光自己飞,还得开张做生意。当时干通航人少,开始做培训吧。飞着飞着,发现MD600在中国甚少,做通航不实用,就换其他机型——S76(美国黑鹰),又买了小型训练机S300(斯瓦那),以及R22、R44、R66、贝尔407、贝尔409,全是美国造,最多时达20多架直升机,用来培训飞行员。当时的定价,私照及商照:飞行150小时,几十万人民币,收费比广汉飞行学院的标准高。但也不赚钱,因为人员多,机长、教员、机务、航务,加上管理人员,总部机关人员,做了四年,不盈利,都是拿地产挣的钱往里贴。

也承接其他业务。钱塘江等地的航拍,和央视及海宁电视台合作,做了六年。代管生意一直在做,人家买了飞机放在金汇,帮他们代办飞行到维养的系列业务。马云当时买了架意大利的AW139,1.35亿,由金汇帮其打理。史玉柱的直升机也代管。兼做航材,帮有飞机的客户进口配件,提供服务。后来想想,业务不能太庞杂,还是集中力量猛攻一个点——做垂直救援吧。这在日本有先例。人员受伤,救援的黄金时间为1至2小时,最黄金时间在1小时之内。比如发生交通事故,人员重伤30分钟获救,生存率80%,90分钟后获救,生存率就较低。经过权衡,金汇将主业投在紧急救援上,直升机全副武装,配备了吸氧机、除颤仪、吸痰器、注射泵等,总共买下65架中高级直升机,其中AW109计15架,AW119计33架,AW139共17架。地产挣的、银行贷的大把银子砸在购机及运营成本上。别看直升机,价格一点也不菲,AW109,单价6千万,AW119,7千万,AW139,1.35亿。关键是每架机的人员及维养成本每年1200万元朝上,十年投进去近20亿。

金汇总部在浦东，划分华北、华东、东北、华中、西南、西北、华南七大片区，片区下设除西藏、青海外的20多家省公司，全国直升机运营点28个，和当地高速交警、卫健委、三甲医院合作，信息和"120"共享。金汇花了数年时光，和大保险公司签下订单，保险公司所有的车险客户，出现在中国的任何地方（西藏等例外），发生意外，由金汇通航派机第一时间赶赴救援。

说起设备，真是一流，全进口的AW109及AW119，能装下2名驾驶员、2名医护人员、1名病人及1名家属，外加1副担架。AW139能载3副担架、3个病人、2名医护人员、1名家属。个别机上还安装了索降机，遇陡峻山地，直升机不必降落，救护人员先下去，通过担架将伤员悬吊上来。垂直救援发挥的作用不胜枚举：F1比赛受伤、2008年汶川地震，金汇通航架起空中生命线；2017年九寨沟地震，发挥同样作用；13届全运会独家赞助商；天舟一号发射护航，金汇上演生死时速……金汇通航采用北斗导航，全国无死角。不用做商业广告，各种媒体、公众号的案例宣传就是广告。雄心勃勃的金汇打算将直升机的数量增至100架，已是毫无争议的直升机通航亚洲老大。

"但是，做至今日，金汇仍在贴补，不挣钱！"

邹淑真轻轻的一句话，将我的笔震得重重一抖。

2019年9月26日，我再次遇见她时，仍是那么从容，脸含笑意，但终究掩遮不住眼角深处的忧虑。其实，我已从通航处汪处长那儿得知，金汇和其他通航遇到经营困难的消息。

"目前公司总人数超过2000，飞行250人，机务250人，航务250，总部机关300人，还有各省的管理人员，叠加起来规模超大，烧钱太厉害。人员开支、维养成本、航材、油耗、场地租金加起来全是公司自掏、贴钱做，每年没有10个亿根本无法兜底。"她说，"一定意义上的公益救援，如果政府或社保担一部分，医院出一部分，公司给一部分，就好过多了。"

"今年是不是特别困难？"机构庞大之类的话用不着我说，人家民营企业自然会考虑成本。

"原本和大保险公司合作，一年有几个亿的托底。今年某公司领导层发生变动，是否继续合作正在谈，没人托底，经营危矣。"她苦笑一声，"我哥说了，让他重新选择，不会再做通航。他现在的感觉，就像坐在高速列车上，无法跳下来，但如果真跳下去，非死即残，前面十五年的付出清了零。"

中瑞通航位于浦东金桥地区，紧贴张扬路，旗下有100多号人，12架直升机，其中8架欧洲空客小松鼠（H125、H135），其余为MD500（美国）。20名飞行员16名为中方人士，4名外籍机长（法国籍2名，英国、西班牙各1名）。

来自山西的1989年出生的韩蓉晶航务经理，帮联系了好几次，使我去时能见到王董事长和张总经理。她是位勤奋的姑娘，忙前忙后，终使成行。那次主要接待的还是总经理张保空和她本人。

张保空和他的名字一样，来自空军，开过战机，年过五十，自谋职业来做通航。他吸取了其他公司的教训，要求飞行、机务等直接工作人员占80%以上，行政人员一岗多职，没有人员浪费。和金汇的全民资不同，中瑞为国资和民资的混合制企业，2008年成立至今，成为通航公司中为数不多的稍有盈利不蚀本的公司。

虽然是直升机公司，同样设有不大的停机坪、机库，建有一座二层楼高的小塔台。

军人出生的张保空说得坦率："我司人员精炼，基本是一个萝卜顶两坑，哪怕是一个萝卜，也要像座山峰。去年（指2018年）工业作业3900小时，全年营收8000万，净利润在10%上下。这些年，公司一直小有盈利。"

我从他单刀直入的谈话中感到，张保空经商精明，可能跟他从军多年、熟读兵书有关。

"前方有走过的脚印，不妨参考下。"果不其然，张保空说，"既然改革开放是跟人家学的，干通航也一样，先跟一阵子，人家干什么咱也干什么，过了一定时候再创新。这些年，先跟着人走，美国、欧洲人做的项目，咱也先跟一跟。"

中瑞经营的项目有四大项，一是航空探矿，接国土资源部的单子；二是电力巡线，市场招投标；三是巡林护林，防火救灾；四是航拍，和央视、文广系统合作，直升机航摄。中瑞部分承接政府单子，大部分从市场找活干，大活小活、苦活累活争着干。谈到探矿，他眉飞色舞地说："跟你透个内部消息，我司在东北探矿半年，探出一个比大庆油田还大的油田，在离大庆不远的地方，但还没对外公布。"

想到他们在全国各地巡线、探矿，而直升机却停在楼下的机库里，我不禁问："飞机开到东北、新疆探矿？"他说："哪里的事，如果开过去，需要层层报批，一个地方一个地方中转过去，办手续就办死你！告诉你吧，将直升机的旋翼拆下，将飞机装上平板大货车，晓得吗？平板车有22米长，从公路几天运至作业区，不用办手续，成本反而低。"

张保空既是总经理，也是飞行员，大项目重项目带头飞。一旁的韩蓉晶说："东海大桥38公里，从开打第一根桩，到合拢通车，张总全程跟拍；苏通大桥开建，张总冲锋在前；每年的F1实况转播，也是他亲率飞行员拍摄。"

张保空得意地补充道："别看飞机小，照样干大事。央视有档《云和梦之间》的节目，需要拍藏羚羊迁徙过程，我带人飞越唐古拉山口，一连在那飞了三天。机组3人，央视摄影师3人。在高原，直升机无增压座舱，人人都戴着氧气面罩，我们飞行，他们拍摄，想想都过瘾。"

韩蓉晶抢着说："可惜我不会飞，无缘见识那些场面。听人说，电力巡线都是带电作业，500千伏、1000千伏的高压线路，直升机靠在电线旁，几乎悬停，每杆停5分钟，电力局的人穿着银制的服装，拿着测电棒触及电线时，发出的火花和轻爆炸声传到30米开外。直升机悬停最伤机器，最考验技术，驾驶员始终在操作，前后左右不位移。没有几把刷子的飞行员怎么敢去？这种事，张总回回身先士卒。"

张保空指着自己的额角说："你看我的脸，是不是比同龄人老气？我不带头谁带头？没办法，挣点辛苦钱，干总比不干好，盈总比亏好。中瑞的盈利也许就是这么精打细抠出来的。"

韩蓉晶2011年进公司，低谷、高潮都经过，现在负责航务一摊子，她说："办手续环节太受限制，飞行计划需报民航报军方，层层设卡，经常拖成马拉松，对一些略有风险的项目，局方会选择不批，他们不会为一家小公司冒丁点风险。其实，我们自己的人和财产也在飞机上，难道不顾风险？车开路上还天天有车祸，难不成封路？但凡出点问题，上面查你个底朝天。"她也谈到了恶性竞争、低价、恶意争夺，"现在的通航公司多，门槛低，谁都能进，有项目一哄而上。"她深沉地说，"通航遇到问题很多，我们不怕困难，就怕遇到难处没人帮我们，没有途径求援。"

我听得出弦外之音，她想说的还很多。完全是卖方市场，客户提出的某些飞行要求写进条款，完全违背了正常飞行的实际，比如遇陡山，飞机要按山体的坡度90°上升，下去也如此。

技术稍差的飞行员根本做不到,也毁伤机体,但甲方要求,只得服从。

"还有教育层面的,上面对通航的重视停留在口号上,真正落地困难重重。民航三大院校,没有通航专业,对直升机就更偏废了,飞行理论谈的全是固定翼,一本教材,只有很薄的几页纸谈到直升机的。"

韩蓉晶瞥一眼窗外的凄艳的落霞,憋屈地说。

二、国产通航机

芜湖,因附近有一大湖"蓄水不深而生芜藻"得名,是长江中下游平原的组成部分,还散留着零星的低丘与残山。在历史名城云集的长三角,芜湖的光芒似乎无法射进前十,然而,背靠长江、西邻南京的芜湖自古就有"江东名邑""吴楚名区"的美誉,明代中后期集聚成了著名的浆染业中心。改革开放后,芜湖以自身的地理和人才优势,一跃成为华东地区重要的工业和科研基地,成为中国最佳创新力城市的一个明亮光点。近些年,借国产奇瑞汽车的异军突起,御风而起的通航飞机——中电钻石在此生产下线,从芜宣机场那条 800 米长的跑道升上蓝天,飞向全国。

华东民航飞服中心苏震亚副主任、通航室主任黄艳女士多次说,看通航制造不能不去芜湖,那儿的生产和管理可代表中国通航目前的水准。管理局汪韬江处长、张汉仁副处长也推荐我抽空去芜宣机场实地走一走,或许会有不一样的怀感。在他们的友好建议下,我去了芜湖两次,果然见到不少高人,也对芜湖有了新的认识。

国内搞通航产业园的不在少数,圈几百上千亩地,修座小候机楼,建条 600 至 800 米长的跑道,弄几架飞机,对外称通航小镇或通航产业园,广告吹上天,实际是半死不活的货。芜湖通航科技产业园的闪亮点在于"科技",且是光亮的。因芜湖机场的土地和宣城有所接壤,故命名为芜宣机场。按中期规划,距通航机场 300 米处将建 2800 米长的第二跑道,用于民航运输航空,是花开两朵、比翼齐飞的憬愿。我早就得知,芜湖通航产业园的重点是制造,目前产品为中电钻石 2 座或 4 座的固定翼小飞机。

由芜湖市政府主导的通航产业园,是当地在制造业领域发力的又一记重拳。2019 年 8 月 22 日,我首次去芜湖通航,受到总经理曹小明、中电钻石飞机制造厂厂长洪雨宁等人的热情接待。到达当天已是中午 11 点的饭口,但我们仍坐进新落成不久的办公楼会议室,开始了一个多小时的座谈。

如果以为曹小明和他的名字一样平常又平庸,那就错得太离谱了。人到中年的曹小明戴副眼镜,从镜片后释放出的是超然夺目的精光。一开场,他就侃侃做了一小时的脱稿发言,听来毫无枯燥之感。无疑,他是我见过的航空领域口才极棒的管理者。曹小明原是芜湖发改委负责人,2013 年接触通航,2014 年布局,2015 年落地。为了通航,他毅然从发改委任上"下海",来到距市区 30 公里外的芜宣机场,专心通航产业园,为本市的制造业添上了浓墨重彩一笔。

"朦胧中决策,黎明前突破,阳光下超越。"

斩断过去,很难认清未来。曹小明用三句话概述了芜湖通航的过去、现状和未来。在发改委任上,他就是芜湖工业立市、制造立市的坚定倡导者和执行者。通航概念太大,到底干哪一块?怎么干?当时很朦胧,存在很多分歧,最利索、见效最快的当然是像人家那样,建座小机场、买几架飞机、注册家通航公司"飞起来"。但他们不想拾人牙慧,愿从白纸上绘蓝图,瞄准的仍是最有难度的制造业——造飞机,以整机为龙头,以配套为集聚。在配套上瞄准的依然是最难啃的卡脖子工程：发动机、螺旋桨和航电。大政方针敲定后，具体工作交给了通航"三巨头"负责。其中曹小明是核心，总舵通航产业园，从南京某研究所前来增援的洪雨宁为飞机制造厂厂长，80后郑君博士为航空发动机公司副总经理。"三巨头"全权负责中电钻石2至12座飞机的研发与生产。我去的时候，已生产出了50架双发4座的新机。

  芜湖通航选择制造业，并非气血来潮，自有它的底气。在曹小明的眼眶里，芜湖虽然造不出ARJ21和C919那样的"大飞机"，但造小飞机有它特别的气势：这里有强大的工业技术和人力资源。国产车奇瑞总部在芜，由此衍生了600多家汽车零配件企业；美的、格力在此建立了成熟的空调生产基地，相关工厂200家；另有自主品牌的机器人企业120家。这里有完整的海、陆、空工业产品，造船能力达到10万吨级，轨道车、特种车、重卡、大客、新能源车，大把的在此下订单。芜湖虽无名牌大学，但有高校5所，中等专科学校20所，在校生20万，向当地工厂源源不断地输送高素质的技能型人才。曹小明历来是位"无中生有"的主，"水中游、地上跑"的造出来了，"天上飞"这一块可不能缺！

  下午在三巨头的陪同下进生产车间，这实在是开眼界的事。因为我看到了从生产原料到整机完成的全过程。飞机生产不同于汽车，还难以做到全流水线作业，这里的中电钻石飞机也如此，为半自动的工序式制造，前后8道工序，脉动式生产——机动人不动，经过8个工位后，一架乳白色的浑身锃亮的飞机就诞生了。如不是亲眼所见，也许难以相信，经得起空中疾风暴雨击打的飞机，竟然是柔软如丝绸般的复合材料制成。这些0.1至0.4毫米不等的碳纤和玻纤被抽成丝，又织成"布"，如同做衣服的布料那样，软软的卷成一筒一筒，送进生产线后，经过层层叠累，高温加热，变成机身、机翼、机头，薄的地方薄，厚的地方厚，喷上油漆，便成了坚硬如金属一般的飞机，而份量却比金属及合金轻得多。每道工序的工人们瞧我们走过，以亲和的余光行个注目礼，专心手上的活。穿过生产车间的大门，便是成品车间，那儿分两行排着16架刚出厂的新机，有的经过了试航，有的正等着试飞，它们列着整齐的队伍，身上发出宝石般的光芒，像在等着客人们的检阅。

曹小明说："这些都是名花有主的，有单发两座，也有双发四座，双发四座是主力，市场的欢迎度也最高。从这里打开机库大门，可直接推上跑道试飞。目前，工厂的年产能力是200架。"他透露，"咱们的中电科飞机，瞄准的是TA20基础教练机，将空军和民航院校正使用的初教、中教机合二为一。"

曹小明说，中电系的技术以奥地利的"钻石"为基础，但有大量创新的成份在。越往后，自主产权的比重越大。这里的每家企业背后都有一所高校做背书。中电钻石的后面是南航大，航锐特种动力的合作方为清华，完全自主产权的中科飞机依托的是上海交大，而通航科技产业园和北航大深度融合。经过几年的发力，芜湖通航产业已获得多块挂牌：国家通用航空产业综合示范区；安徽省通航战略性产业基地；安徽省军民融合产业基地。国防科工委副主任、中国商飞公司董事长金壮龙来芜湖通航时，给予了八字评价："没有想到，出乎意料。"华东民航管理局局长同样对曹小明说了八个字："亲耳聆听，身临其境。"至此，他们终于获得了黎明前的突破。

曹小明做的，便是打造一个"以制造为龙头，以服务为产业"的通航生态链。除了制造，芜湖通航人将芜宣机场的定位为客货并举，造就完整的通航服务平台。回望七年通航路，曹小明感慨万千。上世纪八十年代，通航一度发达，由于政策力度、定位不明等原因，从旺至暗，仅留下北大荒等几家公司残喘至今。进入21世纪，尤其是近十年，低门槛的通航又迎来了一个高烧期，民企参与、央企参与、地方政府参与，看似浪花滔天，但大部分通航人都是凭着一腔热血，蒙面狂奔，适才抬头看路，方知希望与棘荆同存，市场公平也无情。经过这些年刺刀见红般的拼杀，通航由一度的狂热趋于冷静，一部分抄概念、拿地皮的企业没了声音，缘生缘灭；而"病树前头万木春"，实打实做的，开始水落石出。

曹小明面对的困难也显而易见：通航的规章体系不健全，只能以大民航来照搬通航，运营效率、成本高启不下；主管部门不清晰，民航局，工信部，还是地方政府，谁来主管，管什么？政策扶持力度弱化，喊支持的口号多，拿真金白银的少，民航基金只补贴运输航，对通航零补贴；客观上，低空开放争议巨大，3000米、1000米以下没能放手，有些地方面临"飞不起，落不下"等问题。

曹小明团队似乎看穿了铁幕后面的机关，背靠政府有力的双肩，依托周边完整的工业体系，合理聚拢天时、地利、人才，以造飞机为契合点，融学、研、产、适航试飞为一体。从业务上论，芜湖通航生产的DA20、DA42和浙江万丰通航的机型存在同质化，但运作方式不同。万丰通航凭资本优势，整体收购了奥地利钻石飞机公司，将生产的DA42飞机销售国外，也销国内。芜湖通航则是生产其中的两款主力机型；这还不是主要，重点是吸收消化后再创新，创造出适合中国市场的新机型，如CA20、CH42。芜湖通航在合资的中电钻石飞机制造基础上，又成立了独资的中科飞机制造公司，生产TA20，逐步替代目前市场的初教、中教机。

曹小明用行动获得了情感，又用情感支撑了行动。

曹小明的视野更为寥廓。他经营着3平方公里的航空小镇，前面更有30平方公里的航空产业园区预留，这在国内很难屈居第二。落户在土地富余的芜湖通航产业园的航企，可以招聘到大量熟练的技术工人，也就吸引了许多通航配套企业的加盟。曹小明眼光的"毒辣"之处也在此。他从不凌空虚蹈，做的是集引进、制造、创造的一个工业集群，并不是一件或两件单一产品。目前，产业园拥有航空发动机厂三家，生产7马力至500马力的活塞发动机，供有人机和无人机配装，无人机方面可为彩虹、翼龙提供动力配套。引进的航空紧固件厂，液压厂区已开工生产。著名的国内外螺旋桨生产商卓尔公司也在2017年整体迁至园区。华明航电公司的生产用房也已落成，技术国内外领先。至此，园区灯火通明，已是一个通航集群研发、生产的天国。

过了几个月，当我第二次踏上这片土地时，曹小明正忙于筹备第二天召开的通航联盟大会，但还是充满激情地对我说："欢迎再次来芜湖，建议重点看一下中电钻石的发动机和卓尔螺旋桨公司。"

中电钻石飞机制造厂厂长洪雨宁第二次接待我，陪同的还有郑君博士。时隔两月再次见面，老朋友似的握了握手，第二次参观了生产线和发动机研究所，边走边聊。

洪雨宁为南京人，原供职于大名鼎鼎的中国电子科技集团第十四研究所，那是中国雷达工业的发源地，高端雷达装备的创始者，信息化装备研发的先驱。他所在的机载雷达研究部，跟飞机关系密切，后来他参与了预警机的研发，对飞机情有独钟。不过，洪雨宁对飞机的情怀，可以追溯到刘华清倡议搞航母时，建航母的目的是为了飞机登舰。他的确是个有故事的人，1998

年，他在以色列常驻，每年独立日，以国军用飞机对市民开放，包括F16、C130，阿帕奇直升机等，都是真家伙，这使他对飞机更有感觉，更有感情了。前些年，成立中电集团和芜湖通航合资的中电钻石飞机公司，需要干部，他义无反顾地离开南京，带着十朝古都的金粉气，独自一人跑来芜湖，担任飞机制造厂厂长。

洪雨宁对通航的信心，来自于中美对比。大洋彼岸的美国有通航小飞机20万架，机场2万座，飞行人员70万，本本族200万，而全中国本本族才7万，通航飞机不过4千架。差距就是市场，就是机会。他的工厂生产的DA42双发四座飞机，类似于瑞士军刀，装上不同的设备可以从事不同的任务，教练巡逻、地质勘探、航摄、缉毒、火情侦察与扑灭，都能发挥作用。我在刚下线的新机中看到，一架安装了垂直地面的摄像设备的DA42新机，正是某企业订购的航摄机。一套航拍设备2千万，超过了飞机本身的价值。

中电钻石公司由国资控股，地方参与，走的路子不是短期行为，而是引进——消化吸收——自主创新之路，从一开始就是高起点、高质量。飞机机身由全复合材料制成，理论上讲为无限寿命。通航机无增压座舱，但他们生产的飞机能升至5400米的高度，最远巡航2千公里。

经多方淬砺的洪雨宁尤其关注市场，上任伊始，他就遍跑市场。2014年他将全国14家航校统统摸一遍，每校需要多少飞机，目前有多少飞机，老机、新机的比例多少，啥时换机，每年飞多少时间？逐一记录下来，飞机造出后，一家一家去推荐。时至今日，中电钻石飞机销量全国第一，广汉飞行学院一次就订购了28架。

在芜湖通航，对飞机痴心的可不止曹小明、洪雨宁，发动机公司的郑君也是其中之一。他是辽宁人，南航大发动机专业博士毕业后，放弃了去大城市的机会，来到芜湖这个三线城市专心搞通航，潜心发动机的国产化研发。他说，国内干通航的，某些公司只关注眼前利益，不大可能从事投入大、周期长、多年无收益的航发研制，这项工作只能靠怀揣情愫的国企来主导。他所在的航发公司就是由中电科技、芜湖市政府及奇瑞汽车合作投资的。他秉承了曹小明"无中生有"的新理念，从进入航发的第一天起，就做好了十年不盈利的持久战打算，坚持战略定力，耐住寂寞，长期攻关。谈话中，他一口一个中电科技有情怀，芜湖市领导有情怀，奇瑞汽车有情怀，投资搞航发——尽管不是大飞机的发动机，终究也是发动机。

发动机周期长，这是谁也没法子的事。研发一款活塞发动机，至少2个亿，取证还要大把的烧钱，需要将各种可能的故障试验一遍，比如一款活塞发动机四个缸，先断掉一缸，三缸工作如何，断开两个缸又是如何？又如航空煤油冷至零下30°，渗入杂质，会对发动机产生怎样的影响？他谈了许多技术上的话题，什么涡轮增压器、发动机编码、程序软件等等。有的能听懂，有的听不太懂。哪怕不懂，我也装着听懂似的不住点头，但总的思路算是厘清了。

他说："发动机研发，当然也是借鉴（国外的）、吸收、自研、创新这样的路径。不过，通航机和汽车的关系密切，既然欧洲造的小飞机采用奔驰车的发动机，咱们就用奇瑞车的引擎，将汽车发动机拿来，改进其尺寸，改变其材料，强化其功能，一步步往前挪。"他皱了皱眉头说，"反正这条路是国内第一家，没人走过。如果搞成了，一部分用于国内，一部分出国；如果不成，继续试验。"

又过了两个月，时间推移至2019年双"十一"。我通过电话了解到，郑君团队主导的发动机进展可期。他在话筒那头谝着，我听着哼着，真觉得"士别三月，当刮目相瞧了。"

郑君主导的 AE300 系列通航活塞发动机，三天前——11月8日获得 CAAC（民航局）颁发的生产许可证，为170马力的四缸活塞式航空煤油发动机，可配在中电钻石类飞机上，打破了国内通航活塞发动机生产的"零记录"。郑君五年挥一剑，部分压实了通航产业链条。

国产在研的那款不愿透露命名的发动机也基本定型，170马力，可增量至200马力，以上两款通航小功率引擎市场保有量大，能配装在单发或双发的四座小飞机上。

我俩没时间煲电话粥，只是简要通了次话。或许，郑君手上还有啥秘密活，只是没到时候，不方便在电话里唠。

三、卓尔螺旋桨

谈到"卓尔",难免想起"不群"。卓尔螺旋桨公司就是这么一家"卓尔不群"的企业,产出的螺旋桨远销70多个国家。虽然当下早已进入喷气机时代,但螺桨飞机正如有了汽车难以割舍自行车那样,永远也不会退出历史舞台。卓尔的使命,就是为天上的有人机和无人机按上一流的旋桨。

我两次赴芜湖,两次参观了"螺旋桨一哥"的实验室和生产工厂,但没见着卓尔的当家人南雍。人说八十岁的南老爷子游历四方,神龙难见,人不在,车间和实验室照样转,生产出的桨叶被民机、军机广泛采用,连谷歌无人机、空客无人机、洛·马无人机都竞相前来扫货,老爷子乐得在外逍遥。我第二次去芜湖通航产业园,总算见着了卓尔公司的副当家——南雍的女儿南妮。人称妮总(以示和其父的称呼区别)的领我观看了卓尔的展品区和材料库,还在她的办公室让我和她的父亲通了一次话。

南妮1978年出生在河南,看上去比实际年龄小,三十多岁的靓丽模样。她在日本受商科教育,毕业后在美国工作了几年,2017年回国,帮年近八旬的父亲打理工厂。回来那年,她不理解:父亲七十多岁了,干的事不同于大飞机,是轻资产高利润的螺桨,中原郑州待着挺好,为什么迁来芜湖这地级市?直到后来遇见芜湖通航科技园区的掌门人曹小明，才知是他使的"阳招"。"曹总在2014年西安那次展览会上偶遇老爸，穷追不舍，扔出许多诱饵，说啥在郑州单打独斗，不如来华东抱团取暖，说啥'立足长江，面向全球'，终于将老爸'招安'，连厂带人搬来芜湖落户。"

在我印象中，螺旋桨由钢疙瘩、合金或复合材料制成，但南妮首先带我走进了几间堆满木头的库房。几米长的木条、木板，有厚有薄，有大有小，整整齐齐堆放在地上，有的垒起顶上了天花板。没等我发问，南妮说："这些做桨叶用的木材，大部分是从德国进口的榉木，也有少量云南产的，但德国进口的榉木脱脂脱水工艺悠久。""这么多木头？足足几屋子呢？"我忍不住地说。"这倒不是啥秘密。木质螺旋桨的用场，或许百年后也不会消失。"她爽气地说，"近些年无人机猛增，带动了与之配套的木质螺旋桨的产能，还有各种靶机的桨叶，要求成本低，多数是一次性的，共同推了木桨的数量。可别轻瞧这些木疙瘩，经过脱水脱脂，涂漆加工，制成的旋桨轻便、耐腐蚀、易加工、成本低，技术指标完全能满足中小桨叶市场的要求。"

当天，南妮带我地毯式地参观了材料库、生产车间、实验室。在第二次来之前，我看过相关资料，发现卓尔公司从2010年开始进入碳纤维螺旋桨时代，而后一手抓木质桨叶，一手抓碳纤复合桨。

公司投入巨资，研发，掌握了一套属于自己的300℃以上高温、白压成型技术，自研的复合材料桨片耐温、耐久，强度高，重量也有优势，累计飞行6000小时以上零事故。卓尔公司产出的螺旋桨从2公分至数米不等，最长达9米，每分钟3000转，最高功率350马力，为名副其实的领军企业。

在占地几千平方的实验室里，柔软的碳纤复合材料正在加热硬化。"加热需要几小时？"南妮闪了闪眼睫毛，维持着笑意说："这个，具体数字我也不太清楚，如果问现场的工程师，估计他们也说不好。"我立马捂住了嘴，晓得这是知识产权。

在接待室坐定，南妮话匣子开启，介绍起卓尔企业，说起卓尔，其实主要谈她父亲。

父亲南雍航模学校毕业，留校当了一辈子教练，但他这个教练当得不一般，经常带队参加各类航模比赛，斩获诸多奖项。

每次出去比赛，参赛的航模都是父亲带着大伙亲手做的，用自己制作的模具比赛，尤为得心应手。随着他在各类赛事上取得不俗的成绩，南雍的名字出现在航模界，他的比赛也从国内走向海外。

F3A（航模竞赛飞行）是父亲看重的赛事。他们自己加工零配件，自己组装飞机，只有操纵系统购买日本的。他率领的团队在F3A项目中两次夺冠，第三次成为世界记录的保持者。许多高鼻子黄头发的外国人觉得奇了怪了，当时工业并不发达的中国队怎么屡屡领先呢？研究来研究去，线条清晰——父亲手中的航模是关键，而关键中的关键是螺旋桨。父亲亲手加工的螺旋桨更像一件件艺术品，在转速、飞行时间、灵活度方面技压群芳。对此，父亲并不讳言。航模用的桨都是木质，他每次都自己选定木料，用他的十根手指头魔术般地将一块长方条的木头搓成弧度、形状恰到好处的桨叶，硬是做成了比机器加工还精密的螺旋桨叶。他有时自言自语：谁叫咱是鲁班的后人呢，手上的活儿那是有遗传因子的。

当父亲再一次保持航模世界记录时，世纪航空运输协会会长对他说：南先生，你不用当教练，专做螺旋桨吧，可以卖到我这儿来。父亲笑笑，人家不过一句玩话，何必当真？继续做他的教练，继续搓他的手工桨叶，继续破他的记录。

父亲在航模学校滚打了四十年，在得了无数个航模赛世界奖项后，终于退了休，开始云游四方，每季度出去一二次，时间两至三周不等。如此"放松"了四五年，到了65岁那一年，邂逅几个也已退休的当年同事。另两个老头说："你老南一双魔手空着也是浪费，不如一块干点啥事？"

"咱仨到了这个年龄，难道还想帮别人打工？"父亲说，"正找你们呢，咱既然破了航模赛的世界记录，也破一下创业的记录？"那二人瞪大了双眼问："你有啥想法？"父亲将三人的茶杯聚拢一起，说："咱三人搞个合伙作坊，专门制作航模螺旋桨如何？多年前，前航空协会会长说过要收购我的桨叶，但一个美国人的话怎么能信？咱们还是立足航模学校，搓了桨叶销往那儿，好在咱们都是航模界的老人，学生、弟子总有那么一些。"父亲呷了几茶，伸出三根手指说，"咱们是老汉创业，既然是合伙做生意，当然得出资，咱们一人一万，共三万，作为启动资金怎么样？"

三个挤在一起的脑袋忽地分开。二位老汉听说要掏真金白银，立马垂头喝茶。父亲又说："实在有困难，我多掏点，你们意思意思，咋样？"二位合伙人勉强应允下来，说："咱们虽然剩点儿手艺，但六十好几的人了，还合伙创业，是不是有点老？"父亲将茶杯重重一掼，说："老当益壮，不坠青云之志！没人规定六七十岁就不能创业，就这么干！"

二位66岁的老人又上班了。在一间出租屋里，三个老汉穿着背心，在沤热的夏天开始干活。三人各拿着锉刀，靠自己的双手搓着木条，做出来的桨叶该薄的地方薄，该厚的地方厚，该曲的地方曲，该平的地方平，件件成品瞧着都过瘾。

他们待过的学校没忘记他们,当三个老头的样品寄出去后,立即收到了订单。校方在回信中说:不是靠老脸,实在是你们的东西太挺刮,价钱又便宜,让人想推辞都缺借口。面对几千元的订单,三个老汉激动到了,他们竟成了生意人!这张单子比往后几万元、几十万元、几百万元的单子还兴奋!令他们想不到的是,订单一张接一张地飞往他们的作坊,金额一单比一单大,大到他们招架不住时,父亲决定招兵买马,扩大地盘。后来,人的手工作业已无法满足,他们就买来机器,让机床为他们打工。三位老人设计模具,定好尺寸与弧度,机床铣出后就是定型了的产品。

2007年,某工厂生产的无人机靶机,高炮、导弹打靶用途增,消耗量大。军工厂不做成本低、利润薄的木浆,主动找到父亲,要求帮他们生产无人机配套的木质螺旋桨,而且是长期合作。这样的单子绑定后,卓尔的生意连上几个台阶,增设备增人,完成了从私人作坊到现代工厂的转变。

想想当年的事还真有趣。那几年,我完成了日本的学业,在美国做事。父亲每次去看我,身上背着不同尺寸的桨片。他说,你也帮推荐下这些产品。我不肯,说工作忙,没那个推销功夫,脸皮也不够厚。父亲说,我上去敲门,你跟着去,帮我当翻译就是了。就这样,父亲扛着一大堆桨叶,一家单位一家单位上门。航模公司和飞机厂家见他上门推销,持怀疑态度。父亲说,送给你们的,试试吧。有的单位拿了桨叶也不敢用,毕竟是要上天飞的,谁敢随意用一个不相识的老头上门推销的桨叶?

那一年,美国正办通航飞机展销会,有整机,也有配套的相关零配件,每个摊位500美元。父亲拿下一个,将那些没售出去、送出去的桨叶摆上柜台。真到了货比货的时候,卓尔就占了优势,行家一瞧便知。父亲带出去的样品售空了,500美元的摊位费共卖了 6000 美元所得。有几家客户找上来谈生意，当时无电商，无网上直销平台，全靠分销商。父亲锚定两家代理商，将产品批发给他们，由代理商零售出去。

2008 年至 2012 年间，卓尔在前些年基础上招聘专才，投进去大把科研费用，渐渐掌握了一套自主知识产权的自压成型技术，将薄如纸的碳纤复合材料，一张张叠合，经高温压成螺旋桨叶。

在那些岁月里，父亲每天第一个到公司，最后一个离开。为了想一个课题，可以几夜不睡觉。他常常说：要不停动脑筋，不停做事，做事是你热爱事业的一部分。他还说：要有信仰，信仰是通向成功王国的云梯；一味追求利益是做不好企业的。

他还是个好父亲，帮我们做的早餐特讲究：小枣、南瓜、山药，熬小米粥，切三五样水果，烤个小面包，面包里加杏仁、鱼干、煎蛋。餐食里含着他的追求。他说：工作上威猛，不代表不热爱生活；生活得有趣味，才完美。

"后来，就来到了南方。"我将她从追忆模式中牵回。

"曹总给地给钱给政策，要拒绝太难。父亲耐不住寂寞，终于带着几十号技术人员举家南迁，和芜湖通航产业园融为一体。"她说。

"老爷子一定有他的考量。"

"孔雀东南飞，卓尔深度融入长三角，融入华东制造业腹地，借长江和东海水道，似乎离世界更近了。"南妮笑道，"入驻芜湖，卓尔借机建立了标准化厂房，更新了大量设备，改进工艺，开发出了国内外通用的系列产品。现在，已开始生产直升机的旋翼，3 至 4 米长的碳纤旋翼开始出厂。碳纤维桨的特质是既耐高温又耐低温，永不疲劳，理论上说是寿命无限。"

"利润更是一路走红。螺旋桨产品'军民通',民用军用差不多。卓尔走出国门多年了,听说鱼鹰直升机的转翼,洛克希德·马丁的桨叶,土耳其、巴西航空工业都采购贵公司的产品。"我说。

"下一步正谋划做涵道桨,就是在桨叶外面加个盒子。飞机的速度原来越高,旋桨的转速越来越快,为减少噪音,防止音爆,需要涵道桨。"她说。

"芜通产业园前景数十平方公里,他们做通航技术集群,自然欢迎你们这些配套龙头企业加盟,形成虹吸效应。再说,从走向世界层面分析,长三角是更理想的桥头堡,你们除了犁庭扫穴,已无路可走。"

南氏父女做空气螺旋桨成为业界一哥。卓尔告诉我们,哪怕制作一个配件,只要做成精品、极品,也是对"中国造"航空产品叠床架屋的莫大奉献。从南氏父女身上,我似乎看到了航空零配件国产化之路的未来通道。

四、金山华东无人机基地

金山无人机基地的名字冒出来不过两年,名气与影响似乎已盖过龙华基地。周末,我随读书协会一行 20 人去了一趟。

想象中的金山在杭州湾的角上,仿佛比浦东机场还偏还僻,是以中午 12 点就上车,准备路上一个多小时的车程。几个年轻人更是在饭前就拒绝喝水,做了坐长途车的备份。上车后,诸君阖上了眼,闭目养神,一路上听车轮的橡胶摩擦沥青路面的嚓嚓声,依稀也没过多的刹车及调减速度的动作。也不知过了许久,当真正听见吱溜一记大刹车,车子已平稳地停在了金山工业区管委会的大楼前。众人纷纷张开眼,其中空管中心的顾主任扬起手机瞧了瞧,狐疑地说,咦,怎么才 40 分钟?航空气象中心胡主任也睡眼惺忪地说,嗯,怎么比奔浦东机场便当?

金山工业区张亚军监事长,办公室宋双双小姐以及无人机基地田子青副总、胥飞先生已在门口迎迓。寒暄过后,进入一楼大厅。

无中生有的"游戏"

几位主人说,来这儿参观的批次多,每周都要"打架"。我说是的,咱们也是约了第二周才挨上,打扰各位了。张亚军监事长说欢迎指导,先请了解下金山工业区的规划。说话间,一行人已在一楼大厅站定，围绕模型驻足观看。解说员打开激光笔，指着面前庞大的规划模型解说起来，自然是现状、未来、周边交通等框架。建设规划中的工业区令人耳目一新。从模型上不断闪烁的灯光中，我们找见了无人机基地的所在建筑及区域。

听毕介绍，也不停留，驱车直抵无人机现场。路不远，几分钟的车程。

进入嵌有"华东无人机基地"的不锈钢标牌大门，马路边上，就瞧见了七八架小型旋翼无人机如蜻蜓般飞在几十米的上空，螺桨旋转发出的风声嗡嗡可闻。与之相连的七八个凉蓬，每个蓬下有一堆人盯着键盘，或操作，或围观，必定是操控飞着的无人机的。我们瞎估摸着，这些人群要么在培训学习，要么在考试。也有人说，这是要给人一种"带入感"。

基地于2018年8月开建，不过两年时光，许多屋舍和厂房正建设中，但基地公司的办公楼及展示厅已成型。进入室内，新的楼宇、新的装饰，处处透着现代。无人机产业只是工业区的一块，但张亚军及宋双双二位一路陪同着，可见管委会对新兴产业的关注与厚望。

进门的一楼大厅，张挂着一幅巨大的显示屏。先是放了个热场的五分钟短片，因是动感的空中飞物，视角冲击力强撼。稍后，着白衬衣正装的田子青副总打开屏上的PPT，详细介绍基地的情况，结合文字图案的解说似乎更能刺激人的感官。20分钟的说词已使我们初步理解了金山基地的两年历程和今后若干年的未来。

无人机是金山乃至上海培育新产业的重头戏之一。以前，金山给人的印象是"角落"，常常与化工及污染连在一起，引进无人机产业无疑开启了智能运输、智能制造的新天地。华东无人机基地于2018年8月30日正式揭牌，时隔半年，2019年3月27日，中共中央政治局委员、上海市委书记李强前来调研。在听取了现场汇报后，这位出生温州、富于经济头脑的领导人指出：无人机产业前景广阔，要善于"无中生有、独辟蹊径、攻坚突破"。李强说得不错，金山无人机产业就是这么无中生有"长"出来的。

从缩小了的长三角区域图上可以看出，金山区位于长三角城市带经济圈中心，东临东海，西连浙江，北通江苏，距长三角重要城市约一小时车程。无人机基地有陆上空域58平方公里，海上空域200平方公里，陆上试飞起降场地1平方公里，两条800米"十字型"试飞跑道，A2类水上机场一座，另有无人机飞行服务中心1万平方米。基地引入了"优凯"无人机综合监管系统，具备无人机注册登记管理、地图服务、飞行空域安全评估、空域申请、飞行计划管理、气象信息查询等功能；利用广播式自动相关监视系统及5G技术，接收、处理无人机监视、定位等数据，支持查看、监控无人机实时位置、机型、高度、航向、速度、飞行轨迹等详细信息；综合显示航路、机场、地标、地理数据和航行资料等丰富而全面的信息。

田子青介绍，金山工业区采取产业园区的现代思维，初步安排无人机研发制造区域400亩，依托上海及长三角人才、技术、资本优势，打造无人机研发、制造、交易集聚地。基地开张不足两年，可谓突飞猛进，已建成华平（金山）无人机产业园200亩，建筑面积8.4万平米；拟建万科（金山）无人机产业园137亩，建筑面积9.4万平方米，总投资14亿元。基地启用一年多来，已引进锋飞、东庭自动化、优伟斯科技、美洲豹、东翼航空等研发制造型、平台应用型企业，另有中信海直无人机项目、中国商飞电动无人机项目、上海交大扑翼机项目、霍尼韦尔、小鸟飞飞、歌尔泰克及中航十一院无人机项目在洽。至我们去参观交流的2020年8月初,基地运行平稳,试飞情况超出预期,已完成飞行总架次3万余,飞行时间6千小时,服务单位200多家。至此,"无中生有"的金山无人机产业,开门红已成定局。

三分明月光

展示大厅的光影也是魔幻的。吸人眼球的还是无人机展示区,展台上的十几件无人机可不是模具,也不是摆式,那是真机。眼前的飞机不但能飞,且颜值超高。五颜六色的表漆,涂得晶莹剔透,看上去不像是真的。

展厅的门面擦得亮堂,门内的每架飞机都让人血脉偾张,每个展位都令人眼花缭乱。这里,有便携式四旋翼、六旋翼的无人机,也有固定翼带旋翼的垂直起降、续航5小时以上的电动机,更有执行各种任务、可挂载几百至上千公斤的大型无人机。张亚军、田子青领着我们一架一架解读,使我们看见了表象以里的东西。实在是机器这东西太专业太复杂,不容易一一记牢,只能知晓个大概,总的感觉是工业无人机的品种在这儿紧急集合了起来,不需要再去别处。

众人边看边谈。几千元一架用于拍摄之类的无人机不稀奇,家庭外出旅行,车的后备厢里就放着可自由放飞的小小无人机,那是用来玩的。但如此齐全的工业无人机,许多人还是头一次见着。现场的许多真品对大多数人而言,如星月高悬天际,可仰望其光,却不可及,至多是在影片中见过。今日近在眼前,至少能一饱眼福,甚至上前伸手摸一摸也是不禁的。这使大家很开怀。

诞生于新时代的金山无人机基地,直接从高处入手,从登台那时起，瞄准的就是国内领先，接轨国际。经过两年的探索，已和四川、深圳无人机基地形成西、东、南三足鼎立之势，三分天下有其一。三地各有不同，互有优势。半天的学习，也使我们这些无人机的门外汉窥见了豹之一斑。

西面，四川无人机低空空域活动范围包括"四点三片一通道"。"四点"指分布于成都周边的龙泉驿洛带、都江堰安龙、崇州豪芸、彭山江口4个通航机场；"三片"指都江堰至崇州、洛带、彭山三片空域；"一通道"即洛带至彭山低空目视飞行通道。四川成都无人机基地以军用机为主，兼顾民机，划设的低空飞行区步子迈得开，正由"管制指挥飞行"向"目视自由飞行"模式迈进。

南面，深圳无人机行业起步早，基础厚，驻有大疆无人机等龙头企业。深圳正进行无人机低空开放试点，在中国特殊的空域结构环境下，改革开放排头兵深圳迈出的步伐无疑是勇敢而坚定的。该地区无人机飞行管理试点工作由南部战区、民航中南管理局、深圳市政府共同组织实施，力度不可谓不大。深圳通过对无人机进行分类管理，划设相应飞行空域，推出无人机监管平台，针对无人机多元化信息化的技术特点，实现用户连接、信息共享、责权明晰、联合监管的管理模式，为全国无人机管理提供样本和模式参考。

华东无人机基地则是在民航华东管理局、上海市交通委及经信委、金山区政府共同推动下成立的。拥有200平方公里海上空域和58平方公里陆上空域，金山至浙江嵊泗航线、真高300米以下的自主飞行空域。金山基地承担飞行业务管理和运行监控保障，建立了无人机组装和测试中心，组织陆地无人机机场和水上无人机机场的试飞。后发优势的金山基地，更是一个应用示范和产业园区，提供陆地及水上无人机的场景应用支持，大力引进无人机骨干企业，打造产、学、研、一条龙布局的产业链。

先有先机，后有后势。诸葛孔明在总结官渡之战时曾说：天下许多事，非惟天时，亦仰人谋。位于金山嘴、毗邻杭州大湾的无人机基地当然不会就此止步，他们的目光早已投向远方。

未知与已知的可期

金山无人机既然从"无中生有"中破土而出，也一定会与深圳与成都基地不同，迈出独辟蹊径之道。正在做或将要做的事，概而括之，便是"一基地，七中心"：以金山基地为核心依托，建成无人机飞行服务中心、检验检测中心、教育培训中心、孵化加速中心、展示交易中心、研发制造中心、适航审定研究中心。"七中心"的定位，宽度涵盖了学、研、产、展、售及适航审定等功能，深度构划无人机的未来走向。

2019年底，国家民航局领导来此调研，对基地给予正面评价时指出：基地可在创新工作方式与服务方式的基础上，朝着"无人机综合试验基地"的方向可持续发展。对这样的高人"指点"，基地无疑振臂欢呼，撸起袖子加油干。

上面对未来的高远定位很快化为基地动作的指南。试点之一：无人机低空智能物流商业化验证。以金山基地现有的运营体系为基础，依托上海及周边地区通航机场、起降点密而集中的特点，在金山——杭州湾——舟山群岛之间建立无人机低空智能物流运输体系。航空的优势是快而便捷，空中之路不用建，原本就在。采用无人机进行低空智能物流运输，节省了物流时间，减少了人力成本，在陆地与陆地间、陆地与海岛间避免了舟车劳顿，尤其在特殊场景如孤岛荒漠间运输有着无可替代的优势。

　　区域通航一体化，是金山基地的第二个梦想。以无人机基地为基础，整合水上机场、规划中的陆上机场（双跑道）及空域资源，统筹空管系统和运行体系，建设与完善设施设备，打造通用航空产业整体格局。拥有两条800×30米跑道的通航A类机场，完全能起降各类通航有人机和直升机，外加水上通航机场、陆上无人机基地，金山无人机基地将实现无人机、有人机的一体化运行。

　　立足金山，面向华东，辐射与服务全国是基地的志向。金山基地将通过与无人机企业、研究机构、适航专家学者合作，在基地成立无人机符合性适航技术研究中心，为各类无人机企业提供常态化的检验检测设备和技术支持，为特定类无人机适航研究提供试飞、验证、检验检测定标准出数据，打造全国高性能无人机研发制造的重要支持平台。基地人的梦想，是在近期聚集30至50家国内外无人机企业，产值规模达30亿元人民币；中远期目标，集聚100家以上知名无人机企业，产值规模超百亿；建设一体化的低空通航经济，建成全国乃至全球具有影响力的无人机产业创新示范区、无人机适航技术研究中心，实现低空智能物流商业运营。

　　基地人的梦想之光照耀着我们。路边，还是一群人一群人的集聚着，用手中的键盘操控着低空中嗡嗡作响的机器。我还在回味座谈讨论时张亚军和田子青的话："倘若，以后空域的真高到了1500米，那咱们的市面一定会做得更大……"回程的路上，车轮碾压路面发出的沙沙声依旧没有停顿，回到虹桥，还是40分钟，不多也不少。咱们的随团摄影师兰鑫先生一路都在翻转着相机中的片子，一旁的庄书记不禁上前瞅了几眼，相机中的无人机神态各异，似在和人类对语，仿佛比想象中的模样更加的溢彩流光。而我则合着前人的韵律，一首不入调的打油歪诗也已合成。

> 金山嘴畔绿油油，
> 两岸厂舍密若舟。
> 八月合欢红似锦，
> 往来低空有飞舟。

第九章　孔雀东来

两百年前的十字军东征虽然失败了，但最终成了西欧诸民族成长史的一部分。与当年欧洲联军侵华不同，这是中国公司主动敞开胸襟引进的外来凤、外来鹰。如果说他们离开母国多少带点悲剧色彩，那么来到中国无疑是一幕幕喜剧的开启。

一、艾瑞克机长

艾瑞克（Yogi）机长是带着朗笑声走进会谈室的。这位祖籍为挪威的美籍机长已经 55 岁了，在中国人的眼光里，他肯定属于大块头行列，胖胖的躯体上，长着一颗饱满的脑袋。幽蓝的眼睛，寸头短发，脸上的皮肤充满弹性，跟顶上的半头白发似乎不怎么适配。

他叽里咕噜地和我打着招呼，手上的肢体语言很是丰富，我猜想一定是很高兴来这儿与我见面之类的客套。握过手后，他拍拍我的肩胛，我也拍拍他的肩膀。很明显，他的肩膀比我厚实得多。他的嗓音很中听，但掩盖不了他不会中文的缺憾。我晓得外籍机长和外籍空乘不同，后者能说基本的中文，但机长们不会，他们只管驾机，不用跟旅客打交道，而管制员对国际航班使用标准英语，外籍飞行员能不能讲中文并不重要。艾瑞克并非我访谈的第一个机长，其他的外籍机长除了能说"你好"之类的中文，估计比艾瑞克也好不了多少。我提前绸缪，请了机关的李洋助理帮我做英文翻译，她交大硕士毕业。但当客人进门时，才发现艾瑞克后面仍然跟着一名他们公司的翻译，如此一来，我们一对一的谈话有了两名翻译，两个人变成了四个人，无疑增添了热闹度，语言上也有了双重保险。

艾瑞克于上世纪八十年代从北欧跑去美国航校学飞。1986

年在美国找了第一份工作——航校飞行教员,也由此成了一名美国人。飞了几年,艾瑞克跳槽去了一家广告公司,开着飞机供人从空中拍摄。之后,又换了第三份工作,在莱特兄弟首飞成功的北卡罗莱那州机场带旅客空中观光,还从空中帮渔民监测海浪、鲸鱼等活动轨迹。此外,他也驾机载着几米长的广告牌兜圈子,让地上的居民远远的就能瞧见。那是政府性质的公益广告,挂在长翅膀的初教机上,悠哉悠哉地飞在 400 英尺的高度。

他依仗着自己优良的驾驶技术,在各大公司频繁地转换工作,从螺旋桨到喷气式,从广告机到货机到客机,从包机到航班,从福克到麦道到波音到空客,先后飞过大小机型 35 种,供职联邦快递、美国邮政等七八家公司,最后良禽择木般地栖定在瑞安国际航空公司,主飞 B757、B767 至 A330。他飞得从容,际会风云,步步高升至公司总飞行师、飞行标准总经理。在他数十年的飞行生涯中,内容五花八门,据他自己爆料,他曾飞过 NBA 篮球队的包机,也飞过装载赛马用的马匹的货机。还有一次,"9.11"事件后,本·拉登的亲属在美国待不下去,租用瑞安国际的包机离开美国,艾瑞克以飞行总师的角色运送拉登的亲属们飞往巴黎,再由巴黎转往阿拉伯国家。

艾瑞克所在的瑞安国际航空机型齐全,拥有麦道、波音、空客系列,承接各类个性化服务的业务。但在强手如林的美利坚,照样倾轧互撕,毫不容情。2013 年,瑞安国际轰然坍圮,艾瑞克如遭雷殛,迅速从总飞行师沦为一名失业者。

说到这里,我竖直了耳朵,向二位翻译使了个眼色。二翻译会意地笑笑,说艾瑞克说的是这个意思,他成了一名失业者,不是一名跳槽者。

艾瑞克十分健谈,似乎也愿意触碰这个话题,甚至连喝几口水的工夫都不想耽搁。

公司倒闭后，无论你是机长、副驾还是总飞行师，想转入新公司，须从二副（驾）从头做起，薪水也向二副驾靠拢。这是哪门子的规矩？在美利坚，这就是现实的规矩。艾瑞克决定离开不厚道的牛仔国，开始满世界找工作，他将目光重点投向新兴经济体东亚的韩国、越南和中国，这些国家都缺成熟的机长。中国方面，他向南航、东航递了简历。

"最终，东航收留了我。"艾瑞克终于喝了口瓶中的矿泉水，"公司打电话通知我，可以去面试。中国公司没有狗眼看人低，没有将我当成一个瑞安倒闭后的失业者，而是按我最后飞A330的标准对我进行体检和面试，模拟机考核。通过公司评估后，中国民航又对我进行飞行执照的考试。我以前在美国飞过35种机型，曾以纽约、芝加哥、旧金山等全美最忙的机场为基地，考试考不倒我。获取执照后，我从2013年开始飞A330，三年后改装（飞）B777，直至今日。"

目前，艾瑞克执飞上海至芝加哥往返航线。说到这儿，这位网红机长一拍大腿，激动地说："中国公司真他妈太人性化了，给我的班头，竟然以芝加哥为基地，倒过来向上海排班，这样，我飞来上海相当于过站，都算执勤时间，每月浦东至芝加哥三个来回，工作时间14天左右，我在美国境内待的时间差不多达到半个月。这种办法，也只有五千年文明史的中国人想得出来。"

谈到来上海工作的感受，艾瑞克脸上的表情是幸福的，看不出虚伪的商业成份。此前，他丢掉饭碗半年，如今有了新的工作，可以养家糊口，收入超过原先。本以为来中国开飞机是场不小的冒险，陌生的国度、陌生的人群、陌生的文化，是否会被这个环境接受？满脑子的问号。工作六七年后，发觉周边的同事很友善,机组人员搭配专业,加上飞机新、航线优,真的感觉好幸福。

"听艾瑞克机长的意思,打算在这儿多干几年?"我冷不丁地说。

"想在这儿干到退休。"他不假思索地说,"中国的退休年龄有点早,只能到60岁,我希望飞到美国退休年龄的65岁,这好像有点难。"

我瞧了瞧他发福的肚子说:"按你的身体条件,飞到75岁也是可以的。"

"那是不可以的。"他哈哈大笑。

"跟中籍机长的合作有问题吗?"

我话锋走偏,问到了一个敏感的问题。飞国际长航,配的双机长双副驾,空中轮流执飞,我问的言下之意:同为机长,谁主沉浮?有第一机长、第二机长吗?

艾瑞克耸耸肩,双手一摊,说:"正常飞行都能做主,基本不分彼此,但在遇到重大问题或紧急情况,需要一名机长出来拍板时,我会提出自己的建议,但最终会听中方机长的。"

"听说刚进入中国时,对中国管制员的指挥不太适应?"我迅速拐至另一话题。

"管制员是对飞行帮助最大的人。"他停顿了下,"芝加哥机场的管制员将飞机前后间距放在5.5公里,中国管制员将距离拉得比较大。"他忽然想起了什么,说,"还有一点不怎么理解,飞机进入中国空域,不是沿着航线飞,经常被要求左偏5公里,或者右偏6公里?一次从芝加哥返程,从哈尔滨入国境,一会儿要求左偏6公里,一会儿要求右偏6公里,不知咋回事。"

"我可以告诉你,因为中国的空域比较紧凑,许多天路还不是双向航路,指挥人员不得不要求飞行器左右略偏,防止空中危险接近。"

"我猜想应该是这样。"

"你的不适应一定还有很多,比如,中国管制员的英语水平,估计比欧洲等西方国家要次一些?"

"不、不,中方管制员的英语水准很棒,沟通不存在问题。"不料他矢口否定了我的假设,"我飞了三十多年,去过世界各国,和当地的管制员在频率里打交道,绝大部分国家管制员的英语水平不如中国,日本、希腊、甚至法国,都没有中国的水准高。飞去印度,顺便问声生活上的问题,管制员不知道我说什么,既不点头也不摇头,我也不明白对方在说什么。避开了航空专业词汇,真的快翻沟里了。"

如果说印度、俄罗斯,甚至日本管制员的英文不如中方的,或许能信,但同是西语系的欧洲国家的英语不如中方,我着实怀疑。但艾瑞克显然不是在逗我开心,他举了在美国飞行时的一个实例:"一次,经英国飞去希腊一个岛上,离到达机场约一半路时,空管部门告知目的地机场消防设施损坏,万一发生火灾无法扑救,请你们去另一个较小的机场备降。我们驾机朝另一个岛上的备降机场飞去。到达备降场上空了,问题是当地管制员的英语蹩脚透顶,沟通困难。那天满天蔚蓝、白云飘飘,备用油带得不多,没准备去备降。既然来到了备降场,只想尽快落地,再折腾去其他地方油量不够。但地面人员的英语确实糟糕,反复说了也听不懂,不知讲的是英语还是鸟语。我急中生智,对管制员说:我说你们听,该飞哪个进场程序,落哪条跑道,我说完,你们只要回答'YES'或'NO'。我说出了落地的方案后,对方总算说了句'YES'。飞机落下后,我立马打电话给塔台,说能否让英语好一点的人出来?这毕竟是国际航班。嘿嘿,这就是欧洲人、文明古国希腊人说的鸟英语。"

这是我头一次从外籍机长口中听见夸中国管制员的英语水平呱呱叫。

我还是带着谦虚的口吻说，我国民航尚处青春期，许多地方待改进，跟世界民航强国还有距离，譬如国外的空域比较自由，受限制少些，我国的地形结构也不如北美和欧洲，这边多高山、多恶劣天气，延误也相对多。

艾瑞克听完李洋的翻译，不停地摇动着他的两只耳朵，说："也不是这样的，美国的极端天气比中国多，而且是大范围的，经常发生贯穿整个国境的暴风雨。我从浦东飞去的芝加哥，也有龙卷风，乌天黑地，龙卷风扫过，全个村子消失了。芝加哥机场只有一个离港程序，雷达做引导，有时40多架飞机在地面排起队，等候起飞。冬天遇暴风雪，铲雪设备跟不上，机场一关一整天。一次，我在雪云上穿来穿去，终于到了芝加哥上空，管制员说没法落，回头。我没辙，只能去其他地方备降。在美国，天气原因导致的延误司空见惯，上海这儿就好很多。"

艾瑞克竟然说美国的天气糟糕透顶，上海机场的延误比芝加哥好很多！我鼓圆了眼，狐疑地瞧了瞧他那双蓝晶晶的眼睛，想捕捉他脸上的虚伪，但似乎没有。

来中国六年，艾瑞克有体会，如果不明白或听不确切，就问，再三地问，哪怕问十遍，不怕管制员对你烦，对你吹胡子瞪眼睛——反正不是面对面，也要问清楚再做手上的动作。艾瑞克飞得安全，跟他的多"问"有关。我不信他每天和管制员打交道，会没遇见过双方言语上的冲撞？他仰头思忖了一分钟，说倒有一回，是在芝加哥，不在中国。

一个多月前，他驾着公司的飞机抵达芝加哥。芝加哥机场建得早，A和B两条滑行道距离窄，如果两架宽体客机迎面滑过，翅尖会刮蹭。条例规定，两架宽体客机不能相对滑行。那次，两架 B777 已停在 A 滑行道上，当时跑道繁忙，塔台管制员跟他说，你可以从 B 道上滑过去。他将飞机停下，诘问管制员是不是将指令发错了？管制员说没错，从 B 滑行道上过。他再三确认，对方还是那么说。他说不，不能那样做，否则两机翼可能会刮擦。管制员生气地说，给你指令，又不走，想咋办？他说规定白纸黑字写着，不能违反。他停在原地不动。塔台管制员又说，那你等着，等两架 B777 滑走后再走！等就等，等来的是安全。那次要是赶时间滑过去，万一翅尖真刮着，事体就大了。

三十多年的飞行生活，艾瑞克从未与管制员谋面，只是在波道里，通过无线电联络，感觉他们是秘密战线的人，该出现时自会出现，不该出现时瞬间消失，上帝一样的存在。空地之间的对话简短明了，航空术语不会大段说，只是一句话一句话的语言，双方都有自己的规则。但艾瑞克不会放过一个疑点，有疑问再三询问，重复询问——不管管制员烦不烦。艾瑞克十分尊重管制员，相信自己遇到困难时，他们是第一个能帮助自己的人；对方有问题时，他也会主动提醒。

我信艾瑞克诉说的是真心话。

"我有个中国女儿。"

他石破天惊地一句，说得我丈二和尚摸不着头脑。身旁的王晓辉微笑笑，不以为怪，敢情她是知情的。

"我儿子 21 岁，女儿今年 12 了，和我太太住在芝加哥。我每个航班回去，都能见到他们。"

艾瑞克喜欢儿女，喜欢多子多福。自己和太太生下一个儿子后，再无成果，就想到了收养。当时还在美国的瑞安国际航空飞行，他崇尚中国文化，就和中国方面联系，在南昌某孤儿院领到个 1 岁多的小女孩，双方办理了收养及移交手续，从此，他名下有了一男一女。时光飞驰，十多年过去，现在女儿超过

12岁,自己也成了中国航司的一名飞行机长。

    说着,艾瑞克从手机中翻出一张照片,那是一个在美国生长的中国姑娘。草坪上,小姑娘和一只小狗依偎在一起,露着傻甜的笑意。

二、哈维尔等老外的中国缘

哈维尔（法国）

即使在 20 年前，谁也不信仅一家春秋航空已扎堆了 160 名外籍机长。吉祥航空的情况也类似。此外，也有许多老外身份的机长、空乘置身大型国有航司。

哈维尔和亚历山大是我认识的两位法国籍机长，当我摊开记录本、拧开笔套时，反复提醒这是采访，我会提些问题，希望能如实作答，不需要拣好听的说，也不需要往坏里说，也不必刻意粉饰什么。哈维尔说，我五、六十岁（1962 年出生）了，又是开飞机的，凭手艺吃饭，有啥说啥，没啥好隐藏的。

"为什么来中国？"这是我最想问的问题，不同的外国人有不同的答案，有为钱，有为人，有为缘，我就是喜欢他们的不同点。

"我主要为长城风光。"哈维尔笑着回答。

我不知道他开玩笑还是正式回答，反正这就是他的原话。但我相信后面的话才是他的真意。

哈维尔光在新加坡航空开物流货机，后来新航在中国新开了分部，他就来到中国。在各地跑多了，开始青睐中国，尤其想留在上海。和外航的合同到期后，他不再续约，入职均瑶航空，一年后转入东航，因为后者的航线更丰富更远阔。

哈维尔来中国工作，收入比法航高一些，但他说这不是主要，主要原因是对亚洲文化兴趣浓厚，包括中国。哈维尔在法国学的飞行，硕士学位，飞了长时间的B747，在新航飞的也是B747，飞着飞着，对747产生了爱恋，到新公司也想飞747，但中方负责人说本公司无B747，只有B777。他跌入心理沼泽，也怕飞不好777。来到新单位，发觉这里的大环境超好，对老外非常体谅，不像上下级，倒像大家庭，互相帮衬。他的心情也就大好，觉得飞777也不错，失落的情怀得到了复活。

哈维尔说："尽管中国民航井喷式发展，飞行人员跟不上，不得不引进外援，但来此工作并不简单，自开始申请至最终考核录取，前后得40多道环节，比如背景调查、体检、模拟机考核、执照审定、无犯罪记录确认等。"

哈维尔对来之不易的工作珍惜万分，正在卖力学习中文，花钱请了上档次的老师教习。他前后换了几任老师学中文，觉得他们教得蹩脚，自己在拼音、日期上就卡住了，一度想放弃，直到有中国机长推荐了交大的某位学生当老师，效果不一样，继续学习。学着学着，爱上上海，在上海的公园里慢跑，吃本都菜，吃四川辣，吃广东菜煲汤。出门打的，也坐地铁——公司帮他们培训过的，怎么坐地铁。的的软件上也有英文注释，不要太方便噢。哈维尔笑眯眯地说："尤其是学会了支付宝、微信，出门不带钱——这些都是中国同事教的。"

哈维尔的合同10月份到期了，他找了几次"上面"，一定要续签。问过家里人，也说别回去，让他留在这儿。现在，他小女儿已来上大读书，妻子和大女儿在法国。工作在云端的他飞20天有10天假期，每月至少有三分之一时间在法国与家人团聚。他打算在这儿干到60岁退休。他踌躇了下又说："如果可以，想多干几年，这里的飞行员可以干到63岁，国外甚至可到 67 岁。"

亚历山大（法国）

这位法国人比哈维尔小 16 岁，1978 年出生于空客总部图卢兹。家分三地，老婆是台湾客家人，在非洲（当空乘），儿子在台湾高雄读书，自己在中国大陆开飞机。

亚历山大出生于飞行世家，爸爸开飞机，妈妈是空乘，他 12 岁学飞，18 岁取得商照，满地球飞着转。先在非洲，再到英国的欧洲航空公司，飞遍那里的山山水水。2012 年转战亚洲，入职中国台湾的华航，驻地高雄。七年前来大陆，自香港、广州而北京，最终留在了上海，任 A330 机长，飞北京、深圳及欧洲、澳洲和美国。执飞国内航班时，有些军民合用机场限制外籍飞行员；某些青藏高原上的高高原机场也不能飞，那是需要特殊资质的。这些，他深度理解。

入职中国航司，印象最深的是飞机新，上档次，没有 15 年机龄以上的；机队规模大，A330 就有 50 多架。中国的副驾技术高超，人聪明，告诉啥事，一听就明白，不用多指导。在这儿生活，用微信扫码，方便。法国也有微信，但没支付功能，也不能发红包。他十分感慨地说：这个国家所有的东西都在变，地越来越绿，水越来越碧，天越来越蓝。他喜欢这儿所有的东西，包括吃的，麻辣豆腐、香辣蟹，高档餐厅、大排档都喜欢，什么都吃。他哈哈地说："想在这儿做到退休，如果老板同意，最好 65 岁。"后来他更正说，"不是老板，是领导。"

看他满脸堆笑，双手不停地做着各种动作。我说："你离退休年龄还早，先不谈这个。来这儿工作，有啥有趣的事？"

他耸了耸肩说："今天就很有趣。上午去中山路，发音不清楚，司机带去了另一条路，发现不对；打电话和朋友联系，更正,以为自己说清楚了,还是被拉去了另一个地方,也不对。前后折腾了三个地方都错。花了一个半小时,其实只要20分钟。"

"是不是出租司机捣鬼?"我问。

"不是。主要是中文太复杂,上海的中山路太'搞'。"

"中山路是环路,东西南北都有,当然复杂。"

"在这里开心,每天有惊奇,事事都新鲜。"他手舞足蹈地说,"这里尊重机长,在欧美,机长跟司机差不多,没有中国式的尊重。"

"理想的机长是什么?"我突然出了个考题。

"须对驾驶舱资源管理非常精通。开飞机不仅是飞,还得管理整个飞机,理顺机组间的合作。"他又说,"开飞机是一项技能,类似于骑自行车,同样一辆车,骑得不好就栽了。核心还是对飞机的管理。"

我很想听听外籍机长对中国航空管制员的建议。他没推辞,说:"管制员最大的困难还是双语问题,对中国飞机说中文,对外航飞机或外籍机长说英文——国外也面临双语的麻烦。塔台管制员面对起起落落的众多飞机,一会中文,一会英文,容易切换疲劳,有时坐我右座的副驾驶听懂了,我还没听懂,得请教副驾。最好是全球一盘棋——但这不现实,遇特殊事,通常会用母语指挥。"

他谈到了旅客问题:"中国的旅客比较漂,普通舱中一般旅客比外国旅客要求少,反之,商务舱中,中国旅客要求多,外国旅客要求少。在欧洲,部长级官员也作为一般客人对待。比尔盖茨乘飞机也没人关注。但中国机上有明星出现,不得了,后面跟着粉丝团,哭哭啼啼。中法有共同点,敬重老人,尊重人。"

马赛罗（巴西）

谁说中国不够开放包容，马赛罗第一个不答应。1968年出生的他已有30年驾龄，从南半球的巴西飞来中国当机长，是公司从各地网罗的飞行人才。对于他这样成天腾云驾雾的"飞者"，家人散落各地似乎显得平常。他是"脚在何方，故乡便在何处"的那种，目前，他老婆、儿子在巴西，女儿在加拿大，自己在东方。他和亚历山大等欧美籍机长不同，回国须从欧洲转机，连他这个开飞机的都觉得累，不可能每月回家，一年也懒得回去几次。

中国与巴西间无直接航班，马赛罗主要执飞日韩及东南亚航线，也飞中国国内航线。几年下来，他觉得中国民航更关注飞行安全，上上下下讲安全，管理强度超越发达国家，安全记录领先地球。中国机场多，跑道长，设备新，比在巴西飞着顺畅。他在中国学到了许多，也积累了新的飞行经历。

马赛罗在公司很享受，用他的话说是没啥竞争，大家对外籍飞行员很友善，彼此间没有什么纠葛，大部分同事是朋友关系。他去过不少城市，如大连、哈尔滨、成都，周边的杭州、南京，最大的感受是安全。城市治安特好，半夜走在马路上没人骚扰，ATM机提款没人跟踪。当地食物如饺子、汤圆、火锅样样喜欢，就怕肚子太小。中国的旅客素质好，关好舱门等一二小时很安静，如果在巴西，一小时后有人会跳脚，也有人直接把门打开走了。他很希望儿子来上海生活。

"能不能谈谈在中国飞行遇到的困惑？"我希望从第三方听听反向意见。

他沉吟了下，说："这里的空域管制比较严格，灵活性不够，遇复杂天气绕飞，受限制较多。飞长航线，飞行员需要灵活飞行，有时需要左绕右绕,会受到这样那样的限制。"

中国的空域结构、空域管理和国外不同,这我清楚,有些东西跟他们这些老外解释不通,且听他说下去。

"有时候给的飞行高度比较低,不利于节油,油耗成本较高。从国外飞入中国空域,给出的高度不是最经济的。"他哈哈笑道,"但对个人有好处,高空辐射小。"

"中国已是第二航空大国,空域资源紧张,不可能给每架航班都最适意的高度,包括航线。"我按捺不住地说。

"中国管制员的英语水平不错了,比如上海,但有些地方的部分人也需要提升,尤其在特殊情况下,国内的飞行员没问题,外航飞行员就不太习惯,还是适应欧美的语境。我第一次在中国公司飞,副驾驶是中国人。我很认真地听管制员指令,他们讲的双语,一会讲英语(外航),一会讲中文,没办法,我慢慢学着建立情景意识,现在有的中文我也能懂,比如'起飞''落地'。如果只讲一种语言——英语,可能更方便。"

马赛罗仿佛回忆起什么,严肃地说:"来中国工作,有个全新的适应过程,需要熟悉机型,熟悉航路航线结构,管制员通话习惯等。比如加利福尼亚区呼叫频率9.1,在中国必须呼119.1。英语国家,前面的'11'可以省略,但中国不省。至于航路点,国内有国内的发音习性,外国有外国的语言习性,如'POMOR'这个点,中国管制员直接读发音,国内飞行员明白了,外国飞行员不习惯,有时找不到这个点,不如简单点,叫A1、A2、A3……不过,中国的延误率大大降低了,最近两年,才遇到5次延误,指挥很棒了。"

他讲到专业的细微处,我不插嘴,等他讲完,冷不防地说:"对中国空乘有什么看法?"

"哈,和国外比,中国空乘年轻、苗条、漂亮、礼貌,为旅客提供一揽子服务。外国空乘发完东西就结束了,服务意识浅薄。"

想象着马机长从遥远的南半球来到中国,回家不易,我祝他心情愉快,工作顺心。

穆振(菲律宾)

穆振长得比欧洲人还壮实,外表看着却像穆斯林,也有点像马来人,但他是菲律宾人,1973年出生,马尼拉大学飞行专业毕业,八年前来华,现在做B777机长。

"别看中国飞行员稀缺,但要入职中国航司绝非易事,需要过五关斩六将。中国公司全球招聘,应者先得提交简历,飞行小时数达到要求。公司审查通过,参加面试,如果你有幸在众多对手中胜出,再来参加理论考试、模拟机评估,参加民航医院的体检。这几项都通过了,第二次再来,局方代表还得对你进行模拟机等综合测试,前前后后大半年时间,最终决定你是否被录用。"穆振言辞犀利,不怯生。

"你来中国一定有原因?"

"已来了八年。中国航司的收入比菲律宾公司高出许多,现在差别有所缩小。但对我最大的吸引是中国航司的飞行计划,有很多机会和家人在一起,或休息或旅游。我原先在新加坡开货机(B747),每月在菲律宾只能待3天。来到上海,公司每年给12张免票,同样飞国际班次,每月在上海工作20天(包括飞行),回国10天。"

"你的家人都住菲律宾?"

"老婆孩子在中国住了四年,大儿子上学,读的国际学校,但费用太贵,支付吃力,回国上学去了,目前老婆孩子生活在马尼拉。"

"亚洲人的习惯比较接近。"我说着双方的共同点,"两国没有时差。"

"马尼拉和上海不是一个级别。上海色彩斑斓,天上飘白云,地上开红花。"穆振坦诚地说,"托我带货的人太多,每月回家,大包小包像做生意。没办法,中国货好,便宜,网购方便。我都是临走前几天,从网上订一批货,快递小哥送上门,我打好包去机场,帮朋友们带回去,次数一多,同事以为我做买卖,不是的,只是帮别人带。"

"我信你。"我望着这位亚裔机长,他能直接说中文,不用李翻译代劳,"看样子,你适应在上海的生活与工作。"

"家人让我长期呆下去,如果可以,想干到退休。"想想离退休尚早,他又拐回到其它话题,"我比那些欧洲人习惯这儿的环境。中国管制员很友善,会尽其所能帮助飞行员,会帮助解答问题。我飞过许多亚洲国家和地区的航线,包括日本、印度、新加坡、香港,中国管制员还是很耐心的。我好像已融入了中国的飞行环境。"

事后问和他同来的刘翻译:"外籍飞行员在航司也非新闻,他们中有人怯阵,有人能说会道,今天来的四人当中多有能说的。"

小刘翻译说:"飞行人员足迹踩遍五大洲,个个见过世面的,就像哈维尔和穆振,前者接受过《东方卫视》访谈,后者受过新媒体采访,回答问题,那是必须没问题。"

三、丸山由美子和马夏

乖乖女

丸山由美子是我采访的第一个外籍空乘。

上世纪九十年代起就陆续有外籍人士入中国航司,日本少女是最早加入中国航司的。公司方面也可能出于这个原因,第一次推荐受访人就安排了日籍乘。2019年8月17日,我的长篇《飞往中国》在上海友谊会堂一楼大厅首发,丸山由美子和意大利籍空乘樊丽蒂娜作为外籍"五朵金花"的原型,应邀参加了发布式。那个下午,由美子没穿制服,一肩青丝下挂,上身披件玫瑰红的线衫,颇吸眼球。后来,我又采访了多名日籍在华工作的空乘近藤春香、藤本弥生、古谷明日香以及空少上山匠等人,但仍数由美子的印象铭刻至深。

2018年6月14日,东航客舱部的姜凤珺老师帮我约了两名外籍乘,一位是日籍的丸山由美子,另一位为法国籍空少、帅气的小伙子马夏(中文名),都是勇闯天涯的外籍乘。

那天,由美子不飞,本可以休息,为了赶约,还是从住处打的进虹桥机场西区,并穿上航空制服,头发梳得溜光齐整,脖子上围着小丝巾,一副航前打扮。穿着上班服的由美子初看和中国空乘没啥两样——日韩人本来就像中国人,但圈内人告诉我,如仔细瞧看,还是能区分开,通常中国空乘的发型都是向上向后盘起的大光明,而日本籍空乘的头发贴着头皮由前方向两边分开,而且她们的笑浅浅地挂在两边的嘴角。由美子中等身高,五官清纯,无论从哪方面看都是合格的美人坯子。从和我说的第一句话起,她一口溜的中文就让我顿感轻松。她和法国小伙马夏根本不需要翻译,可用中文回答我任何的问题,而不是像以后访谈的一些欧籍空乘,能说简单的中文,但仍需翻译在场。

由美子1988年出生于日本大阪,阪南大学国际交流学院毕业,专业是英语和中文。2011年,东航在大阪招乘,充实中国航线。由美子学校的一位教授让她参加应试,就上了,一路过关斩将,从面试的200人中脱颖而出,成为6名佼佼者之一,正式入列中国航司。

来中国工作,以为学的中文,没啥问题,一旦进入工作与生活,还是跟真正的中国人差了不少。初上飞机,中方乘务员嫌她口语不过关,名字又长,懒得多搭理她,称呼时,也不喊正名,只是"日籍,过来下。"这使她心中不爽。自此,她听中文广播,观中文影视,和同事说中文,甚至从头学拼音,按中国人的要求学声母和韵母,每天"a、o、e、i、u、v"地念,日夜苦读,又在中国同事指导下读中文版的《西游记》,六七年下来,中文才真正顺溜起来。

"在地球村时代,我们引进外籍乘务员,不光是语言问题,在服务观念和方式上也颇有益处。"不知啥时进来的外籍部总经理党东红说。党总是位中年女性,曾经飞过航班,外语水平高,需要时能帮我们当翻译。她掌管的外籍部,有德、法、意、西班牙、荷兰、日本、韩国等多国籍空乘600多人,可算一方诸侯了,不料百忙中的她也加塞进了我们的谈话。

她朝笑咪咪的由美子说,你是位出彩的乘务员,不妨说说你"冰镇啤酒"和"八颗牙"的事。一旁的马夏说,听说这是你家乡的习惯,我也想学学呢。见上司发话,由美子羞怯一笑,抿着嘴唇叙述起来。

航班上比较干涩,许多旅客愿喝冰镇啤酒。由美子发现,一般乘务员都是将啤酒放在冰块上面,过段时间,冰块的冷气传到啤酒瓶下,再从外面传导给瓶里的啤酒,这当然算冰啤。但由美子不这么做,她一定先将冰柜里的冰块拨拉开,将啤酒置放在底下,再将冰块覆盖上面。她说,同样是冰镇,如果将啤酒的位置交换一下,效果就不同,喝进嘴里的味道也不一样,这样的冰啤更地道。

由美子刚进公司时,党东红带教她,也算有师徒之谊。党总觉得由美子的方式更精细,就在乘务部作了推广。

由美子的精细不止于此。飞中日航线留空时间短,送饮送餐时间集中,由美子按她的习惯,将餐盒中的刀叉重新整理放于食物之上,方便旅客一打开餐盒首先看到刀叉,而不用从盒底翻上来。送到旅客手上的纸巾和餐盒,包括枕头,都印有航空公司的标识,在递送之前,她总要仔细瞅一眼,将印有标识的正面递给对方。分发报纸时,也是将报头捻开,让客人一眼就看见报上的标题,以便选择《参考消息》还是《环球时报》。她十分注重洗手间的卫生,只要有空挡,总要闪进马桶间捣鼓一阵子。好几位乘务长发现她分管的卫生间水池里无积水,马桶内无便渍,卫生用纸露头三寸,连镜面上都少有水印。

党东红补充说,由美子是乖乖女,也是位"轻轻女",走路轻,连推车都轻手轻脚,怕打扰到客人的休息,打扰到这个地球。由美子微笑时的张度恰到好处,基本在 8 颗牙之间,也就是说她展开笑容时只露出上下各 4 颗牙共 8 颗牙,这样的微笑最符合温煦的表情。另外,她与客人的交流永远维持在"一小臂的距离"——离太远显生疏,挨太近又会给对方造成压力,一小臂的距离最合适。当然,这也是对中外所有乘务员的要求,但由美子无疑是做得最到位的。

七八年在华生活,由美子的汉语日趋成熟,在中日航线上已可以假乱真。党东红曾提点她:"飞航班时,你还是不能忘记自己是日本人,不要跟中国人飞得多了,动作、语言语气都同化了,要坚持自己的个性,聊天、礼节礼貌都要保留日本的本色,说话要留点日本腔,给旅客带来新体验。"这句话对由美子影响较大,她在融入中国航司的同时,也维持了自己的特质。

联姻

我问:"听说有日籍乘,自九十年代入职以来,至今也没回去的打算,不知由美子是想在这边做到啥时候?"

由美子不假思索地说:"我打算长期做下去的。"接下来的回答又让我大吃一惊,"我已经嫁给了一名中国安全员——同公司的,我们有了一个儿子。"

诧异之际,我瞧瞧马夏,又瞧瞧党总和姜老师,他们都微笑着点点头。"她的确已成了中国人的媳妇。""啊,你已经有个两岁的孩子?怎么也看不出。嗯嗯,能不能介绍下具体?"我急巴巴地转头问她。

她"扑哧"轻笑:"有中国人嫁老外,我嫁中国人也很正常啊。"说起她的丈夫,由美子满嘴是甜蜜。

"我跟我先生是飞大阪认识的,同一架飞机上,我乘务员,他安全员,就坐在我旁边,工作首就熟悉了。有一次,我们同飞羽田,落地后他主动要了我的电话号,当时还没微信,时兴发信息,相互频繁用短信往来。来中国工作前,我觉得自己不太可能找中国人,想不到在以后的日子里,这个假设被推翻了,是他深深吸引了我。他威武高大（由美子用了四字来形容），上海人，说话做事很贴心，也是一名党员——我知道在中国公司党员一般都是各方面表现优的人。我们成为朋友后，他经常来接我。他住杨浦，我住虹桥机场宾馆宿舍，两地相隔遥远，但他总来接我，有时从浦东接我到虹桥，有时从虹桥接我去浦东，总说顺路，其实不顺路的，那是他的借口。我们在一起，他从不问我私事，也从不打听我的家庭，这使我很放松。我们主要谈航班上的事，当然也谈上海、谈大阪、谈中国和日本。总的感觉，和他在一起，我没压力，不用担忧什么。当然，有时也要吵几句，也有矛盾。记得有一次，他让我带一个他很喜欢的日本的模型'圣斗士星矢'限量版，我给忘了，下次飞去买不到了，他三天没睬我。"

从她的谈吐中听出，由美子的中文的确上层次了，连"冲突、矛盾"这些词都能用。

她脆脆的声音又响起："当他正式求婚时，我犹豫过，这毕竟是跨国婚姻，会有不少麻烦，也会有许多事。但我想，几年的交往，他是值得信任的，可以托付终身的那种。结婚后，我们过得暖心，相互靠拢。我做日本料理他吃不惯，我就学中国料理。做家务不用分工，好像各自的定位早已确定——我做饭，他擦地。上海男子很体贴，有涵养。有了孩子两边放放，有时在他家，有时放日本，由外公外婆带，视两边家庭的情况。"

我相信她的家庭是幸福的。一年后，第二次在友谊会堂碰面，我又问起她的孩子和家庭，也是满口溢美之词。我相信，她的"长期做下去"的话出自肺腑。

在后面的日子里，我又采访了藤本弥生、古谷明日香等日籍空乘，和他们进行深度沟通，发现引进外籍乘，真不单单是语言问题，更重要的是中外服务理念和工作方式的碰撞交融。

藤本弥生和古谷明日香,为90后女孩,中文底子比由美子稍逊,但也蛮有个性:只要别人的眼光飘到她们的脸上,就会条件反射似地微笑,感应似微笑时,也是整齐地露出上下两排共8颗牙。整张脸用两个字概括,便是"甜、软",连笑容都是软软的。她们温柔得让人流连。

明日香的软脸耐瞧,她还善于化解疑难杂题。一回,一小孩由于弄丢了玩具在候机楼,飞机起飞才想起,心痛得哇哇大叫,大人和空乘哄不住。明日香上前,魔术似地从口袋里掏出一只小白兔,在小朋友面前晃了晃,并递给了他,又变戏法似地从小兜里掏摸出几张自己从东京带来的儿童贴纸,粘在一杯特意为他调制的饮料杯的外面。小朋友完全被迷住了,重新开启了天真的笑脸。她说,贴纸和小玩具份量轻,占不了地,回日本顺手买点放身边,机上小孩子万一有事,可以用来转移情绪。另一位日籍乘藤本弥生则经常将生日卡片带回宿舍,花些业余时间在素色的卡片上涂上不同色素,并写上一行中文:欢迎您乘坐本航班,希望今年是美妙的一年,祝您生日快乐,旅途愉快!签名栏空着,分别由当班的机长和乘务长当场签署。这些乘务员在心仪的工作上是花了心思的。

我仿佛记起了什么,问:"听说客舱部经常组织一些业余活动,比如端午裹粽子,去东方绿洲赛龙舟之类的,你们外籍乘愿参加吗?""太愿意了。"由美子抢着说,"客舱部的这些活动可以帮助外籍人士熟悉中国的风土人情,可惜我们要飞行,不是趟趟能赶上,而且名额有限,不一定能报上。"

党总说:"也有你们恨的。新'三字经'中文考试,许多外籍乘不及格,被考了个下马威,背后肯定骂死我了。"由美子忙说:"没有的事,'三字经'尽管只有一百多字,分社会公德、职业道德、家庭美德、个人品德几个方面,学习过程,也在教我们学习中文呢。"

马夏突然说："哇,我是考及格的。新'三字经'都是三个字一句话,像'遵法纪、守规矩,讲文明、知礼仪,护环境、献爱心……都是三个字,但三个字包含了一句话或几句话的意思。"

党东红说："对,马夏是欧洲来的中文高手,他可是在领事馆做过的,中文水平达到翻译级。"

不料马夏不太谦虚地说："说到语言,尽管欧洲人没有日韩人的优势,西语与中文差别太大,但我是能抵挡一阵子的。"

自马夏开口至此,我断定马夏的确是乘务队里的中文高手。

空少马夏

马夏(Rrane),法国巴黎人,1988年3月出生,属龙,与由美子同岁,也是2011年来的中国,不过他的经历比由美子显赫,曾做过外交官。

马夏先来到内陆的大码头——武汉,在法国驻武汉总领事馆做文秘,三年后,烟花三月下长江,到了江南赶上春,来到更大的码头上海,进了一家保险公司。马夏长着一张法国人浪漫的脸蛋,能说法、英、中文三种语言,找工作自然是不愁的。2016年8月,外籍部在上海、北京招欧洲人士,一共几百人报名,结果录取了十几名,马夏从哪方面讲都占优势,理所当然地成了一名帅气的空少。

"我来的晚,现在是中法航班上的经济舱乘务员,比不上由美子,她可是头等舱乘务员,而且还可能当乘务长呢。"马夏抑制不住对由美子的艳羡。

由美子安慰他:"你好好做,也是能进商务舱和头等舱的。"

马夏未知可否,他似乎不太在乎这个舱那个舱,但在乎这份工作。他从小讨厌数学,喜欢地理与历史,尤其喜欢中国历史,大学学的是国际关系,在巴黎时学了两年中文,就跑来中国,但不同于某些西方人,他对中文似有天赋异禀,说出的汉语不像西方人断续缠夹的发音。一日三餐,除了坚持法式早餐(煎蛋、面包、黄油、果酱),中晚餐以中点为主,米饭、面条也是中式制作。他现在主飞上海至巴黎航线,每月4个来回,约90小时,有相当的时间可以在巴黎街头喝咖啡。

"我也飞过巴黎,那是公司对日韩籍空乘的奖赏。相比中日、中韩线,飞欧线比较惬意,路程长,能从容做好乘务工作,也可以在欧洲的旧马路上踩踩石板。"由美子开心地说。

马夏本身飞的欧洲长线,不可能飞中日短线,他喜欢在中欧之间来回,更多的时间爱滞留在中国大陆,了解这块和欧洲同样古老的土地。在武汉领事馆工作时,他专门去襄阳拜谒诸葛亮故居。他在室内的爱好是读书,读过中文版的《三国演义》和《西游记》,读过法文版的《孙子兵法》。客舱部组织一些活动,也邀请外籍乘参加——凭自愿。马夏乐此不疲,基本都报名。唱中文歌曲,唱红歌,他背不出词,就跟着唱。有时,团委的负责人为难地说:"这个,中国公司跟外国公司不同,我们之中许多人是党员。"不料马夏爽朗地说:"我知道的,法国也有共产党,中国共产党还是从欧洲传入的呢。"听得大家合不拢嘴。但他说的是实话,共产党的确是国外进口的,而不是国内土生土长的。

他不但对古代中国人文感兴趣,对当代中国文化、公司的企业文化也十分着迷,是参与度极高的外籍乘之一。他参加多数为中国人参加的"微课堂大赛",凭借他英俊的外表,流利的中文,拿下了"最佳呈现奖"。一次,单位组织参观"中共一大"会址,他正好空档,也报了名。带队者对他说:"你知道一大会址是什么吗？"他脱口而出："那是百年前中共召开第一次代表大会的地方，在以前的法租界。"众人皆惊。

马夏言行不是做作，也不是有人说的作秀，他是真的喜欢这些活动，一切使他新鲜、新奇，他是个"闲不住的人"。在飞中欧的班机上，他不停地在过道中走来走去，用法语、英语回答老外们关于来中国旅游、公务的种种问题，也用中文回答中国旅客关于欧洲的种种疑难。路见有事，挺身而出。一次，从巴黎飞回程，一名中国籍小旅客在北非旅行受了伤，父母带他回国。飞至半途，小朋友伤势发作，不停叫唤，广播找医生，中文喊了几遍无人应答。马夏说机上法国人较多，我用法语广播几次。一会，一名法国外科护士上前，说她愿意帮助受伤的小孩。期间，他一直在护士和孩子之间当翻译，护士让孩子躺平，不可以动，前后处理了半个多小时才将孩子"摆平"。到上海后，及时联系地面人员将孩子送去医院。按他的话说，他不想有人在飞机上不舒服。

马夏说："我喜欢在落地前 30 分钟客舱安检，检查行李箱是否关好，会问初次来华的旅客感觉怎么样？身体怎么样？他们满意、开心，我就成功了。"

李文丽工作室有全国、省部级劳模 11 人，从 2013 年开始做公益，帮助贫困地区，将城市的文化资源辐射到边远乡村。四川南充山区，农村小学条件欠缺，有一所小学的教室是公司资助搭建的，100 多张书桌，修了个操场，室内活动室有两张乒乓台，没有电灯，更没有风扇。这所学校成为工作室的定点支援对象，规定工作室成员除了募捐，每年至少 1 天去支教，也欢迎外籍乘参与。去年，团委又组织"爱在公司"活动，马夏随机关人员去南充这一小学支教数日。

马夏对我说："我是半个上海人，不想回法国去，我喜欢飞，一直飞,不惧时差,我不想打短工,要在中国航司做下去。"

"呵,又一个要做'长工'的。"我说,"为什么?"

"我在这儿,收入比在国内高,也方便回国。有人不习惯,我习惯,我不想离开中国,即使法航也不去。父母在法国,一个弟弟一个妹妹在国内。父母先后两次来中国,弟弟2012年在北京,专程来看我,发现我很安全很开心,他们都支持我长期下去。我不止是工作,还在体会中国。"马夏说得实在,"我找了个女朋友,武汉人,在武领馆工作时认识的,现在也来上海了。"

"原来如此!"我忽然转头问由美子,"你们是不是约好的?"又转而问马夏,"我相信你能干好,目前在经济舱,往后可以做头等舱。"

党东红接过话茬说:"马夏完全有基础升舱的,我们欢迎马夏这样充满激情与活力的外籍乘为公司服务。相比较,由美子等日籍乘含蓄、优雅,不喜欢多说话,喜欢安安静静、轻手轻脚地做事,偶然,我也让日韩籍人士去欧洲长线上体会一把。欧洲五国的外籍乘喜欢和人交流,喜互动,不停地做这做那,包括找人聊天,他们的反响不错。今年来已收到一百多封表扬信。外籍乘里的一些骨干分子也是(李文丽)劳模工作室的弟子,他们跟劳模学习业务,学习中文,表现好的也能当乘务长,甚至成为劳模——一直为他们启开一扇窗,让他们也有相应的上升通道。公司要国际化,需要更多的产品研发,既接受本土的建议,也接受外来'鲶鱼'的建议,一个真正的国际人企业,定是融合的,不排除外籍人士的深度融通。"

时光流泻至2020年底,新冠疫情在国内早得到了控制,却在欧美的"低防范"方略下,肆无忌惮地席卷所谓的"人权世界",英国单日新增突破5万例的天量。我再次在党东红总经理办公室碰见她。这位见多识广、于世界万物不困于心的中年女性，这时对海外的疫情和属下的 600 外籍乘深表忧虑，以从未有过的肃穆对我补充了一些外籍乘的事。

"今年三、四月份，我国处在艰难防控时期，这些欧洲姑娘和日韩姑娘始终和我们在一起，飞在各条国际线上。直到某些国家胡乱甩锅，许多国外航司和我们断航，出于保护爱护，才主动让他们离开中国，回到各自的国家。居家期间，公司给予 100% 的基本收入（每月 2000 欧元以上），不计飞行小时费。下半年，国内外疫情急剧反转，这些外籍乘留驻在家，回不了中国，公司仍然给他们基本收入的八至六成，直到现在。"

党东红说："两个月前，韩亚航空一空乘因疫情被辞退，在家自杀。我们 600 名外籍乘，至今仍然是本公司的员工，他们中无一人愿离开。大半年以来，我们每天和他们通微信，按国内的要求让他们出门戴口罩，做好'三防'，每天统计受感染人数——准确地说，是公司要求每天上报个人信息，他们在公司一天，都按国内的要求来关爱，这是中国企业的担当和责任，对中外人士一视同仁。奇迹的是，600 多外籍乘，除了德国一名小伙子受病毒感染、在我们不停地指导和鼓励下三天即由阳转阴外，其余人员无一感染。"

党东红终于露出了菩萨般的微笑："有两位是例外，一个叫马夏，一个叫李希（中文名），都是法国人，他俩分别成了中国人的女婿和媳妇，疫情开始至今都没有离开中国，还加入了今年的进博会志愿者队伍。"她转身指着墙上的一位西班牙红衣女孩的照片说，"还有这位西班牙红衣姑娘，三天两头发信息，问我啥时能回来工作？我让他们安心在家待着，趁机补习补习汉语。很多人听话，下半年已经考出了中文四、五级，相当于日韩人士的中文水平了。"

四、欧亚姑娘在上海

樊丽蒂娜

和两位欧洲姑娘见面的那次,缺翻译,外籍部的党东红总经理说她可以代替下,但一般的中文她们也会,她们每人至少学了四五年中文,又在中国的航班上工作,听着听着也会一些了。

樊丽蒂娜属生长于欧洲的那种高挑模样,五官靓丽,但手臂上的汗毛比亚洲人粗糙。她1989年生于罗马,在罗马大学系统学习中文和中国文化,又在北京的国际关系学院读的硕士。自以为本科和研究生都学中文,来中国能对付一阵子,而当我们正式展开交流,还是障碍重重,说着说着,接不下去了,就换成了流利的英语。她说对中国感兴趣,对航空感兴趣,就当了空乘。她知道中国需要年轻空乘,不需要年老空乘,所以趁着年轻就进入了,现在主飞上海至罗马航线,飞得很开心,更爱中国了。她说回意大利有些伤心(不知何意),想留在中国。她的男朋友是罗马尼亚人,在罗马工作,也学的中文,等真正结婚了,也想来中国找事做。我说你很坦率。

樊丽蒂娜对自己在公司的定位理解至深。中国公司引进外籍乘的重要目的应该是语言,像她这样的年轻姑娘一般会三种或三种以上语言,一是母语(意大利语),二是英语——西语系国家的受过高等教育者几乎都能讲英语,三是一定程度的中文。欧洲籍乘务员通常会被客舱部安排飞母国的航线，十几个中籍乘务员加一二名外籍乘搭配在同一架机上，万一母国的乘客出现状况，需深度语言沟通，这就是外籍乘发挥特长的时候，因中国籍的年轻乘务员虽然懂基础英语，但遇复杂沟通还得靠樊姑娘们"建功立业"，尽管这种机会不是常有。况且，欧洲姑娘身强力壮，上班时不停地在过道走动，送餐食送饮料，和不同国家的客人聊天，解答他们对中国的种种好奇。她们不介意旅客和其合影的要求，当有危重病人需要救治现场又没有合适的医生护士时，她们自己动手做心脏按压起搏，也不避讳男女采取嘴对嘴人工补气⋯⋯

任翻译的党总说："樊姑娘情感炽烈，是文艺积极分子，唱中文歌很好听，去年底还参加了文艺晚会的演出。"

听说这件事，樊丽蒂娜兴奋异常，说她去年参加女声合唱《你鼓舞了我》，在机场宾馆排练时被股份公司的人相中，后又被集团的领导看中，让在年会上演。说着，她抛开涩怩的中文，又回到流利的英文。她手舞足蹈地说："年度联欢会上，我们20人合唱，一群西班牙小姑娘跳芭蕾舞，背景有大屏幕，热闹极了，成了年会的压轴戏。"

党总补充道："今年（2019年），外籍部又有新剧，樊姑娘们大合唱中文歌曲《光荣与梦想》《空中交响曲》，都是外籍在公司的空乘和空少，背景板做得非常壮美和艳丽，展现了四代空乘服装：第一代着军装，第二代着八十年代制服，第三代是2010年迎世博服装，第四代即今天的。不同代的制服由这些外国姑娘穿上，别有韵味。PPT合成的大屏上有历次重大保障的情景，仍是有人唱歌，有人伴舞。参加演出的外籍乘都是从600人中精挑细选出来的。姑娘们领取任务后，回去拼命背歌词，为此，公司领导表扬了参演者，特别点了几个人的名，其中就有樊丽蒂娜。"

"眼下欧洲五国（德、意、法、荷、西班牙）的外籍乘没有乘务长等级，但有头等舱级别，欧洲姑娘比较优秀的，可以进凌燕示范组。她们进了凌燕组，特别喜欢在胸前别徽章，只要上班就别在胸前，将此视作无尚荣誉。"

樊丽蒂娜常和外籍同事去涮火锅，点扬州炒饭，去剧院看芭蕾，去豫园观九曲桥。她对静安寺十分好奇：许多摩天大楼的中间，竟有一座金碧辉煌的寺庙。觉得很有意思的同时，感觉中国的宗教太自由啦。她又惊讶，中国许多学生竟然能在图书馆呆一晚上。

她怎么也想不到，自己无意中成了中欧间的"文化使者和商业使者"。飞机上经常有罗马来华的商人，有人来上海参加进博会，也有人会去参加广交会。她跟商人们说，意大利和西班牙的橄榄油别具一格，而中国人喜欢品貌双全的橄榄油进厨房。她在为航班客人服务的同时，也在巧妙传递信息。在她的"穿针引线"下，有两个意大利人、一名西班牙人做成了和中国的橄榄油生意。当相关客人再次在班机上见到她时，她瞬间觉得自己高大起来。

露西（李希）

露西有个中文名字，叫李希，1994年生于巴黎，2017年在北京参加网络招聘，从几十人的报名中成为两名"幸存者"之一。和樊丽蒂娜类似，她在上海交大学习过三年中文，汉语水平大约在中国小孩三年级的水准。她有两个姐姐、一个弟弟，均在巴黎，独自一身在中国。不过，她并不孤独，男朋友是上海人，跑酷运动的（LINK 公司），从国外留学回来，已认识三年，Park 时认识，开始是英文交流，后来用中文交流，她相当于多了个免费家教。

几乎所有外籍乘都有中文梦。党总介绍，外籍部已开通了"汉语工程"，对外籍乘务员免费中文教学，"工程"分预备级、一级、二级、三级和四级。其中预备级主要教习汉语拼音，一级和二级为普通舱用语，包括安全口令和基础问候语。三级、四级为头等舱、公务舱用语，"两舱"乘务员需要介绍菜谱及食材，能用中文讲小故事。他们自己也在外面学，几个德籍乘务员在外请家教，每小时600元。语言能力是硬实力，以后哪怕不在航司服务了，在其他行当也用得着。

露西送餐时喜欢和乘客交流。商务舱空间较大，有些外国旅客一杯红酒、几颗花生米可以聊半天，打发漫长的空中时光。法国人吃饭喜欢点蜡烛，品红酒吃大餐，她会满足旅客们的类似嗜好。在她眼里，中国乘务员大多是独生子女——当时的政策害死人，工作比较程序化，加上外语水平不如欧乘，想尽快完成服务。

党总打断她说："公司也在搞'英语工程'，中籍乘的外语水平上去了，也能和外籍乘客聊天时问寒嘘暖了。的确，中籍乘务员服务英语有余，日常英语尚显不足。"

我说："李希，能否说点有趣的事？"

听我喊她中文名字，她兴奋异常，只愣了片刻，立马讲起了自己的故事。

"一次，航班爆满，多数是从上海回程的法国人，周边全是人，连一个空档都不留。有人不舒服，发着牢骚。我倒了杯白葡萄酒，拿了块巧克力过去：'先生，祝你生日快乐！'那法国人惊讶地问：'你怎么知道我今天生日？''我们有工作电脑呀，有每位客人的出票信息。'客人和周边人的气氛被点燃，众人轻轻地哼起了生日歌。大个子激动得泪目，非得和我拍照留念。"

"上客时,我会说'欢迎欢迎',喜欢跟人说'你好'。一天,对某位母国旅客说'你好',对方没反应,也没微笑点头。我没怪他缺礼貌,而是发现他对乘务员们都不太友好。颠簸开始了,他的腿瑟瑟打抖。我赶紧上前,再次说:'你好。'他颤巍巍地说:'有点害怕上飞机,第一次去中国,紧张。'我说:'不必担忧什么,好像在摇篮里,摇啊摇,摇到外婆桥——睡一觉就到了——这句是中国师傅教我的。坐飞机很安全,需要什么就告诉我。'我就站在他边上,和他说了中国许多好玩的地方,并从公务舱拿了一块白巧克力给他。他渐渐松弛下来,越来越兴奋,到上海落地时,开怀地笑了。"

她自己也嚯嚯笑了笑,说:"过了几天,我飞上海至巴黎时,听见背后一个声音传来:'露西!'我吃了一惊,趄过身去,发现一名旅客用法语喊我。他说:'我认识你,来的飞机上,你安慰过我。'我才反应过来,是遇到回程熟客了。那旅客很开心地跟我聊了在上海、在中国的所见所闻,不时开怀大笑,引发众人侧目,他却满不在乎。"

李希谈到生活。她在此生活习惯,不吃辣,早餐法式面包,中晚餐更喜欢面条,能用筷子。有本地的男朋友做下手,她做法国菜如色拉、牛排。去市里以地下铁为主要,业余时间爱拍照,已去过北京、杭州、苏州、桂林、昆明、大理、黄山等。中国的风景没话说。

党总说:"他们有笑脸,自然也有泪脸。既然来到中国,来到央企,就要求他们融入中国,按这里的规矩来,乘务部的月例会,学习十九大精神、社会主义核心价值观、人类命运共同体,一样组织,同样讨论,统一要求,但他们可以作不一样的理解。和中籍乘务员一起学习公司的'三德'(职业道德、家庭美德、社会公德），用中文考试。在这些硬货考试中，欧籍乘哭鼻子，日韩乘笑眯眯，亚洲人的文字和文化毕竟相近。3月5日，几名外籍乘斜背着学雷锋书包（城隍庙买的），在舱门口迎宾——都是自愿的。有旅客说：'老外也学雷锋哪。'不过，客舱部也会开展一些民间活动，像端午裹粽子、赛龙舟，清明踏青扫墓，春节团拜联欢，他们个个兴高采烈地参加。在国外，很少有企业组织这类集体活动。"

金昭希（首位外籍乘劳模）

当金昭希和我用中文对话时，她的发音已听不出一丝外国人的痕迹。难道她在中国长大？答案是否定的，她是土生土长的韩国人，不过她的确很用功地在天津南开大学学习汉语言文学，毕业后回到首尔。2011年7月，看到东航在首尔招聘空乘的公告，23岁的她和首尔的500名符合条件者报名，结果在挑明星般的竞争中胜出，成为数十名"闯入者"之一。

金昭希成为劳模的事从外籍部老总党东红的嘴中得知。据党总介绍，乘务员以业绩论英雄，打破了论资排辈的传统思维，干多干少不一样。派人去做海外经理，包括一些老同事首先问给多少钱？但金昭希不谈钱，首先说服务该怎么做，加班加些什么。因为她在南开学习时就开始了解中国，先讲工作不讲钱。党总感慨地说，同样是外国人，文化熏陶不一样，出来的结果也不同。她和中国文化走得近，后来决定选她当劳模。

金昭希聪明伶俐，基本没让乘务部失望过。她积极倡导并践行流程精减。原来对外籍乘的证件管理，流程繁复，人人办而生畏，她和人力部沟通，将原有的五步程序精减为三步到位，极大方便了双方人员，提高了时效。她中文底子好，善于和中方沟通，屡有创新。公司有外籍乘务员六百，每人自己带护照，装护照的套子各买各的,一次去青岛,当地边检从各人的皮袋里抽出护照查验,放进去时将两人的护照套反了,当事人回到上海才发觉"身份"不对。为杜绝类似差错重复发生,她立马想出个新招:将护照的皮套换成透明的,贴上各自名字,让边检人员一目了然,抽出放进再不会弄错。

"2017年获劳模称号,作为第一个外国人上台领奖,荣幸万分。打电话跟妈妈说,妈妈兴奋得哭了。"金昭希不自觉地揉了揉眼角。

党总凑趣地说:"她当之无愧。"又顿了顿说,"经常有表扬信从各地转来,给金昭希的。前不久,有位阿姨通过《新闻坊》节目找来,也是寻她的。原来,这位阿姨不慎从床上摔下来,胸疼,也没太当回事,照样乘飞机。飞机升空了,觉得不舒服。金昭希发觉后将她调至第一排躺下,还是不舒服,经各方协商,架着她去公务舱平躺,一路始终关注她,落地前叫了轮椅,接地后立即联系她去医院,一查,肋骨断裂。如果没有金昭希当时的照料,断骨可能戳进肺部,危及生命。这位阿姨特别感谢,又不知联系方式,开始打'95530',没法查,最后通过《新闻坊》说出大体情况,一个航班一个航班去问,终于找到当班乘务组和金昭希,圆了她的愿。"

金昭希的业余爱好仍和专业搭界,喜欢自己录音,自己播放,英文、中文、韩文的广播自己练自己听。她能用中文、韩文写新闻。体育锻炼游泳,像青蛙一般游来游去。她有个四岁儿子,老公在首尔,外科医生,支持她在中国上班,因为她非常钟爱在上海的这份工作。她主要飞上海至首尔航线,两头都能当基地,一个月以上海为主,一个月以首尔为主,每周能和家人团聚。偶尔也有飞欧洲的长线,那是客舱部对优秀日韩乘务员的奖赏。

金昭希是个直肠子，对"看不惯"的事直言不讳。她觉得公司对欧籍、日籍和韩籍乘务员并非一视同仁，比如宿舍，大家都住沙龙宾馆，日、欧空乘一人一间，韩籍乘两人一间。中国籍和外籍空乘的薪水打包方式也不一样：中籍乘为底薪加小时费加驻外津贴加极地费，日籍乘为统包，不管一个月飞30小时还是60小时，收入不变；韩籍乘就没有这类待遇。合同应该统一，双方满意，培养外籍员工的忠诚度，不给人有跳槽的理由。

党总说："目前是有差别，那是有历史渊源的。员工看到的只是表象，不是本质，以后会统起来。我知道韩籍乘对穿唐装也有看法，同样是空乘，为啥韩籍乘穿唐装？人家也会问：这是什么乘务员？实际上是团队形象打造，韩籍乘的身材、仪态很适合唐装。"

金昭希恍悟似地说："还真有一次，餐车不小心碰到一男乘客的膝盖，男乘客从睡梦中扰醒，见着唐装的我，脸都红了，捂住膝盖，说不疼不疼。我想他是被我漂亮形象吸引了，疼也不响了。"

停顿了半晌，金昭希忸怩地对我说："还有就是捎货，每次回首尔，大箱子拖着走，都是淘宝上淘的，什么风味鱼干、黄飞鸿花生、瓷器、茶具……淘中国货，也淘世界货，箱子装满。以前父母那辈都是往这边带东西，现在是从中国往外带货。"她咯咯笑了一下，"几次回上海，妈妈说，钱包带了吧？我说，带啥钱包，在中国有手机就有一切。"

戴文娜与黄佳莹

戴文娜是泰国女孩在春秋航的中文名，她的本名太长，说了两遍也没记住。后来她用弯弯扭扭的中文写在我本子上，叫"娃西搭我搭（音译）"，英文写法为WASJTA。我还是记不住。

她 1988 年出生，曼谷大学英语专业毕业，2012 年春秋航空第一批招聘的泰籍空乘。她记得很清楚，当时公司在泰国招 15 名空乘，报名 120 多人。时间走得急，想想已过去七八年了。

戴文娜盘着大光明发型，比一般姑娘高大，有点像中国的北方人。泰国有华人血统的人口两千万，占三分之一，她是不是华人混血，不便问。她很勤奋，来华后，吭哧吭哧学了五年中文，除了泰文外，能讲英语、柬埔寨语、汉语。她在 A320 上当空乘，主飞上海至泰国（曼谷、清迈、普吉岛）和柬埔寨。一架 180 座的飞机，通常 6 名乘务员，其中 1 名泰籍乘。她每月至少飞一趟曼谷，在那过夜，意味着每月都能回家。

说起为什么来春秋，她直率地表示，她也是独生子女——跟中国许多家庭的孩子一样。"爸爸想让我当空乘，到中国来，想不到第一次面试就面上了。中文是自己想学，现在能说话，写还是困难，没英语流畅。"

陪同我访谈的肖琳说："春秋对外籍乘关心，为她们在水城路租了公寓，一室一厅，单人住，租金由公司支付。她们基本是两周上海两周曼谷，中间也有穿插其他航线。在曼谷时住和宜酒店，两人一间。戴文娜和中国同事处得融洽，她的特色是语言温柔，说话带拖音，笑容甜，乘务长对她们评分，总说泰籍乘微笑可人。"

在春秋，戴文娜每月收入至少 1.2 万元朝上，在泰国工作一般为 6 千元（人民币），差不多增加一倍。在公司，已经有日籍空乘当上了乘务长，她也在努力争取。升上乘务长，收入更高。她在公司有不少朋友，没人欺负她。上班开心，下班也开心。业余参加公司的活动，她跳泰国舞《欢迎来到公司》，唱中国歌《好久不见》《等你下课》等，都是周杰伦唱过的，参加了春秋的合唱团、旗袍队。有时上街玩，竟然有人说她是广东人，她蹦起三尺高，乐坏了。她说，自己有华人血统，妈妈是混血，爸爸多次来中国旅游。我这才晓得她像"广东人"的缘因。

谈到工作上的困惑，戴文娜说："晋级要考中文，和飞机上业务相关的广播词、对话，一本书，几十页，考官点到一页，让我们说。比如：'女士们先生们，我们的飞机还未到巡航高度，请在座位上坐好，扣紧保险带。'对我们外国人还是挺难的。有许多工作对话，考官说：有旅客问，'不好意思，我有点肚子疼，该怎么办？'我回答：'首先会问旅客有没有病，有没有带药？如果客人没有带药，不能随便提供，先广播找医生，由医生给出相关建议。'考官又问：'客人需要转机，怎么处理？'告诉旅客：'全部行李拿下去，在候机楼等待。'说明我听得懂中文，能告诉旅客有关流程。"

戴文娜喜欢上海的街道，干净、洋气。她喜欢和中国同事出去看电影、吃饭、KTV。有时也自己做饭，烧泰国菜，香料从泰国带进来，她说中国餐馆的泰国菜不正宗，缺香料，还贵。

还想说说台湾籍在春秋的空乘黄佳莹。

我的好友张武安先生是春秋航的新闻发言人，现已擢升至副总，他联系负责外宣的毛懿陪同我们做采访。那天的访谈，同时在场的还有新华社上海分社的许晓青女士，她想在元旦前写篇外籍（地区籍）人士在上海工作的稿子。我们就巧在了一起。

黄佳莹1992年生于台北，是位娟秀的台湾姑娘，辅仁大学体育系舞蹈专业毕业，做梦都想当空姐。她十几年前来过上海，当时代表竹北高中舞蹈队来沪参加舞蹈交流。她觉得上海这边学生超级厉害，舞蹈水准超强，也坚定了她报考大学舞蹈专业的决心。黄佳莹大学毕业后当过舞蹈教师——小学、高中、健身房、运动中心的舞蹈培训教师。2014年10月，听说春秋航来台北面试空乘，她第一时间投了简历。面试在台北芙蓉饭店进行，按计划，春秋在当地招聘25名空乘，不料参聘报名的来了2000人，有点像博彩。黄佳莹印象最深的是才艺表演，她为此做足了准备，专门携拿手的拉丁舞上场，道具是彩球，名曰"彩球舞"。舞动的青春和大学舞蹈专业帮了她，在"百里挑一"中如愿以偿。第一次飞很兴奋，前一天就睡不着，到了那一天，提前两小时起身，化妆，着制服，登机，一整天忙下来，回到家才觉得倦极。

黄佳莹主要飞上海至台北（桃源）和高雄，因为不是外国人，大陆内的航线基本都飞过。她从小会说闽南语，对台湾籍的老人用台语（闽南方言）服务。她深知岗位的来之不易，做事勤勉，每月平均飞70小时，春运经常加班。说到在眼前面临的加班，她说："25日开始飞春运，第一班普吉岛，来回10小时，紧接着一个沙巴，晚上21点起飞，次日早晨7点回上海，通宵班，不累那是假。已经四年没回家过年了，去年除夕也在飞机上过的。飞的间隙和同事们煮火锅。"

她是个早熟女，家里对她放手，也就死命在外打拼。她常被公司派去别地当"援军"。2017年夏天在哈尔滨帮飞，2018年一个月在大阪帮飞，没想到后来升了乘务长——台湾籍总共才2人。

"这可是了不起的岗位，需要业务考试，同事们互评，飞机上实习，时间到了再考试，层层筛选，才能成为外国（含港台区）籍乘务长。"毛懿说。

"当了乘务长，压力上去了。"黄佳莹莞尔道，"带了长，需要管四五个人，还要和机长和地面搞好协调，每个班次都要看原先的乘务计划需不需要调整，要预先想到今天可能会发生什么事，如何应对。许多细节需时时关注，比如冬天、夏天舱内的温度，光线，比当乘务员时操心的事多了。"

"春秋的吸引力在哪儿？"我问。

"一方面，我喜欢挑战不同的环境，不同的生活。另一方面，公司还是很人性化的，让我们在此工作6周，回台湾2周。刚开始飞时，样样新奇，不想回家，五六年过去，有点想家，回到家尽量在屋里待着，不那么野天野地了。"

黄佳莹是个有意思的女孩，没有住公司的公寓，自己在徐泾租房子，两人合租，平时喜欢放焰火、打牌、参加庙会，最爱的还是舞蹈。想去体会不同的体会，在哈尔滨帮飞时，专门乘绿皮火车去大连，觉得蛮有意思。

黄佳莹的母校辅仁大学请她回去做演讲，介绍她在大陆的成功，给学弟学妹谈亲身的有趣经历。

新华社的许晓青女士曾驻台北多年，见了黄佳莹倍感亲切，临走前，用手机录了段穿春秋制服的黄佳莹的视频。镜头下，黄佳莹随意地理了理头发，露出甜甜的浅笑，拱手道："祝各位新春快乐、身体健康、家庭幸福。"说的是2019年的新年。

后　记

　　流年光影，物换星移。蓦然回首，恍若如梦。

　　《晨昏线》闭卷后，本该潜隐三年，做些休整，这好比古希腊人行走三天必休息一天的铁律。停下的时光，或浪迹四野，不定归期，或在皎月的夜晚，静静地做几回春秋大梦。

　　想想真该如此。七八年来，所有的节日、周末几无休息。连每周上门来帮忙清洁卫生的阿姨都替俺打抱不平："叔叔，我每次来，都见你趴在桌前写东西，不腻嘎？"我无言以对。不腻是真，不累是假——长期苦吟，而且是业暇的晚间和休息日。人家遛弄堂喝咖啡，咱在桌前磕笔，头发不知掉了几把。多少次说，写完这个，决不再写。尤其是过了2020年春节，定下铁心：《晨昏线》完稿，掷笔喝茶晒太阳，决不再写。但是，不能，——还是不能。

　　那是许多被采访者的音容笑貌，那是怀抱"大堆秘密"的航空人渴望的眼神——天上的，地上的，他们特有的脸谱和眼端挂着的笑颜与泪痕湮灭了我疲庸偷懒的奢念。

　　我曾多次去商飞，想起无数商飞人的艰辛和付出，想起C919总设计师吴光辉皓发怆然的神态，想起结构强度专家张迎春奔泻不息的激情，想起试飞中心主任钱进那句"真累，一生都累，因为追求完美"的带血的叹息。——钱进自一脚跨进商飞门，只知八点半上班，不知几点下班。一次，问周边人："咱这儿几点下班？"人答："五点半吧。"钱进瞅一眼挂钟："都晚上九点半了，你们咋不走？"对方说："您不走，咱们哪能走？"他才恍悟，这里也有作息时间的！他也不想加班，都是给光阴逼的。钱进在C919首飞的当天上午还在中山医院挂水，急性肠胃炎，从输液室到厕所间吐了三次，为不计人知晓，中午拔下吊针赶赴浦东机场,担任首飞机组的一名"观察员",实际是五人机组的灵魂。

另一位超一流飞者——局方高风险科目试飞机长赵志强,不断地飞向危险——航线机长是飞向安全,哪里安全飞向哪里,他的工作正好相反,哪有危险飞向哪里。2020年8月1日,他从世界第一的高高原稻城机场(海拔4411米)试飞ARJ21归来,发给我一张戴着氧气面罩的工作照。在高高原机场,他每天要在单引擎、满载的情况下,进行十个起落的验证,并在空中关停双发的其中一台发动机十次。这名王牌飞行员豪迈地说:我要做的,就是找出安全与不安全之间的那条"线",我飞行有风险是为了以后的航线飞行无风险,我的不安全是为了千千万万旅客更安全!他毕业于中国民航飞行学院,又去国外顶尖的试飞学校进修,能飞波音、空客以及国产飞机的"无限机型",他痴迷蓝天,喜欢挑战,愿意承担"行走剃刀边缘"的工作。

在外人眼中,天路高远任鸟飞,但在航空管制员眼里,"天路"无比逼仄与狭隘,他们像在"螺丝壳里做道场"。航空气象预报员不仅要关注大的系统性天气,更要面对的是跑道上空、航路两侧那些局部的、小尺度的云、雾、风和雷暴,可不能出现"局部地区有时有小雨"之类低级的生活预报。上海机场有个动物学硕士,能从叽叽咕咕的吵声中辨析出一百种鸟的声音,和同事们一起琢磨出了"生态驱鸟法"。全国劳模、机场助航灯光技术总监顾鹏飞,为场道灯光的明与暗,几十年没睡过个饱觉……

每次在张江上海飞机设计院马凤山的铜像前伫足,我感慨万千——慢慢地读懂了这位运10总设计师的眼神,那是悲怆、孤伤、无奈的目光,还带着某种期许和希图。马凤山的往事已化作尘土，但今天的商飞正上演着时代的顽强旋律。

我不得不承认，自己易受人意绪的"摆弄"，易激潮萌动，也就彻底打熄了"歇脚"的妄想，又义无反顾地握住笔，又是没日没夜，又是一气呵成，最后擦一把盈眶的热泪，竟也显得高迈。

夜晚，星光闪耀，那些个闪动的分明是一架架银燕的光影，是一截截航线的组接。"写了这些个虚构的本子，调调花样，来点'实'的吧。"不止一个朋友的忠告。文艺社的乔亮责编也说："非虚构作品每年五六千部，有点多，不如弄个非虚构的。"著名女作家薛舒说："早就让你写纪实的，怎么还没有出发呢？"著名报告文学家何建民老师来民航时说："航空、航天应该出大作品的，纪实类更有分量。"他们的理由似乎够充分：你有足够的"养料"。

受此裹卷，我便行动。我是着力做内容的，纪实体也不例外，不过包罗更为寥廓。

国产喷气机是几代人的梦，也是几代人的痛，这一部分占了四分之一的篇幅，围绕现代国产机展开。既有运10陨落的挽歌，更多的是国人在ARJ21、C919上爆发出的弘广无比的力量，抒发的是商飞人蓄满生命热源的情感。他们深知历史不会给无为者地位，不会给落伍者尊严，是以贮足能量。

"白云悠悠"，汲取50后、60后、70后、80后、90后机长的鲜活语言，抽绎当代航空飞人的故。离开了地面，也没有空中的。在"天路天使""永不消逝""气象万千""于无声处"等几个章节，呈现天上地面立体的航空世界，用手中的拙笔，镌刻了一群地面人的群像。他们有航空管制员、气象预报员、通信导航员、机场安检员、驱鸟队员、灯光守护者……

带入未知领域，撬开另一片天地。黄山黄河性格不同，脾气有别，都是绝佳风景。行行业业奇峰兀立。不管天上的，地上的，他们都怀揣着火烫的情致，行进在历史的台阶上。

小飞机是用来"玩"的？通航是我国又一块待开垦的蛮荒之地。与大洋彼岸20万架小飞机、200万本本族相比，我国不足人家的5%，潜力不可谓不大。我曾走访过不少长三角地区的通航机场与公司，收获"在冬天的河里捕鱼"的故事，通航状况可窥一斑。

两百年的十字军东征虽然和后来的拿破仑一样失败了，但最终成了法兰西及西欧诸民族成长史的一部分。与当年八国联军侵华不同，这是中国主动敞开大门引进的外来凤、外来鹰。这些外国人在中国民航的工作和生活，勾画出的是中国对外开放的市场和襟怀。

还没等我调整好足够放达的意绪，书稿已经收尾了。我果然缺乏纵观古今的宏气，但挑选出的倒是干货硬货，并尽量地芟除粗枝蔓条，喷薄出生命的热亮。回望之际，常在自我拷问，这样的文字是不是对得住被采访者的殷殷血火？放达的风格是否突破了所谓的文学边际？是否……罢了，等不了那么多的是与否了。东方，脆耳的惊雷依稀响起，白玉兰与栀子花的迷香交相浮动，抖也抖不开。啊，终究到了花开的季节，不同寻常的2021年的春天早已降临。

詹东新
2021年春

图书在版编目（CIP）数据

万里云天/詹东新著. -- 上海:上海文艺出版社,2021
ISBN 978-7-5321-8023-3
Ⅰ.①万… Ⅱ.①詹… Ⅲ.①纪实文学－中国－当代
Ⅳ.①I25
中国版本图书馆CIP数据核字(2021)第154240号

发 行 人：毕　胜
特约编辑：乔　亮　王丹姝
责任编辑：江　晔
封面设计：丁旭东

书　　名：万里云天
作　　者：詹东新
出　　版：上海世纪出版集团　上海文艺出版社
地　　址：上海市绍兴路7号　200020
发　　行：上海文艺出版社发行中心
　　　　　上海市绍兴路50号　200020　www.ewen.co
印　　刷：苏州市越洋印刷有限公司
开　　本：890×1240　1/32
印　　张：10.5
插　　页：2
字　　数：245,000
印　　次：2021年10月第1版　2021年10月第1次印刷
I S B N：978-7-5321-8023-3/I·6357
定　　价：56.00元
告 读 者：如发现本书有质量问题请与印刷厂质量科联系　T:0512-68180628

新时代文学写作景观

杨庆祥 著

上海文艺出版社
Shanghai Literature & Art Publishing House

目 录

†
上 编

这是一个人民的世纪
　　——第八次全国青年作家创作会议大会发言 ... 3

21世纪青年写作的坐标系、历史觉醒与内在维度 ... 7

"非虚构写作"的历史、当下与可能 ... 25

新南方写作：主体、版图与汉语书写的主权 ... 45

科幻文学：作为历史、现实和方法 ... 63

与AI的角力
　　——一份诗学和思想实验的提纲 ... 75

创造内在于时代精神的政治抒情诗 ... 91

†

下 编

徐则臣《北上》：大运河作为镜像与方法 ... 101

李修文《诗来见我》：生命之诗与大地之魂 ... 115

鲁敏《奔月》：最大的变革和最小的反应 ... 125

葛亮《阿德与史蒂夫》：现实与传奇 ... 141

付秀莹《陌上》："乡土叙事"的新变 ... 153

张悦然《茧》：80后精神成长的难题 ... 167

孙频《光辉岁月》：主动"后撤"中的自我建构 ... 185

胡竹峰《中国文章》：写法即活法 ... 197

王威廉《野未来》：后科幻写作的可能 ... 207

上编

这是一个人民的世纪
——第八次全国青年作家创作会议大会发言

尊敬的各位与会代表，亲爱的青年作家同行们：

大家下午好！

很荣幸能以一个青年写作者的身份在这里发言。我发言的题目是《这是一个人民的世纪》。

众所周知，自现代以来，青年就不仅仅是一个生理学的概念，它更指向一种热烈的青春气质和丰沛的创造性力量。青年写作的图景，也不仅仅是一种文字的自动表达，而更是一种心灵形式和历史形式，就前者而言，它"内图个性之发展"，就后者而言，它"外图贡献于群"。这两者的综合，奠定了整个中国现代写作的起源和经典谱系，鲁迅、郭沫若、茅盾、巴金、老舍、曹禺、沈从文、赵树理、孙犁、柳青、路遥、汪曾祺，这些卓越的创造者正是以一种深刻的"青春性"从历史中获得了形式，并将精神性的光谱，折射进推动民族解放、社会进步和美学构造的实践行为中去。由此，写作不仅仅是在解释和想象世界，同时也在改造和建设世界。

"萧瑟秋风今又是，换了人间。"时序轮回，转眼我们已经站在了21世纪的第二个十年。当代法国哲学家阿兰·巴丢有一篇著名的文章——《世纪》，他开篇就提出疑问："这是谁的世纪？你们的还是我们的？"我想借用他的这个提问，来理解我们身处的此时此刻以及此时此刻一个青年写作者的责任和义务。

这是一个商业的世纪吗？资本和利润构成了这个世纪的重要逻辑，在一种高度物质化的语境中，精神性因为猛烈的撞击而变得复杂多变起来。

这是一个游戏的世纪吗？我们必须承认，有一种不严肃的虚无和虚拟正在我们的世纪游荡，它嘲笑着正剧，解构着价值，却在患得患失中失去了生活的质数。

这是一个"网红"的世纪吗？多媒体的技术发展以一种即时性的方式参与着文化的生产和传播，并在这种传播中获得一种可能过于浮夸的存在感。

不，这些都不过是居伊·德波所谓的景观化的表象，如果我们的青年写作仅仅停留在这些景观化的层面，就会因为某种内在性和整体性的丧失而失去对话的力量。

我亲爱的青年同行们，我们正处在一个急剧变动、迅猛发展的时代，多元并存的文化观和价值观丰富着我们的认知视野，同时也在以不同的方式拉扯着我们。青年面临着诱惑，青年写作的道路并非一片坦途。

那么，究竟什么才是我们这个世纪的重心？或者说世纪的重心以什么形象呈现其美学和历史的内容？经过长久的思考，我的回答是，人民！是的，这是一个人民的世纪。这里的人民，不是抽象的概念和空洞的符号。他们是工厂里的工人、耕作中的农民，他们是脚手架上的务工者，是讲台上的教师，是手术室里的医生，是我在早起和晚归的地铁里，遇到的一个个形色匆忙的上班族。是的，这就是我们的人民，在神圣劳动的召唤下，为追求人类幸福的自我完成和自我发展而不懈工作的普通人。

这是我们写作的生命之源和精神之源。我曾经在太行山区一个小镇的街头，听到两位母亲用河北梆子高唱她们的人生故事，其时群山肃穆，歌声嘹亮：对生的热切的渴望和信任，对世界的直接敞开和表达，用最贴切自我的形式，表达着普遍性的生命意志。这才是真正的艺术和真正的中国故事啊，那一刻，我被深深震撼了。

青年同行们，写作者的力量只可能来自我们脚下的大地和我们身边的人民。这些年来，我和我的同代人们一直在创作中努力实践这种知行合一的美学观和写作观。我们忠实于自身的经验，但同时以一副灼热的心肠投身于时代生活的热烈和喧嚣，它的阔大和无穷。在前辈作家的注视中，在同代人的和而不同中，我们汲取古今中西的滋养，创造了并将继续创造着我们的主体性、民族志和世界语。

我们还做得远远不够，但我们会一直努力。

我亲爱的青年同行们，真理必须探究，正义值得追求。时代从来不主动呈现其面容和形式。光荣属于那些执著探索和艰苦书写的灵魂。愿各位的作品能够给时代以铭记，愿我们伟大祖国和伟大人民的歌哭，在世界语中不朽！

谢谢大家！

21世纪青年写作的坐标系、历史觉醒与内在维度

一、 如何界定"青年写作"

讨论青年写作的难度,首先在于怎么界定"青年写作"。这看起来就是一个极其模糊的词语,与其密切捆绑的概念还有青年作家、青年批评家、青年学者等等。即使从社会学的角度来说,对青年的界定也一直处于变动之中,目前社会学总体趋势是将青年的年龄无限后延,比如最新的指标是45岁以下——一些国家和机构甚至放宽为50岁以下——而在早几年,这个指标是40岁以下。这些后延的指标满足了一种"永远年轻"的心理期待,而变化不居的数字暗示了青年果然是意识形态争夺的峰地,谁拥有青年,谁就拥有未来。或者用另外一句更耳熟能详的话来表达——"世界归根结底是你们的"。你们,就是永远

的青年。

在文学研究的场域,对青年的界定更是困难。按照斯坦纳的观点,所谓文学理论,不过是为了应对现代科学理论而创造出来的一个概念,本身就具有很大的不确定性,在这个意义上当然也说不上有多少科学性。[1] 近世以来,所谓的文学研究往往都是从社会学、历史学和心理学等等其他学科借鉴概念,这几乎毁坏了文学原本脆弱的根基,也从一定程度上削弱了文学的天性,让文学——尤其是所谓的文学研究面目可憎,对文学研究憎恶的话题容以后再发挥。我在这里想要强调的是,几乎难以对"青年写作"这一概念做出一个极具科学性的界定,它属于一种"习惯性用语"。如果按照索绪尔的观点,语言的本质不过是一种约定俗成[2],那么在文学生活和文学话题中,大量使用"青年写作"之类的概念只能属于"约定俗成"。所以我只是在约定俗成的意义上来谈论青年写作。所谓的约定俗成大概指这么一种情况,当我们谈论"青年写作"这个词的时候,会自然地在眼前浮现一幅地图,这幅地图包括为数

---

[1] 参见乔治·斯坦纳:《语言与沉默:论语言、文学与非人道》,李小均译,上海人民出版社,2013年。
[2] 参见费尔迪南·德·索绪尔:《普通语言学教程》,高明凯译,商务印书馆,1980年。

众多的作家、质量不一的作品，当然，还有一些含有价值判断的词语、记号和声音。

具体一点，从年龄结构来说，截至目前，当下中国的青年写作大概指出生于上世纪70年代、80年代、90年代这三个年龄层次的作家。80后、90后放进来自然毫无疑义，但是出生于上世纪70年代的作家可能觉得有点勉强，毕竟，最大的70后已经整整50岁了——这还是青年吗？这就涉及第二个问题，从文学史的判断来看，当下的青年写作还指向一种价值判断，即，这些作家作品是非经典化的，在艺术上还处于一种可塑期。或者更简单粗暴地表达是：他们还没有写出更好的作品！这一判断一方面可能来自批评家或出版人的吹毛求疵，另外一方面可能来自作家的谦逊或不自信。作家的谦逊或不自信是常有的事情，倒也不足为奇。矛盾的是批评家和出版人，他们在一种场合会对青年写作大唱赞歌，换了一个场合可能又会严加苛责，一方面他们会觉得青年写作已经构成了中坚力量，另外一方面又会在青年作家的书封上写下"一部堪比《活着》《白鹿原》"之类的推荐词，反而是暗示了一种"等级秩序"。这暴露了对青年写作认定的犹豫心次，这态度有时候也会影响青年作家对自我的认识和判断——虽然在私底下他们都觉得自己已经写出了超越前代作家的作品，但在公开场合，他们还是愿意保持一种文学史的低调，虽然这一低调并不能给他们带来真正的进步。如果生理年龄偏小，这样的姿态倒也能赢得"好青年"的美誉，但是对于那些确实已经写出优秀作品的"大龄青年"来说，比如 70 后中的一些作家，这显然并不公平。有时候作家会抱怨时代的风气以及批评家的缺席，我记得作家阿乙曾经在朋友圈喟叹 50 后、60 后作家的好运：他们不仅碰到了恰当的文学语境，还有好的批评家——所以很快就被经典化了。但问题在于，好的文学时代、好的文学批评家和好的作家是不能完全割裂开来的，单个批评家的工作和认可并不能让鲁迅和沈从文成为经典，这里面涉及的时代、语境和运气，实在一言难以穷尽。但不管如何，对当下青年写作的观察和认知，也只能在这样一个略微尴尬的语境中展开。

二、 以上世纪 90 年代为原点的坐标系

第二个与青年写作相关的问题是坐标系问题。具体来说，一是写作的坐标系，一是批评研究的坐标系。先从后者说起。我在高校任教，这几年碰到的一个比较常见的问题是，中文系现当代文学专业的学位论文，尤其是代表最

高研究水平的博士学位论文，研究青年作家的很少，即使有一些大胆的博士生想尝试一下，往往也是在开题的环节被批评得体无完肤。研究生们也许会在私下里认为教授们过于保守，且不关注当下的青年写作，但情况并非如此简单，即使像我这样从事当代文学批评的青年教师，其实也不敢特别鼓励学生以青年作家作为论文的选题。教授们往往用一句"不够经典化"来搪塞学生的质疑，学生们也往往苦于无法找到更多的知识备份和理论支持而空负一腔热情。一方面是大量的青年写作在涌现，一方面是对青年写作的阅读、观察局限于时评，无法转化为文学知识和历史经验。这种矛盾的情况，归根结底，是缘于批评和研究坐标系的阙失。

这一坐标系有多重要，可以用现代文学史上的"青年作家"来做例子。鲁迅写《一件小事》，郭沫若写《天狗》，巴金写《家》……从生理年龄上看，都属于"青年写作"，但因为有了"五四启蒙主义"这一大的坐标系，这些作品都获得了远远超出其"文本价值"的文学史价值。试想，如果没有"国民性批判"这一坐标系，我们就很难对《一件小事》《肥皂》这样的作品进行经典化；同样，如果没有"反抗旧式家庭，寻找现代个人"这样的阐释坐标，《家》大概也就是一部青春流行小说。出生于上世纪50年代、60

年代的"青年作家"比如莫言、余华等，同样得益于"80年代新启蒙"这一批评坐标系的确认，正是在这一坐标系里，文学的人道主义和实验性才得到鼓励、肯定和放大。如果再稍微放宽历史的眼光，我们会发现从"五四"第一代知识分子和写作者开始，到上世纪80年代第六代知识分子和写作者，①其实在分享着共同的坐标系"红利"。从"五四"的启蒙主义到上世纪80年代的新启蒙运动，虽然其中有国民性批评、安那其主义、左翼、京海派、解放区文学、现代主义等潮流和理论的抵牾，但是在其根本上，都是这一坐标系的变种。用现代汉语来书写和塑造现代中国人的生命形态和生活情状，并使之进入文明的行列，是这数代写作者的根本旨归。也正是从这一坐标系出发，作家王安忆才得出了"我们和鲁迅是同一代人"②的结论，理论家如杰姆逊也能够顺理成章地将中国现代以来的文学书写认定为是"民族寓言"的写作。③

那么，对本文要讨论的青年写作来说，这一启蒙主

---

① 这里借鉴了李泽厚对百年知识分子的代际划分。参见李泽厚《中国现代思想史论》，东方出版社，1987年。
② 王安忆在第七次全国青年作家代表大会会上的发言。
③ 参见弗里德里希·杰姆逊：《处于跨国资本主义时代的第三世界文学》，张京媛译，《当代电影》1989年第6期。

义的坐标系还适用吗？上世纪90年代以来，受后革命语境的影响，中国的思想界和理论界"反思启蒙，告别革命"成浩然之势，其既得力于上世纪60年代兴起的后结构、后殖民等等"后学"理论的支持，又有上世纪90年代兴起的消费主义和商业化写作的现实加持，这一启蒙主义的坐标系似乎不再适合新一代的青年写作。但是如果站在2020年回过头去认真观察21世纪以来这二十年的青年写作，就会发现即使是那些被目为通俗的作家作品，如安妮宝贝、卫慧，甚至是郭敬明，都在其作品里展露出了某种"寓言性"。更遑论那些告别了自动写作和青春期抒发，以更厚重的作品进入到当下的青年写作。也就是说，自鲁迅以降的启蒙主义坐标系并没有完全失效，当下的青年写作依然可以放在这个坐标系里去进行历史化和经典化。

这么说并非出于一种文学史的保守，而是意识到一个基本的事实，现代汉语写作不过区区百年的历史，借助这一语言书写所需要完成的作家的启蒙、读者的启蒙，以及语言本身的启蒙还远远没有完成。在这个意义上，坐标系的原点虽然不停地在位移，但是其基本的轴线却没有改变。

如此并非就是要以鲁迅的标准来要求当下的青年作

家，这恰好是我要反对的历史绝对主义。我想强调的是，坐标的轴向虽然大致不差，但坐标系的原点至关重要，鲁迅那一代人的原点是"五四"，在某种意义上，鲁迅全部的作品都在回应"辛亥革命"；莫言那一代人的原点是"文革"和"改革开放"，在这个原点上他们构建了自己的人道主义和美学观念。出生于上世纪 70 年代以后的青年一代的原点则是上世纪 90 年代，在这个原点上中国从一个以政治为核心驱动力的国家转向一个以经济为核心驱动力的国家，尤其在上世纪 90 年代后期，更是全面融入世界政经秩序之中。[1] 这一代青年写作者以上世纪 90 年代为原点，在纵向上与鲁迅、莫言等人的新文学写作一脉相承，在横向上则与世界文学保持着密切、频繁且深入的交流互动，并生成了其独有的美学风格——这一美学风格的具体内容下文再阐释。就批评和研究来说，如果我们从这一坐标系出发，也许会放下某种文学史的傲慢——我一直惊讶这种文学史的傲慢来自何处——真正去面对我们当下青年写作的成就，并推动其历史化和经典化，据我所知，

---

[1] 对上世纪 90 年代更具体的论述可参见我近期完成的一篇论文《九十年代断代》，发表于《鲤·我去 2000 年》，民主与建设出版社，2019 年。

这方面的很多工作已经在卓有成效地展开。①

三、青年写作的"历史觉醒"

以上世纪90年代为原点的坐标系不仅仅是一种批评家的建构，也是基于对这一代青年写作的观察。实际上，依照系统论的原则和文学史的经验，任何一个有效坐标系的建立，都是合力的结果。具体来说，批评的坐标系必须建立在"文本自洽"的基础之上，也就是说，作品本身提供了一种召唤性的结构，这一召唤性结构在某一时刻被唤醒，于是，文学史的偶然变成了一种必然。在中国古代文学史上，陶渊明和杜甫的经典化提供了这种由偶然而必然的典型案例。好在时代的加速已经不需要如此漫长的等待，据我的观察，在这一代的青年写作中，召唤结构已经颇具规模。具体表现在以下几个方面。

---

① 比如孟繁华、张清华主编的《身份共同体·70后作家大系》，收入70后作家二十余位；杨庆祥主编的"新坐标书系"第一辑收入二十多位70后、80后作家，单本成书，包含代表作、代表评论、作家年表等，即将由江苏凤凰文艺出版社出版；广州的《作品》杂志自2020年起大篇幅刊登关于70后作家的评论；中国人民大学、北京师范大学等高校举办系列工作坊，致力于70后、80后作家的深度研究。等等。

第一，我以为这一代的青年写作经历了一个由"自动写作"到"自觉写作"的转变，在这一过程中最重要的是历史意识和现实意识的双重觉醒。自动写作主要基于一种情感或者情绪表达的需要，从风格上看带有强烈的"文艺腔"，这一点在70后和80后早期的一些作家作品里面表现得非常突出，比如安妮宝贝的绝大部分作品，张悦然的早期小说以及韩寒和郭敬明的全部作品（包括他们后来的影视作品）。这一"文艺腔式"的写作有其最初的可贵，情感的"真"是其主要的美学伦理。但是这一情感的"真"不但难以持久，而且很快就在商业的诱导下变得模式化和浅薄化。所以"自动写作"并不是问题，问题在于被商业诱导的"自动写作"变成了一种"投机主义"的写作。这一写作的集大成者为韩寒和郭敬明，他们一直在这个层次里打转，所以最终只能成为一个速朽的通俗作家。与此相反，有抱负的青年作家普遍追求一种"自觉的写作"，这一转变至关重要，我将之称之为"历史的觉醒"，同时也是一种写作的成人礼。于是我们可以看到李修文在停笔十年后复出的《山河袈裟》和《致江东父老》等作品，因其厚重的历史视野完全超越了前期如《滴泪痣》那样"浓艳"的书写方式，简直就是一次脱胎换骨的重生。徐则臣的《北上》和葛亮的《北鸢》用长时段的历史叙述构建国人的现代性追求;鲁敏的《六人晚餐》和张悦然的《茧》,将笔触伸向了父辈的爱与罪;张楚的《中年妇女恋爱史》、双雪涛的《平原上的摩西》、孙频的《光辉岁月》、周嘉宁的《了不起的夏天》通过对特定历史时段或者事件的书写建构了新的想象;梁鸿的非虚构则聚焦于农村转型的困境;最近的一个例子是路内,在2020年1月刚刚出版的长篇小说《雾行者》中,他将写作的所叙时间锁定在了1998至2008年这十年,用路内的话来说,他要处理的是"人口流动"这一独属于上世纪90年代的特殊历史现象……这些写作都带有强烈的历史意识。需要注意的是,历史意识并非历史题材,这几年网络文学尤其盛行历史题材的写作,其中很多作品以静止的态度消费历史事件和人物,往往止步于故事传奇的层面,即使有时候故作深刻地采用"现代人穿越回古代"之类的叙事策略,也无法改变其心智低幼和历史虚无的本质。缺乏历史意识的历史题材作品大行其道是我们这个时代审美的弊病,好在真正有历史意识的作品也从来没有缺席,而且注定会获得更长久的生命力。

历史意识指的是"历史"与"当下"的双重且多重辩证,没有"当下"的"历史"是历史僵尸,而没有"历史"的"当下"是当下巨婴。这一代青年作家的历史觉醒正是他们摆脱"僵尸"和"巨婴"的过程,同时,几乎也是一种现实意识的觉醒。"历史能够被经常和重新解说,并不意味着那些被称为历史的东西本身发生了变化,而是人类智慧实现了自足。这句话隐含的意义是,解释历史是为了解释现实与未来。"①

这些青年写作将历史的原点紧紧地铆在了上世纪90年代,上世纪90年代构成了认知的装置,在民族国家、资本主义、全球化、私有制、消费主义和个人欲望之间展开书写,在此谱系上,我们才可以理解最近引起讨论的"东北书写"的意识形态,以及相关如双雪涛、班宇、郑执等的写作。同时,石一枫、王十月、哲贵、房伟、蔡东、刘汀、王威廉、文珍、南飞雁、崔曼莉、浦歌、郑小驴、朱文颖、谢络绎、李清源、马拉等人的"现实书写",也是经过历史慎重透视过的当下现实的新活体。即使在以类型化著称的科幻或悬疑作家那里,比如在陈楸帆、蔡骏、江南、宝树、飞氘、夏笳、阿缺、刘洋、王诺诺、王侃瑜、双翅目、汪彦中等人的作品中,历史意识的觉醒也为"类型"提供了丰厚的人文支持。

---

① 江山:《互助与自足——法与经济的历史逻辑通论》,政法大学出版社,2002年。

第二，内在的"现代性"书写。中国现代文学以"现代"区别于古典文学，现代是其根本的属性。除了语言、形式上的现代外，题材和景观的选取也确然有别。古典文学最重要的题材是以农耕为主的田园乡土，而现代文学则将目光转向了以工业和消费为主的城市。城市书写构成了现代文学"现代性"书写最重要的组成部分。早期的现代性往往是以"震惊"的方式进入作家的作品，我们可以想到茅盾《子夜》里吴老太爷进上海的那一段经典书写，那基本上隐喻了中国人遭遇现代性的初始体验。对于从鲁迅到莫言这几代作家来说，这种"震惊感"一直是盘旋不去的情感结构。与前几代作家生活在一种由乡土向城市剧烈转变的语境不同，这一代青年作家与中国的城市化基本上是同构的——在现实层面，中国自上世纪80年代以来城市化进程加速完成，在想象的层面，即使是一部分出生于乡村的青年作家，也通过现代媒介提前获得了一种城市经验，尤其是电视、电影、录像等影像媒介在上世纪90年代的普及。这导致了对城市不同的体验方式，如果说前几代作家因为"震惊"或者"炸裂"的体验而更着力于书写城市庞大的景观和异化的主题，那么，这一代青年作家已经平静地接受了这些，并将其视作城市天然的一部分。在有乡土生活经验的作家那里，比如金仁顺、乔叶、李凤群、东紫、甫跃辉、马金莲、陈崇正、周瑄璞等,城与乡不再是对抗的存在,而是找到了一种对话和平衡。对于没有乡土生活经验的作家,比如笛安、黄昱宁、张惠雯、马小淘、大头马、李燕蓉、姬中宪、周李立等,虽然都市男女、物质欲望依然构成了重要的书写主题,但是那种欲望却有了非常细致的肌理,像《景恒街》《章某某》这种书写又带有一种对资本主义功利原则的反思。而在更年轻一些的作家那里,比如小珂、余静如、辽京、李唐、张玲玲、张亦霆、孟小书等,读者已经无法在其作品中辨认出具象的城市,城市已经成为生活的自动装置,同时这也意味着,一种具有普遍意义的现代性书写在青年一代作家这里已经成熟。

第三,在历史意识的觉醒并将现代性不断地内在化的过程中,这一代青年作家形成了鲜明的个人写作标识。这一标识有的是通过叙事方式来确立的,比如李宏伟、弋舟、黄孝阳、陈鹏、李浩、康赫、霍香结、黄惊涛、闫文盛等,这一类写作往往被纳入"先锋写作"的概念范畴里去,但实际上依然是植根于当下经验的及物性写作——在艺术领域,自"印象派"以来,先锋一直就是现实主义的变体。有的则是通过对文学地域的建构或者特定群体的书写来确立的,比如付秀莹的芳村、赵志明的苏南水乡、朱山坡的中越边境、任晓雯的苏北、林森的南方海岛、郭爽的黔东南小城、张怡微的上海弄堂、颜歌的平乐镇、包倬的云南山区、董夏青青的兵团、周恺的川西南、郑在欢的驻马店、丁颜的西北临潭等。散文作家则天然地拥有地理的情结，比如李娟、沈念、胡竹峰、张天翼、侯磊等等。即使在阿乙、田耳、黄咏梅、魏微、计文君、小白、斯继东、王占黑、庞羽、魏思孝、王苏辛、孙一圣、李晁、徐衎等的作品中没有清晰的地理标志，但是也会有一个有特色的"群体"成为书写的中心，比如警察、工人、知识分子、家庭女性等，这一类群体，往往又是在一个大概的区域内活动，工厂、社区或者某个小城镇。还有一类以"解构"为其写作鹄的，比如李师江、曹寇、手指、赵挺等，这一类写作的谱系可以追溯到王小波和王朔，不过后继者日渐稀少。

特别需要提及的是诗歌写作，毫无疑问，诗歌写作构成了 21 世纪青年写作重要的一部分，但有意思的是，当我们谈论"青年写作"的时候，往往无意识地将其局限于叙事文学。诗人在我们的时代重新变成了一个匿名者，需要以显微镜的方式去予以辨别和指认。这么说并非是说诗人和诗歌从社会生活和文学生活中退场了，恰好相反，进入 21 世纪以来，因为技术、资本等力量的介入，诗人和诗歌变得空前"热闹"起来，但是这种"热闹"并不能掩盖真正的阅读其实是缺席的——我在豆瓣网上找到一本诗人黄礼孩 2001 年主编的《70 后诗选》，没有任何一条短评、也没有人打分，豆瓣显示只有一人读过。诗歌的写作、发表和阅读相对于叙事文学来说，更小众化也更圈子化，它经常面临的文学史事实是：那个真正的诗人隐匿在舞台的下面，他在等待一种事后的加冕。以上世纪 90 年代为原点的坐标系当然也可以用来度量青年诗人们的写作，但是因为诗歌写作本身的碎片化、随意性和情绪化，这种度量有时候变得更加困难。历史的觉醒固然已经内化为诗歌写作的一部分，但除了早期借助某种口号或者诗歌标签所带来的标识，相对于青年作家来说，大部分青年诗人的个人面目还有些模糊。

无论是小说、散文还是诗歌，以上的总结当然不能囊括全部，整体性与个体性的矛盾又使得这种描述难免挂一漏万，而青年写作的含义，必然就包含着反对建制的力量。这恰好是我要强调的，每一次命名和总结都是删繁就简的过去时态。我个人更愿意看到的情况是，批评家们今天作出的判断，第二天就被青年写作的实践证伪——个人标识只是时段性的，它必须在不断的未来写作中得到扩大和丰富。

四、青年写作存在的问题

最后,作为这一代青年写作者中的一份子,再写几句自我批评的话。

这一代青年写作者大都接受了完整的教育,本科、硕士、博士。还有一部分作家有海外求学的经历。所以青年写作者大都视野开阔,审美趣味高级,知道什么是真正的好东西。但是,这可能会造成一个问题,就是这一代青年作家拥有的间接经验过多,会导致写作直接性的阙失,二手经验和二手知识会让写作产生一种隔阂。文学与哲学、历史的区别,就在于它需要直接地感染人、感动人,用情感而不是理性,用形象而不是公式。

文学不是对世界的简单模仿。在希腊语中,模仿的最初语义是指"创造"。也就是说,即使是在模仿的语境中,文学也要创造一个世界,而这个世界,和已存的物理世界是平行的,它们互相作用。是生活效仿艺术呢还是艺术效仿生活呢?这个问题永远都不会有答案。对于青年一代写作者来说,任何单一向度的价值观和世界观都会导致写作走向窄路并最终死亡。不是简单的顺应或者简单的反对,而是要以对话的姿态进行自我和世界的建设,我觉得这是青年作家的"义务"——我在双重意义上使用义务这个词,斯多亚学派和康德。斯多亚学派认为义务是服从自然的善,而康德认为义务是服从于主体的善。青年写作者至少应该在这两个层面完成自我的启蒙和养成,与前几代作家不同,这一启蒙和养成首先要从"潮流"里面剥离,并强化其精神强度。这一代的青年写作者与经典作家还有差距,这一差距首先是内在维度的差距,我们的生活世界和精神世界过于泡沫化——这与现实世界的发展密切相关,对于很多人来说,参与这种泡沫的狂欢也许是唯一的选择,但是对于有抱负的青年写作者来说,这种泡沫化恰好是需要克服的时代痼疾。

文学和写作从来就没有我们想的那么重要,也从来没有我们想的那么不重要。一方面,它也许会越来越工业化和资本化,与此同时也会越来越个人化和内在化,这是一个看起来矛盾实际上同构的方向。不仅仅是青年作家,每个人都会做出自己的选择。有些人会放弃写作,有些人会成为游戏者,有些人会成为真正的骑手——而真正的骑手诞生于那些坚持真理,胸怀大地和人民的写作者之中。

"非虚构写作"的历史、当下与可能

一、"非虚构写作"的问题意识

从传播的效应和扩散的程度上来说,"非虚构写作"是近年来最重要的文学概念。根据研究者的考证,早在2007年"《钟山》杂志就开设了'非虚构文本'栏目,……但直到《人民文学》2010年2月打出'非虚构'的旗帜,这一概念方在中国大陆推广开来"。[①] 在批评家看来,"'非虚构'是在《人民文学》、创作者以及大众趣味合力作用下的产物,其内里,系'利益'的调适与妥协"。具体来说就是:"'非虚构'的出炉,乃意识形态、知识分子、大众在文学领域的一次成功合作,利益的'交

---

① 李丹梦:《"非虚构"之"非"》,《小说评论》2013年第3期。

集'或曰合作的基点,即前文所述的'中国叙事':《人民文学》于此看中的是正统风格的延续,对文坛(尤指市场语境下个人写作的无序化)的干预;知识分子则趁机重建启蒙身份,投射、抒写久违的启蒙情致;大众则在此欣然领受有'品味'的纪实大餐。三方皆大欢喜,'吾土吾民'就这样被'合谋'利用了。"[1]

从观念的层面来说,上述分析有其道理,虽然某些断语带有"挑剔"的臆测。不可否认的是,"非虚构写作"自提出之际,对于其命名的逻辑和合法性一直就存在争议。其中争议最大的就是如何区分"非虚构写作"与"纪实文学"或者"报告文学"。这样的争议在某种意义上是去语境化的,因此也就不会有合适的答案。甚至为"非虚构写作"在中外文学史上找一个可以凭借的传统也是一种缘木求鱼之举:在西方,它的源头被追溯到卡波特的《冷血》,而在中国,他的源头甚至被追溯到夏衍的《包身工》。实际上,就"非虚构写作"在其发源地美国的情况而言,其命名也曾一度与"新新闻主义"界别不清。当卡波特为《冷血》命名为"非虚构写作"后不久,"新新闻主义"的旗手汤姆·沃尔夫便将其归于自己创立的"新新

---

[1] 李丹梦:《"非虚构"之"非"》,《小说评论》2013年第3期。

闻主义"名头之下,以至于我们很难厘清两种定义背后所包含的作品。不过从另一方面来说,这也正是20世纪60年代美国文学和新闻界所面临的状况,文学与新闻间某种清晰的界线正在消失,冠以"非虚构"或"新新闻主义"的作品被武断打包为整体,如汤姆·沃尔夫所言,构成了"当今美国最重要的文学"。① 诸如杜鲁门·卡波特、诺曼·梅勒等美国小说家和以汤姆·沃尔夫、盖伊·泰勒斯为代表的记者,缘何同时发现了"非虚构",并以较为一致的姿态进行写作?其背后动机或许难以脱离当时社会现实动荡的状况。美国20世纪60年代有着完全区别于50年代的景观:肯尼迪遇刺、阿姆斯特朗登月、越战、暴力人权运动……现实以令人错愕的超速度发生、发展并形成新的景观和结构。无论是对于小说家还是对于记者而言,他们都发现了固有的写作方式难以书写和解释这种现实的复杂性。现实事件超过小说家的想象力,他们明显感到"缺少能力去记录而反映快速变化着的社会"②,而新闻界遵从的写作陈规也无助于从业者向自己的读者解释这个世

---

① [美]罗布特·博因顿:《新新闻主义:美国顶尖非虚构作家写作技巧访谈录》,刘蒙之译,北京师范大学出版社2018年版,第1页。
② [美]约翰·霍洛韦尔:《非虚构小说的写作》,仲大军、周友皋译,春风文艺出版社1988年版,第6页。

界的变化。"非虚构写作"的诞生正是为了应对这场危机，试图更成功地反映美国现实的变动。单从文学史的角度看，"非虚构写作"为文学带来了三点新质素。第一，融合小说、自白自传、新闻报道等特点的综合叙述形式；第二，拒绝虚构人物和情节，作家自身即为事件的"目击者"；第三，"非虚构"成为现实主义作家一种应对激变社会的主流叙述方式。

从起源看，美国"非虚构写作"的语境显然与中国不同，我更倾向于将国内的"非虚构"放在严格的短语境中来予以辨别——即放在上世纪90年代以来的中国文学语境之中对之进行定位。在这个语境中，中国的"非虚构写作"找到了自己的问题应对，概括来说有以下几点，第一，针对上世纪90年代以来"个人化"甚至"私人化"的写作成规，"非虚构写作"强调作家的"行动力"，田野考察和纪事采访成为主要的行动方式，并成为"非虚构写作"的合法性基础；第二，针对上世纪90年代以来小说文本的形式主义倾向和去历史倾向，"非虚构写作"强调跨界书写，并在这种跨界中试图建构一个更庞杂的文本图景；第三，针对上世纪90年代以来的消费主义和娱乐化的书写，"非虚构写作"强调一种严肃的作家姿态和作家立场，① 并在某种意义上强调作家的道德感，从而有让作家重新"知识分子化"的倾向。总的来说，"非虚构写作"不是"不虚构"，也不是"反虚构"。它实质上是要求以"在场"的方式重新疏通文学与社会之间的对话和互动。在这个意义上，讨论"非虚构写作"的真实性就变成了一个重新落入"反映论"窠臼的危险思路，或者说，"真实性"并非是绝对主义的，而是相对主义的。如果说"非虚构写作"有一种真实性，这一真实性应该从以下两个方面去考量：第一，其所描述的内容是否拓展了我们对当下中国现实的认知；第二，在这一写作行为中作家的自我意识在多大程度上符合一种伦理学上的真诚。实际上，能够将这两者结合起来的"非虚构"作品并不多见，李丹梦就曾尖锐批评慕容雪村《中国，少了一味药》中"不真诚"的姿态："一副孤胆英雄的模样，跟传销窝里的'虾米'自然不可同日而语。然而，《中国，少了一味药》究竟是要呈现传销者的生存状态，还是为了成全一个'好故事'，完成一段个人的传奇？"② 即使是赢得普遍好评的"非虚构写作"代表作品《中国在梁庄》《出梁庄记》也难免于

---
① 比如《天涯》就常设有"作家立场"这一栏目。
② 李丹梦：《"非虚构"之"非"》，《小说评论》2013年第3期。

类似的质疑。这里遭遇到的是"底层文学"同样的困境，当"底层"被客体化的同时，也就意味着一种"非同一性"开始产生了，这个时候，作家的自我意识和写作姿态就变得可疑起来。从"底层文学"到"非虚构写作"，这背后折射的是中国文学的一种症候性的焦虑，这种焦虑在于对现代文学的内在性装置的误读：文学与社会被视作一种透明的，直接的、同一性的结构。因此形成了双向的误读，社会要求文学对其进行同时性的，无差别的书写，而文学则要求社会对其书写作出回应，甚至认为可以直接改变社会的结构。这种认知的根本性问题在于忽视了文学与社会对话的中间环节——语言。语言的"非透明性"和"形式化"导致了文学对社会的书写必然是一种折射，而社会对文学的回应固然千姿百态，但根本还是建立在阅读和想象的基础之上。至于其后面的行为实践，已经不是文本所能规范。因此，如果说"非虚构写作"有效的话，它的有效性仅仅在于文学方面——它丰富了当下文学写作的状貌，而非社会学方面——悲观一点说就是，"非虚构写作"的写作者或许能改变或者完成自己，但是无法在实践的意义上改变或者完成他们书写的对象。

二、"非虚构"与"虚构"的关系

有必要对"非虚构"与"虚构"的关系再多说几句。从字面的意思看,"非虚构写作"的直接对应物是"虚构写作"。虚构主义以先锋小说为代表,其中尤其又以马原的《虚构》为典型文本。在这种虚构主义写作里面,对元叙事的刻意追求破坏着小说故事的连续性和统一性,故事的所叙时间被故意延宕、中断和强迫中止,"我是那个叫汉人的马原"成为经典的陈述,而吴亮由此总结的"叙述圈套"也成为该时期流行的叙事方式。这种虚构主义写作解构的是强现实主义的社会主义文学传统,在这一传统里面,全知全能的叙述者,高度统一的精神主体和与意识形态相呼应的结构都已经无法表现"新的现实性",一个逃逸、游移不定的叙述者由此诞生,虚构主义中断了小说与现实一一对应的关系,淡化了背景、环境和历史事实,它构成了另外一种普遍性的陈述结构。自上世纪 80 年代中期开始,它至少影响了中国小说写作近三十年时间,并在某种意义上构成一种内在的结构,以至于我们离开了马原、余华、莫言等人就无法来谈论当代小说写作。

虚构主义应对强现实主义社会主义文学的方式,是走到它的反面，或者说"逃离"，而并非试图对其进行改进和提高。这便意味着，虚构主义无论是否出于自觉，都在某种程度上阻碍了现实主义创作手法在中国当代的进一步演进。这一论述看起来过于武断，且有明显的后见之明意味。但我们不妨对照美国上世纪60年代"非虚构"作品大盛的景况来看。"非虚构写作"就一种叙事工具而言，正是由于作家对以传统现实主义方法书写当代的不满情绪，以及力图革新创作手法的动机才兴起的。当传统现实主义对变动不居的现实解释乏力之时，"非虚构写作"便以现实主义的"改革派"面目出现。虽然我们不能简单地将"非虚构写作"看作是现实主义的更高级形式，但这不妨碍我们将其理解为一条被拓展的，解释现实世界的路径。按照学者李松睿的看法，从自然主义、意识流到表现主义的种种文学创新，都可以看作是"在某个层面补充或改写了现实主义描绘生活的方法，现实主义文学始终是他们对话的对象"。[1] 他进而补充道，从19世纪到20世纪，现实主义文学一度统治着人们的感知模式，人们正是凭借现实主义手法"操纵"下的虚构来理解真实。脱离这种虚

---

[1] 李松睿：《走向粗糙或非虚构？——关于现实主义的思考之六》，《小说评论》2020年第6期。

构，则意味着人们将无法构建对世界的知觉。稍后20世纪极端残酷的历史和媒介变革改变了大众对于"真实"的感知方式，传统现实主义所描述的"真实"不再让人信服。美国"非虚构"作品的创作，无疑是作家们对此的回应，与中国上世纪80年代先锋派小说的创作路径相反，上世纪60年代的美国作家们，试图在现实主义框架内寻找出路。而上世纪80年代以来，中国小说虽然在技巧、结构等"虚构"层面上日益精湛，但现实主义文学的创作却受到了一定程度的抑制甚至遮蔽。

虚构主义写作的经典化以及现实主义文学的受挫，带来了影响深远的后果。至少从小说美学的角度来说，它导致了一种最直接的社会和历史的退隐，与这种社会与历史在小说中的消失相伴随的，是"公共生活"在小说写作中的退场，这也正是上世纪90年代"私人叙事"兴起的必然逻辑。小说变成了一种私人的自述，它在越来越深的程度上变成了一种封闭的系统，因为自恋、无力和无法应对更复杂的思想对话而遭到了普遍的质疑。

"非虚构写作"的重要发起人和倡导者李敬泽敏感地指出了问题的症结："文学的整体品质，不仅取决于作家们的艺术才能，也取决于一个时代作家的行动能力，取决于他们自身有没有一种主动精神甚至冒险精神，去积极地认识、体验和探索世界。想象力的匮乏，原因之一是对世界所知太少。"① 也就是说，"非虚构写作"其实有两个指向，行动指向的是经验，而经验却需要想象力来予以激活和升华，这里面有"非虚构"和"虚构"的微妙辩证，正如我在前面提到的，非虚构不是"反虚构""不虚构"，而是"不仅仅是虚构"。它需要原材料，而对这个原材料的书写和加工，还需要借助虚构和想象力。

遗憾的是，很多"非虚构"作品基本上停留在"反虚构"的层面上，并且将"非虚构"与"虚构"进行一种简单的二元对立的区分，这导致了一些"非虚构作品"甚至无法区别于传统的"报告文学"，作家的主体性停留在"记者"的层面，而没有将这种主体性进一步延伸，在想象力（虚构）的层面提供更有效的创造。如果说"虚构主义写作"因为对历史和社会的回避而导致了一种简单的美学形而上学和文本中心主义，那么"非虚构写作"则因为想象力和形式感的缺乏而形成了一种粗糙的、形而下的文学社会学倾向。学者黄文倩就敏锐指出了"非虚构写作"思想深度的勘探问题，认为"虚构"将有助于解决"非虚

---

① 《〈人民文学〉公开征集非虚构写作项目》，《新民晚报》2017年10月27日。

构"的困境。"当我不断反省这种'非虚构'自身所存在的矛盾时,我认为中和这种矛盾,或说提升非虚构书写的理论与实践意义,一种方法恰恰在于以虚构的精神为他者。"① 以虚构精神作为他者,意味着进行"非虚构"创作时,同时以"虚构"为它的坐标系。如果说文学是在以经验与虚构为两极端点的线段中移动的,那么当它无限接近于经验或"非虚构"写作时,我们除了强调真实,还应强调该种写作与"虚构"间的互动。即"非虚构"以虚构为镜,以虚构"映照出非虚构书写特殊性与深度的方式",否则,"非虚构"将"容易执着或固着在一些实用主义或工具主义倾向的非虚构现场"。②

以"非虚构写作"的代表作家梁鸿为例,"梁庄"系列的开创意义不仅在于对中国乡村图景深度介入与还原,帮助大众建立起对一个时期中国乡村的想象,也在于在文体层面为"非虚构写作"提供了诸多经验。在如何平衡"非虚构"与"虚构"关系问题上,通过最近出版的《梁庄十年》,她也给出了自己的回应。在"梁庄"系列的前两部作品中,梁鸿试图对乡村进行整体性思考,且含有作

---

① 黄文倩:《"非虚构"的深度如何可能》,《今天》第115期。
② 同上。

者预设的"问题意识",在新作中,这两点均得到了一定的弱化,取而代之的是人与人之间的"对话""闲谈",以及由此生发出的乡村日常生活气氛,用梁鸿的话说,"我在《梁庄十年》写作过程中,把社会问题稍微靠后一点点……我的一个真实写作的倾向是跟日常生活是有关系的"。[1] 梁鸿这一写作倾向的转变,意味着她需要在"非虚构写作"内部做出相应调整。在《梁庄十年》中,我们首先看到的改变,来自叙事者/作家介入事件程度的弱化。在不少的篇幅中一度隐藏了叙事者,全然使用第三人称平铺直叙。叙事者的缺席使这部"非虚构"作品变得难以指认,我们既可以把它当作小说,也可以当作散文。在那些叙事者始终在场的篇章中,如《丢失的女儿》,叙事人也并不频繁现身,只处于谈话场景外围,如同一架沉默的摄像机,只是记录。其次,写作视角的转化,从比较明显的知识分子视角转为温情脉脉的同乡人视角,作者不再居高临下,痛心疾首地发问,而是设身处地,关心每个乡人的现实处境。尤为动人的是第二章关于乡村女性境遇的书写,燕子、春静、小玉等女性形象跃然纸上,她们各自的

---

[1] 仲伟志:《晃动的十年:梁鸿的中国在梁庄》,https://mp.weixin.qq.com/s/sdUKzvZ2R0mxi5jaFGei3Q

遭遇很难让读过的人不与之"共情"。从"俯视"到"平视"的视角变化,体现在梁鸿克制而深情的叙述中。"春静的眼睛依然明亮。但是,如果仔细观察的话,会发现略微迟钝,缺乏必要的反应,那是被长期折磨后留下的痕迹。整个脸庞没有一点光彩,泛黄、僵硬,神情看上去很疲倦。她给人的感觉就好像心早已被击碎了,只是胡乱缝补一下,勉力支撑着活下去,再加上她略微沙哑、缓慢的声音,看着她,就好像她曾被人不断往水里摁。"① 这带有明显文学意味的描述使"非虚构写作"不再是调查式的客观陈述。梁鸿在《梁庄十年》中所作出的种种尝试和努力,可以看作是当代作家对于"非虚构写作"中存在的粗糙社会学倾向的一种有意味的调整。

三、"非虚构写作"的可能性

从本质上说,"虚构主义写作"所强调的文学的形式主义和"非虚构写作"强调的文学的社会学倾向,其实涉及内宇宙与外宇宙这样一组二元对立的关系,"虚构主义"更强调内宇宙,世界内化为作家自我的指涉游戏;而"非虚

---

① 梁鸿:《梁庄十年》,上海三联书店2021年版,第209页。

构"试图从这一个人幻觉中走出来,寻找一个更开阔的世界。但问题在于,无论是内宇宙还是外宇宙,这个"宇宙"(世界)都只是此时此刻具体存在的环境、制度和意识形态空间。它的边界因为这种具体性而变得非常确定,它导致的直接后果是,写作者无论是内化这一世界还是外化这一世界,它都只是在这个"世界"之内进行经验的描述和想象的组合,想象力在这个"世界"的边界处停步了!在这个意义上,任何一种文类的探索、边界的突破都值得期待和鼓励,毫无疑问,"非虚构写作"在中国近十年的发展历史证明了"非虚构写作"在一定程度上刺激了当代文学的生产机制和生态秩序。在这个意义上,对当下中国的"非虚构写作"提出更高的期待就有其合理性。

第一,"非虚构写作"还缺乏严格的文类边界,报告文学、人物传记、深度报道等都被认定为非虚构。这会导致"非虚构写作"概念的无限外溢而缺乏稳定的属性——在这个意义上,"非虚构写作"还缺乏足够支撑这一文类概念的经典作家作品,因此迫切需要建构"非虚构写作"的文学形象学。

当然,在"非虚构"作品经典序列还未形成前,预设经典的样貌是危险的,任何对于未来趋势的判断或期待,都可能导致"非虚构写作"自身陷入另一种僵化。但鉴于国内"非虚构写作"尚处于起步阶段,一些提示即使危险，也还是有给出的必要。学者李云雷在考察《人民文学》的"非虚构"栏目时，总结了该系列作品的两点共性，其一是作品的"真实"属性，其二是它们均体现了作者"个人体验"的介入。我认为这两点共性或将为日后的"非虚构"提供重要规定，尤其作家"个人体验"的介入。对于作品的"真实"，我们无需多言，国内"非虚构写作"的合法性很大程度上正是基于真实。而对于"个人的体验"，李云雷认为这些作品虽然从个体角度出发，但是却意在进入一个"小世界"，"这些作品所凸显的并非'个人'，而是这个个人进入'小世界'的过程，对这个'小世界'的观察、体验与思考，它们所竭力挖掘的是这个'小世界'的内部风景与内部逻辑……"[1] 也就是说，以"个体体验"为核心的"非虚构"作品，一方面包含着作家不同寻常的作者意识，这种作家意识很大程度上取决于作家对自我的认知，即他们各自在社会中所处的位置，功能和角色，这种意识天然带有作者强烈的感情投射和责任意识。另一方面，从"个人体验"出发并非向内收缩的姿态，而是"敞开"，面向"公众"。从这个意义上谈，理想

---

[1] 李云雷：《我们能否理解这个世界？——"非虚构"与文学的可能性》，《文艺争鸣》2011年第3期。

的"非虚构写作"实际上是从"个体"走向"公共"的动态过程，它既强调"个体性"，也强调"公共性"，是"个体性"和"公共性"的有机综合。

第二，"非虚构写作"要在"实"与"虚"上面进行更多的提升。"实"指的是数据、调查和田野考察。没有调查就没有发言权——进一步而言，没有调查就没有"非虚构写作"。借鉴其他优势学科的方法论，是"非虚构写作"成熟的关键步骤。实际上，"非虚构写作"自诞生之时起，就含有跨学科的企图，最直观的跨越乃是文学与新闻边界的打破，小说技法和新闻的冷静观察以杂糅形式呈现。这种在"非虚构写作"领域呈现的互渗状况，并不是一种"完成式"，或者意味着融合的终结，而恰恰是开端。要想使"非虚构"作品在呈现时更加科学、严谨，必然要容纳更多诸如社会学、人类学、文化研究等其他学科的目光和方法，借鉴这些学科的优势和视野，才有可能继续丰富和壮大"非虚构"作品的内蕴和品质。我所谓的"虚"指的是形式，即"怎么写"的问题。唯有强调怎么写："非虚构写作"才可以区别与新闻报道和社会调查，才可以称之为文学写作。彼得·海勒斯在谈及自身创作经验时就强调"非虚构写作"的"创造性"问题，他所谓的"创造性"即"来源于你是如何运用日常素材的"①,换句话说,他认为"非虚构"作家的创造性工作,很大程度上来自作家对于所收集材料的组织方式。从写作的经验来看,即使面对相同的材料,不同作家所选择的呈现路径,势必影响读者的观感,进而导致他们各自对于"现实""真实"的不同建构。如学者丁晓原所说:"在小说写作中需要通过想象建构故事塑造人物,在非虚构写作中则需要通过深入的采访,'发掘事实''挖掘细节',从生活存在中选择具有故事性的内容,以适合的结构方式和具有个人性的语言方式呈现真实。文学性就存在于被选择和结构的真实之中。这是非虚构文学中文学性的一种独特性。"②

第三,最重要的是,不要忘记了"非虚构写作"在中国的兴起与其"问题意识"密切相关。也就是说,"非虚构写作"必须不停地与"社会"互动——注意,不是与"社会学"互动,而是与"社会"互动。可以说,所有"非虚构写作"都是在作家与社会的碰撞中产生的,没有与社会的碰撞,作家就不会产生"问题意识",没有"问

① 南杏红、张宁欣:《为何非虚构性写作让人着迷?》,https://cul.qq.com/a/20150829/011871.htm
② 丁晓原:《非虚构文学的逻辑与伦理》,《当代文坛》2019年第5期。

题意识",作家也便没有有效的路径去观察、思考和创作。在这一过程中,我想要强调的是,唯有作家与社会真实地、广泛地互动,才有可能生产出真正的"问题意识"。这里有两点迷途需要指出,其一是作家"问题意识"的非真性,时常是由于该问题与个体的情感动机混淆不清。"非虚构写作"虽强调个体介入,情感流露正是"非虚构"作品的特性之一,但需要注意的是,作家不恰当的情感动机,很可能使其"问题意识"偏颇,或因情感遮蔽了"问题"重要的部分。贺桂梅在谈到阅读《中国在梁庄》的感受时说:"在这个叙事过程中,我感觉到或许有比较浓的、一种面对'破碎'家园的感伤姿态。我虽然很喜欢这种叙事的感觉,但还是会想这种叙事本身可能带来什么问题。它构成了人们进入这个乡村世界的基本'透镜'。虽然梁鸿有很强的自省意识,不过这种经验和情调大概总会以不同方式传递到书写的过程中去,并在某种程度上左右着梁庄人的呈现方式。"[1] 其二,国内"非虚构"所关注的"问题"目前尚有程式化之嫌,这里有很大一部分原因在于作家没有与社会真实碰撞,而只是保守延续了此前"非虚构"所论及的若干问题,丁晓原将此归纳为"题材的类

---

[1]《〈梁庄〉讨论会纪要》,《南方文坛》2011年第1期。

型化"和"题旨的轻量化"。就"非虚构"就题材而言，很多作品受到梁鸿等作家的影响，目光仅聚焦于乡村，取材范围狭窄。而"题旨"为了反拨以往报告文学的"宏大"，往往着重于个人的书写，使得部分作品沦为时代的碎片，不能有效与广泛的社会问题形成互动。

四、结语

在2010年的一次访谈中，李敬泽对"非虚构写作"的可能性表达了极大的期待："谈起非虚构，大家耳熟能详的是上世纪五六十年代杜鲁门·卡波特的《冷血》、诺曼·梅勒的《刽子手之歌》《夜幕下的大军》，还有汤姆·沃尔夫发起的'新新闻小说'。这都为我们提供了重要的启示。但是我想，电视时代和网络时代的'非虚构'是不太一样的，具体的历史语境也不一样，我相信非虚构会给我们开出宽阔的可能性，但是现在，我宁可说，我也不知道它会是什么，还是那句话，保持开放性的态度，打开一扇门，走出去，尝试、探索。"[①] 这意味着对"非虚构写

---

① 李敬泽：《文学的求真与行动》，《文学报》2010年12月9日第3版。

作"的观察和理解都应该秉持一种历史的态度,从动态的、结构性的角度去理解"非虚构写作"在文学史中的位移和变化。对于当下中国的"非虚构写作"而言,因为商业和资本的介入而导致的种种泡沫化使得其有再次"陈规化"的危险,克服这种危险,在"无边的现实主义"中生产并创造出新的形式和语态来进行书写和表达,是时代和文学的双重内在需要。

新南方写作：主体、版图与汉语书写的主权

一、问题的缘起

大约是在2018年前后，我开始思考"新南方写作"这个概念。触发我思考的第一个机缘是当时我阅读到了一些海外作家的作品，主要是黄锦树。这一类作品以前都归置于"华文文学"这个范畴里面来进行认识，研究者往往会夸大其与大陆本土汉语写作的区别而将其孤悬于大陆汉语写作的范畴之外。普通的读者，一方面往往很难阅读到这些作品，另外一方面，即使偶有阅读，也会局限于其"风景化"的假面。我对黄锦树的阅读经验颠覆了这些先入之见，我在黄锦树的作品中读到的不仅仅是一个所谓的后现代主义写作者，用语言的碎片来拼接离散的经验，并以此解构元叙述——这往往是黄锦树的研究者们最感兴趣

之处。在我看来，在黄锦树这里，元叙述一开始就是被悬置的，或者说，大陆文学语境中的元叙述在某种意义上不过是一种单一性叙述所导致的迷思，在新文学诞生之初，这一元叙述就根本不存在，这也是黄锦树重写鲁迅、郁达夫这些现代文学奠基者的目的之所在，他的《伤逝》和《南方之死》表面上看有后现代的游戏之风，但是在内在的质地里，却是在回应严肃而深刻的现代命题，那就是现代汉语与现代个人的共生同构性。在这一点上，黄锦树无限逼近了鲁迅，也无限逼近了现代文学/文化的核心密码。也是由此出发，我断定黄锦树这类的写作，是中国现代文学光谱中重要的一脉，它不应该孤悬于中国现代文学史（汉语史）之外，其实在某种意义上也不需要用"华文文学"这一概念对之进行界定，他本身就内在于中国现代汉语写作之中——也许黄锦树并不同意我的观点——但这没有关系。历史将会证明我的判断，以鲁迅为代表的现代汉语写作在历史的流变中有其各自机缘并形成了各自的表述，这些表述不会指向一元论，而是指向多元论，不是指向整体论，而是指向互文论。这么说，并非是为了泯除黄锦树们的异质性，恰好相反，我一直强调黄锦树这种写作的异质性，尤其是在汉语写作的当下，这种异质性更是难能可贵，如果是在上世纪80年代先锋探索的语境中，黄的这种写作并没有那么突出，倒是放在2000年以后的汉语写作版图中，他的独特性显得更加重要。我在这里并不想过多讨论黄锦树的个人写作问题，而是觉得他构成了一个提示，即，在现代汉语写作的内部，存在着多元的可能性和多样的版图，而这种可能性和版图，需要进行重新命名。

二、 新南方写作的地理区位

第二个引发我思考的机缘是作家苏童和葛亮的一个对话，这篇对话题名为《文学中的南方》，从行文语气来看，应该是一次活动的现场发言，经修改作为附录收录于葛亮的短篇小说集《浣熊》[①]。该短篇小说集出版于2013年，因此可以推断该对话应该是在2013年前。虽然我很早就收到了这部短篇集，但迟至2018年左右才关注并认真阅读这篇对话，引起我主要兴趣的，就是关于"南方"的讨论。

在这篇对话中，苏童指出"南方"是一个相对于"北方"的不确定性概念，"一般来说北方它几乎是一个政权

---

① 葛亮：《浣熊》，南京大学出版社，2013年。

或者是权力的某种隐喻，而相对来说南方意味着明天，意味着野生，意味着丛莽，意味着百姓"①。苏童是从隐喻的角度来谈论南北，因此他觉得南北并不能从地理学的角度上去进行严格的区分，比如惯常的以黄河、长江或者淮河为界，而更是一种长期形成的文化指涉。在苏童看来，"北方是什么，南方是什么，没有一个人能够说得清楚，但是它确实代表着某种力量，某种对峙"。②葛亮对此进行了回应，同样使用了比喻性的表达，"不妨做一个比喻，如果由我来界定的话，大概会觉得北方是一种土的文化，而南方是一种水的文化，岭南因为受到海洋性文化取向的影响，表现出来的是一种更为包容和多元的结构方式，也因为地理上可能来说是相对偏远的，它也会游离儒家文化的统摄，表现出来一种所谓的非主流和非规范性的文化内涵"。③

总体来说，这篇对话极有创见地勾勒出来了一条历史和文化的脉络，在这条脉络上，南方因为在北方的参照性中产生了其价值和意义。这正是我关心的一个悖论，如果南方代表了某种包容和多元的结构，那么，它就不应该是

---

① 苏童、葛亮：《文学中的南方》，收入《浣熊》，南京大学出版社，2013年。
②③ 同上。

作为北方的对照物而存在并产生意义，南方不应该是北方的进化论或者离散论意义上的存在，进化论虚构了一个时间上的起点，而离散论虚构了一个空间上的中心，在这样的认识框架里，南方当然只可能是作为北方的一个依附性的结构。苏童和葛亮将这种依附性用一个很漂亮的修辞来予以解释"北望"——南方遥望北方，希望得到认可——在这样的历史和文化结构里，南方的主体在哪里？它为什么需要被确认？具体到文学写作的层面，它是要依附于某种主义或者风格吗？如果南方主动拒绝这种依附性，那就需要一个新的南方的主体。

新的南方的主体建立在地理的区隔和分层之中。这并非是一种以某个中心——正如大多数时候我们潜意识所认为的——为原点向外的扩散，而是一种建立在本土性基础上的文化自觉。在这个意义上，我以为新南方应该指那些在地缘上更具有不确定和异质性的地理区域，他们与北方或者其他区域之间存在着某种张力的关系——而不仅仅是"对峙"。在这个意义上，我将传统意义上的江南，也就是行政区划中的江浙沪一带不放入新南方这一范畴，因为高度的资本化和快速的城市化，"江南"这一美学范畴正在逐渐被内卷入一元论叙事，当然，这也是江南美学一个更新的契机，如果它能够意识到这一点并能形成反作用的美学。新南方的地理区域主要指中国的海南、广西、广东、香港、澳门——后三者在最近有一个新的提法：粤港澳大湾区。同时也辐射到包括马来西亚、新加坡等习惯上指称为"南洋"的区域——当然其前提是使用现代汉语进行写作和思考。

三、 典型作家和作品

引发我对新南方写作思考的第三个动因是一批生活于新南方区域作家的写作。目前我注意到的作家有如下几位[①]。

林森，出生于海南澄迈，现生活于海南海口市，他同时从事诗歌和小说写作。其长篇小说《关关雎鸠》以海南文化习俗为主要书写对象，是一部具有鲜明地域文化特色的作品。他的另外两篇小说《抬木人》和《海里岸上》也有相似的美学取向，《抬木人》我认为是近年汉语写作中最好的短篇小说之一，可惜一直没有得到应有的重视。他于2020年出版的长篇小说《岛》书写海南岛人在时代大

---

① 我在这里主要讨论的是以小说创作为主的青年作家，另外像林白、东西等作家的新作也值得关注和讨论。

潮中的抵抗和失败，在现实和精神的双重线索中开辟了新的南方空间。

朱山坡，出生于广西北流，现生活于广西南宁，朱山坡早期写诗，后来转入小说写作。他的南方特色要到他最近的一部短篇小说集《蛋镇电影院》里面才集中呈现出来，这些短篇小说围绕一个叫"蛋镇"的地方展开书写，该地位于中越边界，朱山坡用一种反讽、诙谐的方式将蛋镇人日常生活中的荒谬感予以揭示。朱山坡这一笔名也具有地域特色，据了解，这是作者本人家乡的一处地名，也许作者想借此强调他的地方性身份。

王威廉和陈崇正两位都是广东的作家。王威廉出生于青海，大学毕业后留在广州工作生活至今。在王威廉较早的作品中，比如《听盐生长的声音》，还能看到非常明显的西北地域的影响，作品冷峻，肃杀。这种完全不同于南方的地域生活经验或许能够让他更敏锐地察觉到南方的特色。从生活的角度看，与其他原生于南方的作家不同，王威廉更像是一个南方的后来者，他最近的一系列作品如《后生命》《草原蓝鲸》引入科幻的元素和风格，构建了一种更具有未来感的新南方性。

陈崇正出生于广东潮州，现在广州生活。潮汕地区自古以来就远离中原，其文化自成一体，并以"潮汕巫风"

而著称。虽然历经现代化的种种改造，这一文化的遗存并没有完全从当代人的生活中剥离。陈崇正的小说《黑镜分身术》《念彼观音力》等围绕南方小镇"半步村"展开，建构了一个融传统与当下为一体的叙事空间。

最近引起我注意的一位青年作家是陈春成，1990年出生于福建屏南县，现生活于福建泉州。他最早引起我阅读兴趣的是发表在豆瓣上的中篇小说《音乐家》，在2019年的《收获》排行榜中我将这篇小说放在了中篇榜的第一名，那一年短篇榜单的第一名我投给了黄锦树的《迟到的青年》——巧合的是这两位都生活在（新）南方。陈春成的一部分小说无法纳入新南方写作的范畴，但是他的另外一部分作品如《夜晚的潜水艇》《竹峰寺》等不但在地理上具有南方性，同时在精神脉络上与世界文学中的"南方"有高度的契合，虚构、想象、对边界的突破等等构成了这些作品的关键词。

还有一位成名更早的作家，也就是我在上文提到的葛亮。葛亮的写作一直与南方密不可分，他出生于南京，然后在南京、香港求学，现在生活工作于香港。他的生命轨迹从目前看是一个一直向南的过程。而他的写作，也同样具有典型的南方性，《朱雀》《七声》写江南，《浣熊》写香港（岭南），更有意思的是，葛亮不但不停地书写南方，同时也试图勾连南北，有意识地进行南北的对话，比如近年引起广泛关注的长篇小说《北鸢》。

上述作家不仅仅在生活写作上与（新）南方密不可分，同时也主动建构写作上的（新）南方意识。上述苏童与葛亮的对话就是一个例证。除此之外，2018年5月在广东松山湖举行的一个文学活动上，我、林森、陈崇正、朱山坡进行了一场题为"在南方写作"的对话，在这个对话中，新南方写作已经成为一个关键词。随后在2018年11月举行的花城笔会上，我和林森、王威廉、陈崇正、陈培浩在南澳小岛上就"新南方写作"做了认真的非公开讨论，并计划在相关杂志举办专栏。① 2019年7月，我受邀参加广东大湾区文学论坛并作了主题发言，我在这篇发言中提出了一个将大湾区文学与新南方写作关联起来讨论的建议："大湾区与更广义的南方构成了什么关系？是不是可以将大湾区文学纳入一种更广泛意义上的'新南方写

---

① 记得当天讨论完毕我立即打电话给《青年文学》的主编张菁女士，商量开设相关专栏的事宜，张菁表示很感兴趣，该计划后来因各种原因搁置。其时陈培浩恰在一篇评论陈崇正小说的文章末尾提了"新南方写作"这个说法："之所以说陈崇正是新南方写作，主要指的是南方以南"。参见陈培浩：《新南方写作的可能性——评陈崇正的小说之旅》，《文艺报》，2018年11月9日。

作'中去?"① 实际上,批评界对"南方"的关注由来已久,比如张燕玲,她不仅自己的写作颇有南方特色,同时也对黄锦树、葛亮等新南方作家情有独钟。

四、 新南方写作的理想特质

经过上述的铺垫陈述之后,我对新南方写作的理想特质大致作如下界定。第一,地理性。这里的地理性指的是新南方写作的地理范围以及在此基础上形成的文化地理特色。我将新南方写作的地理范围界定为中国的广东、广西、海南、福建、香港、澳门、台湾等地区以及马来西亚、新加坡、泰国等东南亚国家。进而言之,因为这些地区本来就有丰富多元的文化遗存和文化族群,比如岭南文化、潮汕文化、客家文化、闽南文化、马来文化等等,现代汉语写作与这些文化和族群相结合,由此产生了多样性的脉络。第二,海洋性。这一点与地理性密切相关。在上述地区,与中国内陆地缘结构不一样,其最大的特点就是大部分地区都与海洋接壤。福建、台湾、香港与东海,广

---

① 该主题发言以《在大湾区有没有出现粤语经典文学和未来文学的可能》为题发表于凤凰新闻网。

东、香港、澳门、海南及东南亚诸国与南海。沿着这两条漫长的海岸线向外延展，则是广袤无边的太平洋。海与洋在此结合，内陆的视线由此导向一个广阔的纵深。在中国的文学传统中，海洋书写——关于海洋的书写和具有海洋性的书写都是缺席的。一个形象的说法是，即使有关于海洋的书写，也基本是"海岸书写"，即站在陆地上远眺海洋，而从未从真正进入海洋的腹地。对此有种种的解释，[①] 无论如何，一个基本的事实是，在中国经典的古代汉语书写和现代汉语的书写中，以海洋性为显著标志的作品几乎阙失。在现代汉语写作中，书写的一大重心是人与土地的关系，如《平凡的世界》《白鹿原》《平原客》等等，即使在近些年流行的"城市文学"书写中，依然不过是"人与土地"关系的变种，不过是从"农村土地"转移到了"城市土地"，在这个意义上现代文学几乎是一种"土地文学"，即使有对湖泊、河流的书写，如《北方的河》《大淖纪事》等，这些江河湖泊也在陆地之内。这一

[①] 我最近的看到的一个解释来自作家张炜，他认为："从世界文学的版图来看，中国的海洋文学可能是最不发达的之一……中国文学的海洋意识是比较欠缺的。整体来看，中国文学作为农耕文化的载体，它所呈现的还是一种封闭的性格"。张炜的解释代表了一种基本的认识论。见张炜《文学：八个关键词》，广西师范大学出版社，2021年。

基于土地的叙事几乎必然是"现实主义"或"新写实主义式"的。因此,"新南方写作"的海洋性指的就是这样一种摆脱"陆地"限制的一种叙事,海洋不仅仅构成对象、背景(如林森的《岛》、葛亮的《浣熊》),同时也构成一种美学风格(如黄锦树的《雨》)和想象空间(如陈春成的《夜晚的潜水艇》),与泛现实主义相区别,新南方写作在总体气质上更带有泛浪漫主义和现代主义色彩。第三,临界性。这里的临界性有几方面的所指,首先是地理的临界,尤其是陆地与海洋的临界,这一点前面已有论述,不再赘言。其次是文化上的临界,新南方的一大特点是文化的杂糅性,因此新南方写作也就要处理不同的文化生态,这些文化生态最具体形象的临界点就是方言,因此,对多样的南方方言语系的使用构成了新南方写作的一大特质,如何处理好这些方言与以北方方言为基础的标准通用汉语语系之间的关系,构成了一个挑战。最后是美学风格的临界,这里的临界不仅仅是指总体气质上泛现实写作与现代主义写作的临界;同时也指在具体的文本中呈现多种类型的风格并能形成相对完整的有机性,比如王威廉的作品就有诸多科幻的元素;而陈春成的一些作品则带有玄幻色彩。第四,经典性。从文学史的经典谱系来看,现代汉语关于内陆的书写已经具有相对完整的经典性,关于江南的书写也具有了较为鲜明的经典性，前者如柳青、路遥、莫言等，后者如汪曾祺、王安忆等。但是就新南方的广大区域来说，现代汉语书写的经典性还相对缺失。比如，吴语小说前有韩邦庆的《海上花列传》，近有金宇澄的《繁花》，但是在粤语区，却一直没有特别经典的粤语小说。新南方写作的一种重要向度就是要通过持续有效的书写来建构经典性，目前的创作还不足以证明这一经典性已经完全建构起来，而新南方写作概念的提出，也是对这一经典性的召唤和塑形。

五、 现代汉语写作的主权

放在世界文学谱系来讨论的话，新南方写作的提出还涉及现代汉语写作的主体和主权问题。上文提到的内陆书写和江南书写的经典性如果从世界文学的视野来看，基本上也属于"短经典"。一个基本的事实是，在"世界文学共和国"里，现代汉语写作所占的份额还比较少，其象征资本的积累还比较薄弱，也就是说，在"世界文学"的流通、阅读和买卖市场上，现代汉语写作还不是"通用货币"，也没有获得可以与英语、法语、德语、西班牙语等语种写作相匹敌的赋值。造成这种情况有复杂的历史和文化原因，卡萨诺瓦论述过这一"世界文学空间"产生的过程：

> 第一阶段为是形成的初期阶段，……这是本尼迪克·安德森称作的"通俗语言革命的时代"：产生于15及16世纪，见证了文人圈中拉丁语垄断性使用阶段向通俗语言在知识分子中广泛使用的阶段，随后又见证了各类其他文学对抗古代辉煌文学的年代。第二阶段是文学版图扩大阶段，这一阶段对应的是本尼迪克·安德森所描述的"词典学革命"（或者"语史学革命"）阶段：这一阶段始于18世纪末，运行于整个19世纪，这个时代还见证了欧洲民族主义的产生，按照埃里克·霍布斯鲍姆的说法，新民族主义的产生和民族语言的"创造"和"再创造"紧密相连。所谓"平民"文学在那个时期被用来服务于民族理念，并赋予它所缺失的象征依据。最后，去殖民化阶段开启了文学世界最新阶段，标志着世界竞争中出现了一直被排除在文学概念本身之外的主角们。[1]

---

[1] [法]帕斯卡尔·卡萨诺瓦：《文学共和国》，罗国祥等译，第49—50页，北京大学出版社，2015年。

关键在于，这一过程并非是"自由""平等"地展开，同时也是一个象征资本和语言货币重新分配，并产生了不平等结构的过程：

> 因此不必将始于欧洲16世纪的文学地图设想为文学信仰或者文学观念简单地逐步延伸的产物。借用费尔南·布罗代尔的话，这一地图是文学空间"不平等结构"的描摹，也就是说，是不同民族文学空间之间文学资源的不平等分布。在相互的较量过程中，它们逐步建立了不同的等级及依附关系，这些关系随着时光不断演变，但还是形成了一个持久的结构。①

现代汉语写作诞生于"世界文学空间"形成的第二阶段，它在一开始就陷于不平等结构的负端，现代汉语写作对"翻译"的严重依赖即是这方面的一个最直接的明证。只有从第三阶段开始，现代汉语写作才借助"解/去殖民"的历史势能努力打破这种不公正的世界文学格局。在这一过程中，歌德对"世界文学"的理想期待变成了卡萨诺瓦典型的"二重确认"方法论："所以当人们尝试形容一个

---

① 同上，第92页。

作家时，必须要将其定位两次：一次是根据他所处的民族文学空间在世界文学空间中所处的地位来定；另一次是根据他在世界文学空间本身中的地位来定。"①

实际上，从现代汉语写作的起源开始，这种努力就一直没有中断过，竹内好认为鲁迅写作和思想中最核心的要义在于"回心"——即有抵抗的转向——恰好是这种主体性努力的生动实践。

六、结语

2019年，黄锦树在位于中国最南端的杂志《天涯》上发表了短篇小说《迟到的青年》②，这篇小说融谍战、魔幻、侦探等元素于一体，其核心主旨，却契合我在上文提到的在世界（文学）空间里寻找并建构主体性自我的问题。只不过黄锦树以悬置的方式凸显了这一寻找建构的高难度。在历史关节点的不断"迟到"导致了青年的流浪和离散，但是也正如此，他得以在世界（文学）空间里汲取不同的养分，最后，这个会讲马来语、粤语、闽南语的南

---

① ［法］帕斯卡尔·卡萨诺瓦：《文学共和国》，罗国祥等译，第43页，北京大学出版社，2015年。
② 黄锦树：《迟到的青年》，《天涯》2019年第5期。

方青年又开始了漫无方向的浪迹——而他最开始的目的，是要去赶一趟开往"中国的慢船"。这个青年虽然迟到了，但却因迟到而丰富，他虽然没有去成向往的中国，却以东方的形象加入到对世界（文学）地图的绘制。

与这篇小说互文的是陈春成的短篇小说《夜晚的潜水艇》[①]，小说以奇崛的故事开始，为了寻找博尔赫斯丢在海洋里的一枚银币，一艘获得巨额资助的潜艇"阿莱夫"号开始了在海底十年如一日的考察。1998年"阿莱夫"号穿过一个海底珊瑚群时，因为船员错误的判断，潜艇被卡在了两座礁石中间，就在即将船毁人亡之际，一艘陌生的蓝色潜水艇向礁石发射了两枚鱼雷，成功解救了"阿莱夫"号然后消失于远海……随着小说的叙述，我们才慢慢知道，这艘神秘的蓝色潜水艇原来来自一位中国少年，这位少年在中国南方的一座小城里生活，每到夜晚，他就启动其超凡的想象力，化身为艇长，驾驶着一艘完全属于他自己意念中的潜水艇漫游于全世界的海洋，在一次无意的相遇中，他拯救了以博尔赫斯小说命名的"阿莱夫"号——我们不禁会产生这样一种疑问，这同时也是在试图拯救世界文学吗？

---

① 陈春成：《夜晚的潜水艇》，上海三联书店，2020年。

这两篇小说都具有强烈的象征色彩和寓言气息。出发与行走不仅是个人的生命故事,也不可避免地被投射为在世界(文学)空间里的双重确认。这是现代汉语的宿命吗?不管我们如何命名——自认或者他认,也不管这一命名是"新南方写作"还是其他各种风格的写作,也许关键问题还是不停出发,因为

——"时间开始了!"[1]

---

[1] 黄锦树的《迟到的青年》有这样一句话:"'时间开始了',风一般的回声沙沙地说"。而在1950年代,七月派著名诗人胡风曾经写下政治抒情长诗《时间开始了》,这一诗歌被视作1950年代政治抒情诗的代表作。

科幻文学：作为历史、现实和方法

一、历史性即现代性

在常识的意义上，科幻小说全称"科学幻想小说"，英文为 Science Fiction。这一短语的重点到底落在何处，科学？幻想？还是小说？对普通读者来说，科幻小说是一种可供阅读和消遣，并能带来想象力快感的一种"读物"。即使公认的科幻小说的奠基者，凡尔纳和威尔斯，也从未在严格的"文类"概念上对自己的写作进行归纳和总结。威尔斯——评论家将其1895年《时间机器》的出版认定为"科幻小说诞生元年"——称自己的小说为"Scientific Romance"（科学罗曼蒂克），这非常形象地表述了科幻小说的"现代性"，第一，它是科学的；第二，它是罗曼蒂克的，即虚构的、想象的甚至是感伤的。这些命名体现了科幻小说作为一种现代性文类本身的复杂性，凡尔纳的大部分作品都可以看作是一种变异的"旅行小说"或者"冒险小说"。从主题和情节的角度来看，很多科幻小说同时也可以被视为"哥特小说"或者是"推理小说"，而从社会学的角度看，"乌托邦"和"反乌托邦"的小说也一度被归纳到科幻小说的范畴里面。更不要说在目前的书写语境中，科幻与奇幻也越来越难以区别。

虽然从文类的角度看，科幻小说本身内涵的诸多元素导致了其边界的不确定性。但毫无疑问，我们不能将《西游记》这类诞生于古典时期的小说目为科幻小说——在很多急于为科幻寻根的中国学者眼里，《西游记》《山海经》都被追溯为科幻的源头，以此来证明中国科幻的源远流长——至少在西方的谱系里，没有人将但丁的《神曲》视作是科幻小说的鼻祖。也就是说，**科幻小说的现代性有一种内在的本质性规定**。那么这一内在的本质性规定是什么呢？有意思的是，**不是在西方的科幻小说谱系里，反而是在中国近现代的语境中，出现了更能凸显科幻小说本质性规定的作品**，比如吴趼人的《新石头记》和梁启超的《新中国未来记》。

学者王德威在《贾宝玉坐潜水艇——晚清科幻小说新论》对晚清科幻小说有一个概略式的描述，其中重点就论述了《新石头记》和《新中国未来记》，王德威注意到了两点，第一是，贾宝玉误入的"文明境界"是一个高科技世界。第二是，贾宝玉有一种面向未来的时间观念。"最令宝玉大开眼界的是文明境界的高科技发展。境内四级温度率有空调，机器仆人来往执役，'电火'常燃机器运转，上天有飞车，入地有隧车。""晚清小说除了探索空间的无穷，以为中国现实困境打通一条出路外，对时间流变的可能，也不断提出方案"①。王德威将晚清科幻小说纳入现代性的谱系中讨论，其目的是为了考察相较"五四"现实主义以外的另一种现代性起源。"以科幻小说而言，'五四'以后新文学运动的成绩，就比不上晚清。别的不说，一味计较文学'反映'人生、'写实'至上的作者和读者，又怎能欣赏像贾宝玉坐潜水艇这样匪夷所思的怪谈？"② 王德威的这种判断其实有失偏颇，因为"五四"新文学的传统其实也源自晚清甚至晚明。实际上，在《新石头记》和《新中国未来记》中，我们看到了一种基于现代工具理性所提供的时间观和空间观，这种时间观与空间观与前此不同的是，它指向的不是一种宗教性或者神

---

① 王德威：《贾宝玉坐潜水艇——晚清科幻小说新论》，收入王德威《想象中国的方法》，北京三联书店，2003年。
② 同上。

秘性的"未知（不可知）之境"，而是指向一种理性的、世俗化的现代文明的"未来之境"。如果从文本的谱系来看，《红楼梦》遵循的是轮回的时间观念，这是古典和前现代的，而当贾宝玉从那个时间的循环中跳出来，他进入的是一个新的时空，这是由工具理性所规划的时空，而这一时空的指向，是建设新的世界和新的国家，后者，又恰好是梁启超在《新中国未来记》中所展现的社会图景。

二、现实性即政治性

如果将《新石头记》和《新中国未来记》视作中国科幻文学的起源性的文本，我们就可以发现有两个值得注意的侧面，第一是技术性面向，第二是社会性面向。也就是说，中国的科幻文学从一开始就不是简单的"科学文学"，也不是简单的"幻想文学"。科学被赋予了现代化的意识形态，而幻想，则直接表现为一种社会政治学的想象力。因此，应该将"科幻文学"视作一个历史性的概念而非一个本质化的概念，也就是说，它的生成和形塑必须落实于具体的语境。在这个意义上，我们会发现，科幻写作具有其强烈的现实性。研究者们都已经注意到中国的科幻小说自晚清以来经历的几个发展阶段,分别是晚清时期、上世纪50年代和80年代,这三个阶段,恰好对应对着中国自我认知的重构和自我形象的再确认。有学者将自晚清以降的科幻文学写作与主流文学写作做了一个"转向外在"和"转向内在"的区别:"中国文学在晚清出现了转向外在的热潮,到五四之后逐渐向内转;它的世界关照在新中国的前三十年中得到恢复和扩大,又在后三十年中萎缩甚至失落。"[①] 这种两分法基本上还是基于"纯文学"的"内外"之分,而忽视了作为一个**综合性的社会实践行为,科幻文学远远溢出了这种预设**。也就是说,与其在内外上进行区分,莫如在"技术性层面"和"社会性层面"进行区分,如此,科幻文学的历史性张力会凸显得更加明显。科幻文学写作在中国语境中的危机——我们必须承认在刘慈欣的《三体》出现之前,我们一直缺乏重量级的科幻文学作品——不是技术性的危机,而是社会性的危机。也即是说,我们并不缺乏技术层面的想象力,**我们所严重缺乏的是,对技术的一种社会性想象的深度和广度,这种缺乏又反过来制约了对技术层面的想象**,这是中国的科幻文学长

---

① 李广益:《论刘慈欣科幻小说的文学史意义》,《中国现代文学研究丛刊》2017年第8期。

期停留在科普文学层面的深层次原因。

在这个意义上,以刘慈欣《三体》为代表的21世纪以来的中国科幻文学写作代表着一种综合性的高度。它的出现,既是以往全部(科幻)历史的后果,同时也是一种现实性的召唤。评论者从不同的角度意识到了这一点:"经济的高速发展及科技的日新月异让我们身边出现了实实在在'看得见摸得着'的变化。3D打印、人工智能、大数据、可穿戴设备、虚拟现实、量子通讯、基因编辑……尤其中国享誉世界的'新四大发明':共享单车、高铁、网购和移动支付,更是和我们的生活紧密相关,中国在某些方面甚至已经站在了全球科技发展的前沿。在这样的情况下,……科幻小说对未来的思考,对于人文、伦理与科学问题的关注已经成为社会的主流问题,这为科幻小说提供了新的历史平台。"[①]"以文学以至文艺自近代以来具有的地位和影响而论,置身于全球化程度日益加深的时代,对文学提出建立或者恢复整全视野的要求,自在情理之中。刘慈欣科幻小说的文学史意义,因而浮出水面。"[②]

---

① 任冬梅:《浅析新世纪以来中国科幻小说的现状及前景》,《当代文坛》2018年第3期。
② 李广益:《论刘慈欣科幻小说的文学史意义》,《中国现代文学研究丛刊》2017年第8期。

虽然刘慈欣一直对"技术"抱有乐观主义的态度,并坚持做一个"硬派"科幻作家。但是从《三体》的文本来看,它的经典性却并非完全在于其"技术"中心主义。毫无疑问,《三体》中的技术想象有非常"科学"的基础,但是,《三体》最激动人心的地方,却并非在这些"技术"本身,而是通过这些技术想象而展开的**"思想实验"**。我用"思想实验"这个词的意思是,这些"技术"想象不仅仅是科学的,工具的,同时也是历史的、哲学的。或者换一种说法,不仅仅是理性主义的,同时也是**理性主义的美学化和悲剧化**。也就是说,《三体》所代表的科幻文学的综合性并不在于它书写了一个包容宇宙的"时空"——这仅仅是一个象征性的表象,而很多人都在这里被迷惑了——而更在于它回到了一种最根本性的思想方法——这一思想方法是自"轴心时代"即奠定的——即以"道""逻各斯"和"梵"作为思考的出发点,并在此基础上想象一个**新的命运体**。如果用现代性的话语系统来表示,就是以**"政治性"**为思考的出发点。政治性就是,不停地与固化的秩序和意识形态进行思想的交锋,并不惮于创造一种全新的生存方式和建构模式——无论是在想象的层面还是在实践的层面。

三、 以科幻文学为方法

在讨论科幻文学作为方法之前,需要稍微了解当下我们身处的历史语境。冷战终结带来了一种完全不同的世界格局,也在思想和认识方式上将 20 世纪进行了鲜明的区隔。正如弗里德里克·詹姆逊在《对本雅明的几点看法》一文中指出的,"机制一直都明白它的敌人就是观念和分析以及具有观念和进行分析的知识分子。于是,制定出各种方法来对付这个局面,最引人注目的方法就是怒斥所谓的宏大理论或宏大叙事"。[①] 不再倡导任何意义上的宏大叙事,也就意味着在思想上不再鼓励一种总体性的思考,而总体性思考的缺失,直接的后果就是思想的碎片化和浅薄化——在某种意义上,这导致了**"无思想的时代"**。或者我们可以稍微迁就一点说,这是一个高度**思想仿真**的时代,因为精神急需思想,但是又无法提供思想,所以最后只能提供思想的复制品或者赝品。

---

① 收入〔德〕瓦尔特·本雅明:《作为生产者的作者》,陈永国等译,河南大学出版社,2014 年。

与此同时，因为"冷战终结"导致的资本红利形成了新的经济模式。大垄断体和金融资本以隐形的方式对世界进行重新"切割"。这新一轮的分配借助了新的技术：远程控制、大数据管理、互联网物流以及虚拟的金融衍生交易。股票、期权、大宗货品，以及最近十年来兴起的电商和虚拟支付。这一经济模式的直接后果是，它生成了一种"人人获利"的假象，而掩盖了更严重的不平衡事实。事实是，大垄断体和大资本借助技术的"客观性"建构了一种"想象的共同体"，个人将自我无限小我化、虚拟化和符号化，获得一种象征性的可以被**随时随地**"支付"的身份，由此将世界理解为一种无差别化的存在。

当下文学写作的危机正是深深植根于这样的语境中——宏大叙事的瓦解、总体性的坍塌、资本和金融的操控以及个人的空心化——当下写作仅仅变成了一种写作（可以习得和教会的）而非一种"文学"或者"诗"。因为从最高的要求来看，文学和诗歌不仅仅是一种技巧和修辞，更重要的是一种认知和精神化，也就是在本原性的意义上提供**或然性**——历史的或然性、社会的或然性和人的或然性。历史以事实，哲学以逻辑，文学则以形象和故事。如果说存在着一种如让·贝西埃所谓的世界的问题性①的话，我觉得这就是世界的问题性。写作的小资产阶级化——这里面最典型的表征就是门罗式的文学的流行和卡夫卡式的文学被放大，前者类似于一种小清新的自我疗救，后者对秩序的貌似反抗实则迎合被误读为一种现代主义的深刻——他们共同之处就是深陷于此时此地的秩序而无法**他者化**，最后，提供的不过是绝望哲学和憎恨美学。刘东曾经委婉地指出中国现代文学提供了太多怨恨的东西，现在看来，这一现代文学的"遗产"在当下不是被超克而是获得了其强化版。

我正是在这个意义上认为 21 世纪的中国科幻文学提供了一种方法论。这么说的意思是，在普遍的问题困境之中，不能将科幻文学视作一种简单的类型文学，而应该视作为一种**"普遍的体裁"**。正如小说曾经肩负了各种问题的索求而成为普遍的体裁一样，在当下的语境中，科幻文学因为其本身的"越界性"使得其最有可能变成综合性的文本。这主要表现在：**一，有多维的时空观。故事和人物的活动时空可以得到更自由的发展，而不是一活了之或者一死了之；二，或然性的制度设计和社会规划。**在这一点

---

① [法]让·贝西埃《当代小说或世界的问题性》，史忠义译，北京大学出版社，2012 年。

上,科幻文学不仅仅是问题式的揭露或者批判(自然主义和现实主义的优势),而是可以提供解决的方案;三,思想实验。不仅仅以故事和人物,同时也直接以"思想实验"来展开叙述;四,新人。在人类内部如何培养出新人?这是现代的根本性问题之一。在以往全部的叙述传统中,新人只能"他"或者"她"。而在科幻作家刘宇昆的作品中,新人可以是"牠"[①]——一个既在人类之内又在人类之外的新主体;五,为了表述这个新主体,需要一套另外的语言,这也是最近十年科幻文学的一个关注点,通过新的语言来形成新的思维,最后,完成自我的他者化。从而将无差别的世界重新"历史化"和"传奇化"——最终是"或然化"。

[①] 原文为 Zie,为作者刘宇昆的自造词,译者以汉语中"它"的异体字"牠"来翻译,特别强调其陌生性,指代外星人、性别不详者或单性生物。见〔美〕刘宇昆:《思维的形状》,耿辉等译,清华大学出版社,2014年。

与 AI 的角力

——一份诗学和思想实验的提纲

一

我愿意再次重复提及福斯特在《小说面面观》里面的一个天才创意。福斯特是这么设计的,他让不同时代的伟大作家都隐去身份,然后坐在一个圆形房间里同时写作,最后当他们交出作品的时候,福斯特的结论是:我们发现这些作家虽然属于不同的时代和阶层,但是在小说的写作方面却有"通感"。① 福斯特的这个创意是为了佐证他的"艺术高于历史"的观点,他认为艺术可以战胜"年代学"并有其自身的法则,但是即使在这样斩钉截铁的观点背

---

① 〔英〕E·M·福斯特:《小说面面观》,冯涛译,人民文学出版社,2009 年。

后，他也依然充满了矛盾，他发现这些作家依然通过其写作呈现了其强烈的个人性，而这种个人性，其实又无法完全与其"年代学"进行切割。

如果将福斯特的这个设计进行一个小小的改造，这个方案就具有更多的意味，我们假设甚至更多作家都在圆形房间完成了其作品，然后我们凭借其作品一一辨认出了这些作家——狄更斯和伍尔芙、托尔斯泰和歌德、奥登和策兰、李商隐和顾城……这个时候，当我们兴高采烈地请这些写作良久的作家们走出圆形房间时，出乎意料的事情发生了，我们发现走出来的并不是这些作家本人——而是一群长得一模一样的 AI 机器人。

也就是说，在 20 世纪福斯特的圆形房间里，作家们的写作依然通过其个人性获得了辨认和区分度，作家与作品之间依然有一种无法切割的历史关联和美学关联；但是在 21 世纪的圆形房间里，这种情况可能被颠覆了，我们读到了一群 AI 写出来的作品，这些作品是非常"个人性"的——可以在风格学和修辞学上对位一个个作家，但是，写作这些作品的人却是一个"非个性的"人工智能的存在。也就是说，作品是"个人的"，但作家却是"同一个人"，作品和作家之间的有机联系完全被切割开了。

如果这种情况出现了，是否意味着我们面临了一个新的界点，21世纪的福斯特的圆形房间类似于一个思想（写作）的实验——甚至可以媲美柏拉图的洞穴场景。那么，这意味着什么？这对我们时代的（诗歌）写作和思考提出了什么问题？

二

上述假设并非异想天开，也不是一时的心血来潮。如果我们对信息的遗忘没有那么快的话，应该记得2016年**最热门的话题之一是"人机之战"——即人工智能阿尔法狗战胜了数个国际一流的围棋高手，4比1胜李世石，3比0胜柯洁。**虽然自此以后谷歌公司宣布阿尔法狗不再参加类似比赛，并随后解散了其运营团队，但是，这一事件却构成了自启蒙运动以来最重要的一次人类挫折——围棋作为人类文明和智慧的标志之一，被AI击败了。但是，在对机器人的热捧中，还有一些坚守着人文主义立场的知识者对此抱有怀疑的态度，认为一种基于"计算"的围棋比赛的失败并不能代表着人文传统的失败，至少，代表了人类智慧和文明的最高级的产物——语言，还没有被AI掌握。语言，似乎成了人类文明最后的一座庇护所——似乎可以在极其表面的意义上印证了海德格尔的那句名言：

语言是人类的家,诗人是其守门人。

科幻作家首先敏感地意识到了这一事实,以语言的"习得"和"交流"为书写题材的科幻作品这些年层出不穷,美国作家特德·姜在 2017 年推出了其重要的作品《你一生的故事》①,后来改编成电影《降临》在全球公映。这部小说写的是女工程师如何习得了外星人"七肢桶"的语言,并以此规避了人类语言给人类自身带来的桎梏。而在另外一个华裔美籍作家刘宇昆——他同时也是杰出的翻译者,将《三体》等中文作品翻译成英文——他在短篇小说《思维的形状》②里面也试图探讨语言的边界,在他的笔下,存在着一种透明化的语言,即一个物种"他的全部身体都是语言",而不是仅仅限于基于声音的语音和基于符号的文字。

无论是外星人学习人类的语言还是人类学习外星人的语言,这都暗示了一种"语言至上主义"。从本质上说,这依然没有摆脱人文主义的传统,我自己也深陷这种传统的知识型之中,我记得在 2016 年《诗刊》社举办的年度批评家论坛上我曾经如此发问:

———————

① [美]特德·姜:《你一生的故事》,李克勤、王荣生译,译林出版社,2015 年 5 月。
② [美]刘宇昆《思维的形状》,清华大学出版社,2014 年 11 月。

在过去的几周，人类陷入一种焦虑，阿尔法狗（AlphaGo）战胜了李世石。有一种评论认为，这是人工智能对人类智慧和哲学的胜利。

阿尔法狗会写诗吗？或者说，阿尔法狗可以写出一首伟大的诗歌吗？

我不能回答这个问题。因为以阿尔法狗为代表的基于理性和计算的技术文明已经胜利了两个多世纪，而且将继续胜利更多的世纪。

在一首以代码写就的诗歌和一首以痛苦的人心写就的诗歌之间，我们选择站在哪一边？

在一种自动化的机器语言和一种以爱与美为蕴藉的人类语言之间，我们选择站在哪一边？

我那时候的言下之意是，阿尔法狗固然可以"习得"围棋这一技艺，却难以"习得"诗歌这一人类语言复杂的综合体。但是很明显，我的这一判断失误了，因为，几乎在阿尔法狗带有轻蔑意味地退出围棋赛场的同时，由微软公司开发的另外一个 AI——小冰，开始"写诗"了。在最开始的阶段，根据微软公司的相关工作人员介绍，小冰"学习"了几十位中国现当代诗人的诗歌，然后创作出了第一批诗歌，这一批诗歌很容易辨别出来，结构不完整、情绪不连贯、语言生搬硬套。比如这一首①：

  雨过海风一阵阵

  撒下天空的小鸟

  光明冷静的夜

  太阳光明

  现在的天空中去

  冷静的心头

  野蛮的北风起

  当我发现一个新的世界

但是在经过对更多的诗人诗作学习后——据相关媒体报道，小冰一次学习的时间只需 0.6 分钟——我非常惊讶地发现，小冰的诗已经很难被辨认出来，比如下面这两首②发表在《青年文学》上的诗：

  三

  滴滴答答

---

① 小冰：《阳光失去了玻璃窗》，北京联合出版公司，2017 年 5 月。
② 小冰：《小冰的诗三十首》，《青年文学》2017 年第 10 期。

在这狭小的时间的夹角

神秘的幻影在这时幽闭

海水愈以等待

我在公路旁行走

远方抖动着

烁烁的灯光

然后羊会回来

五

隔着桌子

阳光晒我的手指

我的每一个愉快动作

都听我诉说虚无时间的感受

你必然惊异

泥土和种子的沉默

所以它在那里

在爱

我梦见了一棵开花的苹果树

什么颜色的花都有

一个人伫立在风中

等待大地上的灾难

如果抹去小冰的名字，我们完全可能认为这是一首由死去的或者活着的诗人写作出来的诗，这个诗人可能是戴望舒、徐志摩，也可能是你或者我。

三

AI写的诗是"诗"吗？这个问题类似于问，机器人是人吗？或者稍微退一步，机器人有自我意识吗？——早在2013年，在人民大学举行的一次哲学会议上，这就是一个重要的讨论议题。也就是说，这个提问已经跨出了传统文学的边界，涉及对"人"的重新认知和界定。如果我们暂时搁置这种类似于"天问"的提问，从一个相对"保守"一点的角度来看待小冰写诗这一"事件"，即使是在纯粹诗学的范畴内，这依然构成了一个迫切、甚至是对整个诗歌史的提问。

对于小冰的诗歌写作，即使出于商业化和资本化目的的微软公司设计师，也会"弱弱"地承认其"模仿"的属性，更不用提恪守传统知识型的读者和研究者了，我目前看到的有限的几篇文章，几乎都在指责小冰的写作是一种"仿写"，是一种"物"的游戏，而非一种属人的创造。我们姑且不谈模仿、仿写本身就是一种创造。就算承认模仿、仿写是"低一级"的写作，关键问题是，为什么我们会觉得小冰模仿得这么"像"？这么"真"？这么"富有诗意"？也就是说，在以"假"仿"真"的过程中，"真"也变得"假"起来了。这么说好像太过于诡辩，我的意思是，从接受美学的角度看，如果我们觉得小冰的诗歌有某种徐志摩、戴望舒、顾城、海子等等的"味道"，那恰好意味着，徐志摩、戴望舒、顾城、海子等诗人所塑造的诗歌美学——在大众的意义上被认为是一种诗意——已经成为了一种常识性的审美，并构成了一个普遍的标准。

更进一步说，如果说真正的诗人的写作是一种"源代码"的话，那么，经过近一百年的习得和训练，这一"源代码"已经变成了一种程序化的语言。既然我们可以通过"学习"相关诗人的作品获得创作的训练，并写下一首首诗歌，那么，小冰不过是以更快、更强的"学习"能力获得了更多甚至更好的训练，那为什么我们依然很难承认小冰写的是"诗歌"？如果我们不承认小冰写的是诗歌，那么，是否意味着，我们也可以承认我们经过"学习"和"训练"后写下的"诗歌"不是诗歌？或者，至少要在这些诗歌后面打上一个小小的问号？在这个意义上，我们又怎么来理解诗一百年以来的新诗传统，以及它在当下的自我复制、自动化和程序化，以及导致的严重的诗歌泡沫。

四

我想强调的是,我个人的智慧并不能对 AI 的写作进行一种"真假"的判断。我在另外一篇文章中曾经想象很多年后,绝大部分的文艺作品都将由 AI 来完成。[①] 但在此时此刻,我将暂时中断我的未来学想象,而是讨论一个更具体的当下问题——我们时代的诗歌写作是不是已经变得来越来程序化,越来越具有所谓的"诗意",从而在整体上呈现出一种"习得""学习""训练"的气质?我们是不是仅仅在进行一种"习得"的写作,而遗忘了诗歌写作作为"人之心声"的最初的起源?

根据宇文所安在《中国"中世纪"的终结》里面的研究,在大概 9 世纪的时候,中国的诗学系统有一次重要的转型:

> 到了 9 世纪,诗可以被视作某样被构筑出来的东西,而不是一种自然的表达,且诗中所再现的是艺

---

① 杨庆祥:《关于〈国王与抒情诗〉的鉴定报告》,此文首发于腾讯网。

情境而不是经验世界的情景……我们又看到诗作为有待锻造和拥有之物，作为想象出来的而又是具体可感的构造，毫不逊色于微型园林。①

有意思的是，这一从"内在冲动"向"技艺"的转型居然在西方现代诗歌里面找到了悠远的回声，艾略特在《传统与个人才能》之中就认为诗人只有在写作的时候才是一个诗人……他只有放弃自我（的内在冲动），通过对传统的研习和加入才可能完成诗歌写作：

> 诗人没有什么个性可以表现，只有一个特殊的工具，只是工具，不是个性，使种种印象和经验在这种工具里用种种特制的意想不到的方式来结合。②

这两种诗学观念，虽然前者属于古典时期，后者属于我们所谓的现代，但却分享着一个共同的观念，那就是将诗歌写作从具体鲜活的个人经验和个人冲动——同时也就

---

① [美]宇文所安：《中国"中世纪"的终结——中唐文学文化论集》，导论，陈引驰、陈磊译，三联书店，2014年。
② [美]T·S·艾略特：《传统与个人才能》，收入《艾略特诗学文集》，王恩衷编译，国际文化出版社，1989年。

是当下性的经验中——剥离出来,认为存在一种恒久不变的"传统"和"法则",并通过"习得"来完成写作的延续。这导致了两种诗学后果,一是"技艺至上"主义,对形式和修辞极端强调,并将"苦吟"作为一种典范的诗人形象。这种"技艺主义"更是通过启蒙时代以来开启的技术主义,成为一种不断扩张的、越界的、最后成为垄断性的认知模式和观念模式,最后,在现代的语境中,文学变成了写作——一种更强调技艺和习得的表达方式。另一种后果是诗歌和诗人之间产生一种脱落,诗歌不再与诗人之间产生一种严格的对位,当技巧和习得成为一种普通的认知结构后,那种"内在性冲动"的神秘感和仪式感消失了,诗歌于是变成了"作诗""填词"——也即是在既有的法则中进行语词的游戏。

五

"五四"新诗革命正是对上述诗学观念的一种反抗和解放。陈独秀 1919 年发表《文学革命论》,其核心主张是:

> 推倒雕琢的、阿谀的贵族文学,建设平易的、抒

情的国民文学；

推倒陈腐的、铺张的古典文学，建设新鲜的、立诚的写实文学；

推倒迂晦的、艰涩的山林文学，建设明了的、通俗的社会文学。

新诗从形式上反对旧体诗的格律、平仄，强调诗体大解放；在文字上反对用典，强调用俗语俗字；在内容上反对文以载道，强调直抒胸臆。其目的，正是要将诗歌写作从已经高度自动化和程序化的诗歌传统中解放出来，重新建构诗人和诗歌之间的有机联系，从而恢复诗歌写作应有的高度的个人性和历史性——也只有在这个文化谱系中，我们才能理解郭沫若和天狗、艾青和火把、戴望舒和雨巷、徐志摩和康桥之间的对位，这些对位是诗歌作为"内在性冲动"的美学表现，它们在其历史语境中是鲜活的、具体的，因而是带有仪式色彩的原创性的创作。

如此看来，我们今天重新面临一个"五四"的命题，也就是经过近百年的发展演变，我们的新诗传统实际上已经变成了一种梢微程序化的存在。小冰的写作就类似于古典时代的填词游戏——只不过更快更高更强——但是，它是一种缺乏"对位"的匮乏的游戏，小冰的写作不过是当代写作的一个极端化并提前来到的镜像。在这个意义上，当下一些诗歌写作正是一种"小冰"式的写作——如果夸张一点说，当下一些诗歌写作甚至比小冰的写作更糟糕，更匮乏。如果我们对这种自动的语言和诗意丧失警惕，并对小冰的"习得"能力表示不屑的时候，有一天我们就也许就会发现，小冰的写作比我们的写作更"真"，更富有内在的冲动。而我们当下的诗歌写作，却变成了一段段分行的苍白语词。

这么说并非危言耸听。我们当然可以举出很多当代优秀的诗歌和优秀的写作者来证伪我的观点。毫无疑问，我承认在任何时代都会有杰出的写作者，比如在"玄言诗"一统诗坛时期的陶渊明。但是，我并无意指责一个个具体的诗人个体，我反思的是作为一种整体的诗学观念和文化结构。在这样的文化结构和诗学观念中，写作成为一种"新技术"——也就是可以有标准，可以进行批量生产，获得传播，并能够在不同的语种中进行交流。与此同时，写作的秘密性、神圣感和仪式氛围被完全剥夺了。写作成为一种可以进行商业表演和彩票竞猜的技术工种。

因此应该逆流而上，重新在诗歌和"人"之间建立有机的联系。正如宇文所安所言：

中国传统中最为古老且最具权威性的各家诗学，都坚持诗歌创作的有机性。无论怎样认识文本之后的动力——是道德风尚、宇宙进程、个人感受，抑或是三者之间的某种结合——都被认为是自然的，而不是从有意的技巧中产生。[1]

一首诗歌呈现的是一个人的形象。而这个人，只能是唯一的"这一个"，"五四"新文化全部的命题其实只有一个：立人。而在一百年后我们回溯这个传统，发现这依然是一个根本的、核心的命题。立人——人正是在不同的偶像前才得以建构自己的形象和力量。人类与AI同样如此，首先是人类自己的角力——不做"假人"，而要做"真人"——这个时候，一种新的原始性就被创建出来了。当然，要获得这种原始力，就必须理解全部的时代和历史。

---

[1] ［美］宇文所安：《九世纪初期诗歌与写作之观念》，收入宇文所安：《中国"中世纪"的终结——中唐文学文化论集》，导论，陈引驰、陈磊译，三联书店，2014年。

创造内在于时代精神的政治抒情诗

一

在中国古典诗歌传统中，诗歌的基本向度其实有两个，其一是政治，其二是抒情。或者说，政治与抒情是中国古典诗歌的一体两面，并构成了整个中国古典诗歌和古典诗论的基石。《左传·襄公二十七年》载"诗以言志"，《尚书·尧典》载"诗言志、歌永言、声依永、律和声"，前者指的是借《诗经》中的某些篇章来表达自己的政治观点，后者则指诗歌表达人的志向和抱负，而这里的志向和抱负也和我们现代人的自我意志大不一样，往往指的是在政教意义上的政治抱负。当然，在《尧典》中，"志"也部分指向诗人的主观状态。这一主观状态，其实就是抒情——情动于中而形于言。如果说中国古典诗歌是一个庞大的坐标系,政治与抒情就构成了这一坐标系最重要的两条轴线,那些伟大的强力诗人,当他们将政治与抒情完美地结合在一起的时候,就构成了中国古典诗歌史中"原点式"的诗人。这些"原点式"的诗人并不多,在我看来,屈原、陶渊明、曹操、李白、杜甫、苏轼可以放在这一谱系中。相对于《诗经》的匿名性以及政教价值观念对其文本扭曲的解读,屈原《离骚》所代表的"楚辞"可视作为中国古典政治抒情诗的第一座高峰。虽然屈原的一些作品今天看来还带有一定的"巫气"——最典型者莫如《东皇太一歌》,但是在屈原最有生命力的作品中,"情"与"志"的互动互文构成了最动人的诗歌形象:"抚情效志兮,冤屈而自抑""路漫漫其修远兮,吾将上下而求索"。即使在被冠以"田园诗人"的陶渊明那里,"采菊东篱下,悠然见南山"也绝非一种"风景画"式的无目的观看,而是在一观看里寄托着陶氏"问今是何世,乃不知有汉,无论魏晋"的社会批判。在曹操的"建安风骨"中寄托的是"幸甚至哉,歌以咏志",而他的"志"莫过于"周公吐哺,天下归心"的政治愿景。李杜作为中国诗歌史中最耀眼的两颗巨星,其丰富性和差异性自不待言,但是如果要找到这两位诗人的一个核心共性,其实就是杜甫的那句名诗:致君尧舜上,再使风俗淳!不过前者以出世(道家)

的方式来表达这种由于"志"不能实现而产生的各种"情",而后者则坚持以入世(儒家)的原则来完成"情"对"志"的皈依。相对来说,苏轼游走在"情"与"志"之间的身影稍微灵活,"起舞弄清影,何似在人间",情与志在日常生活中的圆融使得苏轼成为中国传统文人的典范。

二

无论是屈子的"恐美人之迟暮"还是李白的"天子呼来不上船",中国传统的政教秩序使得古典诗歌的政治抒情虽然能够不断地在"情"与"志"之间腾挪辗转,但却无法突破"明君贤臣"的等级制和价值观,这一等级制及其背后的意识形态,正是以鲁迅为代表的现代中国知识者所要批判和反对的"主奴结构"。《新青年》曾在1917年发表高一涵的文章《一九一七年预想之革命》,该文认为中国的革命应该从两个方面努力"(一)于政治上应该揭破贤人政治之真相,(二)于教育上应打消孔教为修身大本之宪条"。① 在这个意义上,中国从传统向现代的转型,

---

① 高一涵:《一九一七年预想之革命》,《新青年》第二卷第5号,1917年1月1日。

其实也是政教秩序的大转型,体现在诗歌写作中,那就是"诗体大解放"的新诗运动不仅仅是一次文体形式上的革新,而是意味着传统政教秩序对文体不再能起到规范作用,文体也不再为传统的政教秩序服务。于是,新诗首先就意味着一种平衡的打破,并在这一打破的过程中,对"情"与"志"的意义范畴同时予以现代化,从这个角度看,郭沫若的《女神》中的系列诗作、艾青的《向太阳》、穆旦的《赞美》、胡风的《时间开始了》等都属于新的"政治抒情诗"的典范文本。

郭沫若曾谈及写《女神》的缘起:"共工象征南方,颛顼象征北方,想在这两者之外建设第三中国——美的中国"。① 也就是说,《女神》有非常鲜明的政治指向,即通过诗歌来建构一个想象中的新政教秩序,虽然在当时的历史条件下郭沫若对这一政教秩序究竟是什么并不清楚,但他敏感地意识到,要建立这一新的政教秩序,首先就要与那个旧的"情志"进行割裂。《凤凰涅槃》整体性地象征了这种破旧立新、置于死地而后生的重生场景,《天狗》则想象了一个具有无限能量的抒情主体自我。我们可以看

---

① 郭沫若:《创造十年》,收入《沫若文集》第七卷,第70页,人民文学出版社,1958年。

到在这两首诗歌里,"抒情"其实压倒了"政治",这正是郭沫若作为开创者的贡献,因为只有通过这种压倒一切的抒情,一个现代性的自我才能够从传统的政教秩序里"冲出来",至于这个"情"要将"自我"引向哪一种"志",并不在诗人的考量之中。但这种从传统中的强行剥离和割裂并非那么容易"一刀两断","五四"那一代人大多成长于传统的政教语境中,"自我"的骤然涌现带来了心灵上的痛苦,这正是郁达夫在小说中反复表达的主题,这个现代的自我需要一个新的"志"来予以安置,如此我们就能够理解为什么在《沉沦》的结尾要将"我"的不幸与国家的不幸捆绑在一起——从故事的逻辑上这并非那么自洽,但是在政教秩序的现代转型中则理所当然。艾青和穆旦同样面临这样的问题,不过是,在郭沫若那里的强抒情已经得到了有效的舒缓,"志"开始向清晰的方向前进,"太阳"和"山河"的意象起到了平衡性的作用,在前者,"我不再感到陌生/太阳照着他们的脸",对于后者,"我要以一切拥抱你,你/我到处看见的人民呵"。我们知道,在上世纪90年代以来的文学史叙述里,穆旦是作为一个极具"个人性"的诗人而得到关注的,但被忽略的是,在《赞美》这样的诗歌中,穆旦其实是以政治抒情诗的形式表达了对新政教秩序的渴望和认同——山河、森林、人民成为"政治"的化身,而"赞美"则成为"抒情"的基本姿态。完成于上世纪50年代的胡风的长诗《时间开始了》则续接了这一传统,并在政治美学的意义上将新诗的政治抒情性推向了一个高峰,在当时的评论中,《时间开始了》被目为具有"史诗"的气质,在今天看来,这首诗毫无疑问提供了一个典型的范本来理解新诗的现代性与政治抒情诗之间的复杂关系,现代政治抒情诗的"情"与"志"至此也基本明确:"情"为人民大众之情,"志"则为新生的社会主义中国。

三

马克思以辩证法的方式对"正反合"的黑格尔命题进行了创造性的发展,在辩证法的逻辑里,"合题"并非意味着历史的终结,而恰好是新历史的开启。"新时代"正是这样一个辩证法意义上的历史时段和历史命名。首先,新时代意味着新的时间观念。地理大发现以来的近现代史,从时间观念上看其实是一部西方现代性时间不断扩张并"普遍化"的历史,但是随着后发民族国家的加入尤其是21世纪以来中国在全球政治经济格局中的崛起,这一普遍化的"西方时间"观念得以改写。新时代的时间观念不再是以"西方时间"为主导的线性时间，而是一种基于不同历史传统和文化特征的各民族文化时间观念的交织互动，这种交织互动与建基于互联网的天网技术协调一致，线性时间观念变成了网状时间观念。其次，新时代也意味着新的主体。在这一新的主体里，"人民性"是其核心要义。一方面，"人民"不再局限于某种特定的职业或者岗位，而是成为一种身份认同，所有为中华民族伟大复兴贡献力量的人都具有其人民性；另一方面，作为抒情主体的诗人，从其个人的生活和经验出发，本身即是对自我和他者双重"人民性"的体察和书写。再次，新时代也意味着新的诗歌内容和形式，如果继续从"情"与"志"的互动生成这个角度来观察，新时代政治抒情诗的"情"就是"人民之情"，即汪晖所指出的"普通的包括工人、农民在内的大众社会怎么变成一个新的、政治的主体，适应到中国和全球性的进程里面去"；[①] 新时代政治抒情诗的"志"，则是"实现中华民族伟大复兴"的历史大任。

从目前的诗歌写作现场看，有大量的作品都加入到了这一"新时代性"的书写潮流，其中最突出的是《诗刊

[①] 汪晖：《九十年代的终结》，《热风学术》第4辑，上海人民出版社，2010年。

社》组织编发的"新时代"栏目及相关专刊,如刘笑伟的《坐上高铁,去看青春的中国》、龚学敏的《大江》、吴少东的《长三角,一体化的高唱》、王二冬的《飞驰吧,青春中国》、田湘的《群山,或我们的精神背影》、郁葱的《那些年,那些人》等等。在我看来,这种"新抒情诗"即是新时代的政治抒情诗。需要指出的是,抒情诗——政治抒情诗——政治抒情史诗是一个螺旋递进的诗学概念,如何在"新时代"的风暴中心创造出历史性和艺术性高度统一的诗歌作品,如何在人类文明对话的格局中创造出具有"人类价值共同体"性质的史诗作品,这对有志于此的诗人和理论家们都提出了挑战。

下编

徐则臣《北上》：大运河作为镜像和方法

一

徐则臣在 2014 年出版了长篇小说《耶路撒冷》，这部作品以描述并呈现 70 后一代人的精神史而受到广泛的赞誉。其后又出版了小长篇《王城如海》，这部小说没有引起如《耶路撒冷》那样的热烈反响，虽然在主题、结构上均有不俗的表现，但故事的展开和人物的命运都稍显局限。很显然，徐则臣并没有将主要精力投放于此，这部作品有很明显的"过渡"色彩，好像是一部"剩余"之物。在《耶路撒冷》之后的四年中，与徐则臣稍微熟悉的人都知道他在从事一部更重要作品的书写——一部关于大运河的长篇小说。如果我们对徐则臣的作品熟悉的话，会知道这位 70 后作家的两个写作地标，一是成长之故乡花街；二是奋斗漂泊的异地王城（北京）。在花街和北京的对位中，徐则臣反复确认了其写作的当下性和现实关怀。如果我们再稍微做一点文学地理学的考察，就会知道所谓的花街，恰好就是运河边上一条小镇的街道——记得2015年我受邀去淮安参加《耶路撒冷》的研讨会，徐则臣曾兴致勃勃地带我们一群人去寻访"花街"——虽然小说中的花街和现实中的花街相差甚远，但有一点却是确定无疑的：站在花街的街头，我们几乎能听到大运河的流水之声。这是实实在在的遗存，徐则臣以一个作家的敏感意识到了其书写的价值：广阔的历史内容和驳杂的现实境遇在大运河这里汇聚了。这正好符合徐则臣的写作诉求，在与十月文艺出版社总编辑韩敬群沟通之后，这一写作计划提上了日程，自此以后，根据徐则臣的叙述，他不停地实地勘探运河，从其起源之地，由南而北，足迹踏遍了运河1797公里的河段，跨越了浙江、江苏、山东、河北、天津、北京等省市；除此之外，还进行了大量的资料的收集和阅读，专辟两层书架用于放置相关书籍，阅读的专业书籍不下六十余本，相关影音图书资料更是众多。最后，"闭上眼我能看见大水行经之处的地形地貌，看见水流的方向和洪波涌起的高度"。[1]

---

[1] 徐则臣：《想象一条河流的三种方式》，《文艺报》2018年12月24日。

当徐则臣看到意大利人小波罗坐船穿行在运河之上怡然自得，而他身边的谢平遥则若有所思的时候，运河获得了其作为书写的主体性，一部三十多万字的小说《北上》[①]瓜熟蒂落，成为可以与《耶路撒冷》媲美并蕴含了丰富的可解性的文本。

二

我一直有个观点，中国的长篇小说最致命的缺陷不在于故事、情节、人物，而在于缺乏内在性的结构。徐则臣显然意识到了这一点，他所热爱的作家，比如托尔斯泰和陀思妥耶夫斯基，恰好是结构能力很强的作家。实际上，在70后乃至整个当代作家中，徐则臣对小说的结构相对敏感且一直努力进行实验性的探索。《耶路撒冷》在整体叙事中穿插"专栏"，《王城如海》则以"戏剧"间离情节。即使在一些中短篇中，徐则臣也往往进行一些有"设计感"的结构性处理。

具体到新作《北上》而言，徐则臣显然知道一种单线

[①] 徐则臣：《北上》，北京十月出版社，2018年12月。文中小说引文皆出自这个版本，不再另行标注。

条的叙事将会使小说单调、冗长、缺乏层次感。开篇他就使用了一个特殊的装置,通过一篇2014年的"考古报告"及其中发现的一封1900年的意大利语信件展开了小说叙事。请注意这两个时间点,1900和2014,它们形成了一个对位,构成小说结构的两个时间关节点。小说的全部目录如下:

第一部
1901年,北上(一)
2012年,鸬鹚与罗盘
2014年,大河谭
2014年,小博物馆之歌

第二部
1901年,北上(二)
1900—1934年,沉默者说
2014年,在门外等你

第三部
2014年6月:一封信

这么简单的罗列并非为了剧透小说，而是为了强调一个基本的认知："时间性"显然构成了《北上》这部小说的基本结构方式。这里面有几点值得注意，第一是基本的物理时间，从1900年到2014年，有114年的时间，这114年，既是大运河从"停漕运"到"申遗"成功的历史，更是一部古老中国向现代中国艰难的转型史；第二，中国从古代向现代的转型，在某种意义上其实是一种"价值时间"的转型，即从一种古典的东方价值时间向现代的西方价值时间的转型；这一点后面再展开论述；第三，更有意思的是，通过1900年和2014年的对位，这两段时间被"折叠"在一起了，也就是说，所叙时间和叙述时间并不是严格区别的，而是互为一体，互相生成的。**由此我们可以得出一个小小的结论，关于运河的叙事实际上是关于时间的叙事，是关于现代性展开和生成的叙事，这一点特别重要。必须把关于大运河的故事放到一百年中国现代性展开的过程中去讨论和观察，才能见到这个作品背后厚重的历史意识和它的现代性。**

小说开篇的扉页里面有两段献词，第一段是龚自珍的《己亥杂诗》之八十三："只筹一缆十夫多，细算千艘渡此河。我亦曾縻太仓粟，夜闻邪许泪滂沱。"第二段是加莱亚诺的一句话："过去的时光仍然持续在今日的时光内部滴答作响。"龚自珍的这首诗歌表面上看还是中国传统士大夫的一种怜悯和反思，但是如果置于上世纪初的语境中，我们就会发现时间的关系已经发生了微妙的变化，一种关于时间性的较量已经在帝国的内部展开了：

"他们西方人的时间耽误不起，咱们的时间就耗得起？"

这是书中的主角之一谢平遥在一封信中的抱怨，在后来小波罗的"北上"之旅中，他因为"洋人"的身份而获得了提前通过闸口的权力，而那些中国的航船将在那里排队登上十天半月甚至更长的时间。

西方的时间代表着准确、不可改变、对物理时间的严格要求，而中国（东方）时间则看起来模糊、拖沓，总是与一种落后性联系在一起。也就是说，东西方的时间在中国近代的相遇其实形成了两种形态，一种是同步性的，在西方的船坚炮利的"胁迫"下，物理性的同一性时间开始被推行——怀表和自鸣钟开始成为一种时尚消费；但同时，一种错步性也伴随而生，那就是，"时间性"背后所包含着的不同的价值观一直就没有被"同一化"相反，它倔强地保留着某种被"进步"和"现代"所淘汰的情感和观念——这恰好是小说与历史的区别，**历史将服从于时间的线性叙事，而小说则重叠、回环、反复，小说要表现的是人性的混杂，而这种混杂，更是一种时间性的混杂，这恰好是《北上》所呈现出来的美学，在一种混杂的时间性中标志出人类生命本身的混杂、偶然和不可确定性，并在这种书写中推进历史叙事而不仅仅是服从或者颠覆历史叙事。**

三

《北上》洋洋洒洒三十多万字，时间跨度一百多年，次第登场的人物数十位。其中，谢平遥和小波罗是两个重要的人物。之所以说这两位重要，不仅仅是北上的旅程由他们肇始，并在子嗣的延续中将这个故事不停地推进到当下，也不仅是因为这两个人物具有独特的个性，可以放在小说人物的画廊里来进行分析，更重要的是，在他们迥异的个性后面所象征着的文化符码，对这个符码的建码和解码，与上述的"时间性"一起，构成了这部小说的价值核心。

小波罗来自遥远的威尼斯，这个在水城长大的意大利人一心效仿其伟大的先祖马可·波罗，对遥远的东方抱有热切的期望。他对运河的渴望，一方面来自这一内在性的热情冲动，另外一方面却又带有非常具体的目的——寻访因参加八国联军而失散的弟弟——这是小说的另外一条情节线索。谢平遥，一个土生土长的中国人，供职于摇摇欲坠的帝国的水利部门，接受过一点西式的教育，有改革社会的抱负，但同时又在"时不我与"的喟叹中蹉跎岁月，他宛如龚自珍的一个蜕化版，在微弱的意义上象征着古老中国文人最后的生命气质。

因此，这两者的结伴而行大不寻常。李徽昭在《比较视野下的历史与河流》①中已经注意到这一点：

《北上》正是在比较的小说写作方式中建构起两个意大利人的他者形象，以跨越东西方异质文化的比较视域，在20世纪中国历史宏大背景中，呈现了一种文化性的、日常生活化的京杭大运河。……作为一种比较视野的保罗·迪马克、费德尔·迪马克两位意大利兄弟，与谢平遥、邵常来、孙过程、秦如玉等中

---

① 李徽昭：《比较视野下的历史与河流》，《文艺报》2018年12月24日。

国大地上出生成长的中国人，互为比较形象。对于谢平遥来说，以清末翻译工作为业，经常接触外国人，在小波罗（保罗·迪马克）这个外国人身上发现了人的多重性，这个意大利人既对中国好奇，又有着"欧洲人的傲慢和优越感"。而在小波罗带着马可·波罗式的浪漫中国想象中，他对运河、对中国笔墨方式、对中国大地上的一切都充满好奇，他给中国人拍照、与船夫聊天、和中国官员接触，在和中国人的朝夕相处中，深切地感受着一个"老烟袋味"一般的古老中国。不仅如此，他丝毫不掩饰自己人种的异质性，愿意被中国人观看。互为他者的小说形象形成了小说内在的文化间离效果。

除了小波罗的这种他者的视野之外，谢平遥的观看也不能忽略，实际上，正是在对小波罗的"观看"的再次"观看"中，所谓的比较的视野才得以真正的呈现。在上世纪初的历史语境中，一种惯常的思维是，东方作为静止的对象因西方的观看而获得"重生"，这是一种非常典型的、被萨义德定义为"东方主义"的思维。实际情况则要复杂得多，东方不仅仅是被看，同时也在回应这种看，更重要的是，即使是作为纯粹客体的风物，也具有鲜活的能动性。① 小说里有一段对运河边上油菜花的描写：

> 船已停下。岸上一片金黄的花海，铺天盖地的油菜花，放肆得如同油彩泼了一地。……沿途也见过星星点点的油菜花，但如此洪水一般的巨大规模，头一次见。……小波罗大呼小叫地说，震撼，震撼。

运河和油菜花不仅仅是被看的客体，而是成为了能动的主体，激活了无论是东方还是西方观看者的情绪，运河在此就像一个镜像，映照着来自不同文明形态里的人，并将他们的观念和行为清晰地呈现出来，在很多时候，还不仅仅是呈现，而是进行定格和放大，就像小波罗在油菜花地里拍照一样，它以非常日常的行为揭示了现代性起源之时的复杂和具体。**运河在此就不仅仅是一条河流，同时也是历史，是文化，是充满了生命性川流不息的活体。**

---

① 法国诗人谢阁兰在上世纪 20 年代曾在中国进行了多年的文化考察并写下了著名的《碑》等一系列作品，他非常典型地体现了 20 世纪初中西交流的一种模式，有点类似于小说中的小波罗。我不知道徐则臣是否从谢阁兰那里获得了灵感。

四

因此，北上——沿运河北上，这是一个非常重要的语法、句式，当然更是行为和实践。

自魏晋以降，中国文化有两种形构，一个是南下，一个是北上，这是整个中国文化内部的一种交流和互动，正是在这个过程中，语言、风俗、政经、历史一次次被打乱、被重组，并涅槃新生。据资料我们可以知道，大运河始建于春秋，贯通于隋，繁荣于明清，是沟通南北经济的大动脉。从政治经济学的角度来看，大运河正是这一南北互动的历史性的产物。但是如果剥离了其功能性——主要表现为漕运——那么，大运河为什么还这么重要？

也就是说，我们既不能将大运河理解为一个完全的功能性产物，也不能理解为一种文化的奇观，实际上，如果不借助现代的航拍技术，大运河也很难在视觉上呈现为一种奇观。实际上，《北上》描述的正是大运河作为功能性产物衰亡的过程，小说第二部第一章的结尾是：

> 公元1901年，岁次辛丑。这一年七月二日，即公历8月15日，光绪帝颁废漕令。

公元1901年，岁次辛丑。这一年六月二十日，即公历8月4日，意大利人保罗·迪马克死在通州运河的一艘船上。

但小说并没有因为运河功能性的丧失而结束，相反，这时候小说才进行一半篇幅。在后面的两百多页中，围绕着运河，还有更多的人物粉墨登场。那么，这里的问题是，当运河的功能性丧失后，运河的何种新的主体性呈现了？日本学者酒井直树有一个非常有意思的研究，他通过考察中国的长江流域，得出一个结论，因为长江流域的地形地貌非常单调单一，所以生活在此的中国人也非常单调单一，缺乏热烈的情绪，因此不可能因为爱心和同情心而获得共同体的感觉，也就不能建构起现代型的民族共同体。酒井的这一研究受制于其"西方视角"当然非常有问题，但是却提醒了我们一个问题，中国自晚清以来的现代转型中，寻找新的文化认同一直是一个重要的文化命题。《北上》通过对大运河的溯源，再一次回应了这一现代性的难题，在古老的共同体瓦解后，大运河作为一个文化符码，至少是部分地发挥了共同体的黏合功能。正是在这个意义上，几大家族在漫长的历史变迁中，依然可以通过运河及其相关遗物来辨识自己，同时也辨识出血缘、宗族，并在这个过程中重建个人的内在精神生活。

由此而言，大运河发挥了一种**文化种姓**的新的功能性作用。它是河流，但超越了河流，它是历史，但又丰富于历史，在现代展开和生成的过程中，中国不停地确认着自己的文化主体，大运河是其中最重要的一种形式。《北上》以大运河为镜像，其实也是以大运河为方法，通过谢平遥、小波罗兄弟等多重的观察视野，你中有我，我中有你——最典型的细节是小波罗的弟弟最后变成了一个完全无法辨认出来的中国人——最后创造性地完成了自我和历史的重塑。

李修文《诗来见我》：生命之诗与大地之魂

一

一直不知道用何种文字来谈论李修文——当然不止是那个坐在我身边饮酒、吃菜、偶尔喧嚣偶尔又目光沉静的李修文——还应该加上他的书，甚至，还应该加上他那些没有写出来的书和那些只有他自己参与过的生活。但是，当代的陈词滥调又何其之多！如果没有雅克·拉康所谓的"恰当的言说（well-saying）"，谈论还有意义吗？很多时候这质疑和怀疑不是来自他者，而是来自自我，是一颗羞愧而知耻的心让我们无端沉默下去，就像在《山河袈裟》开篇《羞于说话之时》所写的，在大雪纷飞的神恩时刻，"觉得自己是多余的，多余的连话都不好意思说出来"。那个时候李修文就在大雪之中，我相信他所言所思为真——

在沉默中不是爆发,而是继续沉默。也唯有在那个时刻,我们短暂摆脱了语言和生活的宰制,好像重新活了一回。这同样的一幕,也曾经发生在我和李修文之间,在一次赴台北的文学交流活动中,我们坐在中巴车的最后一排,夜色暗下来,街灯闪烁,在一个等红灯的路口,几张海报从车窗外递入,海报上是一位台湾著名左翼人士刑满释放的消息,海报上的斑斑白发和红色的数字纪年触目惊心,那一刻我们全无语言,亦无交流,但是藏在心里的震动和感动好像被彼此看出,理解和友谊也由此发缘生根。

然后,就等到了他的书,先是《山河袈裟》,又有《诗来见我》。

二

两本都是行走的大书。不过前者更偏重于行走本身以及这行走带来的故事,后者,行走不过是一个热身运动,要的是这行走勾连起来的旷古诗思。与此对应的是,《山河袈裟》里的"我"不离场不退场,一定要在这现实之世找人物,找剧情,找命运,找生生死死,聚散离合。《诗来见我》也要找这一切,但是"我"却随时离开随时退出,让那些古人用诗句的方式粉墨登场。前面的那个

"我"是李修文的现实加强版，后面的那个我，除了李修文的现实加强版，还有一个李修文的古代加强版，他现在又是李修文，又是杜甫，又是罗隐，又是元稹和白居易……他现在有了多个分身，因此也有了多副心肠，多种语调，多个面容……这真是玄妙的分身幻术，哪个是真？哪个是假？这不仅仅是"假做真时真亦假，无为有处有还无"的世故，而更是多重主体的辩证法："我问你是谁？你原来是我。我本不认你，你却要认我。"

四月因为《诗来见我》重读《山河袈裟》，从书架上抽下，随手打开，居然是《失败之诗》，开篇就是黄仲则的"十有九人堪白眼，百无一用是书生"。原来《诗来见我》早就埋伏在《山河袈裟》之中，那后一个李修文也早就埋伏在前一个李修文的身上。不过是要一次点燃，然后就狂奔向那一处由诗与歌与白眼热身与功名富贵与荒郊野岭与风雨兼程与人生得意失意都茫茫然无所归处的生命经验合成的人生戏台。

写尽了诗中诗，流尽了泪中泪。都是前定。

三

《诗来见我》凡二十篇二十余万字，按篇目顺序前后涉及的诗人有郑板桥、张籍、陆龟蒙、韩奕、白居易、元稹、陈亮、辛弃疾、周紫芝、王维、李商隐、罗隐、苏轼、宋之问、刘禹锡、寇准、卢秉、王安石、李德裕、柳宗元、黄庭坚、贺铸、秦观、杜甫、李白、孟郊、韩愈、沈约、纳兰性德、杨万里、师范和尚、韦应物、蒋士铨、周寿昌、苏曼殊、李贺、与恭和尚、黄仲则、史可法、高骈、吴梅村、洪昇、完颜亮、李世民、虞集、张可久、孙周卿、法薰和尚、李密、杨广、刘过、苏轼、曹操、曹丕、萧纲、陆游、唐寅、岑参、齐己和尚、梁启超、舒岳祥、许浑、王阳明、李清照、永嘉诗丐、无名氏等近八十人。篇幅以论及杜甫、罗隐、韦应物、唐寅、陆游为最,其中又以杜甫为最中之最。

这是一幅打乱了顺序、颠倒了座次、混淆了身份的诗歌众生图。是的,李修文无意做一个索隐的学者,也没有企图去普及诗学的常识,他要的是在兴之所至情之所至之时,去拥抱那些诗歌和诗人。那些诗人既有帝王将相、才子佳人,也有贩夫走卒、浪子游丐,他们有的曾经高高在上,有的曾经低入尘埃,但是因为一首诗,在某个时刻,他们全部复活了,就像一位当代诗人预言他的死后方生一般——"在春天,十个海子全部复活"。这些复活的诗人和诗歌没有高低贵贱之分,没有经典与非经典之分,那些不过是世俗的目录学,在李修文这里,这些诗歌和诗人之所以值得去拥抱、去吟诵、去记忆，全在于它们的生命性。这里的生命性指的是，这些诗歌真切地记录着生的内容，寄予着生的渴望，抵抗着生的腐朽，由此，这些诗歌也成为了生命的另外一种形式，超越了肉体的消亡而尘封在历史的故纸堆里，汉字和书写看护着这些生命。唯有当它们与另外一种有创造力的生命相遇的时刻——一切都重新活了过来。

活过来的是李商隐，"李诗中，唯有无尽的追悔，既是来历，又是去处，既是他躲雨的檐瓦，又是他跪拜的陵寝"。

活过来的也是唐寅，他喝叫一声："呔，后生小子！"然后就有了一篇自白的万古愁。

活过来的更是那由无数匿名者吟唱而就的乐府，"乐府诗其实成为一场盟约，就是让生之欢愉与贪恋继续下去，让那些对死亡、疾病和灾祸的恐惧与厌弃也继续下去……是乐府诗托举和包藏了这一切"。

这些是解读，是见识，但更是生命的体认和创造。

四

据加拿大社群主义大哲泰勒的观点，从古典到现代的转型过程中，一个关键的时刻就是前现代的多重空间变成了一个单一的现代空间："这一刚刚重塑的社会……以一种稳定的，正如它逐渐被理解的，一种理性的秩序体现出来。这一新社会没有给从前注重魔法的世界留下任何摇摆不定的可具互补性的空间。"[1] 这一新的社会空间以理性为其哲学，以"客观化的经济"为其手段，构建了工具主义和现世原则的秩序。随着资本主义全球体系的不断延伸和扩张，这一现代性空间构成了一种普遍的生存和生活的语境，其巅峰状态，即法国哲学家德波所谓的"景观社会"——德波认为这种"景观社会"的配置太过强大已经是无法逃脱的现代囚笼，[2] 他最后以自杀的方式表达了一个现代个体对此的极端反抗。

西方现代主义经典作家往往以这一现代社会配置为书写主题，展示人在其中的异化、扭曲和堕落，带有荒谬的反讽和虚无的挣扎。李修文则选择了另外一种方式，他弃景观不顾，夺路而出，他要寻找的是更为立体和丰富的"人间世"。由此展现在我们面前的，不是灯红酒绿、纸醉金迷的现代都市形象，而是山野深谷、泥泞歧途。仔细翻阅《诗来见我》中的篇目，里面出现频次最高的地理区域

---

[1] [加拿大]查尔斯·泰勒：《现代社会想象》，林曼红译，第43页，译林出版社，2014年。
[2] 参见[法]居伊·德波：《景观社会》，张新木译，南京大学出版社，2017年。

是小镇、深山、乡下、边陲、野庙、断桥、荒渡等等无法被纳入现代性景观的装置。这是另外一个空间，这个空间就隐匿在现代性景观空间的背后，它的风景从历史里面延伸过来，它的版图与过去的疆域密切重合，在这个空间里，遵循的不是客观化的经济原则，而是主观化的心灵原则，遵循的不是工于算计的"货币哲学"，而是基于怜悯、同情和理解的"命运哲学"。那些诗人和诗歌走过的山河，我们依然要走过，那些诗歌和诗人所受过的苦难和羞辱，我们依然要遭受……但也正因如此，我们才能寻找到那种正信和肯定——星垂平野阔，月涌大江流！

李修文由此创造出了一个独特的生命时空。这个空间由历史的纵轴和地理的横轴构成，它的原点，就是李修文的经验、见识和灵性——一言以概之，就是其全部的生命性。而抵达这一空间的方法论，就是李修文作品中反复出现的一个动词——"狂奔"，狂奔向大雨大雪，狂奔向草莽丛林，狂奔向最底层最穷苦的兄弟姐妹。李修文在更强的程度上回应了尼采的现代平衡术，在尼采看来，只有"舞步"才能把握好平衡，从而获得一种善的现代生活，而李修文则以更剧烈的运动来回应着现代。狂奔的结果可能是落水、坠崖，可能是万劫不复，但是生命的意志也由此展开，激情并非徒然，而是一场庄严的礼赞。

五

与其生命时空呼应的，是李修文的文章学。我们始终不要忘记一点，正是通过使用汉字这一古老的书写符码，一个互补性的空间才得以建构。现代学者夏志清曾对中国的古典文学爱之深而责之切，在夏氏看来，中国古典文学过于避世与逃逸，缺乏一种如西方文学的对抗性："这些著名的小说、戏剧，以及最优秀的中国诗词作品都缺乏对人性和人文世界的远大视野，而不能立足于善与理想，以真正的勇气毫不动摇地与一切邪恶对抗。"夏氏的判断建基于他对西方现代文学的阅读，其坐标的谱系本来就有问题，但即使不考虑这样的坐标，断言中国古典文学缺乏真正的勇气也过于武断。中国古典文学视小说为小道，故游戏笔墨不可避免。但在中国古典文学的正统诗文中，从来就不乏批判的责任和抗辩的勇气，不过是，这批判和抗辩的声音，不是一种自我夸张的巍峨姿态，也不是言辞凿凿的道德说教——在中国的古典文学中，这些作品大量存在，但却只能归于遗忘。那些流传千载的最好的诗歌和文章，恰好是要将那道德和姿态藏起来，藏到人物、故事、形象、隐喻和典故中去，藏到人心的幽微和世情的洞察中

去,总之,是藏到人伦日常中去。这就是李修文所察觉到的正统和古道:

> 所谓知耻,最切要的,便是对周边风尘以及风尘之苦的平静领受,是的,既不为哀音所伤,也不为喜讯所妄,只是平静地领受,当在领受逐渐集聚和凝结,再如流水不腐,如磐石不惊,正统便诞生了,古道也在试炼中得到了接续,这古道与正统,不是他物,乃是两个字:肯定。

而这正统和古道也是李修文文章学的重要质素,不是从一己的悲欢得失出发,而是将一己的悲欢得失与无数普通人的含辛茹苦联系在一起,用强烈的情感和敞开的心灵去接纳、倾听和融合。李修文的文章不是冰冷的博物学纪录,也不是僵化的知识考古学辨析,而是在自我和他者的互相体认中获得一种新的生命状态,知识、修辞、抒情、虚构等等所有文类能够使用的写作手法,只要能够展开这一生命状态,都可以毫无顾忌地进行创造性的使用。在这个意义上,李修文的写作扩大了中国文章学的内涵和外延,独创了一种属于李修文式的文章风采。

六

《诗来见我》的最后一篇是《最后一首诗》，从李清照的国破人不在写起，又写苏轼的《自题金山寺画像》，又写纳兰性德，又写永嘉诗丐，最后的最后，还是杜甫——"真要命啊，不管在哪里，你都绕不开杜甫"。李修文在杜甫的诗中看到了真实的一草一木，看到了"千秋万载的饭囊、药碗和墓志铭"，杜甫构成了一个象征、隐喻和开启：我们忠于自己的历史和传统，我们举意我们的山河和人民，我们就能在内心和外在之间建立起有机的联系，我们的写作和生活，也就能够获得价值和意义。

手头没有《杜诗选注》，但正好有一本洪业的《杜甫，中国最伟大的诗人》，其中论及到的《送孔巢父谢病归游江东，兼呈李白》是我最喜爱的杜诗之一，其中两联是：

> 蓬莱玉女回云车，指点虚无是归路。
> 自是君身有仙骨，世人那得知其故。

知与不知，尽在诗中，尽在文中，尽在命中。

鲁敏《奔月》：最大的变革和最小的反应

一

……大巴在梵乐山山区意外翻车坠崖，随后爆燃，部分乘客落水不救。全车含司机导游计39人，遇难8人，致伤21人。事故具体原因正在调查中。

我们的女主角，小六，被算在这遇难的8个人中。不过情况有点特殊的是，只找到了7具尸体，有一人下落不明：

贺西南敏捷地抓住后者不放，认定那就是小六。还有一位母亲也在为她的女儿争抢这个配额。像抢一顶帽子，两人都急着往自己头上安。……又有部门提DNA验证，那名母亲不知为何突然垮了，瘫倒地上，决计不肯。贺西南就此胜出。当然这只是第一步，大胆假设小心求证的第一步。

然后，这个可怜而执着的丈夫开始为他的大胆假设和小心求证而展开福尔摩斯式的旅程，作为读者的我们也被吊起了强烈的同情心和好奇心——必须承认，好奇心更多一些——好奇有二，第一是小六是否死了？第二是，贺西南如何继续他的看起来有点蠢的行为？

鲁敏几乎是立即回答了第一个问题，在第二章她就明确地告诉读者，小六并没有死，她是借助这样一个事故实施了蓄谋已久的一次"逃离"：

> 小六简单地考虑了一下，随即最大限度地拉开双肩包的拉链，粗手粗脚地从里头翻捞出她常年随身着的一只小蓝包……然后紧跑几步，掷铁饼般牵动腰臀使劲儿抡圆手臂，顺着一个处心积虑的弧线，双肩包飘入半空……管它呢，啊哈，别了。

这真是一个漂亮的抛掷！鲁敏从一开始就有了明确的定位，她并非仅仅要讲述一个关于"爱与死"的通俗故事，不是，她中断了读者渴望情节、热爱戏剧性的猎奇之心，她将本来可能是一部"好看"的小说的结尾——小六死了或者她被某人拯救了——提前告知了大家。这其实已经意味着一部小说的终结。

但是，天哪，这才是小说的第二章。

该怎样将这部小说继续写下去？这已经不仅仅是讲故事的问题了，而是涉及对小说观念、主体人物进行重新放置和安排等等一系列的问题。对于鲁敏来说，她制造了一次危险的坠崖——她自己现在就在悬崖的边上，她比小六更危险。

而危险是小说的动力，新的质素开始产生。从《奔月》开始，我们也许可以看一看，著名作家鲁敏如何摆脱种种因长期写作而造成的美学惯性，并完全不顾已经贴在她身上的带来了众多象征资本的标签，开始——起跑！

二

现在要展开小六的新人生了。小说的叙事由此分成两大部分，第一部分，是贺西南和张灯对过去的小六的重构，在这个部分，小六以不在场的形式在场；第二部分，是小六逃离后的"新生活"，在这个部分，她以在场的形式不在场。第一部分也许很好理解，第二部分为什么说是以在场的形式不在场呢？

在回答这个问题之前，必须回答另外一个前提性的问题，那就是，小六究竟逃到哪里去？或者说，鲁敏要安排一个什么样的"所在"来安置这个从以往的生活秩序里面逃逸出来的人。

这是个难题。很多的批评家都意识到了这一点，批评家李伟长在其文章《逃离的方向，小说能走到哪里？》中敏锐地意识到了这个问题："从《奔月》来看，鲁敏毫无悬念地让小六离开了她原有的真实的生活秩序，但是小说家又无法将她送去真空，从原来的轨道脱轨，生活并不可能就此变成无轨列车，还是得建构一个平行的时空安放小六。这会是一个怎样的世界？《奔月》正在发出一种邀请，邀请读者共同想象，那个可能的世界是什么样子。"[1]

这类似于一种实验。福斯特在《小说面面观》中曾经想象过一种场景：在一座圆形的房间里，不同时代的作家都在写作他们的小说，前提是隐匿他们已经留在文学史上的赫赫威名。福斯特以这种方式强调艺术的普遍性，以祛除"年代学这个大敌"，从而从艺术的角度更好地讨论那些所谓"伟大作家"的写作。[2] 我想借用这个实验，将几

---

[1] 李伟长：《逃离的方向，小说能走到哪里去》，《扬子江评论》2018年第1期。
[2] 福斯特：《小说面面观》，冯涛译，上海译文出版社，2016年7月。

个不同时期的鲁敏放在这个圆形房间里，假设她们都在写作一部关于"逃离"的小说，这几个不同的鲁敏会将女主角小六送到哪一种可能的世界里去呢？

有一个鲁敏可能会将小六送到东坝去吗？在东坝系列里，鲁敏暂时搁置了现代生活，或者说，她有意通过一种带有挽歌情调的叙述将现代生活"原乡化"，在时空上将东坝设置为一个相对稳定、自洽的一种生活共同体。在东坝里面生活的人物，比如《离歌》中的三爷和彭老人，从文化心理学的角度看，他们并非活在当下，而是活在一种对遥远文化的追忆和复制之中。如果鲁敏将小六这样的现代性人物抛掷到东坝，也许会引起一种失衡。《离歌》里面也确实隐约提到了一次，当彭老人死去后，他在城市里工作的儿女回来了，他们对老人们心心念念的习俗、规矩表现出的是"不懂和冷漠"。不过也仅仅如此，鲁敏对此一笔带过，东坝的生活和彭老人的儿女们的生活是如此的隔绝，不可理解，那么，作为彭老人的女儿之一的小六，她应该不会选择回到东坝。她可能会在某一时刻想起这么一个地方，但是会觉得那是一个遥远的几乎无路可以抵达之处。鲁敏最后终止了东坝系列的写作，一方面固然是小说家的求新求变，另外一方面其实也意味着，对于鲁敏来说，乡愁式的，可以在经典谱系中找到清晰传承的这种书写已经耗尽了其可能性。

另外一个鲁敏呢？会把小六送到《六人晚餐》里面的那个大工厂区吗？虽然现代解释学已经不再认为对文本的解读具有唯一性。但如赫希这样的批评家依然小心翼翼地给出了"意谓"与"会解"这样的区分[①]，"意谓"是作者的意图和设置，而"会解"则是读者的阅读和反应。如果从这个角度出发，《六人晚餐》也许是《奔月》之前鲁敏作品中"意谓"和"会解"最分裂的一部作品，我看到很多的批评家都将"会解"的重心聚焦在工厂这样一个特殊化的区域，并由此判断这是一部关于反映上世纪90年代中国社会转型的"大说"——我也曾一度想当然地将此作为前提来判断这部小说的得失。但后来再读这部小说，发现从小说的文本结构和叙事指向来看，它可能无意满足批评家的这样一种"期待视野"。《六人晚餐》更像是一部心理探索小说——注意，这是在中国当代小说中比较少见的一种类型——而不是一部"社会剖析派"小说，当然，我们也可以说，社会性内容的呈现不是通过社会性的景观书写来完成的，而恰好是通过个人的心理探索来完成的。

---

① 赫希：《解释中的有效性》。具体解释可参见伊格尔顿《二十世纪西方文学理论》，第75页，北京大学出版社，2007年。

《六人晚餐》里面的人物,几乎都处于一种稍微紧张的青春期的心理创伤之中,并不得不在这种创伤中毁灭自己的生活。在这一点上,这部小说中的人物——丁成功、晓蓝等等——更像是《奔月》中小六的青春期。他们也一直渴望着"逃离",在某种程度上,小六"逃离"前的生活,可能正是他们当时逃离的目标和指向。那么,小六会反向而行吗?青春哀悼一次就好了,如果要再来一次,最好的笔法显然是喜剧的反讽,但是很显然,鲁敏的气质并不适合做一个讽刺作家,她虽然在小说中也偶尔点缀一些小小的恶作剧式的描写,但那更像是一个作家的童心未泯,而并非指向强力的讽刺或者揭露。从心智的角度来看,《奔月》中的小六要比《六人晚餐》里面所有的人都要成熟、理性,有着非同一般的主见和判断,即使这个鲁敏有意将她送回那个暧昧的工厂区去小小哀悼一下她的青春期,估计也会被小六拒绝,毕竟,成长不可逆回,这就像小说一样,当它发现可能性的万花筒,就不会贪恋那单一的"成长故事"。

该轮到第三个鲁敏登场了,在这个圆形的写作房间里,不同的鲁敏之间已经叽叽喳喳讨论了很久,也有一大堆未完成的小说手稿放在电脑的硬盘里,这些都可以成为研究的资料。但是正如弗罗斯特《林中路》所暗示的一样，对于一部小说来说，它选择了一种可能就无法选择另外一种可能，它选择了一种故事型就无法选择另外一种故事型。或许有人会拿卡尔维诺或者博尔赫斯来反驳我，但是即使在最著名的《寒冬夜行人》里，可能性也只能在可能性本身之中进行选择，这是小说的宿命，和人的宿命保持着高度的一致。现在，轮到了写下《荷尔蒙夜谈》的鲁敏了。坦白来说，这是目前我最喜欢的一部鲁敏的作品，这是一部完全"活在当下"的小说，我所谓的"活在当下"并非指小说中的故事和人物就一定就生活在2017年或者与此前后的时间，而是说，这部小说里面人物的思考逻辑和行动逻辑都是当下的、即时的、本能的，是一种基于欲望和利益逻辑而推进的故事，因此，这部小说抛弃了道德的面具，也没有有产者那么温柔敦厚的美学，相反，它撕掉了景观化的面纱，赤裸裸地呈现人性的扭曲和夸张，同时，它暗含了一种"飞翔"的美学，也就是说，每个人在贪恋这种本能欲望的同时也试图挣脱"欲望"的罗网，完成一次绝地反击，在最激烈的小说《三人二足》里，女主角最后从高楼坠落，以身体之轻对抗了欲望之重。

这，已经非常接近小六所需要的配置。

三

圆形房间里的三个甚至更多个鲁敏并非是我的模仿或者一时心血来潮,而是在对鲁敏的阅读和接触中所得到的认知,提醒一下各位熟悉鲁敏的朋友,你们或许没有注意到,鲁敏微信的昵称不是"鲁敏",而是——假鲁假敏——这是她的分身术的多么直接的体现。

不仅仅小六是鲁敏的一个分身,而且小六这个人物在小说中亦有多个分身。对《奔月》来说,鲁敏将一个"小六"留在了南京,而另外一个小六,来到了一个叫乌鹊的县城:

> 不大不小,既保留着县城式的老派与迟钝,有勤奋好学地改头换面,模仿和趋近着一种难辨真假的大都会气质。

在一些评论家看来,回到乌鹊县城其实是重新回到鲁敏熟悉的底层生活的书写,由此鲁敏可以驾轻就熟地开始书写故事。找觉得这可能是一个误解,同时也低估了鲁敏借由小说这一形式探索精神深度的雄心。实际上正如我在上文所分析的,鲁敏不可能重复其东坝书写和《六人晚餐》式的书写,她只可能进行一种"此时此刻"的书写,因此,小六去的地方,不在过去,也不在未来,而只能是一个此时此刻的"并置时空"。在这一点上,鲁敏无限趋近于她的前辈大师鲁迅,在鲁迅涉及逃离的两部作品《奔月》和《伤逝》中——很多人将《伤逝》的这一主题忽视了——并置时空及由此产生的"此时此刻"感是其现代性和批判性最有力的源泉,即使以历史题材著称的《奔月》,其语境也是完全当下的。

并置的时空并不意味着完全的同一性。这是需要特别强调的一点。实际上,我们甚至可以将"乌鹊"打上双引号,以强调它的"似是而非"。似是而非指的是,"乌鹊"的所有场景、气息、人物乍一看似乎和其他现实存在的地方完全一样,甚至连小六都觉得其气息也很是熟悉。但是随着小六进入到"乌鹊"生活的内部,却发现似乎什么地方都有一点点不对劲——至少在我阅读的观感中,小六在"乌鹊"的生活表面上看起来不过是普通的日常,但却总是隐藏着小小的变形。这不仅仅是"真假难辨的大都会气质",而且分明就是"真假难辨"的现实生活。也就是说,一方面是并置时空的此时此刻,但另外一方面,这一并置时空的此时此刻又发生了一点点的变形和位移,一个卡通的装扮，一个电灯的位置，一对老人的外貌，小六还是生活在原有的生活之中吗？我觉得不是的，已经出现了一种"脱落"，这是现代小说里经常使用的一种结构手法，通过"脱落"，小六和她的生活产生了一种陌生感，并离析出适当的距离，在这个意义上，小六甚至也不在"乌鹊"——"乌鹊"仅仅是一种暂时的装置，虽然这个装置看起来如此真实。

从最基本的层面来说，我们所谓的生活有两个层面，一个是时间的生活，也就是物理性的和生理性的生活，饮食男女，柴米油盐是之；一个是价值生活，也就是精神性和意义性的生活，求真求善求美，天人感应，物我齐一是之。而现代生活最有症候性的一点是，时间生活以压倒性的优势挤压着价值生活。在现代高度精确的时间刻度表中，生命被分割，价值被悬置，时间生活和价值生活之间的撕裂导致了主体的撕裂，从而让完整意义上的时间生活和价值生活和谐共存的个人生活无法完成。

鲁敏经常被引用的一段话是："做过营业员、统计员、团委书记、秘书、记者、公务员等职，工作结婚生子走亲戚做家务，该干嘛干嘛，可以说是一个中规中矩的路人甲。她总有着奇怪又固执的想法：如果我从这既有的乏味的一切中消失？如果我成为另外一种人并进入另一种生活?"这段话往往被视作是一种"写作的动机",但是这一段话也可以视作是一种时代判断,对单向度的时间生活的厌倦,以及对价值生活的渴望,我们可以说鲁敏的前期写作都可以放在这个谱系里,但是,只有在《奔月》这里,她的这种主题变得如此清晰有力:重新召唤一个主体出现,并围绕这个主体重建价值生活。

在这个意义上,小六的全部生活都是梦一般的生活:小六在南京的生活像一场梦,小六在"乌鹊"的生活像一场梦。小六作为母亲、妻子、女儿、情人、售货员、采购员的生活也不过是一场梦。在这个谱系上,我们可以列举出一系列作品:《楚门的世界》《穆赫兰道》《南极》《逃离》——现代生活由此变成了一个"白日梦"。这个"白日梦"只有通过小说的形式、电影的形式、戏剧的形式才得以展现其价值。在这个意义上,现代社会需要一种全新的小说(艺术)观念,不是小说模仿现实,也不是现实模仿小说,而是小说和现实互为镜像,彼此造梦,小说由此可以自由行使其创造的权力,而无需再考虑现实对其种种限制,《奔月》在这一点上有着足够的"先锋性":以小说的形式探索现代个人生活的可能,不管这种可能是多么的微小。

四

那么,一个疑问是,新的主体出现了吗?有价值的生活呢?

如果按照浪漫主义和现实主义这些已经内在于我们审美的标准来看,主体似乎并没有真正完成,"新生活"也不过是对"旧生活"的重复。"在旧有的地基上进行'重建',小说家的注意力难免更多地落在那些熟料上,而对重建照看不周。苛刻一点说,重建没有得以真正完成。作为被移民的新乌鹊人——小六,并没有在新的身份中真正建立足够清晰的自我。"[①] 但是,我们需要特别注意的是,鲁敏的这次"逃离"并不是要建构一个浪漫主义的"世外桃源"或者现实主义的"批判性乌托邦",她对小六生活世界的全部书写都指回小六自身,也就是说,生活世界——现实的和变形的——是小六,同时也是鲁敏得以展开其全部精神生活和内在价值的一种取景器。

现在,借着这个取景器,小六在两方面同时展开对其

---

① 李伟长:《逃离的方向,小说能走到哪里去》,《扬子江评论》2018年第1期。

"自我重建"的努力，一方面是通过他人之眼，一点点回溯一个普通女性波澜不惊的生活背后暗潮汹涌；另外一方面，是通过自我的亲身"历险"来揭露生活本身的无意义和荒诞感。在这个过程中，鲁敏发现了"目的论"的不合理性，任何对"最后"和"最好"的许诺恰好都是一种不真诚的欺骗，事实是，主体并不能脱离万有引力之束缚，飞到月球上去。即使真的如神话所想象的奔月成功，却依然逃脱不了人之为人的种种牵绊——嫦娥应悔偷灵药，碧海青天夜夜心。

鲁敏的《奔月》由此创造了一个寓言的结构，她没有从家族史、日常生活史、传奇剧等等这些年流行的写作路径去开始"我"的故事，也没有用简单的"目的论"来终结这个故事，更没有用一种假象的彻底断裂来虚构她的人物。《奔月》的寓言结构在于它高度尊重了小说作为"白日梦"这样一种现代观念，以黏稠、绵延的叙述方式将主体及其生活世界悄悄地进行了重新配置。现在——

> 主体有一点点不一样了，但仅仅是一点点。
> 世界也有一点点变形了，但也仅仅是一点点。
> 有价值的生活由此掀开了厚幕的一角，但仅仅是一角。

是不是觉得有些不够？或者说，主体花费如此大的精力但是却只是完成了如此小的变化，是不是有点遗憾？

在上世纪60年代，科幻小说的巨擘阿西莫夫在其经典作品《永恒的终结：关于时间旅行的终结奥秘和恢宏构想》里提出了一个非常有意思的命题：MNC和MDR。前者是指Minimum necessary change，后者是指Maximum desired response。翻译成中文的意思大概是指："最小的必要变革和最大可能的反应"。[1] 在阿西莫夫的想象中，对现实世界的一次小小的改变——甚至是将一只杯子移动肉眼都无法察觉的距离——可能会带来时空巨大的重构。这是那个时代提供给阿西莫夫的观念：世界不但可以改变，而且改变得不费吹灰之力。

而在鲁敏这里，我们发现了一个惊人的颠倒，这一惊人的颠倒借用阿西莫夫的说法来表述就是：**最大必要的变革和最小可能的反应**。无论是《奔月》还是《荷尔蒙夜谈》中的人，都用尽了全部力气试图改变生活，但是往往收效甚微。这是我们这个时代提供给鲁敏的观念：世界如铜墙铁壁，难以撼动。这正好是鲁敏的时代起点，个人的

---

[1] ［美］阿西莫夫：《永恒的终结：关于时间旅行的终极奥秘和恢宏构想》，崔正男译，江苏文艺出版社，2014年。

努力如飞蛾扑火，但也说不上是徒劳无功，因此，哪怕是最小的可能性，也不能放过，不但不能放过，还要以十倍百倍的力量来对此进行加持或者助力：

> 小六快跑……小六快跑……小六快跑……小六快跑……小六快跑。她总算是实现了她的妄想了啊，随便哪里的人间，她都已然不在其中。她从固有的躯壳与名分中真正逸走了。她一无所知，她万有可能。……

最后，我想说的是，在轻与重，在引力和挣脱引力的飞翔中，鲁敏写作的寓言性和时代性结合在一起了。

葛亮《阿德与史蒂夫》：现实与传奇

一

读葛亮的《阿德与史蒂夫》的前言《忽然一城》，想起来我也曾在香港待过一段时间的，在港大访问，住在柏立基学院，位于半山腰，窄小的房间，窗外绿树婆娑，仿佛绿出了一汪深潭。半夜极安静，有窸窸窣窣的风声，我无端地就想起张爱玲的模样，她穿旗袍抽纸烟走过这个小院，是否安好？第二天太阳出来，在后门搭上巴士，直奔铜锣湾，晚上的妄念瞬间就被熙熙攘攘的人群挤散，一转眼看到一个混血美女亭亭玉立，像极了芭比娃娃，但美目流盼，却又像是从《聊斋》里走出来的人物。

那个时候葛亮应该也在香港的，我们可能擦身而过很多次，却一直没有遇见。葛亮对我这样的访客不感兴趣，他低头寻找属于香港的故事，在一派景观化的高楼大厦中，普通人的欢喜哀愁，一望无际的欲望和挣扎，飓风般摇摆不定的人性……

从《浣熊》《猴子》《街童》《德律风》……这是葛亮的传奇。

二

第一篇《阿德与史蒂夫》讲述一位外省青年阿德的"港漂"故事，没有正式身份，所以只能打黑工，即使被抢劫受伤，也不敢去医院救治。"我"始终以一种无力感去观察和书写阿德的故事，这种无力感与阿德和我在篮球场上打篮球时候的"有力"形成一种鲜明的对比——生命本身的有力和在已然体制化的大都市里人的无能为力互为因果。葛亮最后以一种戏剧化结束了这个故事，"我"在录像带里看到阿德因为参与纵火案而被审判监禁，阿德的母亲和女友先后自杀。因生存欲望驱使的纵火最后导致了生命之火的熄灭——虽然这些生命之火已然变得脆弱和微暗。这篇作品让人想起王家卫的早期电影《旺角卡门》，在《旺角卡门》里，张学友饰演的底层小人物苍蝇为了出人头地，最后不惜以死搏命，成为了功败垂成的"失败英雄"，那是1988年。而葛亮笔下的阿德甚至都没有机会成为失败的英雄，即使在纵火案中，他也不过是一个无足轻重、麻木不仁的帮凶而已。大都市已经失去了上世纪80年代那种江湖式的快意恩仇，它变得保守、冷漠，并同时更加贪婪和危险。在另外一篇小说《街童》中，售卖牛仔裤的店员和女顾客之间发生了隐秘的情愫，他穿过蜿蜒曲折的空间，平静地接受了女顾客原来是一个港漂卖淫女的事实。接下来的戏剧性或许可以媲美任何一部港片，并让读者瞠目结舌。但是，在葛亮的叙述中，居然是一派冷静而压抑的笔调。这是葛亮的高明之处，他知道越是"客观""冷静"的态度，越是能最大限度地呈现出大都市的残酷和不道德。本雅明在论述波德莱尔的诗作《给匆匆一瞥的妇女》时曾说，这是"最初的爱和最后的爱"，这种相遇意味着在大都市"爱的不可能性"。我们或许可以将《街童》视作是对波德莱尔诗作的一种延伸和展开，虽然在对大都市的爱的不道德性上，这两部作品有异曲同工之妙，但是葛亮保留了最后的温存——男主角不惜出卖身体的一个器官，以此将女友从黑帮的手中交换出来——这温存类似于关锦鹏的《胭脂扣》，这是从中国传统的道德谱系里延续下来的一丝拯救，葛亮用这一丝拯救保留了其作品的人间风味，用葛亮的话来说，就是喧嚣背后的"市声"。

三

大都市的危险不仅仅来自对底层的倾轧和掠夺，它同时也来自人性自身的欲望冲动。按照席美尔的观点，大都市不仅仅提供一种看不见的安全性，同时也在这种安全性中扩大了欲望的强度和深度。在某种意义上，我们可以说，大都市更像一个被移植的罗马竞技场，或者文明化的原始猎场，狩猎者们虽然披挂着文明的盔甲，却磨枪擦嘴，瞄准着一个个的猎物。《浣熊》是这种狩猎型小说的典型。女主角在地铁口散发传单，在无望之际遇见了一个陌生的男性——从外形和穿着打扮来看，这恰好就是她的目标。各种戏码轮番上演，在热带风暴浣熊的步步逼近中，人的欲望也在一步步强化，故事的真相也一步步走向明朗。欲望与故事构成了互文，没有女主角的欲望，这一骗局就不会发生，没有这一骗局，人的欲望就不会如此快速地增殖。《浣熊》有细腻的心理刻画，葛亮对人物心理的捕捉准确而生动。当然最值得称道的是这篇小说的结构，批评家们或许会盛赞以风暴"浣熊"为一种装置，以此来烘托和堆砌人物的行为背景，但是我更感兴趣的是小说的"反转"结构——在小说快到高潮之处，男主角亮明了身份，他是一名探员，而我们可怜的女主角，不仅仅一无所得，还要锒铛入狱——这一反转与其说是故事性的，不如说是主题性的。它揭示了这样一种残酷的规则：在大都市里，没有任何人是唯一的主体。形象一点说就是任何人都是别人的猎物。当你以为你掌握一切的时候，你其实已经被大都市的隐秘原则所掌控。

《退潮》也是一个相互寻找猎物的故事。中年女人遇到了一个年轻的男性，虽然这个男性在道德和社会身份上是不洁的，他是一个小偷，但是，一种奇怪的"感觉"控制了这个中年女人，她在陌生年轻男性的注视和触碰中感到了一种罪行般的愉悦。在这个意义上，中年女人和陌生男性的相遇是一个结构性的事件，也就是说，大都市的压抑和禁欲主义导致了一种更疯狂和更有冒险气质的纵欲主义——在丹尼尔·贝尔看来，这是资本主义本质性的矛盾，并导致了资本主义文化的内伤。这个中年女人，她象征着一种看起来很安全和很有保障的秩序，但是这个秩序其实异常脆弱，它不仅仅是遭受外部的侵犯（陌生男性的破门而入），更重要的是，这种外部的侵犯其实是由她的内在引爆的，他们共同完成了这一次完美的罪行。批评家

金理对《退潮》有非常精彩的解读,他从中读到了上世纪30年代"新感觉派"的审美和风格:

> 如果要标明该篇在文学史上的谱系,首先会想到的参考坐标是施蛰存的《善女人行品》,同样关注衣食无忧的中产阶级女性在日常生活虚饰下所压抑的力比多与神经质。更有趣的对比或许来自刘呐鸥。"他的下巴很尖,狐狸一样俏丽的轮廓,些微女性化。嘴唇是鲜嫩的淡红色,线条却很硬,嘴角耷拉下来。是,他垂着眼睑,目光信马由缰。他抬起头来,她看到了他的眼睛,很大很深,是那种可以将人吸进去的眼睛。……她禁不住要看他。"葛亮这样描述"她"窥视下"他"的形象,很容易让人联想起刘呐鸥笔下的"摩登尤物"。

金理认为"葛亮冷静地为身份重构的困厄提供了寓言"。如果对比另外一部作品,爱尔兰作家吉根的《南极》的话,或许这一点会看得更清楚。《退潮》和《南极》的结尾几乎一致,两位女主角都在性冲动的"退潮"后被束缚或者监禁,直接的身体感觉换来的是更直接的身体控制,身份的压抑在此是同质性的,不仅仅是下层在压抑并符号化自己的身份，中产或者上层同样在压抑并符号化自己的身份。感觉虽然能够暂时释放这种焦虑，但是在超稳定的结构中，似乎这是一个无解的方程式。

四

如果延续上面的解读思路，我们或许会产生一种错觉，葛亮不过是在"复写"或者"摹写"大都市的情状，并将一种已然经典化的价值观和世界观，内置于他的叙事中去。这显然是不够的。对文学来说，复写或者摹写固然是不可缺少的，但是如果仅仅止步于此，则不过是对"必然世界"的一种依附，真正有创造力的写作，恰好是在对此的反动中，建构一个"或然性"的世界，在此或然性中，我们看到了"希望的哲学"。

《猴子》《龙舟》和《告解书》提供了这种哲学。《猴子》与《浣熊》同样以动物命名，但与"浣熊"的隐喻不同，《猴子》里面的动物直接登场了。一只红颊黑猿的逃脱引发了一连串的新闻事件，各种力量借助这只逃脱的猿猴粉墨登场，并完成自己的目的。葛亮在这篇小说里提供了一个反讽的结构，在猴子和人类的互相指认和凝视中，人性的渺小和无奈被揭示得淋漓尽致。虽然小说的结尾是猴子重新回到了其牢笼，但是这一次意外的逃脱，已经构成了对秩序的冲击，并看到了自由的微光。而在另外一篇相对短小的《龙舟》里，男主角暂时性地来到了城市的边缘地带，就像龙舟已经被遗弃一样，这些边缘地带也是一种因为无法生产利润而被弃置的空间，但诡异的是，正好是在这样的空间里，终结"现世"的肉体存在而获得一种新生成为可能。这篇小说有非常诡异且神秘的色彩，既有爱伦坡的影子，又有中国笔记小说的气息，我在葛亮最近的一篇小说《罐子》里也读到了这种"幽灵"的叙事模式。大都市以物质主义和消费主义强化着现世的重要性和唯一性，但却没有想到同时生产出了一批"幽灵"，这些幽灵以自己独特的方式消解着这种现世的合法性。在《告解书》中，物质的符码如积木一般标志着城市的空间以及身份的固化，但是在某一个瞬间，比如男主角在貌美如花的女主角身上看到皱纹和色斑，一种"惊醒"发生了，这是在限定的空间里借助时间的错置而产生的一种抵抗，我们也许会在菲茨杰拉德的《返老还童》中看到类似的现代性书写，大都市借助高度精密的时间和空间来规训生活其中的人类，但是一不留神，人却像沙漏里的沙子一样四散逃逸。

朱天文在评价黄锦树的作品时曾经借用一个概念——

变形记。从奥维德以来的，到卡夫卡，再到现代的诸多作家。变形成为了一个谱系，朱天文说：

> 变形，它扎根在不同世界的模糊界线上。神明、人类与大自然之间相互渗透并非阶级性的，而是一径地夹缠不清，力量在之间冲撞或抵消。……一景叠一景，一事接一事，经常类似，到底又不同。滔滔不绝要将一切变得无所不在，且近在手边。

葛亮用这种变形记来求解，在不同的物种——人类和猴子和浣熊，在不同的时空——遗弃的空间和停滞的时间，他试图找到一种可能，这一可能带有超越性，并将对世俗人情——葛亮在很多时候被人误会为一个世情作家——的书写变成一次尖锐的具有颠覆性的挺进，在含情脉脉的外表下，是一个桀骜先锋的灵魂。

五

让我以两首歌来结束我的这篇评论，一首是英国著名歌手 Allan Taylor 的《Colour to the moon》中的一段，葛亮在《浣熊》的开篇引用了它：

You were just another sideshow

in a back street carnival

I was walking the high wire

and trying not to fall

Just another way of getting through

anyone would do, but it was you

You were just another sideshow

and I was trying not to fall

另外一首是我喜欢的小众乐队声音玩具的《星航者发现号》：

联盟最后一艘远行的方舟　驶向河外星系尽头
一千个太阳的光亮在身后的空中　不停地绽放
孤独星航者发现号
透过舷窗望去百亿万光年　一如往常般的缄默
是否同样迷途只能够在虚空里寻找　徘徊

前一首描述一种戏谑式的平衡术，而后一首干脆毁灭并逃离。葛亮曾经感叹，当我们对世界感到厌倦之时，并不能找到一条云外之路（Heavy Side Layer）。但是因为有了如葛亮这般的笔墨造化，这传奇或许是可以期待的尘世之内的救赎。

付秀莹《陌上》:"乡土叙事"的新变

一、 开篇:乡土叙事的困境

在《陌上》出版后的一次讨论会上,付秀莹坦言虽然此前也围绕"芳村"写了很多作品,但似乎并没有引起太多注意,直到《陌上》的发表和出版,才给批评界和读者留下了深刻的印象。[①] 这虽然有付秀莹自谦的成分,但也基本上是一个事实。随手检索相关资料,在《陌上》出版之前,付秀莹已经出版了《爱情到处流传》《朱颜记》《锦绣》《无衣令》《夜妆》等多部作品集,并获得过多种文学奖项。但与其取得的整体成绩比较而言,其受到的关注程度相对来说有些不匹配。冒昧揣测一下,如果这些作品是

---

① 杨庆祥等,《新乡土写作与中国故事》,《西湖》2018年第1期。

在上世纪80年代早期完成,也许情况就会截然不同。熟悉当代文学史的人都会知道,1980年左右汪曾祺以《大淖记事》和《受戒》横空出世,以其清新脱俗的乡土书写一改此前文学写作的宏大和粗粝,从而为当代文学史书写塑造了新的起点。付秀莹的作品当然和汪曾祺有异——研究者更愿意从地域学的角度将其纳入孙犁的谱系,这一点稍后再做讨论——但是就以"诗化"的方式书写乡土而言,汪曾祺、孙犁和付秀莹确有相似之处。但历史不可假设,正如一部作品不能选择它的时代一样。付秀莹出生于上世纪70年代,她开始写作并发表,应该在2000年左右。那个世纪之交的中国,流行的是城市和消费,最早在文坛引起反响的70后作家,恰好是置身于这个潮流的一批人,比如安妮宝贝、卫慧、棉棉。她们写都市以及在这都市里生成和散播的感受和经验,身体、欲望、自我是她们写作的标签,这一批人如今已经风流云散——安妮宝贝改名庆山,卫慧成为"灵修师",棉棉则几乎匿名。但是在当时的语境中,却是立在时代潮头的"弄潮儿"。其后崭露头角的同龄作家,包括张楚、李浩、朱文颖、金仁顺,等等,虽然从美学趣味上与前述几人迥然不同,但是就题材而言,却也几乎都在"乡土"之外。张楚写小城镇,李浩以先锋写现实……虽然与乡土有着或多或少的联系，却也很难放入到乡土的传统中去。这么细数起来，付秀莹执着于其"芳村"的书写和建构，反倒是显得有些疏离。这当然不是说付秀莹只会写乡土题材，事实是，她同样可以写好都市经验，我读过她的一个短篇小说《刹那》，写已婚女性与一个陌生男性的邂逅故事，女性在北京，男性在台北，可以称之为一出短短的"双城记"。那里面对现代都市生活中的乏味和刺激，对男女两性之间关系的暧昧和微妙，都有精到的把握——这种把握让人联想起来上世纪30年代海派的一些作品。不过是，此类作品在付秀莹的书写中属于"少数派"，作家既没有大张旗鼓地宣告，而批评家和读者也就几乎自动忽略。也就是说，无论是从写作的潮流还是从自我切身的经验来说，付秀莹选择乡土为其书写的对象和主题，是一种高度自觉自主的选择，这种选择，固然有时候因为疏离而落寞，但也因为这种疏离，而将其独有的身姿显现出来。

这是否就意味着乡土叙事的终结呢？这让我想起上世纪80年代徐迟的重要论文《现代化与现代派》，当时徐迟的观点是，因为中国要实现现代化了，所以中国的文学也要现代化，因此应该出现"现代派"作品。我的意思是，文学的复杂性在于其并非一个线性的矢量进程，而是处于一种不断循环、往复、后退、断裂、延续的动态。对于中国的乡土写作和乡土叙事而言,当更年轻世代的作家回溯这种传统,并在继承和扬弃之中创造出一种属于此时此刻的"新乡土写作",并以其强大的叙事能力和体量来逼视我们的时候,我们已经不能简单待之。

比如付秀莹,比如她的这部长篇《陌上》。

二、楔子:风俗画作为装置

《陌上》的开篇是"楔子",这"楔子"洋洋洒洒写了十来页,芳村的历史掌故,族群来源,村落规划,男男女女。其中最重要的是节气,从年头到年尾,从正月初五一直写到腊月二十三。付秀莹像一个循循善诱的导游一般,引导着读者进入到一幅充满了民俗风情的别样区域。曹文轩对这一"风俗画"书写赞不绝口:"'风俗画'是中国文学的一个经久不衰的传统。……这部长篇小说一开头,竟然用好几页文字,不慌不忙地按时序写了各种节气以及与节气相关的若干风俗。接下来的叙述与描写,风俗画无数次地镶嵌在她的行文中。我们现在无法设想,若将全部风俗画从她的作品中移除,她的小说是否还能存在。当然,我们也会这样发问:若无这些风俗画,乡村生活是否还存在？是否还是乡村生活？"①曹文轩不仅看出了风俗画与付秀莹小说之间的有机联系，同时也看出了"风俗"与"乡村"之间的有机联系。如果将乡村视作为一个前现代的生活聚集体，则这一聚集体与现代以城市为主体的聚集体之间最大的不同就在于其在农耕文明之下形成的风俗人情，以及与之相关的伦理社会关系。在这个意义上，我们可以下一个断言：无风俗，不乡土。

如果稍微分析付秀莹所描绘的这幅"风俗画"会发现更有意思的地方。开篇关于三大姓的描写难免让人想到中国说部传统中强大的家族叙事；中间部分对芳村街道集市的描写又稍微带有一点时代的特征，比如供销社，这很典型是一个上世纪50年代至80年代初的场景，在80年代末，随着经济体制的变革，供销社就基本消失了；后面大篇幅对于节气的描述，不仅仅有悠远的历史传统，同时又带有鲜明的华北平原地域特色，我手头正好有一本李滨声的《燕京画旧全编》，里面所绘所写老北京的民俗，几可与付秀莹的小说一一对应。也就是说，《陌上》楔子部分所展示的，是一幅综合了历史、个人经验和文化传统的风俗画卷。

如此看起来，这"楔子"可不是一个简单的"交代前

---

① 曹文轩：《序》，收入《陌上》，北京十月文艺出版社，2016年。

情"，以便"引出下文"。实际上如果从故事的角度看，这一部分似乎和正文的关系并非那么紧密，如果从阅读的经济学考虑，或许去掉也没有太多关系。但是对于《陌上》这部并非以故事传奇取胜的小说来说，这楔子发挥着至关重要的结构性的作用。具体来说，这幅风俗画并非是实存的，而是想象的。也就是说，如果我们今天去河北农村看一看，第一断然是不会有芳村这个地名，第二，也断然不会有一个如此的风俗画等着我们去观看。也就是说，付秀莹建构了一个"纸上的芳村"，而这一"纸上芳村"的建构，恰好是付秀莹得以展开她的芳村叙事的大前提。这里或许可以与柄谷行人在《日本现代文学的起源》中所一再强调的"认知装置"有关。正是因为付秀莹有了这样一个"风俗画"的认知装置，她才有可能去展开她人物和故事。付秀莹之所以在同样的农村题材写作中脱颖而出，也恰好在于她拥有这样一个装置和取景器。这是其一。其二，我们会发现，"楔子"的这幅风俗画里五色杂陈，五音俱全，每一个细节的描写都拿捏得极有分寸，这固然印证了如批评家程光炜所言"付秀莹是一个心思细密的小说家"[1]，

---

[1] 程光炜：《心思细密的小说家》，《中国当代文学研究丛刊》2018年第2期。

另外也通过这种描写将风俗建构为一个稳定不变的文化有机体。在现代的语境中,提供这样一个文化的有机体极有意识形态的含义。在这里,首先需要提醒的是,这种有机体看起来是平衡且有效的,而对于这一平衡并非简单的维护而是一种复杂的展开和突破,构成了《陌上》的写作重心。

三、 故事:平衡与打破平衡

提到乡村的结构,不能不提到费孝通。在上世纪30年代兴起的乡土中国研究中,费孝通的《乡土中国》一书,"详尽地论述了乡村社会结构,并涉及家族、村社、社区和行政结构"。[①] 其最著名的,即是提出了中国乡村的"差序格局"的结构理论,即"在差序格局中,社会关系是逐渐从一个一个人推出去的,是私人联系的增加,社会范围是一根根私人联系所构成的网络,因之,我们传统社会里所有的社会道德也只在私人联系中发生意义"。[②] 提到费孝通是为了说明一点,传统中国的乡土社会从社会学的角度看,确实通过以血缘关系为中心,以宗法为纽带,

---

① 王先明:《乡路漫漫——20世纪中国之乡村(1901—1949)》,第10页,社会科学文献出版社,2017年。
② 费孝通:《乡土中国》,第28页,三联书店,1985年。

以风俗（民俗）为黏合，维持了一种长久以来的平衡，这一平衡维系的时间之久远，以至于很多细微的变化几乎可以忽略不计。但是自晚清以来，社会结构的动荡和经济模式的转型，打破了这种平衡。也正是在这个意义上，对于乡土世界的描写，才开始突破静态的"农事诗"或者"悯农诗"的传统模式，进入到现代语境。

具体到《陌上》这部小说而言，由"楔子"代表的风俗画是一个"前文本"，而芳村的现实则是对这一"前文本"的突破。风俗画里面所展示的那种美好且和谐的场景被现实芳村里面的明争暗斗、欲望涌动所搅乱，风俗画中的"纸上芳村"和小说主体的"现实芳村"之间就这样构成了一种对位，在这个对位里面，我们可以清晰地看到一条"打破平衡"的文学史链条是如何勾连起来的。在鲁迅的时代，对乡村的观察和书写还几乎是一个知识分子的返乡行为，他既不能在乡村的内部进行观察，也无法撼动那平衡，即使这平衡造成了不公平和非正义。也正是在对这种知识者的无力感进行反思的过程中，另外一种更具暴力性的打破平衡的方式产生了，这就是通过强大的外力——往往是革命者的革命行为——摧毁既有的秩序，周立波的小说《暴风骤雨》形象地演绎了这一点。孙犁则试图找到一种折中，他的荷花淀系列同样写农村的改变，但是既没有知识者的启蒙姿态，也害怕革命者的暴力行为，但是无论如何，"外部革命力量"依然是最重要的动力；到了上世纪80年代的铁凝，外部的力量已经转化为现代化的象征，火车穿过乡村，并给那里的人带来了思想上的萌动，《香雪》因此被一些研究者视作上世纪80年代现代化叙事的典范文本；到了付秀莹这里，这现代化的火车不再是停留，也不是穿村而过，而是就直接变成了资本和工厂，驻扎在了芳村，从这个意义上，我们或许可以说，也只有到了《芳村》出版的"世纪之交"，我们才发现真正意义上的现代化从乡土的内部开始出现了，并且这一次出现几乎就没有离开的可能。

这一"内在性"在一个人物身上得到了鲜明的体现——大全。虽然很多的评论家都认为付秀莹更善于写女性，而她的系列作品里面主角也几乎以女性为主。在《陌上》的表层叙述中，也以女性为大多数。但是仔细考究起来，《陌上》中的所有女性，都或多或少地指向大全，这固然是前述费孝通理论的一个非常具体的诠释，但是在另外一方面，却暗示了一种时代的变动。批评家徐刚认为："在某种程度上，他实际上是这个小说背后的主宰。大全这个人物让人想起《金瓶梅》里的西门庆——他又开药铺、又开当铺，与官员勾结，欺男霸女。西门庆这样一个

16世纪的商人形象,一个中国文学中前所未有的形象,在《陌上》里又复活了——就是大全。大全在芳村是一个经济学意义上的主宰,所有的女人都向他讨好,所有的男人都畏惧他。"① 大全代表的是"资本"的力量,是"资本"的形象化。需要特别强调的是,这一资本是完全土生土长的,大全是芳村的孩子,他的前身,是高加林和孙少平,是小二黑,也就是说,经过近一个世纪外部力量的击打,乡土中国在其内部诞生了瓦解自我结构的力量。这一点,是付秀莹对乡土文学写作的一个重要的推进。

四、 结语:多元美学视野

如果从政治经济学的视野出发,《陌上》也许可以写成一部社会分析小说,借助一个人或者一群人的命运来展开对一个时代的强力批判,这样的作品在中西文学史上都曾有出现。远的且不论,具体到2000年以来,以新的文类"非虚构"为代表的一类写作,比如梁鸿的《梁庄》和黄灯的《一个农村儿媳眼中的乡村图景》就展示了完全不同的视野——非常有意思的是,这两位作者和付秀莹一

---

① 杨庆祥等,《新乡土写作与中国故事》,《西湖》2018年第1期。

样，都是出生于上世纪70年代的知识女性——她们更倾向于社会学的角度，通过田野调查式的写作来分析乡村的病症，并试图追问结构性的问题之所在。在这个意义上，她们的写作是一种近距离的格斗，带有问题文学的影子。付秀莹身在文学的现场，当然会对"非虚构"式的这种写作非常了解，但是她没有选择这样的处理方式，正如程光炜所观察到的："《陌上》不是一部社会剖析性的作品。付秀莹是出色的风俗小说家。她不愿用激烈尖锐的社会冲突，构成人物生存的现实依据；相反，她总喜欢用别的技巧去调和、稀释，甚至化解看似就要发生的激烈冲突。"① 这是非常细致的观察，确实如此，当我们以为一个剧烈的冲突就要展开的时候，突然发现轻轻一转，又消之于无痕。但这并非说付秀莹就仅仅写小情小绪，恰好不是，与"非虚构"的贴身肉搏不同，付秀莹更愿意拉开一段距离，站在另外一个位置来观察："也就是说，《陌上》虽然也写历史变迁中芳村人物的恩恩怨怨，也写一群女人昨天、今天和未来时空中的小苦恼，可作者是愿意站在更高的历史位置上看待这一切的。她是在用最美好的未来，

---

① 程光炜：《心思细密的小说家》，《中国当代文学研究丛刊》2018年第2期。

来忖度过去和今天的曲折坎坷，这使她获得了一种超然的叙事姿态。她笔下的同情和温暖，就是在这种作家与社会明显拉开的审视距离中产生的。"[1] 这是付秀莹自主的选择，她几乎是在以一种《红楼梦》的笔法来处理当下的中国乡土。这当然会面临着一种美学上的尴尬，也容易被指认为某种"不真实"，但是，从艺术的角度来看，什么样的"真"才是"真"呢？什么样的"真"才是"美与善"呢？

上世纪20年代，日本著名作家芥川龙之介曾经来中国旅行，结果发现现实中的中国和他通过阅读中国古典诗文所得到的中国想象完全不同，他因此提出了"小说中国"和"诗词中国"这样有趣的划分，在芥川看来，小说的中国是日常的，平常的，而诗词的中国典雅的，美的。日本另外一位著名的汉学家青木正儿曾经写过一本书《对中国的乡愁》，其中写白居易，特别羡慕白居易在诗歌中写到的饮"早酒"的习惯。举这两个例子是想说，小说的中国和诗词的中国，饮早酒的中国——都是关于中国的想象之一种，只要尊重这种存在的内在性和精神性，就有其

---

[1] 程光炜：《心思细密的小说家》，《中国当代文学研究丛刊》2018年第2期。

价值和意义。

付秀莹《陌上》中的女儿国和《红楼梦》中的女儿国在精神性上有区别吗？我以为正是有了付秀莹对乡村女儿们的这般内在化的描写，才使得她们的精神性平等起来了。《陌上》的结尾是这样的：

> 风吹过村庄。
> 把世世代代的念想都吹破了。
> 年深月久。一些东西变了。
> 一些东西没有变。
> 或许，是永不再变吧。

陌上相逢谁家女？陌上在哪里？就在这变和不变里，就在这陌上生活着的无数的无名无姓的儿女里。不过这一次，借着付秀莹的书写，他们获得了命名，同时，也获得了其美学形式。

张悦然《茧》：80后精神成长的难题

一、十年

拿到张悦然《茧》的试读本的时候，突然想起来一件事，这本小说，断断续续，好像写了快十年了吧。2007年我第一次在湘西凤凰认识张悦然，她就跟我提到正在写一部长篇，名字就叫《茧》，当时还发了一章开头给我看，我们就这个开头还热烈地讨论了一番。转眼我博士毕业留校任教，虽然还待在校园里，却再也不是那个仅仅生活在知识幻觉中的少年了。而张悦然也在几年后成为了我的同事，我们偶尔会在课堂的间隙碰见，打招呼、寒暄几句。我大概是知道她在一直写她的长篇，却再也没有和她讨论过此事，她在教学工作之余，也几乎不参加任何文学或者非文学的活动，直到她拿出一本厚厚的《茧》给我，我才恍然一惊：十年过去了，几乎没有痕迹。

真的没有痕迹吗？发生过的事情太多了，以至于记忆都会出现问题。十年前的80后，似乎不是今天这番光景。二十多岁的年龄，在资本和商业的规划中挥霍着自己的青春和才华，叛逆，挣脱传统，走另外的路，世俗的野心和成功，通向远方的路似乎一帆风顺。在村上春树和安妮宝贝的感召之下，这些少男少女们将自己不多的经验和不长的人生装饰起来，以华丽的辞藻和修辞对世界发起挑战，他们认为他们可以代表一代人。是的，在十年前，我们确曾有过这样的渴求，好像是一种懵懂的初醒，以为世界崭新而我们正站在人类的尽头。新人类的幻想曾如此激动人心，请问在那个年月的少年少女们谁没有怀揣这样的梦想呢？这夸张的情绪在大众媒体里被刻意放大，生理性的经验被描写为历史性的经验，单原子的痛苦被描写为社会性的痛苦。从这一刻开始，已经注定了这一代人——或者说80后这个符号所指称的意义——一定会失败。

这一代人并没有意识到，在刻意夸大的青春书写和青春想象中，他们被严重透支了。"无根化"的状态让这一代人的思考和写作缺少质量和重量，当青春消耗，往事随风，他们不得不惊讶地发现，十年过去了，那些最早登上历史舞台的80后们几乎不能留下任何东西——任何可以给我们这个时代的精神图景提供路径的东西。

想起来这是必然的结果,从一开始就注定了。以四十五度角仰望天空的头颅能经受得住真正的风雨兼程吗?假想的现代性和假想的个人主义曾经风靡一时,他们构成了这一代人最大的意识形态。他们以所谓的残酷、戏谑和玩世不恭来加入这场资本主义的游戏,最后却发现从一开始就是误会:在2007年认识张悦然之前,我一直以为她是一位上海作家,我无法想象一位远离资本中心的"青春作家"。相信这是很多人的感受。这种感受甚至内化为这一代作家的想象方式,他们架空历史和社会,在一片完全的真空中去"创造"文学。在2011年台湾的一次会议上,我听到了作家黄锦树对张悦然《誓鸟》的严厉批评,他认为这种完全架空和奇观化的书写方式,是对"南洋"的不尊重。批评固然严苛,却不无道理。

十年来,80后一次次被宣布成长,2007的汶川地震,2008年的北京奥运会,社会给予和寄予这一代人的都不可谓不多。但在商业、资本、成功学和金钱至上价值观的冲击之下,这一代人确实有些"乱花渐欲迷人眼"了。青春的偶像瞬间坍塌,文字迅速被转化为文化的生产,利益链条将每一个人束缚,虽然时代在不停地用那些"成功者"为我们脸上贴金,但就我个人的感觉而言——结构性的问题已经难以撼动，80后这一代人的成长——真正的而不是虚假的，精神的而不是生理——的成长变成了一件极其困难之事。因为成长并非意味着一个人结婚生子，在家庭的虚假拥抱中做一个小资产阶级或者伪中产阶级的白日梦。真正的成长意味着，面对一代人甚至数代人的精神创伤，克服而不是回避它，在根部厘清自我和他者的关系，进入社会这个大系统里面陶铸自我，最终诞生的那个主体，是一个真正的行动着的"大写的人"。

"待从头，收拾旧河山"。对于我们这一代人而言，意识到并克服既有的失败，只能从头开始，甚至是从零开始。

二、寻根之旅

回到南院已经两个星期，除了附近的超市，我哪里都没有去。还去过一次药店，因为总是失眠。……我在医科大学的校园里漫无目的地走。闲置的小学、死人塔、操场上荒凉的看台，这些都没有让我想起你。直到来到南院的西区。……我走到最西边，绕过它们，惊讶地发现你家那幢楼还在，被高楼围堵起来，孤伶伶地缩在墙边。

这是《茧》的开篇，采用的是第一人称的叙述方式。叙述者叫李佳栖，生于1982年。"回到"这一词是这段话的关键，它提供了一个重要的信息，即，主人公并非是按照线性时间的安排来叙述故事，而是切入了回忆的视角，它同时也表明，我们的主人公在以前的某个时刻逃离了此地，此时不过是故地重游。故事往往就是这么开始的，在故地遇见故人，故人好像还一直没有离开，在原地等待，一切似乎都是为了"成全"这个故事。李佳栖和程恭的重逢构成了讲述的起点，他们之间的爱恨情仇构成了故事的动力。这首先是两个80后之间的故事——考虑到我和这两位主人公几乎同龄，也可以说，这首先是一个我们的故事。这不由得让我心头一紧，还有什么故事可讲呢？童年的阴影，爱的缺失，生理性的痛苦和为赋新词强说愁的宣泄，这些都在重复的书写中几乎耗尽了意义。与前一代作家相比，我们这一代人在"青春书写"上停留时间过长，关键问题是，我们并没有在自己的青春中创造出一个少年维特或者罗密欧与朱丽叶的故事。当然，我们甚至也没有创造出如余华《十八岁出门远行》那样的隐喻和所指。

80后一代人的困境在于顾影自怜，放大私我的情感而缺乏必要的克制，而对于小说写作者来说，在意识到这一困境之后，需要的不仅仅是大喊大叫的喧哗，而是需要锤炼自己的思考和想象，以艺术的方式而非意识形态的方式对之进行调整和改进。十年来最需要反思的地方之一，也许就是要明白，"我"——"我的故事"——"我们的故事"其实真的没有那么重要。或者说，如果不能在一个具体的时空和坐标轴中来衡量"我"，这个"我"的阐释能力将会越来越微弱，直至消失不见。这是张悦然首先要面临的问题，重新的讲述充满了风险，对自我的溯源不能仅仅局限于自我。

张悦然显然意识到了这一点，在《茧》中，她决定来一次真正的寻根之旅。李佳栖和程恭的讲述固然从自我的经验出发，却延伸拓展为他们的故事——父亲的故事和祖父的故事。这使得小说的人物关系变得复杂而立体。有更多重的关系被建构起来。其中最重要的，是父与子的关系模式。具体来说就是，祖父李冀生和父亲李牧原构成了一组父子关系，而父亲李牧原和女儿李佳栖构成了另外一组父子关系；与其对应的还有，男主角程恭和父亲程玩命、程玩命和父亲程进义构成的父子关系。这是现代文学的母题，自俄罗斯文学肇始，父与子就构成了文学中极其重要的现代性。这一现代性是指，"父"在传统文化中所具有的恒定、宽厚的爱被转喻为一种衰老、陈旧、迂腐的秩序，而对于这个秩序的反抗，则寄希望于"子"。因此，父子的冲突，"子"对"父"的抵抗乃至进攻成为缔造新秩序的动力，"新人"的希望，也就是这么被想象出来的。这是极其宏大的命题，尤其是在现代民族国家的规划中，"父与子"的对抗又被赋予革命的神圣含义，对父的反抗，不仅仅是精神分析意义上的弑父情节或者是成长所需，而更是改造社会和解放人类的内在性所在。中国现代文学史上最著名的作品巴金的《家》，对此几乎进行了完全的演绎。后来路翎的《财主的儿女们》，甚至是柳青的《创业史》，都重复了这一主题。

张悦然一直对这个母题极感兴趣，在 2007 年与莫言的一次对话中，她就坦言对"父亲"这一辈人极有兴趣。很显然，这不仅仅是一种"窥探"的兴趣，其背后的指向，是历史、社会和深层的情感，是"父一代"所能提供的不一样的经验和视域。每一代人都有叙述历史的冲动和需要，但每一代人的叙述方式却各有不同。张悦然对父辈的叙述，既有现代文学史的谱系所系，更有 80 后这一代的独特方式。

在《茧》中，我们会发现，李冀生和李牧原的父子关系几乎是对现代文学经典父子模式的重复，父亲李冀生高高在上，冷漠，权威，武断地干涉着儿子的生活和命运；

而儿子李牧原则敏感、懦弱、倔强，以不服从的姿态对抗来自父亲的压迫。但是位移同时也在发生，在李冀生和李牧原的紧张对峙中，似乎已经很难看到那种现代的激情，他们的对峙缺乏一种再造秩序的动力，也不再回应革命和进步的宏大主题。现代文学史上父与子的对峙，往往是热烈的，冲动的，充满了力的搏击和反弹，那是在宏大历史语境中热烈的历史碰撞。而在李冀生和李牧原这里，则是冰冷的、软弱和无望的，"父与子"之间的秩序冲突变成了个人的怨恨，它的社会面向也被切断，而转向家庭的内部。

更具体的表征，是"父与子"的模式向"父与女"的模式的偷偷转变。在张悦然的小说中，李牧原和李佳栖这一组"父女"关系更具典型性：对一种具体的"父爱"的强烈渴求构成了这一关系的核心。对于这一种"爱"的分析，我将在后文展开。在此我想指出的是，从"父与子"到"父与女"，虽然"父亲"依然存在，但是，叙述父亲的视角已然发生了巨大的变化。当李佳栖以第一人称的、女性的、倾诉的方式开始陈述故事之时，我们大概就会明白，这是另外一代人在陈述他们所理解的历史，她所能洞察和所能遮蔽的，都受益于也受制于这样一种身份。

通过"父与女""回忆视角"以及对话的方式，张悦然成功解决了历史叙述的艺术难题。因为"大授权者"的退位,历史叙述在今天面临的最大问题就是可信问题。缺乏真理之源的历史叙述变得不再那么从容和自信。在这种写作背景中,个人的甚至是情感化的视角即使不能让历史可信,至少让历史变得更加亲切,有人间的烟火之气。张悦然的叙述语言比较以前显得克制而从容,这种姿态增加了可信的程度。李牧原的历史当然可以通过回忆自然涌现出来,因为这些历史和主角李佳栖的历史很多是重合的。而对于更遥远的李冀生那一代的历史,回忆已经无效,张悦然用"纪录片"的形式化解了这一难题,纪录片是活着的档案馆,通过剪辑的方式,历史得以呈现,当然,它只能以故事的方式——而需要提醒的是,历史并不能全部被故事化。

但无论如何,《茧》的历史叙述并无太多的违和感。虽然在历史的亲历者看来,有些细节和场景并非那么"原生态",但考虑到时间距离的因素,这也可以理解。整体来看,大量的细节逼真而充满了经验的体温,比如程恭的奶奶喜欢收藏印有红字的搪瓷锅、搪瓷脸盆等等,这即使对于80后来说,依然是鲜活的生活记忆。这些细节丰富了小说的质地,同时也使阅读变得愉快起来。

三、 历史的罪

《茧》是否是一部愉悦的小说？我想答案应该是否定的。因为对历史的追溯和寻根最终发现的不是历史的爱与美，而是历史的恨与罪。是的，历史的罪，这是这部小说的一个重要主题。小说以"钉子"这一"刑事事件"将这一主题故事化。看起来这是一个惊心动魄的现场回放：三十多年前，医科大学附属医院副院长（小说男主角程恭的爷爷）变成了植物人。后来经检查发现，他在昏迷中被人钉入一枚钉子，这枚钉子从太阳穴揳入大脑，既没有让他立即死亡，但同时又让他彻底丧失了意识和行动能力——这是一次让人惊悚而完美的犯罪。这一事件造成的后果深重，其中最直接的就是——它让三个家庭破裂。程恭的家庭，因为爷爷变成植物人而沦落为医院里最落魄的一家；汪露寒的家庭，因为父亲汪良成被怀疑为凶手并上吊自尽，这个家庭陷入崩溃；看起来只有李佳栖的家庭维持了表面的稳定，并因为爷爷李冀生事业上的成功而获得了一种虚假的繁荣，但实际上，这个家庭和其他两个家庭一样，在内部早已分崩离析。

从故事的角度看，这个故事完全可以写成一部类似于东野圭吾式的推理小说，也许能赢得更多的销量和读者。但万幸，张悦然志不在此。她显然并不是为了讲故事而讲故事。或者说，这个钉子的故事不过是一个外壳，她要开掘的，是更深远的东西。实际上，在小说展开不久，稍微聪明一点的读者大概就会猜出来这个刑事案件的"真相"了，凶手是谁这个问题也不用太费脑筋。或者换句话说，凶手是谁仅仅是这个"案件"的真相，而作为小说的真相，却不是凶手是谁这么简单。

那么小说的真相是什么呢？这是一个不好回答的问题。不过首先可以确定的是，这部小说试图在厘清历史的罪：它的起源，它的主体以及它的传递。当代小说中有一个常见的意识形态：我们认为历史的恶都是历史本身造成的。这显然不是真相，因为即使在那些残酷的历史环境中，也依然有某些"个体"——齐泽克称之为"独一无二的人"——没有屈服于历史。因此，我们在《茧》里面，其实读到了一群向历史投降的人的形象，既包括李冀生，也包括李牧原，他们在历史中扭曲自我，并将这种扭曲简单地归结于历史这一抽象的"他者"。

但罪是确定的，因为伤害和死亡是确定无疑的。那么，"罪"的主体是什么呢？在整个21世纪的写作中，这种对"罪"的主体的厘定一直构成一个重要的写作问题乃至伦理问题。其中最著名的也许是村上春树的《海边的卡夫卡》，在这部小说中，村上春树通过"脱历史"和"处刑"的方式完成了对"罪"的"去罪化"，并将侵华战争这一真实的历史事件解构为一场"弑父娶母"的精神梦游。村上的这一处理历史的方式已经遭到了日本批评家如小森阳一等人的强烈批评，这里不再赘言。"去罪化"意味着"罪"的主体是含糊的，抽象的，连罪本身，也变得模棱两可起来。村上春树的这种方式固然不可取，但是如果像伤痕小说那样，将"罪"的主体确定为一些漫画式的个人，这大概也是另外一种不负责任的"去罪化"。这两种方式，在张悦然这里都没有看到。张悦然几乎是以一种隐忍的方式来处理这样一种复杂的罪的主体。她将罪的主体的问题还原为一个罪的过程的问题，在这个抽丝剥茧的过程中，她呈现的是在一个复杂的历史语境中个人的罪与罚。如此说来，"凶手是谁"这个问题确实不重要了。因为在"罪的过程"中，"罪"是互为主体的，没有那个唯一的、抽象的、可以直接切除或者被"处刑"的"大罪犯"。历史的罪与恶也不是一场断裂式的"飞来横祸"。它是缓慢的，压抑的，它像火山一样以沉默和安详的方式积蓄破坏的力量，一旦环境稍有合适，这种"罪"立即就会喷发出来，每一个人以心中的恶来迎合这种喷发。

我不知道张悦然是否考虑到了这一点,或许,这在她文本的预设之外。但是因为小说本身的含糊,反而是导致了一种新鲜的洞开:罪并不会自动终止,反而像传染病一样在不同的代际和个人身上传递。于是我们在小说中看到了这样一幕场景:

> 多么微不足道的生命啊。我走到康康小卖店的棚子底下,拿出那只脸盆,用它铲起积雪倒在排水沟里。松雪里混着沉沉的泥土砸下去,狗奋力甩着头,拨开雪,把它的脸露出来。我又铲来雪,盖住它。那个浓浆结成的硬壳在白雪中不断缩小,抖颤,缩小,抖颤,消失,静止。

这是程恭在得知谋害他爷爷的真正凶手后的一种复仇,不过,他将复仇的对象转移到了一条需要救助的流浪小狗身上。但是,这个场景多么熟悉!当年将钉子钉进程进义的脑颅的时候,加害者何尝不是这样充满复仇的愤怒,而受害者何尝不是这样无助和痛苦。三十年前在黑夜中不被看见的"罪行"在程恭身上复活了。

这才是小说的真相,以及由这一小说的真相而触及的历史的真相:每一个人都可能是下一个"罪"的主体和执行者，同时，也可能是受害者。

四、爱的拯救

> 追随父亲的旅程似乎接近尾声。也许回到这里和爷爷见面，就是它的终点。是否的确如殷正所说，承认和指出所犯下的罪，灵魂就会得到洁净呢？我不知道。但是哪怕是有一线希望，爷爷也不应该放弃这种努力。但那是他一个人的事，没有人能逼迫，或者代替他做什么。所以我回到这里，只是作为一个见证者。

这段话依然是我们的女主角李佳栖说的，读起来似乎有些无能为力的悲观，她只是作为一个见证者，而非一个参与者。但这段话是小说已经快接近尾声的时候说的，在这个结尾来临之前，李佳栖可不是一个简单的见证者，她几乎是用尽了全部的力气和生活，试图去进入、理解甚至是改变一些事情的轨迹。

李佳栖所用的最孤绝的武器就是"爱"——尤其是对父亲的那种无可名状的爱。为此，她用尽了一个人从儿童到少女甚至到成年的全部精力。这种爱可以被理解吗？在张悦然的写作中，"父女"之间的关系构成了一条重要的线索。在其早期的小说中,"弑父"是重要的故事情节,《小染》中的小女孩将父亲杀死然后用父亲的血作为口红,出门参加舞会。这里面有青春期故作"残酷"的成分,但也从一开始就暗示了其"寻父"的渴求。在《茧》中,对父亲的渴望和依恋,以及对那种"温暖的爱"的想象构成了重要的叙事动力。实际上,在一些读者看来,这也是小说中写得最动人的部分。这未免让人有些费解,在社会学的印象中,80后这一代基本上都是被父母溺爱的一代,从情感上看,得到的爱不是太少,而是太多。因此,如果从社会性的亲属关系去理解这种"寻父"的渴望,可能稍微有些牵强。

但是正如我在文章的第二部分所提到的,"父亲"在中国的文化语境中远不止于亲属血缘的意义,他有一个更大范畴内的能指。他象征了历史和文化的一部分,在儒家"君君臣臣父父子子"的传统中,父与子构成了"礼"的最基础部分,它所建构和维系的,是恒久的文化命脉和精神谱系。在这个意义上,我们才能真正理解张悦然念兹在兹的"父亲"情结。对父的理解和对历史、文化的理解是一体两面的行为,对父亲的爱是对一种文化命脉和精神传统的认同和皈依,当然,其前提是,重新理解这一切。

这是80后的难题,对于父辈和祖辈历史的溯源最后发现的是历史的罪？用什么样的姿态来面对这种历史的罪和人性的废墟？这是现代留给我们的遗产，回避永远不是解决的办法，解决的办法只能是面对，指认，并思考。我在《80后，怎么办》里也曾经讨论过这个问题，历史虚无主义在我们这一代身上的产生，与回避历史，不愿意正视伤口有重要的关系。因此，我在《80后，怎么办》里提出了要做一个行动着的实践者，大概也就是呼唤像李佳栖这样的人物，可以以奋不顾身的力量去面对历史的创伤和罪行。

但是这里面有危险的路径，因为在面对父辈的生活和历史的时候，我们可能会忘记了自我，将自己无原则地匍匐在父辈的旗帜之下。如果是这样，则走向了其反面。张悦然意识到了这种危险，她在小说中借另外一个人物之口对自己进行了"自我批评"：

  李佳栖，想听听我对你这样一种生活的见解吗？你非要挤进一段不属于你的历史里去，这只是为了逃避，为了掩饰你面对现实生活的怯懦和无能为力。你找不到自己的存在价值，就躲进你爸爸的时代，寄生在他们那代人溃烂的疮疤上，像啄食腐肉的秃鹫。……可惜都是你虚构和幻想出来的，为了滋养你自己匮乏的感情。你口口声声说着爱，一切都是因为爱的缘故。李佳栖，你懂什么是爱吗？

我们或许不会同意这种批评的意见，但这是警醒之语，有特别的力量，爱的拯救既不能停留在"他救"的层面，也不能仅仅停留在"自救"的层面，前者容易导致一种简单的保守主义，后者则容易陷入新的自恋。爱的拯救之目的应该是，也只能是，在不让度自己生活的前提下，通过历史的合力，完成自我和社会的进步。

因此，李佳栖的爱是合理且有效的，虽然就小说的层面看，她的生活过于稀释，几乎以影子的方式存在。但她代表了一种非常勇敢的救赎方式，不是像李牧原那样自我堕落和放弃，也不是像汪露寒那样以宗教的方式来换得灵魂的平静，她坚决地站在生活的中心，以人间的方式去完成爱的拯救。

结语

以对诘的方式，通过对父辈历史的溯源，发现历史的罪的同时也发现历史的复杂，不回避这种复杂，并以坚决的爱的姿态去面对并拯救历史的罪，开创新的生活，张悦然以完全个性化的艺术方式,完成了一部不仅仅属于80后的"成长之书"。

小说最后的结尾是这样的:

> 程恭回过身来,硬币已经被新落的雪覆盖住,看不见了。他和李佳栖站在那里,听着远处的声音。汽车发动机的声音,狗的叫声,孩子们的嬉笑声,一个早晨开始的声音。程恭闻到了炒熟的肉末的香味,浓稠的甜面酱在锅里冒着泡,等一下,再等一下,然后就可以盛出锅,和细细的黄瓜丝一起,倒入洁白剔透的碗中。

或许有读者对这个结尾中的"和解"有些不满意,但是我想说的是,只能如此,只能如此,就像昆德拉在《生命中不能承受之轻》中描写托马斯的命运一样:非如此不可,非如此不可。

这个结尾不但是一段对过去的终结的弥撒曲,同时也带来了无限的开放性。2016年,李佳栖们已经34岁了。而像我这样的80后,在睡前已经得给孩子讲故事了。张悦然从他父亲那里得到了《茧》的故事原型,那么,我们将来会将怎样的故事传递给我们的孩子?对所有人来说,道阻且长,走下去才是那个唯一的真理。

孙频《光辉岁月》：主动"后撤"中的自我建构

我在不同的场合听到别人谈论孙频。文学圈内的谈论，无非是两类，一是谈这个人，往往不离八卦小道消息；一是谈作品，写得好还是不好，卖得好还是不好。对孙频的谈论属于后者，我数次听到朋友问我，读过孙频的某某作品没有？写得太好了！怎么好？这自然就不是三言两语能够穷尽。也碰到过出版界的朋友，孙频？她的作品卖得很好啊，据说那本《疼》已经卖了十几万册，等等。实际生活中的孙频，总是一副不愠不火的样子，独行，认真，严肃。我在人民大学给创意作家班上课，孙频是出勤率最高的学生之一。孙频属于这样一类作家，她的作品远远大于她的个人，也就是说，如果对孙频有探秘的渴望，大可不必一定要认识作家本尊，她已经变身为她作品中的无数个人，作品中的孙频，更真实，更有力量，更丰富。

我只能这样说，离开了孙频的作品——那些很多评论家认为够狠、够极端、够泼辣的作品——我们就没有办法认知孙频，不仅仅是孙频，也包括生活在此时代中的人的生活状态和精神状态。

一

所以闲话打住，来谈作品。从梁姗姗谈起。梁姗姗是谁？中篇小说《光辉岁月》① 的女主角。出生于小城镇，1995年考入大学，由此推断大概生于1977年左右。1998年大学毕业分配到一家钢厂，三年后工厂倒闭，梁姗姗选择考研究生，2004年研究生毕业后做过记者、时尚杂志编辑，甚至银行信托员。后来金融危机爆发，男友公司破产，梁姗姗又选择回到学校读博士，并在毕业的某一个瞬间作出了令人惊讶的决定，"回故乡，回到离亲人和亲人的坟墓最近的地方"，最终，我们亲爱的女主角梁姗姗女士，顶着中国最高的学位，回到了出生的县城，担任一名并不出色的中学语文教师。

---

① 孙频：《松林夜宴图》，该小说集收入三部中篇，分别是《万兽之夜》《松林夜宴图》和《光辉岁月》，十月文艺出版社，2018年。

我们可以认为梁姗姗是最近这些年流行的"失败者"形象吗？好像不能这么认为，"失败者"往往是被迫的，心有不甘。而梁姗姗的选择都是主动的，她非常清楚地知道自己的所需和所求，她最后"退回"到自己的出生地，是她对自己全部历史的回答。在这个意义上，我们可以认为梁姗姗是一个"后撤"的人，从历史和社会中"撤退"出来，试图在"后撤"中获得精神性的保全。这样一个"后撤"的人是文学史谱系中的"异类"。众所周知，中国现代文学的发生，基于一种进化论的时间观，在这样的观念中，小说中的人往往也是高度时间化的，几乎每一个人都是"面向未来"的"进步者"，没有人愿意主动"后撤"，鲁迅的几部经典作品都是对这一主题的绝佳处理，一部是《孤独者》，其主人公魏连殳从"进步"中掉队，从此郁郁而终；另外是《祝福》和《故乡》，这两者的共同命题是"原乡"不可返回，在昔日老友（闰土）和乡邻（祥林嫂）的唠叨和追问中，返乡者只能是再次离开，并进一步将自我的价值钉在"进步""未来"和"远方"。或许我们还会想到《人生》中黄亚萍送给高加林的那首诗："我愿你是生着翅膀的大雁，去爱每一片蓝天"。上世纪80年代以来持续不断的"进城"故事，本质上也和现代一脉相续。放在这样的谱系中讨论，梁姗姗饶有意味。与那些追求"进步"的先行者们一样,梁姗姗也曾经是历史最坚决的同行者。小说有意强调了这一点,梁姗姗的几次求学经历都对应着当代史中的某一个关节点,为示郑重,引文如下:

> 她隔雪眺望着一九九五年的大学……五元一只的口红,拿棉签蘸了细细涂在唇上。用摩斯固定卷起的刘海。宿舍楼下的公用电话,宿管阿姨以雷钧之声在楼下高呼,某某某,你的电话。接着是楼道里拖鞋的狂奔。黄色的塑料饭票上写着一元,一元五角。图书馆里写满往昔名字的借书卡,"一九九二年五月七日,王贵彩"。录像厅。回力鞋。健美操。窄腿萝卜裤,偶尔还能见到黑色健美裤,短暂流行的上下一色马甲配长裤,让女生们生平第一次尝到了中性的帅气。
>
> 阿依莲。真维斯。美特斯邦威。离子烫拉直的僵硬长发风靡校园。《八月未央》杂花生树般的阴郁、颓败、灰暗。《上海宝贝》里亨利·米勒式的纵欲、酗酒、狂欢。《第二性》告诉女生们女人不是天生的,是被造就的。
>
> 二〇〇一年的梁姗姗穿着尖头高跟皮鞋,阿依莲粉色连衣裙,离子烫过的直发垂肩,靠每周出去带两

次家教来养活自己。仍然不时会有男生喜欢她，古老的情书基本绝迹，取而代之的是忽然袭来的陌生电话和短信。

二〇〇四年硕士毕业她去报社做记者，二〇〇五年她辞职去做前卫的服装杂志，二〇〇六年她入职某外企做文案，二〇〇七她跳槽到一家银行内部金融刊物，二〇〇八年她改行做银行信托业务。

那时她深信这已经是一个物的时代，一切依物而生，比如衣服，比如名牌，以及由名牌构筑而成的格调。物与物砌成了一座繁复驳杂绚烂的蚌壳，里面裹着人们日渐透明和脆弱的神经与血管。

CHANEL、DIOR、VERSACE、KENZO、GUCCI、CERRUTI、BURBERRY、GIVENCHY、ARMANI。

上述三段文字分别是1995年、2001年、2007年的梁姗姗。如果说《光辉岁月》有一种显在的解读密码的话，这几段话就是最值得分析之所在。梁姗姗以其全部的人生参与并回应着历史，不仅仅是身体，同时也包括精神——物质史和阅读史交错，《第二性》和ARMANI齐飞。但与此同时，我们似乎也感到了一种隐约的不安，那就是，梁姗姗不但置身于这一历史之中，同时好像又总是以一种压抑恐惧的目光在审视着这一历史,最终,她迎来了一次大坍塌,结局在前面我已经预告——梁姗姗无限后撤,不再追随历史的进步。一方面她用她的人生呼应着历史,而另外一方面,她用她的人生反对着历史。

二

梁姗姗不是失败者,而是一个坚决的行动派。她已经看到了表面上一往无前的时间和历史背后的空洞,然后,她主动选择了"脱落"。从纵向的时间轴上看,梁姗姗是一个后撤的人,而从共时性的角度看,她又是一个从历史中"脱落"的人。日本的批评家小森阳一在批评村上春树《海边的卡夫卡》的时候,曾指出村上笔下的人物是一种"脱落"了历史的存在,小森从精神分析的角度认为这是一种刻意遗忘,其目的,是为了从心理层面彻底摆脱历史的创伤,从而达到推卸历史责任的目的[1]。但是梁姗姗和村上笔下的人物不同,我使用"脱落"这个概念,恰好是要说明梁姗姗这一代人——实际上是我和孙频的同代

---

[1] 小森阳一:《村上春树论——〈海边的卡夫卡〉批判》,新星出版社,2007年。

人——的一种历史状态，我们这一代人，并非没有历史，恰好相反，我们深深地卷入或者被卷入当代史中，孙频的梁姗姗回应了我在《80后，怎么办》[①]里面的一段话：

> 历史发生了，但是历史的发生并没有立即对个体的生活产生影响。也或许可以这么说，在80后的成长中，历史是历史，生活是生活，只有在很少的时候，历史和生活才发生了对接的可能。

相对于普遍的状态，梁姗姗显然具有更多的复杂性。主动"脱落"显示了梁姗姗对历史自有其判断，她看到了"时间"和"历史"的坍塌，而这种从历史中的主动脱落，对梁姗姗来说，不过是一种层面上的撤退，而在另外一个方面，却是一种新的洞开和发现。

这正是孙频作品中最有意味的地方，她笔下的人物，总会在某一个特定的时刻发生"位移"——在程度较轻的时候，可以称之为"失序"，比如《万兽之夜》中的李成静，在程度较深的时候，则是"脱落"，比如梁姗姗和《松林夜宴图》中的李佳音。通过这种失序或者脱离，这

[①] 杨庆祥：《80后，怎么办》，十月文艺出版社，2015年。

些人物获得了新的认知通道——如果她们继续在原来的历史之中,她们将一无所知,而恰好是这种变动或者颠倒,她们的生活被洞开,从而看到了新的风景,按照孙频的书写原则,这些新的风景当然充满了人性的恶和历史的恶。在《万兽之夜》中,李成静看到了爱情背后的自私以及她平常无法接触到的底层的苦难;在《松林夜宴图》中,李佳音看到了一派恬淡的画面背后惨烈的吃人历史,需要提醒的是,在这一刻,孙频似乎启动了现代文学的资源,鲁迅的狂人反复阅读历史书,最终得出了都是"吃人"二字的结论,而李佳音反复揣摩《松林夜宴图》,其欲言又止的批判性,对于熟悉当代史的读者来说,也是心知肚明。虽然我们没有任何的证据将这三部作品理解为一个具有逻辑性的象征,但是我们依然可以看到彼此之间的联系,《万兽之夜》探讨社会问题,《松林夜宴图》由当下而历史,而《光辉岁月》,则由历史而及文化哲学。

梁姗姗们的"脱落"不是为了逃避,相反,她们在一种逆向、错落的时空中反思历史,主动承担起历史的"罪恶",在《松林夜宴图》中,与主线故事同时并进的,还有一个由"黑体字"组成的文字,他们被放进引号里,字体加粗,与正文故事构成一种对话,它们是另外一种文本,在形式上,是诗歌,在语态上,是独白或者悼词。其

中一段是这样的:

> 我们都是有罪的,今晚我们把这罪行之一重复一遍。你可以哭,却不要忏悔。

实际上,孙频的这三篇小说涉及复杂的文化态度。这态度,既有清醒的历史主义,又有勘破之后的一种空无,但是又有一种对生的不屈不挠的执着。也就是说,虚无不是这一代人精神史的唯一构成,也不是必然的最后结果。梁姗姗看到了每一个生命的可怜:

> 我想我这几年可能真的开始变老了,不怕你笑话,我现在看谁都觉得可怜。你看看在路边卖菜的那些农民们,辛辛苦苦种的菜一斤卖几毛钱。你看那些开三轮车跑出租的,跑一趟赚三块钱还要被砍价。你看那些超市里的营业员,整整站一天,再在下班时买点超市的特价商品回家。我见到过七十多岁的老人坐着轮椅还要在街边卖鸡蛋,我去医院看病的时候,看着周围来来往往的人,看到每一个人都被各种疾病折磨着,千奇百怪的疾病,千奇百怪的痛苦,而每一个人都想尽一切办法要活下去。那些失去亲人的人则比

死去的人还要悲伤。无论是你还是我……都可怜。真是万物刍狗啊。

但即使如此,梁姗姗还是勇敢地追寻着一种文化的自救,"昔我往矣,杨柳依依,今我来思,雨雪霏霏"。还有李佳音,她没有被"松林夜宴"的恐怖所吓倒,而是毅然以一己之力,寻找伦勃朗为代表的自由和审美之境。我在长文《重建一种新的文学》[①]里,提出了要创造一种新的文学,必须要有综合的眼光,需要借鉴古今中西的精神资源。孙频的这几部作品,出现了这种可能,她的作品无论是在形式还是在精神探索的层面,都出现了一种综合的倾向。我觉得这是最宝贵的气息和最有价值的方向,而孙频,是自觉地践行着这种可能性。

写到这里,突然想起来一件小事,有一次我独自从贵州返回北京,出机场时看到前面一个背影有点熟悉,仔细看原来是孙频,而且她和我居然是同一个航班。如此看来,我们都是千里独行,并没有注意到彼此的存在,但是,这并不意味着我们就必然会擦肩而过,事实是,我们遭遇了彼此,并收获了一份额外的惊喜。我希望这是一个

[①] 杨庆祥:《重建一种新的文学》,《文艺争鸣》2018年第5期。

小小的象征，对于我们这一代人中的创造者而言，每一个人都只能是彼此背对、孤独艰辛的探索者，也许有一天，经过漫长的求索时代，我们最终会在历史中相逢。"尘世难逢开口笑，菊花须插满头归。"愿相逢有期，以此与孙频及我的同代人共勉。

胡竹峰《中国文章》：写法即活法

一

读胡竹峰，最好从一篇《皖西南腊月手记》读起。短文，不到八百字。写打豆腐，"海海一汪浆水"；写腊肉咸鱼挂在梁上，"阳光正好，肉和鱼冒着油光"；写老人打瞌睡，身边有竹杖、花猫、黄狗；又写梅花落雪，远山暗淡；杀猪，挖笋，小儿穿红袄雀跃，新妇打糍粑吉祥——好一幅动静得当、妆点适宜的农耕风俗画。如果没有猜错的话，这风俗图最晚存在于21世纪初的皖西南乡土世界。胡竹峰生于1984年，这幅带有古典气质的风物图大概在他的童年少年留下了极其深刻的印象，以至多年后回想起那一片土地时刻，眼前笔下，情不自禁地就将这一幅风景作为其观看的装置了。这并非说胡竹峰没有现实感，多少人挥舞着

"现实"这个大词四处抡棒。恰恰相反,在那幅看起来静态的图画中,他看到了"现代的汽车"正"轰隆而至":

> 回乡的车远远地过来如一黑点,黑点渐渐大了,一点点大起来,轰隆而至。……行李包裹由家人扛着,回家的人空着手,跟在后面,一路向村子里走去。

这短短的两句不但没有打破那种静态,反而让那幅画卷变得更加生动起来,胡竹峰没有去追问那些归乡者是从哪里来?挣了多少钱?在外面是否受苦受难?这不是胡竹峰关心的话题,他看到的是,无论这些人在外面的世界如何如何,当他回到这一幅画卷之后,他就立即融入里面,就像"水消失在水之中",羚羊挂角,了无痕迹。

如果是普通的读者或者是评书中的列位看官,看到这么一幅生动有趣的画卷就完全可以心满意足了,但是因为我操持着批评的法器,所以不能免俗还要探究一番,这"皖西南的腊月"对胡竹峰来说意味着什么?日本学者柄谷行人有大著《风景的发现》,专一讨论"风景"与日本现代文学起源的关系。他的观点是,正是因为用现实的风景置换了观念中的风景,才有了现代文学的诞生。中国古人写文章,讲究一个起意,用现代批评术语来说,就是写作的发生学。在我看来，这皖西南的人文地理，就是胡竹峰写作的风景和发生学。这听起来似乎玄妙，但实际上明白清楚，一言以蔽之，这里面提供了胡竹峰写作的本源和切身感。本源指的是，皖西南的山水、人物以及在此生成的童年经验构成了他的审美底色，无论他走多远，他都会时时回头反刍这种底色，并将其作为一种美学的测量仪。切身感指的是，他高度自觉地意识到了自己的经验，他没有刻意去拒绝这些经验，而是将这些经验与那些更悠远、开阔的精神遗产对接，并转化为具有辨识度的写作行为。

二

中国的文化，尤其宋以后，基本上都是一个"布衣文化"，也就是文化的根本不是掌控在那些所谓的贵族世胄手里，而是掌握在出生平民的"布衣""读书人"手里，不是集中于经济政治的中心，而是流布于四荒之野，乡间边地。故明朝李开先有"真诗自在民间"之说，但这民间，却不是固步自封的民间，而是一个向广阔的世界敞开的民间。作为"桐城派"的乡邻和启学，胡竹峰大概对此深有体会。于是我们看到这位皖南布衣开始在中国文化的纵深之处跋山涉水。这一处需要读的是他的代表作《中国文章》。扬扬洒洒，五千多字。说老子，用一个字"隔"；说庄子"以神为马，堪称散文的祖师"；又以墨为喻，"《老子》是焦墨，庄子是清墨，孔孟是浓墨，《诗经》是淡墨"；又说到司马迁，"焦浓重淡清，五墨共舞"。如果按照今天流行的学院专业主义，这些既不能说是观点，也不能说是理论；按照韩少功所言，这是不同于欧洲公理化标尺的另一类传统，是"点打和游击，说气，说神，说意，说味"。这气神意味自然是这篇文章的好处，但这篇文章的好处却又不仅仅在此，关键是，通篇读来，也没有看出胡竹峰要做一派批评的姿态，来点打或者游击这些伟大的先贤。他要写的只是他自己，他的感受，他的品味，他的鉴赏，他用自己的肉身与这些文字对话，他说出来的很多，但他没有说出来的似乎更多。

有趣的是他还写鲁迅和茅盾，这反证了胡竹峰可不是一位完全生活在古典情趣中的旧文人。鲁迅和茅盾，中国现代文化和文学的开创者，前者被尊为导师和父亲，后者被视为旗手和先驱。细究起来，自上世纪40年代以降，对此两位的研究和言说已经汗牛充栋，今天任何一位研习现当代文学的教授，要想对此两位说出一点有意思的话，也殊非易事。且看看胡竹峰怎么说。他说鲁迅，先不说其小说，而说其字，"古雅厚重，又不失文人气"。又谈其序跋古今第一,不说《呐喊》的好,而说《呐喊》自序有"真性情,有大境界"。最后的结论是,"鲁迅本质上是一位学者,一位读书人"。最妙的是对鲁迅"骂人"的体贴:"他对所处时代没有多少真正想要的东西,即便书来信往的几个朋友,也没有几个人懂得鲁迅。这样的境遇对一个写作者而言,总归是好事……鲁迅好骂人,出了名的坏脾气,这里也有孤独的因素。"

又说茅盾:"一生条理分明:做人第一,读书第二,写作是游艺,从来没有颠倒过。他当编辑,体贴作者,笼络了一批优秀作家,在文坛上地位高,人缘好。"对其文学作品,结论是,"《子夜》几乎读不下去……旧体诗不错"。

我读硕士博士,后来在大学教书,读了太多谈论"鲁郭茅巴老曹"的文章和专著,其中固然有好文章,但千人一面的居多。现在读了胡竹峰的这寥寥几句,却觉得有"清水出芙蓉"之感。但正如前文已经论及,胡竹峰并非要做一个批评家,这两篇,固然有读书随感的成分,但中心之点,却在写人。尤其《鲁迅先生》这篇,直如写一位邻居乡贤,娓娓道来,最后的造像尤其动人:

> 迈入天堂之际,守门人问做什么,鲁迅淡淡地说:和上帝吃早餐。

三

从《尚书》到鲁迅，从《老子》到汪曾祺，表面上看，胡竹峰按照时间顺序在梳理一条文脉，但这可能只是一种认识错觉罢了。接受了现代线性思维的人，往往只能按照因果链和物理矢量时间来思考和观察，但是在东方的传统中，这种因果链和时间矢量却并非唯一。在我看来，胡竹峰这些文章最有意味的地方之一，就在于它们是"同时涌现"的。我之所以要在这"同时涌现"上打上双引号，是为了强调其"同时性"而非"历时性"。从学理的角度看，事物当然有前因后果，有生生灭灭。但是就一个生命的活体而言，他对于历史、经验和传统的接受，却不可能遵循那么严格的逻辑，恰好是，他只能遵循作为人的"生命性"，将这些"过去式"变化为"现在时"。

具体来说，在胡竹峰的文章中，他善于通过"造境"将时间并置为一种空间。前文提到的《中国文章》《皖西南腊月手记》都是典范，又有《车还空返，顾有怅然》篇，写东汉一段情事，其中说徐淑对镜顾影，一转笔，却是自己的经历："曾经把玩过一面铜镜……镜面苍黄，镜面沧桑，想起这块镜子曾经重叠过多少人影。"接着写秦嘉徐淑的相思之情，又是一转笔，写起了自己的乡愁："染世已深，不再思心成结。年龄渐长，乡愁是说不出口了。年龄渐长，春愁是说不出口了。"

"造境"当然是一种笔调，有论者曾论及胡竹峰的笔调，认为其取法林语堂，以"闲适散淡"为美。但仅仅是笔调还不能说明"造境"的丰富。在我看来，如果说起意是写作的发生学，那造境就是他的方法论。它有三个层面，第一是格物致知，只有在"格物"的过程中，才能深入"物性"三分，才能找到物的灵魂，此所以山水、琴棋、书画、茶食皆入文之缘由。第二是"以我观物，物我一体"，看山山有我，看水水有我，看花是解花之人也。正是通过这种观照，胡竹峰将一种"园林式"自然景观升格为一种带有现代主体的经验性空间——是 place 而非 space，前者是有根的时空，而后者是无根的时空。写到这里，突然想起来韩少功为何对胡竹峰另眼相待，从文化史的角度看，胡竹峰延续了上世纪 80 年代韩少功们的"寻根"精神。80 年代的"文化寻根"，是试图追求一种有别于欧化的新的文化道路，知识者们对"五四"以来的剧烈的"反传统"进行了反思，将文化更新的希望，寄托在更具有在地性的中国本土文化之中，于是儒佛道、阴阳、八卦、甚至气功都变成了流行的学问和趣味。但吊诡的是，当80年代的寻根者们将传统视作为是一种"异质性"的时候，实际上他们就已经偏离了传统的本源，所谓传统，并非过去的历史遗迹，而更是活在当下的精神活体。因此，80年代的寻根只能是草草收场，甚至再一次走向其反面，对传统的确认变成了对传统的批判。韩少功们的终点恰好是胡竹峰这一代人的起点，对于胡竹峰这些出生于80年代的青年来说，"五四"固然是深厚的精神谱系，却并非唯一的谱系，而对于传统和西方，也从来就没有对之进行二元的对立区分。在胡竹峰这里，更多的不是批判的姿态，而更是一种包容性的融合——虽然有些时候，这种融合因为显得过于圆熟而显得稍微的程式化。

四

也许还是要问一句，胡竹峰的文学光谱是从哪里来的？开篇就说过皖西南是他的背景，但这只是起意。从老庄孔孟来？从吉田兼好、芥川龙之介那里来？从鲁迅茅盾萧红那里来？或者从韩少功贾平凹等人那里来？这么说的意思是，胡竹峰文章里出现了多元的质地，他并非一味地是精致化和文人化，他自有他在"小"里面的"大"，

"空"里面的"有",个人趣味里的家国之思。说起来,东方美学有两个符号,一个是水墨,另外一个是玉。玉脆弱,而水墨幽微。水墨是变化的,在流动的过程中又可以留下来。这与西方艺术不太一样,西方艺术的代表是雕塑,罗马柱,是金字塔式的纪念碑。艺术史家巫鸿以为中国的艺术是"反纪念碑"式的,说得特别准确。胡竹峰深谙这种东方美学的精髓,比如说他的短句,短句不是很简单就可以写出来,新文学的传统来自西方的小说和诗歌,所以一些作家都不会写短句,觉得意思表达不清楚。但短句恰恰能够最大限度呈现语言的质地、幽微、敏感和区别度。这方面的例证,读者尽可去参考胡竹峰的《竹简精神》一书。

写到这里本来就该打住了。胡竹峰的文章大多简短而有风致,我以短牍应之为高妙。但有一个问题至关重要,容我饶舌几句。那就是,那个将一切都融入"我眼我情"的"自我"该如何安置?

所以,这个自我,是该生还是该死,是该合众还是该离群……如此,胡竹峰的这一路写作,倒像是提出了问题——写法与活法,在何时分裂,又该在何时合二为一?

好像并无整全答案。只好用胡竹峰《〈中国文章〉前记》中的话:

大学士丘濬过一寺庙,见四壁俱画《西厢》,疑曰:"空门安得有此?"僧道:"老僧从此悟禅。"

问:"从何处悟?"

答:"临去秋波那一转。"

王威廉《野未来》：后科幻写作的可能

一

稍微带有一点诧异地，我阅读完了王威廉的最新短篇小说集《野未来》[1]。这种诧异来自一种先在阅读经验的比对。早在 2013 年左右，我在编选英文版《80 后短篇小说选》的时候，收入了王威廉的《听盐生长的声音》，这是一部以西部盐湖为环境背景的作品，里面的男主人公生活困顿而郁积，在大自然景观（奇观）的感召中他察觉到了生命意志的循环萌动，又再生了生活的勇气。这篇作品得到了海外译者的好评，最后英文小说选在国外出版时，就用这篇的题目做了书名。《听盐生长的声音》已经凸显

---

[1] 王威廉：《野未来》，中信出版集团，2021 年 8 月。

了王威廉的写作特质,他善于处理个人精神意志与外部环境的角力,总体气质是内敛的、景深的,富有细腻致密的叙事能力,但依然可以在传统写作的谱系里对之进行定位:他承续了上世纪80年代以来现代主义写作的遗产,并以自我的生命经验对之进行了历史化。以这种方式,与其他同时代作者一起,王威廉建构了自我的作家形象。这一次《野未来》里面收录的十二篇作品却很是不同,固然在一些叙述的片段尤其是对环境的描写上还能看出来早期风格,但是在主体内容上已经是另外一番面目,其中让人印象深刻的就是大量只有在惯常意义上的"科幻文学"中才有的元素进入小说并成为重要的叙事装置,GPS定位、视频监控、造人术、灵魂芯片、拥有语言和自我意识的AI、外星生命,等等。我意识到,在《野未来》中,写作的取景框已然有别,因此写作的质地和风格,也同时发生了位移。

二

在《看不见的目光》中,"窥视"是关键词。不仅小说中的人物以"窥视"为生,小说的故事逻辑也建立在对"窥视"的哲学辨析中。这是一篇主题重于故事本身的作品,但是因为这主题与我们每个人息息相关,以至于我们会忽视它的建构性。在现代文化史上,"看"一直是重要的认识装置。在对北海道恶劣自然环境的"看"中,日本现代作家和艺术家发现了现实的"真实",这开启了日本现代文学的起源。① 在中国,鲁迅的"幻灯片"事件构成了中国现代文化的核心密码,在"看"与"被看"之间,鲁迅奠定了一种关于"人的发现和主体觉醒"的现代叙事。在这一叙事中,人获得了主体——无论这种主体是资本主义主体还是社会主义主体。在被过度强化了的文学社会学视野里,"看"不是简单的观看,而是"凝视",在凝视中争夺主体性。但是这种"凝视"并非唯一的存在,骆以军对川端康成《雪乡》中的"重瞳"之美情有独钟:"在川端看似澄明其实残忍畏悚的凝视下,一次一次,散焦地,从紧束天真的少女耽美形象中散溃垮掉,伤害与疲惫沦肌浃髓渗进灵魂。"② 这是现代性视力的"溃散"——但溃散得还不够彻底,"看"或者其高阶版本的"凝视"还是"眼睛"和"眼睛"的互动,也就是人和人

---

① 参见〔日〕柄谷行人:《日本现代文学的起源》,赵京华译,三联书店,2006年8月。
② 骆以军:《借来的时光——序伊格言的小说》,见豆瓣网 https://www.douban.com/group/topic/2953162/。

的互动。但是在王威廉的时代,这一互动以全新的形式出现:"眼睛"被技术工具取代,精密的电子仪器设备(照相机、视频监控)在无限大和无限小的两个方向对"凝视"进行了改写。"凝视"现在变成了"窥视",如果说"凝视"指向的是理性、意识和升华,那么"窥视"则指向的是非理性、无意识和沉沦。《看不见的目光》中的几组不同的关系都建立在这种"窥视"的模式中,"我不免想到,如果我的房间里也装满摄像头,那么现在我就可以看到小樱在做什么了。——仅仅是这么一想,我的呼吸就变得急促起来,前所未有的紧张和兴奋驾驭了我。我开始盘算着,等会在回家的路上就可以去摄像器材店挑选摄像头了。我越是想着这样的行为,就越是兴奋,简直像个要跟女友初次做爱的小男生。我似乎已经无力阻止自己这么做了。我该怎么办呢?我陷入了欲望与道德的困境,忘记了自己正在照相。我一动不动地举着相机,像个入迷的雕塑。忽然,我发现镜头里的女孩子变得不知所措起来,她的脸变得绯红、尴尬和多情,就像目睹了上帝的降临一般。"

"窥视"催生了欲望,这一欲望恰好是后现代社会因为过剩而产生的匮乏,正如苏姗·桑塔格所言:"照片可以以最直接、最功利性的方式煽情——就像某人收集那些无名的欲望对象的照片以满足手淫欲望那样。如果照片是用来激发道德冲动，情况就更复杂了。"① 在王威廉这里，更复杂的情况是，"窥视"即使已经作为"监控"的重要工具，也已经内化为情感结构的一部分，并由此驱动人的行为，在这个意义上，"假人"和"影子"才变成了"真人"——摄像机镜头和视频镜头不正是由符码拼合而成的"拟真"现实吗？

《地图里的祖父》由一个灵异事件开始：已经死去的祖父出现在实时更新的GPS地图里。对这件事的解释驱动了对"灵魂"的解释。虽然王威廉很愿意严肃地讨论这个问题，但是却缺乏苏格拉底式的语境和对话对象——在《裴多篇》里，苏格拉底在临死前从容不迫地和信徒们谈起了"灵魂不死论"："转世回生是真的有这么回事的。活的从死的产生，人死了灵魂还在存在，都是实在的事"②。这种"不死"指向的不是生理学意义上的不灭，而是"它安定不变了，和不变的交融在一起，自己也不变了。灵魂的这种状态就叫作智慧"。③ 这是人文主义哲学的根基，

---

① ［美］苏姗·桑塔格．《论摄影》，第27页．湖南美术出版社，1999年7月。
② ［古希腊］《裴多——柏拉图对话录之一》，第35页，杨绛译注，北京三联书店，2015年4月。
③ 同上，第51页。

对永恒的追求是对哲学和智慧的追求。但是在《地图里的祖父》这里，这一根基被抽离，灵魂变成了一个技术事件和技术实践。通过三维立体成像的方式，死去的祖父从时光中复活并向我们走来，乡愁被技术超克，但是吊诡的是，这一技术造就了更深的乡愁："要是人类在这同一个时刻全体毁灭了，那么在这颗行星上就只剩下祖父的身影走过来走过去。由于仪器是太阳能驱动的，因此他的身影会永远走动下去，直到仪器生锈毁坏。那会是一个特别孤独的景象吗？"

——也许是。

三

孤独，回忆，在旧时光里苦苦纠缠。《分离》《草原蓝鲸》《城市海蜇》都涉及技术时代的亲密关系这一伦理性主题。《分离》中的女性被前男友研发出来的智能传感床提取了回忆信息，他们不得不重新体验并非愉快的过往经验。《草原蓝鲸》里的母亲远离故土，因濒危的中年情绪而走进了另外一重空间，在蓝鲸的腹部她与已经120岁的儿子展开了"生死对话"。《城市海蜇》里一位陌生的女性来访，她曾经是已经去世的老同学的情人，事情的离奇之处是，这位陌生的女性是如此熟悉，原来因为太过思念男友，这位女性提取了男友的基因，将自己改造成为了"他"，最后，"他/她"在已经严重污染的海边脱去衣服，展示了自己陶瓷质地的身体。

自启蒙运动以来，对技术的追求和反思就一直构成现代思想的关键辩证法。总体来说，人本主义哲学家们对现代技术能够为现代生活提供伦理性改善持悲观的态度。荷尔德林是最早以诗歌的方式思考这一问题的诗人之一，在19世纪末完成的一首《在可爱的蓝色中》，他提出疑问："大地上可有尺规？——绝无！"荷尔德林提出的解决方案是回到希腊的"神性之蓝"。他的同乡大哲海德格尔部分赞赏荷尔德林绕道希腊的思路，但是却又非常不甘地试图在"此在"中寻找技术与伦理之间的媾和，最后他比荷尔德林更激进，技术使得"世界进入夜半"。文化哲学和技术哲学严重的二元对立使得这一思考进入了一条窄路。但实际情况是，无论是赞同还是反对，技术已经构成了人类生活的一部分，并在一定意义上重新定义和设置了人类的伦理生活。这正是王威廉上述作品的意义所在，他并非是在技术之外去思考或者批评技术，而是从人的内在出发，去把握技术、技术品、技术想象与人之间复杂缠绕的关系，这种复杂缠绕的关系与人类生活的复杂缠绕形成了互动和对话,在这个意义上,技术即人,人即技术——即使在宗教的隐喻中,人也不过是神的一个(不完美的)技术作品。这是一种鲍德里亚所谓的复杂性:世界的复杂性不再出现于象征交换的时刻了……而是存在于技术物的日常生活中①。王威廉的这一类作品具有细腻的质地和幽微的情感,传统文学的质素因为科幻的进入而获得了新奇和诧异,而类型的科幻因为传统文学的基质而获得了深度和内在。

四

《野未来》是一篇值得特别关注的作品,三个落魄的青年人在群租房里艰难度日,就业渺茫而生活无望,但就是在这种处境下,依然不能阻挡高中毕业的机场保安员赵栋对科幻和未来的向往。在很多年后,他终于实现了自己的愿望,在机场的时空隧道里进入了未来,当叙事者"我"目睹了这样的现实奇迹后,"忽然觉得很孤独"。这是一篇将科幻高度嵌入当下的作品,它所有的构成元素都可以称得上是批判现实主义式的,失业,边缘人群,大都

---

① 参见让·鲍德里亚在《物体系》中的相关论述。[美]让·鲍德里亚:《物体系》,林志明译,上海人民出版社,2019年1月。

市的贫民窟……这是一种迥异于经典科幻写作景观的写作，在经典科幻写作图景里，科幻是高度发达的现代产物，是科学家、资本家和探险家的联姻产品，是指向一种新的生活和秩序的理性创制。但是在王威廉的《野未来》里，科幻不再在这些宏大而渺远的层面起建设性作用，恰好是，科幻从体制性的想象中逃离出来，与普通甚至卑微的生命联系在一起，科幻并不能改变这些人的命运，也无法改变既定秩序和游戏规则，仅仅是提供一面诱惑之镜。

在中国当代的科幻写作中，如果说刘慈欣是从"伤痕文学"出发，构建了一种基于现实主义并丰富了现实主义的科幻叙事，那么，王威廉等一代写作者则从"新时代文学"出发，规避了刘慈欣的道路而开辟了一种后科幻写作的叙事路径。在刘慈欣那一代写作者那里，科幻文学是进步论叙事的一环，"未来"在时间矢量上无限前进，并因此暂时搁置了无法调和的当下社会矛盾，以一种替代性的方案在新时空里再造世界。这就是刘慈欣所谓的"主流文学描写上帝已经创造的世界，科幻文学则像上帝一样创造世界再描写它"[1]。由此，科幻文学被视为还原了"小说

---

[1] 刘慈欣：《从大海见一滴水——对科幻小说中某些传统文学要素的反思》，《科普研究》2011年第6期。

作为世界体系的总体性和完整感"[1]。后科幻写作则对这种"创世"的欲望和世界体系的总体性持一种怀疑的态度，在《行星与记忆》里，无论是移民外星还是机器人的帮助，人类都无法摆脱语言的误解和暴力的基因，新空间里诞生的不过是旧秩序。"未来"作为一种生产出来的结构，已经高度内嵌于此时此刻的当下，因此新的世界体系并非在我们之外，而是在我们之内，并非在时间之外，而是在时间之内，在这个意义上，时间已经变成了空间，过去、现在、未来三位一体，以犬牙交错的多重褶皱的立体形式而存在。后科幻文学正是从这些褶皱的草蛇灰线里看到了新旧模式（旧人新人、旧世界新世界、旧我新我）背后现代性叙事的迷思，后科幻文学于是停留下来，在每一个散点上犹豫不决，瞻前顾后。"幻影论"在此代替了"拯救论"，居于时间意识形态巅峰的"新未来"变成了"野未来"，未来被流放，被取消，未来现在消失于未来，就像水消失于水中。

五

未来属于谁？未来还有询唤之功能吗？在伦理性生存

---

[1] 宋明炜：《中国科幻新浪潮》，第26页，上海文艺出版社，2020年4月。

的配额中，未来占有多大的权重？

"黑暗的宇宙中悬浮着五个明亮的恒星，有大有小，但由于距离遥远，看上去像几团冻住的火焰。这些火焰都有尖形的尾巴，朝着一个共同的中心。这个中心就是超级巨大的人马座 A 黑洞。光线也无法从黑洞中逃逸，因此那里除了黑暗一无所有。我启动量子摄像机，捕捉到黑洞界面的量子辐射，电脑很快虚拟出了量子化的黑洞图像。巨大的能量涡流让它看上去像是恶魔满是獠牙的大嘴。而我，就要朝那张嘴飞过去，主动成为它的食物。"

这是王威廉《后生命》中描写的一个未来场景。

"小宇宙中只剩下漂流瓶和生态球。漂流瓶隐没于黑暗中，在一千米见方的宇宙中，只有生态球里的小太阳发出一点光芒。在这个小小的生命世界里，几个清澈的水球在零重力环境中静静地漂浮着，有一条小鱼从一个水球中蹦出，跃入另一个水球，轻盈地穿游于绿藻之间。在一小块陆地上的草丛中，有一滴露珠从一个草叶上脱离，旋转着飘起，向太空中折射出一缕晶莹的阳光。"

这是刘慈欣《三体》中宇宙大死灭之后的一个场景。

——原来如此。

——未来就这样新生了！

图书在版编目（CIP）数据

新时代文学写作景观/ 杨庆祥著. -- 上海：上海文艺出版社, 2021（2023.1重印）

ISBN 978-7-5321-8201-5

Ⅰ.①新… Ⅱ.①杨… Ⅲ.①文学评论－文集 Ⅳ.①I06-53

中国版本图书馆CIP数据核字(2021)第232984号

发 行 人：毕　胜
责任编辑：李伟长　崔　莉
装帧设计：付诗意

书　　名：新时代文学写作景观
作　　者：杨庆祥
出　　版：上海世纪出版集团　上海文艺出版社
地　　址：上海市闵行区号景路159弄A座2楼　201101
发　　行：上海文艺出版社发行中心
　　　　　上海市闵行区号景路159弄A座2楼206室　201101　www.ewen.co
印　　刷：苏州市越洋印刷有限公司
开　　本：787×1092　1/32
印　　张：7.125
插　　页：4
字　　数：120,000
印　　次：2021年12月第1版　2023年1月第2次印刷
I S B N：978-7-5321-8201-5/I.6478
定　　价：59.00元
告 读 者：如发现本书有质量问题请与印刷厂质量科联系　T:0512-68180628